KB274615

전 봉 건

CHON PONG-GON

글누림 작가총서

전봉건

전쟁의 상흔과 사랑의 언어

김양희 엮음

글누림

머리말

　몇 년 전 어느 문학잡지의 기획특집에서 전봉건이 박목월·박인환·김종삼과 함께 과소평가된 대표적 시인으로 언급된 적이 있다. 개인적으로 참 반가운 기획이었다. 전후시의 모더니즘을 논할 때, <후반기> 동인 등의 유파를 중심으로 한 몇몇의 대표적인 시인에 집중된 경향에 대해 모종의 아쉬움을 느끼던 차에 만난 글이었기 때문이다. 근래에 들어서 많은 연구자들을 통해 김구용, 전봉건, 송욱, 전영경 등 당대의 특징을 잘 보여주는 문제적 개인들에 대한 재조명이 이루어지고 있음에도 여전히 그들의 빛나는 시세계에 비해 주목이 상대적으로 덜한 게 아닌가 하는 생각을 하곤 하였다. 그러던 중에 전봉건의 시세계를 다룬 논문들을 엮는 소중한 시간을 갖게 되었다.

　전봉건은 감각적인 서정성을 바탕으로 철저한 언어의식과 심미성을 견지하면서 자신의 세계를 구축한 시인이다. 그의 시는 모더니즘시와 서정시 사이에 놓인 간극을 훌쩍 넘어선다. 1950년대 전후시라는 시대적 특성을 넘어, 시의 근원으로서의 '서정성'과 한국 현대시가 가 닿은 '현대성'을 동시에 지니고 있기 때문이다.

　전봉건의 시에 대한 연구는 1990년대에 이르러 시작되어 2000년대 이후에 본격화되었다. 이 책은 전봉건에 대한 연구가 본격화된 시기인 2000년대 이후의 논문들 중에서 그의 시세계에 대해 깊이 있게 천착하면서도 다양한 관점에서 조망하는 열 한 편의 논문을 모아 엮었다. 이 책이 전봉건의 시를 연구하는, 혹은 연구할 많은 사람들에게 조금이나마 도움이 되기를 바란다.

2010년 11월　김 양 희

차 례

제 3 부 | **작가론 ; 전봉건 시의 내면과 외연**

제 4 부 | **부 록**

제 1 부
전봉건의 삶과 문학

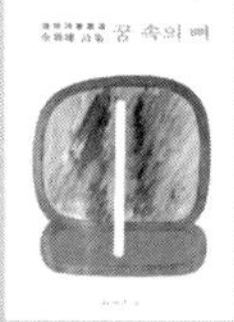

전봉건의 삶과 문학

1. 생애

전봉건은 1928년 평안남도 안주에서 부친 전형순과 모친 최성준 사이에서 막내(7남)로 태어났다. 1950년 입대를 앞두고 『문예』지에 시를 투고, 1950년 1월호에 「원(願)」과 3월에 「사월」을 서정주의 추천으로 발표하고, 5월호에는 영랑의 추천으로 「축도(祝禱)」를 발표하면서 등단하였다. 그가 문학의 길을 걷게 된 데는 형인 전봉래의 영향이 매우 크다. 중학교 재학 때 형인 전봉래로부터 암파문고에서 나온 「젊은 베르테르의 슬픔」을 권유받은 것을 계기로 문학에 관심을 두게 되었기 때문이다. 등단 한 후에 잠시 경기도 양주군 갈매국민학교에서 준교사

* 김양희 / 한양대학교 국어국문학과 강사

를 지내다가 6·25전쟁이 일어나게 되어 중동부전선에서 위생병으로 입대하였다.

1951년 1월 부산에서 피난생활을 하던 형 전봉래가 다량의 수면제를 먹고 숨진 채 발견되고, 입대했던 전봉건은 중공군의 총공격 때 부상을 입고 제대한다. 이후 그는 대구의 피난민 수용소에서 지내면서 김종삼, 이철범, 최계락 등과 교류하였고, 대구의 음악다방 '르네상스'에서 황운헌과 레코드를 정리하는 일을 하며 생활을 꾸리게 된다. 이즈음부터 그는 초기의 서정적 경향에서 벗어나 종군 경험을 바탕으로 한 전쟁시를 발표하게 되었다.

전쟁체험은 순도 높은 감각적인 이미지를 바탕으로 서정적 세계를 보여주던 그의 시세계에 일대 전환을 가져오게 되는 계기가 된다. 부상으로 인한 제대와 형의 죽음이 가져온 깊은 우울과 좌절은 그의 시세계에 근원적인 어둠을 선사한다. 이후로 그의 시 세계는 원체험으로서 전쟁의 상흔을 짙게 드리운 채 언어에 대한 천착과 실험정신으로 한국 시사에 전후시의 모델을 제시하는데 크게 기여하였다. 1988년 타계하기까지 꾸준한 시적 실험을 계속하였던 그는 1957년 김종삼, 김광림과 함께 한 합동시집 『전쟁과 음악과 사랑과』를 시작으로 『사랑을 위한 되풀이』(1959), 『춘향연가』(1967), 『속의 바다』(1970), 『피리』(1979), 『북의 고향』(1982), 『돌』(1984) 등 6권의 시집과 7권의 선시집, 1권의 시론집과 다수의 평론과 산문을 발표하였다.

2. 감각적 언어와 서정성

전봉건은 대표적인 전후 시인으로, 그는 전쟁이 발발한 1950년에 등단하여 시적 행로를 시작한 바 있다. 그는 '심미의식이 강한 전형적인 테크니시앙'[1)으로 평가되며 전후 모더니스트를 대표하는 시인군에 속해 있지만 등단을 전후한 초기시를 살펴볼 때 그는 무엇보다 언어에 대한 심미성을 바탕으로 서정적 면모가 두드러진 작품 세계를 보여준다.[2)

전봉건의 시세계는 감각적인 서정성에 바탕을 두고 있다. 그 서정성은 신선하고도 감각적인 '말'의 발견에서 비롯된다. 등단작인 「원(願)」에서 그는 "—을 주십시오." 라는 반복을 통해 순수한 세계에 대한 갈망을 감각적 언어로 그려내고 있다.

> 부드러움을 한없이 펴는 비둘기같이
> 상냥한 손을 주십시오.
>
> 빛나는 바람 속에서 태양을 바라
> 꽃피고 익은 젖가슴을 주십시오.

---

1) 이어령, 「전후시에 대한 노오트 二章」, 박인환 외, 『한국전후문제시집』, 신구문화사, 1957.
2) 그럼에도 불구하고 전봉건에 대한 논의는 2000년대 이후에 들어서야 본격화되고 있다. 그 이유 중 하나는 1950년대를 바라보는 도식적인 시각 즉, '전통지향시'와 '모더니즘시'의 대립이라는 규정이 지닌 허약성에 있다. 1950년대 모더니즘 연구가 이러한 대립구도를 지니게 된 이유 중 하나는 모더니즘시사를 <신시론>이나 <후반기>동인의 유파적 활동을 중심으로 하여 진행되어 온 점에 있다. 1930년대의 모더니즘의 계승자로서 전후 모더니스트들이 표방한 '時代的' 과제와 '詩史的' 과제를 밝히는 데 주력하고 있는 이러한 모더니즘 연구는 김경린, 김수영, 박인환, 조향 등과 같은 몇몇에 한정된 빈약한 문학적 구도를 가질 수밖에 없었다.

샛말간 들이랑 하늘이랑……바다랑
그런 냄새가 나는 입김을 주십시오.

불타는 사과인 양
즐거운 말을 주십시오.

오! ……나에게 내 자신의 모습을 주십시오.

—「원(願)」 전문

    부드러움, 빛나는 바람, 샛말간 들, 하늘, 바다와 같은 순수 서정은 그에게 감각의 영역으로 다가온다. 한 시인의 등단작이 시세계의 근원을 보여준다고 할 때, 시 「원(願)」은 그가 '지금 여기'를 초월하려는 낭만적 세계관을 토대로 심미적이고 감각적인 언어에 천착하고 있음을 보여준다. '부드러움, 빛나는 바람, 샛말간 들, 하늘, 바다와 같은 순수 서정이 시의 토대를 이루는 가운데 시인의 상상력은 연을 거듭하면서 상승되면서 결국은 '즐거운 말'에 대한 청원으로 귀결된다. 시를 통해 그는 지금 여기가 아닌 현실 너머의 초월적 세계에 가 닿으려고 한다. 그의 시에서 '태양'이미지로 자주 등장하는 향일적 상상력은 말하자면 이러한 초월지향의 표출인 셈이다. 위의 시는 '말'에 대한 청원으로 귀결되는데, 그것은 '즐거운 말'이 5연에서 직접적으로 드러나듯이 '내 자신의 모습'과 동일화되기 때문이다.

    그의 시가 세계를 이성적 사유보다는 '상냥한 손', '꽃피고 익은 젖가슴', '그런 냄새가 나는 입김' 등 육체의 감각화를 통해 그려내고 있다는 점은 주목할 요소이다. 말하자면, 언어에 대한 고민과 시적 모티프로서의 육체성은 그의 시세계에 근원적으로 내재되어 있는 것이라 볼 수 있다.

위 시에서 시인은 시의 '말'로서 세계에 개입하며 '즐거운 말'을 통해 나의 존재를 구하기를 염원하는 바, 이처럼 그에게 '시의 언어'는 중요한 문제가 된다. 언어에 대한 관심은 시의 내용적 측면보다는 형식적 측면에 대한 관심과 상응하는데, 이는 「한 소절」에서도 확인된다.

새
랑 나비
랑 새
랑 너
랑 나비
랑 새
랑

—「한 소절」

등단 이전의 습작기에 쓰인 위 시에서 우리는 모국어의 음성자질을 염두에 둔 언어실험을 읽을 수 있다.[3] 위 시에서는 유성음이 지닌 아름다움을 전면화한다. 형태상으로 '랑'을 전면에 배치함으로써, 이 시는 최소한의 언어로 서정성을 극대화한다. 진술과 묘사도 없고 최소한의 구문도 생략되어 있는 대신 시각적 효과(형태성)와 청각적 효과(언어의 소리성)를 극대화한다. 그 결합의 결과로 생겨나는 것은 언어의 심미

---

3) 모국어로서의 한국어를 생득적으로 체험하지 못한 이중언어 세대로서 그는 해방 이후에 들어서 한국어로 시를 쓰기 시작한다. 한국어에 익숙하지 못한 그가 습작기에 위의 시를 썼다는 사실은 그가 시적 언어에 대해 얼마나 관심을 기울이고 있었는지를 짐작하게 해 준다.

성과 서정적 울림이다. 새/ 나비에서 드러나는 수직적 상상력과 '너'가
결합하면서, 너/ 새/ 나비로 이어지는 정서적 충만함을 의도하는 것이
다. 이처럼 그의 시적 이력의 첫 페이지에 놓인 시들은 '지금 여기'에
토대를 둔 시보다는 초월적 세계를 지향하는 낭만적 정서에 기반하여
언어와 시의 형태에 대한 고민에 천착하는 경향을 보인다. 그것은 그
의 서정적 감수성이 도달한 세계이며, 선명한 이미지와 심미적 의식으
로 구성된 '언어'의 세계이다. 위의 시 「한 소절」을 빌려 말하자면, 그
의 '노래'는 '무엇'을 노래할 것인가에 앞서 '어떻게' 노래할 것인가 라
고 하는 것이 선행한다. 말하자면, '불타는 사과' 같은 '말'을 희구하는
것이 그의 시적 근원으로 자리한다.

'심미의식과 휴머니스틱한 인생론을 겸비한 스타일리스트(김춘수)', '언
어의 테크니션(조정권)' 등의 평가를 불러온, 그의 탁월한 언어감각은 그
의 이미지 구성에 힘입은 바가 크다. 전봉건 시에서의 이미지는 흔히 모
더니즘에서 언급되는 대상의 감각적 재현이나 기교를 위한 이미지 추구
라는 측면에서 그 의미가 해명되지 않는다.[4] 전봉건의 이미지는 인식이
나 기교로서의 측면에서 벗어나 있다. 전봉건에게 이미지는 현실재현이
나 수사를 위한 도구적 차원을 넘어서 현실의 바깥에 자율적으로 존재
하면서 새로운 세계를 창조하고 구성하는 근본적 요소로 기능한다.

피아노에 앉은
여자의 두 손에서는
끊임없이

---

4) 김윤정, 「전봉건 시의 환상성 연구」(『문예이론과비평』, 2005).

열 마리씩
스무 마리씩
신선한 물고기가
튀는 빛의 꼬리를 물고
쏟아진다.

나는 바다로 가서
가장 신나게 시퍼런
파도의 칼날 하나를
집어 들었다.

―「피아노」

　시인은 이 시에서 소리를 선명한 시각적 이미지로 재창조하는 데 성공하고 있다. 피아노에서 울려 퍼지는 음악은 '신선한 물고기', '튀는 빛의 꼬리'로 시각화된다. 음악은 빛이 되고 물고기가 되며 그것은 다시 시퍼런 칼날이 된다. 청각적 이미지가 시각적 이미지로, 다시 촉각적 이미지로 변주되는 것이다. 또한 피아노가 울려 퍼지는 공간은 바다로 바뀌고, 피아노를 치는 여자와 나는 '물고기'/ '퍼런 칼날'이라는 관계를 주고받는다. 여자의 손에서 쏟아지는 물고기와 내가 갖는 파도의 퍼런 칼날은(물고기―바다―여성이라는 점에서) 삶과 죽음, 그리고 신생과 재생이라는 원형적인 맥락을 환기한다. 이 시에서 이미지는 도구적 기능을 훌쩍 넘어서 원관념이 지시하는 세계에서 멀리 달아나 환상의 세계를 창조한다. 그 세계는 시각과 청각이, 하나의 이미지와 중첩되는 연쇄적 이미지가, 삶과 죽음이, 서로 혼용되면서 창조해낸 원형적·신화적 세계이다.

장미를 하얀빛이게 하는 것은 무엇인가
나를 바다로 가게 하는 것이 무엇인가
장미를 빨간빛이게 하는 것이 무엇인가
바다를 무수히 현란한 칼날이게 하는 것이 무엇인가
장미를 노란빛이게 하는 것이 무엇인가
내가 바다 칼날에 맞아 피 뿜게 하는 것이 무엇인가
장미를 검은 빛이게 하는 것이 무엇인가
피 뿜으며 바다 속 어두운 주검의 자리 거기 떠 있는 내 전부에 아직
도 무수한 현란의 칼날을 내리게 하는 것이 무엇인가
장미를 노란빛이게 하는 것이 무엇인가
내가 죽어서 더욱 진한 바다 속 어두운 주검의 자리 비로소 그 주검
의 목젖을 찢고 진주 하나를 생기게 하는 것이 무엇인가
그때 장미를 빨간빛이게 하는 것이 무엇인가
그때 바다를 하늘의 목젖 가르며 솟아오르는 수없이 현란한 칼날이
게 하는 것이 무엇인가
장미를 하얀빛이게 하는 것이 무엇인가
나를 또다시 바다로 가게 하는 것이 무엇인가

―「태양」

구문의 반복과 변주는 그의 시에서 자주 발견되는 특징이다. '―는
무엇인가'의 의문형의 구문이 반복되는 이 시에서, 제목인 '태양'은 바
다와 장미의 이미지를 낳는다. 바다/ 칼날, 장미/ 하양-노랑-빨강-검정,
나/ 피, 진주로 변주되는 선명한 이미지의 변주와 진술을 통해 이 시는
삶과 죽음, 부활에 다다르는 우주적 세계를 감각적 언어를 통해 매혹
적 장면으로 구성해낸다.

이 시에 장미는 바다-태양의 사이에 놓이면서 하강-상승의 구도를

매개해준다. 수직적 상상력의 한 극점이 태양을 향해 있다면, 다른 끝에는 바다가 놓여 있다. 장미는 오로지 빛깔로서만 존재한다. '하양-빨강-노랑-검정-노랑-빨강-하양'으로 변주되는 색채이미지는 장미의 존재론인 동시에 '나'의 정신적 죽음과 탄생을 측정하는 심리적 언어이다. 장미는 하양으로 탄생하고 노랑과 빨강을 거쳐 검정으로 멸하며 다시 하양에 가 닿는다. 이 시에서 '태양'은 나와 장미를 죽음으로부터 삶 쪽으로 이끄는 '생명'의 상징물로 기능한다. 반면, '바다'는 '피 뿜으며 바다 속 어두운 주검의 자리 거기 떠 있는 내 전부'이며, '내가 죽어서 더욱 진한 바다 속 어두운 주검의 자리'인, '죽음'의 공간이다. 삶과 죽음을 지탱하는 원형적 세계인 태양과 바다에서 장미는 피어오른다. 그러나 그 죽음은 재생을 전제로 하는 죽음이다. 바다에서 '그 주검의 목 젖을 찢고 진주 하나'의 탄생을 보게 하기 때문이다. 물론, 그것을 가능하게 하는 것은 생명의 원천으로서의 태양이다. 위의 시 「태양」에서 특징적으로 보여주듯이 파괴, 죽음 등의 하강의 이미지는 생명, 상승의 이미지로 변주하는 이미지의 운동성을 보여준다. 그리하여 그의 시세계는 비극적 세계관에서 비롯되고 있으면서도, 궁극적으로는 희망과 생명의 세계를 지향한다. 그리고 '전장'의 폭력적 세계를 희망과 생명의 세계로 변용해가는 과정에서 '사랑'의 상상력이 놓인다.

3. 전쟁의 상흔과 '사랑'을 통한 회복

　전봉건 전후시의 특성은 전장(戰場)의 현장성과 치열함을 재현하면서도 반공 이데올로기나 피상적인 휴머니즘에 경도되지 않는다는 데 있다. 그에게 전쟁은 '겨울이 오는데 우리는 갔다. 나는 이등병 군번은 0157584 중동부전선/ (…중략…) /그 깊은 골짜기에 나는 내 시 「사월」을 묻고(지금은 동아방송국 음악과에서 일하는) 강 이등병이랑 함께 갔다/ 전사자의 시신을 태우는 연기가/ 낮게 드리운 겨울 구름과 엉기는 잿빛 하늘 아래를/ 더러는 히죽거리면서 그러면서 갔다-「우리는 갔다」'에서처럼 '겨울'로 상징되는 시간이며, 서정을 폐기처분하고('그 깊은 골짜기에 내 시 「사월」을 묻고') 나를 '이등병 015758' 라는 익명적 숫자로 사물화 시키는 근원적 조건으로 작용한다.

전쟁의 비정성은 모든 것을 계량화, 수치화하는 것에서 가장 명확하게 드러난다. '100야드 나는 포복하였다/ 90야드 나는 射程을/ 80야드로/ 압축시켰다/ 65야드/ 나는 60야드로/ 압축시켰다/ (중략) /따발 맥심 자동소통의 일제 사격이 내 심장 높이를/ 통과하는/ 45야드'(「0157584」)에서처럼, 거리는 치밀하게 야드로 수치화된다.

> 65야드.
> 나는 60야드로
> 압축시켰다.
>
> —「0157584」

위의 시에서 시상은 일관되게 가야할 거리가 먼저 주어지고(100야드/ 80야드/ 65야드/ 45야드……) 이 거리를 좁히면서 인간의 행위가 벌어지는 방식으로 구성되는데 이러한 장면의 배치는 진격명령에 의해 인간이 수행되는, 즉 인간의 자율성이 완전히 사라진 전장의 풍경을 성공적으로 장면화하고 있다.

　방향도 동서남북이 아니라 '9시 방향 13시 방향'(「BISCUIT」), '11시 방향'(「그리고 오른쪽 눈을 감았다」)으로 수치화 되고 있으며 시간 역시 마찬가지이다. 밤과 낮의 연속된 흐름은 '9분전', '3시 5분 경과', '5시 30분' 등의 면밀한 시간 단위 아래 단절되고 구획된다. 말하자면, 시간과 거리에 대한 지나치게 강박적인 수치화는 인간에게 행해진 '전쟁'이라는 근대의 폭력을 환기시킨다. 전쟁이 주는 폭력성은 '호' 라는 공간에서 잘 드러난다. 인간은 세계로부터 소외되어 호 속에 밀폐된다.

> 5시나는호속에있다수통수류탄철모붕대압박붕대대검그리고M1나는내가호속에서틀림없이만족하고있다는사실을다시한번생각해보려고한다BISCUITS를씹는다오늘은이상하게5시30분에또피리소리다9시방향13시방향나는BISCUITS를다먹어버린다6시밝아지는적능선으로JET기가쉽게급강한다나는잠자지않은것과BISCUITS를남겨두지않은것을후회한다6시20분대대OP에서연락병이왔다포킷속에뜯지않은BISCUITS봉지가들어있다6시23분해가떠오른다나는야전삽으로호가장자리에흙을더쌓아올린다나는한뼘만큼더깊이호밑으로가라앉는다야전삽에가득히담겨지는흙은뜯지않은BISCUITS봉지같다

―「BISCUITS」 전문

　위 시에서 화자의 의식은 전쟁에 의해 완전히 지배된다. 띄어쓰기가 무시된 형식적 특성을 고려할 때, 흔히 예상할 수 있는 무의식적 발화도 찾아볼 수 없다. 이때의 자동기술은 무의식의 발화라기보다는 전쟁이라는 무한공포상황에 대한 조건반사적 발화에 가깝다. 이 시에서 전면화 되는 것은 '수통수류탄철모붕대압박붕대'라는 전쟁필수품과 잠시

의 허기와 공포를 잊게 해 주는 비스킷이다. 화자는 모든 전투 준비물이 다 완비된 상태에 만족감을 느낀다. 그러나 정확히 말해, 만족감은 자연발생적인 감정이 아니라 확인되어야 할 사실이다. 즉, '내가호속에 서틀림없이만족하고있다는사실을다시한번생각해보려고한다' 라는 언술은 만족감이 자연적으로 생성되는 감정이 아니라, 의무적으로 확인해야 하는 사실임을 알려준다. 전쟁이 주는 무력감과 공포는 어떠한 감정조차 완벽하게 떠올려지지 않을 때 가장 극대화된다. 화자가 '틀림없이' 만족하고 있다는 사실을 확인하려 하는 것은 곧 절대로 만족감에 사로잡힐 수 없는 상황이라는 것을 단적으로 확인시켜 주고 있다. 그 결핍을 메우기 위해서 그는 '비스킷'을 씹지만, 결핍은 메워지지 않고 '한뼘만큼' 더 깊어진다. '호속에있는나'와 '야전삽속에담겨지는흙은뜯지않은BISCUITS봉지같다'는 진술을 통해 내가 속한 전장은 언제 부서질지 모르는 봉지 속의 비스킷과 등치관계에 놓인다. 「JET · DDT」에서도 DDT라는 '소독약'과 지평을 덮어버린 '초연'은 동일시된다. '모든 능선에서는 DDT와 초연이라는 글자의 의미가 그리 서로 크게 다른 것이 아니었다.'와 같이 DDT로 이를 잡듯이 아무렇지도 않게 사람을 죽이는 전쟁의 참혹성이 부각된다. 이처럼 '전장'의 현실은 인간을 사물과 동격화하는 시적 방법으로 형상화된다.

전후시를 살펴볼 때 그의 시만큼 전쟁의 비극성을 건조하면서도 정확하게 묘사하고 있는 예는 드물다. 그는 전쟁을 소재로 하면서도 참혹함을 과장하지 않고 객관적이고 건조한 시선을 유지하고자 했다. 예를 들어 「그리고 한쪽 눈을 감았다」, 「0157584」 등은 전쟁의 한가운데서 일어나는 죽음과 삶의 대비를 과장 없이 담담하게 묘사함으로써,

오히려 전쟁의 참혹상을 더욱 두드러지게 그려내고 있다. 그가 시에서
그려내는 전쟁의 모습은 비행운, 네이팜탄, 소총, 비스킷 등의 소재적
동원이나, 혹은 그 결과로서의 죽음(피/신체)을 시적으로 묘사하는 것에
있지 않다. 그의 전쟁시가 사실적이라고 한다면, 그 사실성은 인간적
감정의 환기 혹은 정서적 환기를 완전히 배제하는 토대 위에 놓인다.
인간은 이름 대신 '나는 0157584이다' 라고 군번으로 스스로 불림으로
써, 스스로의 고유성과 감정을 버리고 사물화 된다. 적어도 전장에서는
인간은 먹어 치울 비스킷과 별다르지 않은 사물인 것이다. 그가 그려
내는 전쟁은 숫자로 프로그래밍 되는 것만 존재할 수 있는 세계, 인간
이 이름을 버리고 군번 '015784' 으로 존재하게 하는 세계이다. 따라서
숫자로 표기될 수 없는 감정이나, 인간적 가치는 배제된다.

그는 이렇게 말하였다.
'소새끼가 죽었을 게야……'
헬리콥터가 남으로 기울어져 갔다.
그는 그의 산골짜기가 북으로 7마일 가량 남았다고 하였다.
19시 반 쯤이었다.
그는 재미나는 추격전에서 웃으며 달리다가
꼬꾸라졌다. 저격이었다.
눈을 감았다.
그는 왼쪽 눈을 감았다.
그리고 오른쪽 눈을 감았다.

―「그리고 오른쪽 눈을 감았다」 중

위 시에서 전쟁은 '재미나는 추격전'으로 진술된다. 그의 죽음은 '소

새끼가 죽었을 거야'라는 대목에서부터 암시된다. 산골짜기에서 자란 그는 고향에서 일어났을 불길한 일을 소새끼의 죽음으로 애써 축소한다. 그러나 사실 '소새끼가 죽었을 게야'라는 말에서 우리는 정말로 일어났을 고향집의 비극을 애써 외면하려는 화자의 심리를 엿볼 수 있다. 그런 그가 전장에서 죽음을 맞이한다. 이 시에서 흥미로운 부분은 그의 죽음에 대한 진술이다. '재미있는' 추격전에서, 그가 '웃으며' 달리다가 죽음을 맞이한다. 그는 마치 자동인형처럼 왼쪽 눈을 감고 그리고 오른쪽 눈을 감는다. 왼쪽 눈으로 총구를 겨누어야 하기 때문에 군인은 왼쪽 눈부터 감는 것이다. 말하자면, 그는 인간으로서 죽지 못하고 전장 속에 던져진 군번으로서 죽음에 포획되는 것이다. 따라서 죽음의 순간에도 그의 육체는 전쟁의 법칙을 벗어나지 못해 '그는 왼쪽 눈을 감았다./ 그리고 오른쪽 눈을 감았다.' 이렇듯 전쟁에서는 자신의 신체 역시 자율성을 보장받지 못한다. 그러므로 전쟁은 마치 프로그래밍 되어 있는 게임으로 비유가 되며, 그래서 그것은 '재미있는 추격전'으로 진술 가능한 것이다. 시 「장난」에서 화자인 병사는 총으로 하늘과 돌멩이와 나무를 겨누는 행위를 '장난'이라 말한다. 이는 일차적으로 휴식시간 중의 장난을 지시하지만, 이차적으로는 이러한 전쟁 자체를 하나의 '장난'으로 축소함으로써, 현실의 공포를 아이러니컬하게 드러낸다.[5]

---

5) 시 「장난」에 대한 유성호의 지적은 매우 타당하다. "살의에 가득 찬 금속성의 전장을 배경으로 하고 있는 이 작품에서, 화자인 병사가 행하고 있는 '장난'은 말 그대로 어떤 상황을 근본적으로 해체하고 희화화하는 '작란(作亂)'의 형식으로 나타나고 있다. 여기서 화자는 소총의 '가늠쇠 구멍'이라는 가장 작은 공간을 통해, '하늘'이라는 가장 커다란 공간을 바라보는 시각상의 착란(錯亂)을 시적 장치로

　전쟁의 상흔은 신체훼손의 이미지를 동반한다.[6] '지난 봄/ 中東部戰
線에서/ 銃맞은 검붉은 彈痕 감싸쥐고/ 일그러진 채 단단히 굳어/ 움직
일 줄 모르는/ 내 오른손'(「1954年의 4月은 왔다」) 이나, '다리 부러진/ 폭
삭 내려앉은/ 원두막 텅 빈/ 퀘퀘한 냄새 찌든/ 개구리참외 썩어문드러
진/ 개구리참외밭에 어디서 날아와서 떨어진 /빠개진 검붉은 살 흩뜨
린 소년의 머리통 하나(「6·25 23」)' 에서처럼 전쟁으로 인한 상흔을 직
접 매개하기도 하지만,

　　누가
　　하모니카를 부는데
　　두레박 줄은 끊어지기 위해서 있고
　　손은 짓이겨지기 위해서 있고
　　눈은 감겨지기 위해서 있다.

끌어들인다. 당연히 소총이 향해야 할 적들은 온데간데없고, '나무'와 '잎사귀'와
'돌멩이'와 '하늘'이 상징적인 과녁이 되고 있다. 이를 산문적으로 풀면, 전쟁중
의 망중한(忙中閑) 같은 한가로움으로 해석될 수도 있겠지만, 더 깊은 문맥으로
보면 시인이 전쟁 자체를 하나의 작은 '장난'으로 위축시키고 있다는 것을 알 수
있다. '가늠쇠 구멍' 속에 있는 담겨 있는 '하늘'을 조준하고 있는 시인은 궁극적
으로 '전란(戰亂)'을 '작란(作亂)'의 한 국면으로 대체하는 상상적 기능을 행하고
있는 것이다. 그러나 이 작품은 곧 "작은 하늘은 눈에 해롭다 / 가늠쇠구멍이 흐
려진다"는 회귀적 과정을 통해 현실로 돌아오는 장난의 중지, 곧 화자 스스로 다
시 전쟁의 맥락으로 귀속될 것을 암시한다는 데 사실적 강점이 있다. 상상의 무
료함과 현실의 공포가 엇갈리는 이러한 교차적 구조가 바로 전쟁의 아이러니와
더없는 폭력성을 강렬하게 증언하고 있는 것이다(유성호, 「전봉건론」, 시로여는
세상, 2002년 봄호)."
6) 훼손된 신체는 사실 전후 시인들의 시 속에 많이 등장하는 모티프 중 하나이다.
　통합된 신체를 거부하고 신체의 일부분(후반기 동인들의 시에서는 시선의 전복이
　라는 의미에서 '눈'이 강조된다)을 특화시켜 드러내는 경우가 많다.

그곳에서는
누가 하모니카를 부는데
피를 뒤집어쓰고 죽은 저녁노을이
까마귀도 가지 않은 서쪽 낮은 하늘에
팽개쳐져 있다.

—「다시 마카로니 웨스턴」

위 시에서처럼 정신적 불모성을 드러내기 위한 모티프로 사용되기도 한다. 아름다운 하모니카를 부는데, 세계는 온통 죽음의 정적만이 남아 있다. 하모니카에서 흘러나오는 음악과는 관계없이 두레박은 끊어지기 위해, 손은 짓이겨지기 위해, 눈은 감겨지기 위해 존재한다. 마카로니 웨스턴이라는 서부 영화의 장르성은 피와 모래와 살인만이 난무하는 시적 세계로 흡수된다. '그곳'에서 하모니카를 부는 행위 즉, 예술을 한다는 것은 삶이 아니라 죽음을 낳는다. 그곳은 삶과 죽음이 전도되어 있기 때문이다.

전봉건의 시에서 전쟁의 상흔은 새, 항아리, 꽃 등의 개인 상징들에 스며들어 '사랑'을 통해 치유된다.

그후
나는 몇 번인가 너를 보았다
창이 무너져내리는 전쟁의 거리에서도
너는 귀마저 벌어져서 웃고 있었다
그때마다 돌멩이가 꽃을 낳았을 것이다
모래밭은
꽃밭을 낳았을 것이다

죽음을 역습하였을 것이다
눈부신 연애가
햇살처럼 지구를 지배하는 시간을 위하여서
너의 천상의 악기가
불붙은 암흑 속에서
죽음을.

—「꽃·천상의 악기·표범」 중

전쟁의 거리에서 나는 너를 만난다. 그 때마다, 돌멩이는 꽃을 낳고 모래밭이 꽃밭을 낳는다. 불모성의 이미지인 돌멩이와 모래밭은 생명과 재생의 상징인 꽃과 꽃밭을 낳는다. 너의 천상의 악기 혹은 꽃은 모두 내가 너를 만나는 행위에서 비롯된다. 그것은 '눈부신 연애', 즉 '사랑'이다. "사과는 내 손에 넘친다// 수밀도는 내 손에 넘친다// 솜구름이 지나가면서// 금의 바늘로 건드린다// 아프고// 간지러운// 손바닥// 둥근 하늘은// 내 손에 넘친다// 네 유방은 내 손에 넘친다(「유방」)"에서 특징적으로 드러나듯이 전봉건 시의 사랑은 본질적으로 자연의 질서 즉, 생명성과 연관되는 감각적이며 육체적인 사랑이다.

헬리콥터는 하강중이다. 나도 하강중이다. (…중략…) "눈을 뜨셨군요."여자는 말하면서 얼굴 앞으로 와서 앉았다. 무릎 위로 말려올라간 슬립, 하얀 허벅지 깊숙한 곳에 프릴이 달린 물빛 팬티. 그 일대는 상아와 수밀도 흑수정과 포도 그리고 가장 햇살이 많은 바닷가처럼 풍요롭게 숨쉬고 있었다.(…중략…) "이름은?" "꽃이예요"

—「꽃과 하강」 중

「꽃과 하강」에서 어둠과 하강, 빛과 꽃의 이원체계는 시의 구성원리가 된다. 하강은 어둠이고, 빛은 상승이며, 추락과 상승의 변증법을 통해 그는 죽음으로 범벅된 하강의 국면에서 벗어난다.[7] 여기서 에로스는 상승을 가능케 하는 근본적인 힘이다. 여성은 꽃과 등치관계에 놓이고, 전쟁이 지배하는 하강의 세계('헬리콥터는 하강중이다/ 나도 하강중이다')에서 나를 건져 올리는 것은 '꽃'으로 치환된 여성의 등장이다. 전봉건의 시에서 꽃은 '꽃들은// 피어서// 피어서/ 지금/ 사살된 비둘기의 폐허/ 무지개의 폐허에 피어서(「지금 아름다운 꽃들의 의미」)' 으로 드러나는 중심이미지로, 죽음을 극복하는 강렬한 생명의지를 환기시킨다.

전봉건 시의 중요한 특징 중 하나인 '관능성'은 꽃과 여성의 이미지를 항아리의 이미지로 연결시킨다.

거기엔 무엇이 있었던가. 내가 본 것은 무엇이었던가. 그것은 항아리였다. 항아리 하나가 거기서 어슴푸레한 어둠 속에서 희고 맑은 젖빛 스스로의 살빛을 풀어내고 있었다. 나는 그것을 똑똑히 확인하기 위하여 두 눈을 지그시 감았다가 다시 떠보았다. 그런데 모를 일이었다. 내가 다시 눈떠 본 것은 항아리가 아니라 한 여자였다.

—「암흑을 지탱하는」 중

---

7) 시의 초기시에서 우리는 어둠 속으로의 하강과 어둠으로부터의 상승이라는 두 명제가 대립됨을 알 수 있다. 이 시인의 상상력은 추락과 상승의 변증법적 체계를 드러내는 것이다. 추락의 세계는 바슐라르도 지적하듯이 심연의 세계, 암흑의 세계이며, 상승의 세계는 초월의 세계, 청색과 황금색의 세계이다. 전자는 삶의 어둠, 삶의 공허와 연결되며 후자는 삶의 밝음, 삶의 충만과 연관된다(이승훈, 「추락과 상승의 시학」, 『새들에게』, 219, 고려원, 1983).

「암흑을 지탱하는」에서 항아리는 여성으로 변주된다. 「꽃과 하강」과 마찬가지로 「암흑을 지탱하는」에서 역시 여성이 등장하는 대목부터 환상적 국면으로 넘어간다. 앞선 시의 여성이 꽃으로 등치되었다면, 「암흑을 지탱하는」에서의 여성은 항아리로 변주된다. 두 시 모두 '전장'의 참혹함이 가장 극화된 극한적 현실을 초월하는 과정에서 몽환적 이미지(여성)가 등장하며, 그 여성은 각각 꽃과 항아리로 변주된다는 공통점을 지닌다. 「암흑을 지탱하는」에서 환상은 임종을 앞둔 친구의 텅 빈 동공에 '빛이 고이고 바람이 일'고 '하늘이 깃들이고 푸름도 깃들이',고, '성좌가 아롱지고 강물이 흐르고 숲이 들이차는', '해안과 산맥이 구비치'는 장면으로 구체화된다. 참혹한 전장이 생명력 넘치는 자연으로 탈바꿈되는 모습으로부터 시작되는 것이다. 그 때 등장한 항아리는 젊은 여자의 이미지로 변주되며, 화자가 그 항아리에게서 '성욕'을 느낄 정도로 매혹적인 대상으로 등장한다. 친구의 죽음을 앞둔 상황에서 본 이때의 '항아리'의 이미지를 통해 참담한 현실은 '희고 맑은 젖빛'으로 변하고, 죽은 친구는 내 등 뒤에서 고통의 절규 대신 평화로운 목소리로 여자의 이름을 부른다. 말하자면 항아리는 이 시에서 참담한 현실을 극복하게 하는 중요한 매개물로서, '죽음을 넘어서는 삶', '현실을 대체하는 환상'을 가능하도록 하는 이미지이다.

전봉건의 시에서 환상은 현실의 참담함을 극복하게 하는 근본적 동력이다. 전봉건의 의식 속에는 항상 전쟁의 상흔과 공포가 자리 잡고 있으며 이는 그의 시 속에 주된 테마로 등장한다. 그의 시에서 현실의 참담함은 전쟁의 참담함에 다름 아니다. 이러한 경향의 시편들에서 시적 배경은 현실적 공간과 비현실적 공간 사이에 있다. 실재하는 것과

비실재하는 것도 아닌 그 둘 사이에 어딘가에 불확정적으로 위치8)하
는 것이다. 그럼으로써, 그의 환상서사는 어둠을 이기는 빛, 죽음을 넘
어서는 생명이라는 하강-상승의 이원적 상상력의 세계를 시화한다.

4. 춘향의 사랑과 돌의 미학

장시와 연작시는 그의 시에 대해 말할 때 간과해서는 안 될 중요한
특성이다. 그는 『속의 바다』(1970), 『춘향연가』(1967) 등의 장시와 『돌』
(1984), 「6 · 25」의 연작시(미완으로 남음)를 썼다.

『춘향연가』와 『속의 바다』는 모두 환상서사를 기반으로 하고 있다.
연작시 『속의 바다』(1959~1966)는 『춘향연가』와 동시에 손대었던 작품
으로 '자신의 능력이 어디까지 미치는가를 확인하겠다(전봉건 대담, 「나
의 문학, 나의 시작법」, 『현대문학 1983.4 : 278)'는 실험정신이 반영되어 창작
된 '장시'이다.9) 『속의 바다』 전편에 걸쳐 남자와 여자/ 생산과 불모/
삶과 죽음의 테마가 반복, 변주된다.

1.
아마
나는 싸울 것이다
산양은 날래겠지
얼마나 날랠까

---

8) 로지 잭슨, 『환상성』, 문학동네, 2007, 31~32면.
9) 이성모, 『전봉건 시연구』, 월인, 2009, 103면.

해는 하늘에 있고
하늘에 해는 있고
우리는 나란히 드러눕겠지
뿔 분질러지고 깨진 산양의 머리
나는 수없이 구멍 뚫린 누더기
나는 볼테지
피
죽는 산양이
토하는 것은 검은 피일 테지
왜 핏빛 피가 아닌가
왜 현실의 털처럼
검은 핀가 왜 검은 핀가
(…중략…)
내가 비틀어 죽일 나무
내가 죽으면서 죽여야 하는 나무
죽으면서 푸른 것을 쏟는 나무
그걸 산양이 마셔야겠는데
죽기 전에 그걸 마시고 산양은 죽으면서
핏빛 피를 토해야 할 텐데
그래서 나는 죽으면서 눕거나 엎디어서 구겨진 채
마침내 눈을 감아야 할텐데
그래야 할 텐데
하늘에 해는 있는데
없을 것이야 없는 것이야
땅에는 없는 것이야
나무는 없는 것이야
없는 것이

—「속의 바다 1」

시 「속의 바다 1」에서 산양과 나무는 '푸른 것'/ '피'를 함유한 존재이다. '생명'의 항을 공유하고 있는 것이다. 그런데 그 생명은 죽어야만 의미를 지니게 된다. 산양은 죽어서 핏빛 피를 토해야 하고, 나무는 죽으면서 푸른 것을 쏟아야 한다. 그것이 가능해야만 나의 죽음도 가능하다. 일종의 희생양 모티프를 차용하고 있는 위 시에서 나의 죽음은 제의적이다. 신성한 생명을 상징하는 산양의 죽음을 본 후에 '기꺼이' 죽음을 맞이해야 하기 때문이다. 나의 사명은 산양과 나무를 죽이는 것에 있다. 죽음은 신성한 어떤 것(나무의 푸른 것/ 핏빛 피)을 생산하기 위한 매개가 된다. 그러므로 산양과 나무가 죽어서 피와 푸른 것을 쏟아내는 순간 나의 죽음은 완성된다. 그렇다면 나의 죽음은 생명력을 위한 제의적 죽음이라 할 수 있다. 그러나 이것은 온전한 죽음으로 완성되지 못한다. 왜냐하면 세상은 불모의 상태이기 때문이다. 이러한 불모의 이미지는 '어린 소녀가 함께 날려가서 꽃과/ 풀밭 위에 펄럭이며 떠 있는 여자를/ 껴안고 구르고 솟구치는/ 나의 전부에 꽃이 묻었다(…중략…) 또 하얀 총소리가 나고/ 또 공중에 못 박힌 나는 구멍이 나고/ 또 꽃보다 진한 죽은 정액을 흘렸다(「속의 바다 13」)'에서 '꽃보다 진한 죽은 정액'으로 변주된다. 『속의 바다』는 현실을 불모로 간주하고 이것을 제의적 죽음을 통해 극복하려는 의지를 드러낸다. '전장'이라는 시대현실을 환기하는 시공간적 배경 아래 남녀 간의 비생산적인 섹스를 암시하기도 하는 등, 현재의 현실에 대한 알레고리적 측면을 찾아볼 수 없는 것은 아니지만 『속의 바다』에서 두드러지는 것은 알레고리라기보다는 신화적이고 원형적인 세계이다. 그리고 그 세계는 현실과 대립하면서(희생제의의 실패, 섹스의 실패) 현실에 패배하지만, 시 21-22에 와서 시의 중심인물인 여자와 남자는 '항아리/ 일식의 아들'의 이미지로 변주되면서 원형적 세계의 회복을 꿈꾼다.

『춘향연가』의 환상은 좀 더 다른 맥락, 이를테면 주체의 문제와 연관시켜 해석할 여지를 남겨준다.[10] 『춘향연가』에 대한 대개의 평가는 에로스를 중심으로 하여 진행되어 왔다. 작품 내내 성애의 묘사, 육체에 대한 감각적 언술 등 에로스가 강조되어 있긴 하지만 이 작품은 에로스의 측면에서 보기에는 조금 특이한 지점이 있다. 에로스적 측면이 있기는 하지만, 그것은 대상이 없다는 점에서 비어있는 에로스이다. 이 작품은 전적으로 춘향의 고백에 의존하는 환상의 서사이다. 환상 속에서 시작되고 끝나는 춘향의 고백인 것이다. 『춘향연가』는 이 시가 기대고 있는 텍스트인 『춘향전』에서 옥중에 있는 춘향의 상황을 차용하여 시화한다. 그렇기 때문에 그 사랑은 지금은 없는 과거의, 혹은 미래에 올 사랑이다. 따라서 이 시는 사랑의 서사라기보다는 기다림의 서사가 된다. 또한 '옥중'이라는 공간은 춘향을 현실로부터 분리해 '환상'에 붙들어놓는다. 작품 곳곳에 '옥'의 변형된 배경으로 등장하는 '물속'은 이 시가 환상에 기대고 있으며, 또한 그것은 춘향의 의식세계와 밀접히 관련이 있음을 보여준다. 고백의 대상인 이도령은 등장하지 않을뿐더러, 실체 또한 모호하다. 춘향의 환상 속에서만 존재하는 이도령은 시 끝부분에서는 급기야 변학도와 겹쳐지고 혼동되기도 한다('변학도가 변학도가 아 변학도가/ 무어라고요 변학도라고요/ 내 몸은 변학도의 발가

---

10) 대표적으로 박슬기는 「춘향의 사랑, 향유의 노래」(『한국현대문학연구』, 2007)에서 춘향의 사랑에 대해 기존의 에로스적 관점을 비판하고, 춘향을 향유의 주체로 새롭게 바라본다.

숭이 알몸이라고요/ 아니야 아니야 아니야 /아니고말고 그건 아니고말고 그건 당신 /그건 당신이야 당신 당신이에요 당신이었어’). 이처럼, 이 시에서 등장하는 유일한 타자인 ‘이도령’은 부재하거나, 정체성이 전도되는(이도령/변학도) 등 정체성이 모호한 존재이다. 이 점은 매우 중요한데, 왜냐하면 이도령의 정체성은 춘향의 정체성에 큰 영향을 주기 때문이다. 결론적으로 말하자면, 대상의 부재는 주체의 부재로 이어진다. 춘향은 작품의 곳곳에서 ‘그런데 무어라고요 안보인다고요/ 없다고요 없다고요 저만치 서 있는/ 아무도 없다고요 아무도 아무도 아무도/ 나는 이곳에 앉아 있는데/ 없다고요 없다고요 없다고요’ 라고 절규한다. 이도령이 안 보인다는 사실을 되묻고 나서, 춘향은 자신 역시 없다는 것을 깨닫는 것이다. 자신이 없다는 것을 깨닫는 것은 역설적으로 이도령이 없다는 것을 깨달은 다음이다. 왜 그럴까? 옥중이라는 공간은 누군가의 감시를 전제로 하는 공간이다. ‘옥’ 안에 있는 사람은 나의 시선을 갖지 못한다. 매번 관찰되어지기 때문이다. 말하자면, 시선의 죄수인 것이다. 따라서 주체는 타자의 시선 아래 놓이는 불안정한 자아로, 주체는 끊임없이 자신을 부정하고 회의하며 탐색하게 된다(‘이곳은 어디일까 /지금은 언제일까 /마침내 귀도 지워버리네요 /나를 왼통 삼키네요 /나를 왼통 지워버리네요’). 이 시에서 춘향은 자신의 정체성을 입증하지 못한다. 춘향은 ‘이것은 안개일까/ 웬 안개일까/ 내 무릎을 삼키네요/ 내 두 손을 지워버리네요’ 라고 자신이 사라지는 존재임을 진술하고, ‘나는 깜깜한 어둠이에요/ 텅 빈 달이어요/ 깜깜한 어둠 바닥에 떨어진/ 금간 거울이에요’ 라고 정체성을 확정할 수 없는 텅 빈 존재임을 고백한다. 주체를 완성시켜주는 타자가 부재하므로, 주체는 결국 완성되지 못한다. 그렇

기 때문에 마지막 대목에서 춘향은 '오오 나 혼자 흘리는 허망한 피여
/오오 나 혼자 흘리는 허무한 피여' 라고 절규한다.

전봉건의 시는 후기 시편으로 올수록 시적 주체와 세계의 조화로운
소통이 이루어지고 동일성을 추구하는 세계를 지향한다. 특히 1981년
5월부터 발표된 연작시 『돌』은 10여 년간 남한강 유역을 누비며 수석
채집을 했던 시인 자신의 체험을 바탕으로 형상화한 작품들이다. 전봉
건 시의 마지막 종착지라고 할 『돌』은 존재론적 자아의 문제에 천착하
는 시인의 새로운 면모를 보여주는 작품이기도 하다.[11]

> 이월 하순
> 산간을 흐르는
> 강나루에서
> 배를 기다리다가
> 나는 문득
> 거기가
> 1951년 봄 어느날
> 도강작전에서 전우 K가 죽은
> 바로 그 자리인 것을 되살려냈다.
> 해 질 무렵에야
> 돌아온 배에 오르려다가
> 나는 봄눈 녹는
> 나루터 찬물 속에서
> 삭은 뼈처럼 하얀

---

11) 이연승, 「전봉건 시집 『돌』에 나타난 은유 구조 연구」(『한국시학연구』 제27집,
    2010, 254면).

돌 하나를 건져냈다.
날개 뼈 같은 그런 모양이었다
벌써
어둡기 시작하는
여울 쪽에 이름 모를
새 한 마리가
날고 있었다.

―「돌 1」

　이 시의 화자는 강가에서 돌을 건지면서 죽은 전우를 떠올린다. 이
때 돌은 '날개뼈'의 형상을 하고 있다. 그럼으로써 죽은 전우는 새와
돌의 이미지로 결합한다. 새는 이승과 저승의 매개자로서의 보편적인
상징성을 지니면서 하늘로의 수직상승을 매개한다. 돌이라는 하강의
상상력과 새의 상승의 상상력이 결합되면서 삶(화자)과 죽음(죽은 전우),
생물(새)과 무생물(돌)의 대립적 세계는 통합된다. '또 혹은 한 개의 돌
탓이다/ 밤새 내리는 빗물 머금어/ 자욱한 어둠보다 더 짙은 검정빛/
한 마리 작은 새가 되는 돌 탓이다(「돌 7」)에서 시인은 '돌'과 '새'를 겹
쳐 놓는다. 어둠은 빗물을 머금어 더욱 짙어지고, 그것은 검은 빛으로
응축된 새가 된다. 돌은 비상과 자유를 함축하는 새의 이미지를 그 안
에 새겨 넣음으로써 지상에 착지한 인간 존재 속에 숨은 비상의 꿈을
형상화한다.

　시인의 후기 시에서 '돌'은 어둠이나 빛의 속성을 동반하면서 시인
의 사유와 상상력을 더욱 보편적인 차원으로 이끈다.

지난 여름 어느 날의 일이다.
마지막고개 너머 목벌리돌밭에서
한 돌꾼이 캔 것은 상당한 크기의 먹돌이었다.
강물에 담갔더니 검은 어둠이 우러나왔다.
오래 묵은 어둠은 다시 우러나오고 다시 우러나오고
다시 우러나왔다.
한여름 휘황한 날빛 아래
짙푸른 강물을 깜깜하게 물들이었다.
이윽고 속 깊이 검은 먹돌
땅 속에 묻히었던 면에는
목탁 든 검정 장삼 한 스님이
오래 삭은 양각으로 떠올랐다.

―「돌 3」

이 시에서 시인은 남한강변에서 주운 돌을 통해 역사에 희생된 무명의 넋들을 위무한다. 돌에서 솟아나는 어둠은 강물을 깜깜하게 물들이는 과정을 거쳐 나아가 오래 삭은 양각에서 드러나는 장삼 입은 스님의 모습으로 형상화된다. 이 때 돌은 비극적 역사 속에 묻힌 죽음을 새기면서, 그 죽음을 다시 수면 위로 떠오르게 하는 힘을 지닌다. 전봉건의 '돌'은 6·25 전장에서 벌어지는 죽음(「돌 11」)이나, 3·1 운동 때의 조선인의 죽음(「돌 19」)등의 역사적 죽음과 연관되는 상징이면서 '그런 날 내가 등허리 뻐근하게 짊어매고/ 돌아오는 것은 돌밭을 적시는 여울물 소리다/ 백년 전의 한 사람이 그랬던 것처럼/ 혹은 만 년 전의 어느 한 사람이 그랬던 것처럼(「돌 14」)'에서 직접적으로 드러나듯이 과거에서 현재에까지 놓인 유한한 역사를 응축하면서 그것을 기록하고 간직하는 영원성을 지닌다.

전봉건은 감각적인 서정성을 바탕으로 철저한 언어의식과 심미성을 견지하면서 자신의 세계를 구축한 시인이다. 그의 시세계는 서정적 세계관에 바탕을 두고 언어감각을 세련하는 초기시를 거쳐, 전쟁의 공포와 현실의 참담함을 에로스적 사랑과 생명성의 회복을 통해 극복하려는 중기 시, '돌'의 상징을 통해 삶-죽음으로 서로 대립하는 이원적 세계를 통합하려는 후기시의 세계로 변모된다.

앞서 살펴본 것처럼 그의 시는 서정적 세계에 근원을 두고 있으면서도, 형식 실험, 파편적 구성, 감각적 언어의 세련, 환상 등의 모더니즘적인 방법론을 추구함으로써 개성적인 시세계를 보여준다. 그의 시는 1950년대 전후시라는 시대적 특성을 넘어, 시의 근원으로서의 '서정성'과 한국 현대시가 가 닿은 '현대성'을 동시에 지니고 있다는 점에서 주목을 요한다.

제 2 부

작품론(주제론) ;
전봉건 시의 특징과 의미

전후 전봉건 시의 환상성 연구

1. 이미지 사유의 혁명적 성격

전봉건은 1950년 전쟁 직전 서정주와 김영랑의 추천으로 등단하게 되지만 본격적인 작품 활동은 전쟁 이후에 하게 되어 김종삼, 김광림 과의 공동 시집『전쟁과 음악과 희망과』(1955) 및『사랑을 위한 되풀이』 (1959)를 발간하면서 비로소 문단에 알려지게 되었다. 전쟁 당시 20대 초반이었던 전봉건은 징집되어 실제 전투에 참가하였고 부상으로 제 대하게 되는데, 이러한 전력을 계기로 전봉건의 시는 전쟁터의 처절한 상황을 생생하게 담게 된다. 특히 이때의 경험을 바탕으로 전봉건이 고유하게 제시한 전쟁 체험의 조직 방식은 전봉건을 당시의 다른 모더

* 김윤정 / 충북대학교 국어국문학과 강사

니스트들[1])과 구별되게 하며 그가 현대시에서 차지하는 위치를 밝혀주는 계기가 된다.

주지하듯 50년대의 전봉건이 모더니즘의 범주에서 논의되는 것은 그 역시 다른 모더니스트와 마찬가지로 의식의 분열과 시적 구성상 파편적 양상을 드러내기 때문이다. 그러나 전봉건은 이를 극복하고자 하는 강한 의지를 드러내는 바, 이러한 노력은 그의 시적 구성을 방향 짓는 새로운 계기가 되며 이후의 시세계를 형성하는 밑거름이 된다는 것을 알 수 있다. 가령 80년대 쓰인 「돌」 연작시는 서정시의 정착과 안정적 이미지 구축을 보여줌으로써 모더니즘으로부터의 변모 및 여타 모더니스트와의 차별성을 드러내는데, 모더니즘에서 출발한 전봉건이 이와 같은 서정시로의 전회를 보이게 된 요인에는 세계의 파편성을 극복하려 했던 전봉건 특유의 세계관적 의지가 작용했다는 것이다. 그리고 그것은 전봉건의 50년대 전후시가 시적 원리로 내포하고 있는 '이미지의 환상적 처리 방식'에 그 근본 요인을 지니고 있다는 것이 필자의 판단이다.

---

1) 박인환, 김경린, 조향, 이봉래, 김규동을 중심으로 한 『후반기』 동인들과 김수영, 전봉건 등의 50년대 주요 시인들을 모더니스트로 유형화시킬 수 있는 요인에는 무엇보다도 전쟁이 그 가운데에 놓여 있다. 한국전쟁은 자본주의와 사회주의라는 근대의 양대 이데올로기의 첨예한 대립의 소산이었으며 양 진영 공히 근대 물질 문명의 고도의 결과물인 첨단 무기들을 앞세워 인간 소외의 가장 극단적인 양상을 가져왔다는 점에서 그러하다. 50년대 시인들의 시에 비록 서구 모더니즘과 같은 언어 형식의 실험이 전면화 되어 있지는 않더라도 그들을 모더니스트로 볼 수 있는 것은 그들이 전쟁 체험을 토대로 근대 문명의 비극성을 체감하고 이에 염세적이고 종말론적인 세계관을 보여주었기 때문이다. 후반기 동인에 관해서는 오세영의 「『후반기』 동인의 시사적 위치」(『20세기 한국시 연구』, 새문사, 1989) 참고.

전봉건의 시적 특성을 '환상적 이미지'라는 말로 규정하는 것은 전
봉건의 시에 나타난 이미지가 기존의 모더니즘 작가들에게서 볼 수 있
는 것과 현저한 차이를 보인다는 점에 기인한다. 일반적으로 이미지가
대상을 시각적으로 묘사함으로써 독자의 감각에 호소하거나 작가의
상상력에 의해 형상적으로 구현됨으로써 정서나 관념을 환기시키는
기능을 지니는 것이라면 전봉건의 이미지는 그러한 차원에 머물러 있
지 않다는 것을 알 수 있다. 전봉건의 이미지는 보다 더 적극적인 양
태와 기능을 띠게 되는데, 그것은 현실에 대한 이해를 목표로 하여 등
장하기보다 지금 이곳의 현실을 무화시키고 다른 현실을 소유하고자
하는 강한 욕망에서 비롯된다는 점에서 그러하다. 전봉건의 특유의 이
미지 처리 방식에 의해 대상은 지금 이곳의 현실을 덮어버리고 그 빈
자리에 전경화 되는 대체 현실, 즉 환상[2]으로 기능하는 것이다. 이때
지금 이곳의 현실을 부정하고 원하는 현실을 꿈꾸는 기제라는 점에서
환상은 욕망의 코드[3]라고 할 수 있거니와 전봉건이 제시한 이미지는 현
실을 넘어서서 또 다른 현실로 기능한다는 점에서 강력하고 적극적이다.
때문에 전봉건 시에서의 이미지는 흔히 모더니즘에서 언급되는 대상의
감각적 재현이나 기교를 위한 이미지 추구라는 측면에서 그 의미가 해

---

2) 상상력 가운데 의도적인 왜곡과 일탈의 방식, 생략과 삭제의 방식으로 다루어지
　는 '환상(성)fantasy'은 이미지 매체가 편만해 있는 현대의 특성상 최근 주목되고
　있는 개념이다. 이것은 플라톤 이래 서구 문학의 중심을 이루었던 미메시스 이론
　에 의문을 품고 등장한 것으로서 그와 동등한 문학의 본질로서 인식되고 있다(캐
　스린 흄, 『환상과 미메시스』, 한창엽 역, 푸른나무, 2000, 21면). '환상'은 미메시
　스라고 하는 합리적 재현 방식에 대립한다는 점에서 앞으로 다룰 이미지 사유와
　동궤에서 고찰될 수 있는 것이다.
3) 이봉재, 「이미지에 대한 철학적 연구」, 서울산업대학교 논문집 43집, 1996. 7, 472면.

명되지 않는다. 대상을 감각적으로 인식함으로써 형성되는 이미지가 30년대 이미지즘의 양식에 속하고 충동에 따라 무질서한 이미지를 추구하는 것이 초현실주의의 양식에 해당된다면 전봉건의 이미지는 인식이나 기교로서의 성격으로부터 벗어나있다. 그의 이미지는 대상과 주체의 분리와 대립을 전제로 한 이분법적인 사유틀과 무관한 새로운 사유 방식을 보여준다는 점에서 의미를 지닌다. 이를 개념 및 논리에 근거한 사유와 이미지 사유로 대비시켜 볼 수 있는 바,[4] 이미지 사유는 서구 철학의 전통에 의해 꿈이나 환상의 영역으로 평가절하 되곤 하지만 합리적 사유를 전복한다는 점에서 근대성에 대한 비판적 사유로 기능한다. 즉 전봉건에게 이미지는 하나의 완성된 시적 창조물을 위해서 수사적으로 제시되는 시적 도구에 해당되는 것이 아니라 도구화된 세계를 무너뜨리고 그러한 세계에 종속된 합리적 자아를 해체하는 데 기여하는 보다 근원적인 것임을 알 수 있다. 따라서 이것은 새로운 사유 방식을 제시해줄 뿐만 아니라 새로운 존재 장식을 보여주는 매개라고도 할 수 있다.

이미지 사유를 통해 새로운 존재 방식이 가능한 까닭은 그것이 자아

---

4) 뒤랑은 플라톤, 아리스토텔레스로부터 시작되는 서구 철학이 주체의 지각 가능한 범주, 즉 경험 및 개념과 논리를 중심으로 체계화된 반면 이미지나 상징에 대한 사유를 등한시함에 따라 상상계를 지극히 축소시키고 동양과 서양, 견자적 사고와 합리적 사고를 분리시키는 결과를 초래하였다고 비판한다. 그러나 전인간의 정신에는 환상의 힘까지를 포함한 꿈의 힘, 상징의 힘, 이미지가 갖는 모태로서의 기능이 일종의 초월적 환상(環狀)을 이루고 있어 우리는 그러한 것들 없이 존재할 수 없다고 뒤랑은 말한다(질베르 뒤랑, 『신화 비평과 신화 분석』, 유평근 역, 살림, 1998, 27~28면). 뒤랑의 이러한 지적은 서구에서 저열하다고 홀대한 이미지가 논리, 개념적 사유, 즉 합리적 사유 이외의 다른 사유의 영역으로 엄연히 존재함을 시사하는 것이다.

의 정립에 기여하기 때문이다. 이미지 사유는 억압적 상황 아래에서 대상에 욕망을 투사하고 이를 상상적으로 구현하는 의식의 과정을 보여주는데, 이는 본능적 충동을 맹목적으로 표출하거나 사회화된 의식을 기계적으로 답습하는 것과는 구별되는 것으로서 궁극적으로 의식의 상징 지향적 태도와 관련된다고 할 수 있다. 상징지향으로 나타나는 이때의 상상적 힘은 자아로 하여금 무의식적 리비도와 이것의 의미화 사이에 균형을 이루게 함으로써 '개성화 과정'에 참여하게 한다.[5] 다시 말해 현실에 의해 억압된 욕망이 이미지화 작용을 통해 의식적이고 적극적으로 표출될 때 비로소 자아는 분열적이고 불완전한 자아를 극복하여 자유로운 인격을 회복하게 된다는 것이다.

이미지 사유, 특히 환상적 이미지의 표출 과정을 통해 전봉건은 전쟁터의 파괴된 내면속에서 '아지랭이'처럼 피어오르는 새로운 자아를 만나게 된다. 물론 이때의 자아는 현실 원칙에 따라 논리적으로 사유하고 행동하는 합리적 자아가 아니다. 그것은 합리성을 강요하는 현실에서 숨 막히는 억압을 느끼는 자아를 전복하는 자아이며 현실을 회피하여 꿈꾸고 유희하고 몽상하는 자유로운 자아이다.

이 글은 전쟁터의 극심한 억압과 공포와 비극을 가장 직접적으로 체

---

5) 융은 무의식적 리비도를 그것에 상징이 부여하는 의식적인 의미를 통해 밝혀냄으로써, 또한 역으로 그 의식을 이미지를 태어나게 하는 심리적 에너지로 채움으로써 무의식과 의식 사이에 상호 균형을 이룰 수 있다고 한다. 그리고 이를 상징의 중재적 기능이라 한다. 상징의 이러한 기능을 통해 인격적이고 세계성을 띤 초의식이 모습을 드러내는데 상징을 향한 초의식의 종합적 기능이 곧 개성화 과정에 따른 인격을 구성하는 일이라고 한다. G. Durand, 『상징적 상상력』, 진형준역, 문학과 지성사, 1983, 79면.

험한 전봉건이 어떻게 내면의 파괴를 비껴나 오히려 누구보다도 더 안정된 서정적 시인으로 변모될 수 있었는지, 또한 그의 서정성이 어떠한 계기로 동양적 면모로 구축될 수 있었는지에 대한 의문에서 출발하였다. 그리고 그러한 요인 가운데 가장 주요하게 전봉건의 독창적인 이미지 처리 방식이 놓여 있다고 판단하게 되었다. 더욱이 전봉건의 경우 대상을 환상적으로 전유하는 이미지 사유의 과정에서 개인을 넘어서는 문화적이고 집단적인 욕망과 닿은 무의식, 소위 원형 심상을 만나게 되는데, 이 때 구축된 심상은 전봉건 개인의 내면의 동일성을 회복해주는 계기가 될 뿐만 아니라 이후 전봉건의 시 세계가 전통성을 획득할 수 있게 하는 단초가 된다는 점에서 큰 의미를 지닌다고 할 수 있다.

2. 욕망의 상상적 구현과 존재의 확인

전투 현장에서의 체험을 다루고 있는 전봉건의 초기시 「JET · DDT」, 「장난」, 「BISCUITS」, 「ONE WAY」, 「0157549」 등은 많은 연구자들에 의해 주목을 받은 작품들이다. 연구자들은 이들 시를 논하면서 전쟁의 긴박하고 공포스런 상황을 시인이 어떻게 극복하고 있는지에 관심의 초점을 맞추고 있다. 가령 이들 시에 나타난 시인의 냉담한 태도와 그로부터 비롯된 자아의 기호화 현상을 현실에 의해 해체되고 있는 자아의 경계를 되찾는 일차적인 작업으로 해석하기도 하고,6) 이들 시의 시

---

6) 남기혁, 「전후 전봉건 시의 시간의식과 현실 부정성」, 『한국 현대시의 비판적 연구』, 월인, 2001, 88면.

적 언어들이 익명의 기호적 세계에서 출현하는 놀이의 기표들이라고
하면서, 시인이 고안한 이러한 장치가 전쟁의 심각한 비극성을 놀이의
차원으로 국한시킴으로써 전쟁의 상흔을 극복하는 계기로 작용한다고
도 하였다.[7] 연구자들은 기호의 유희적 사용을 통해 시인이 전쟁의 공
포를 무화시키고자 하였다는 점에 대체로 의견을 모으고 있다.

그런데 우리는 전봉건이 전쟁의 공포를 극복하는 과정에서 기호의
유희적 사용 그 자체에 머물러 있지 않다는 점에 주목해야 한다. 전쟁
체험을 소재로 하는 전봉건의 시에는 기호 놀이의 틈 사이로 일련의
강한 이미지들이 그 모습을 드러내고 있기 때문이다. 그 이미지들은
기호 놀음을 행하는 자아의 유희적 태도에 편승하여 얼굴을 내밀고는
자신의 영역을 확보하고 시인의 의식을 그곳으로 강력하게 이끌어 들
인다. 하늘, 산, 여자의 육체, 맛 등은 전투의 와중에 시인이 떠올리는
무수한 감각적 이미지들을 형성하는데, 이때의 이미지들은 시인이 대
상의 성격을 파악하고 인식하기 위해서 형성되는 것이 아니라 현재의
상황을 잊게 하는 환상성의 기능을 보유한다는 점에서 주목을 요한다.
전쟁이라는 긴박한 상황에서 허용되지 않는, 그러나 그러한 환상이 절
대적으로 필요한 시인은 이들 이미지의 달콤함과 부드러움과 따뜻함을
의식적으로 몽상하면서 전쟁의 억압적 상황을 극복하고자 하는 것이다.

　　1
　　아이브로우 크림 콤펙트의 광고사진 그리고 파우더 루우즈.
　　9분 전.

---

7) 송기한, 『한국 전후시와 시간의식』, 태학사, 1996, 214면.

넙적다리 같은 베이컨과 덩어리 베이컨 같은 엉덩이. 나는 원색판
LIFE를 접는다. 딴딴한 눈이다. 햇살이 부딪친 야광시계의 유리판.
……여자장교 포로의 팬티가 무슨 색깔인지 나는 생각지 않으려고 한다.
보초병 철모 위에 떠 있는 구름들의 가장자리가 맑다. 그 아래로 산
이 있다는 것과 브레스트 밴드를 생각한다. 무수한 그것들은 벙커다.

소대장이 돌아섰다.
다시 11시 방향.
나는 허리를 굽힌다.
차폐물이 없는 슬로프.

2
100야드 나는 포복하였다.
90야드
나는 사정을
80야드로 압축시켰다.
65야드.
나는 60야드로 압축시켰다.
나는 저격병의 정조준 위에 놓였다.
나는 마지막 수류탄을
던졌다.
……
따발 맥심 자동소통의 일제 사격이 내 심장 높이를
통과하는 45야드.

나는 머리를 들었다.
압축.

3

아침

얼룩진 시이트의 냄새가 풍기는 능선.

나는 콧등을 눈으로 문질러 대고 싶다.

대공표식 위에서 여태 곤한 계집의 눈초리와도 같이 맴도는 정찰기.

(…중략…)

4

계속되는 무한궤도의 자국과 전화선.

혓바닥에 교착하는 BISCUITS.

지난밤엔 射程이 고정되어 가는 화망 위에 은하수가 흘렀다.

그리고 수통이 사방으로 날았다.

시속 120마일로 종군목사의 JEEP이 옆구리를 스친다.

내 수통은 비었다.

하얀 나뭇가지 아래서 디룩거리는

만주산 말의 엉덩이. 나는

탱탱한 팬티를 생각하며 미끄러지는 군화에 중량을 보탠다.

산허리에 반사하는 일광.

BAR의 연사.

비둘기의 똥냄새 중동부전선.

나는 유효사거리권내에 있다.

나는 0157584다.

― 「0157584」 부분

인용시에서 시적 자아는 교전을 위한 작전 개시를 기다리고 있다. 극도로 긴장되는 순간이 아닐 수 없다. 그런데 여기에서 화자는 전투에 대한 불안과 긴장감으로 경직된 채 있는 대신 선정적인 여자의 광고 사진을 들여다보고 있다. 여자의 사진은 '여자 장교의 팬티 색'을 떠오르게 할 만큼 강력한 이미지로 전면화 된다. 시적 자아가 육감적인 여성의 이미지에 푹 빠져들어 상상의 나래를 펼치고 있는 것이다. 이것이 가능한가? 그러나 시적 자아는 그리하며 그러는 동안 전쟁은 이미 그의 현실이 아니다. 전쟁이라는 현실은 저만치 비껴가고 이때 현실이 되는 것은 여자의 환상적인 이미지이다. 또한 여자의 육체는 '베이컨'과 겹쳐지면서 쾌락을 더욱 자극하고 증폭시키는 기능을 한다.

사진 속의 여자에 몰입해있던 화자의 시선에는 현실에 존재하는 모든 사물 역시 연장된 이미지로서 자신들의 모습을 드러내는 것으로 인식된다. 시계는 전투 시간을 알려주는 대신 햇살이 반사된 눈부심으로, 포로인 여자 장교는 적이라는 실체로서가 아닌 사진 속의 여자와 겹쳐져서 다가온다. 이어 화자는 전투병들의 철모 위로 시선을 옮겨 구름의 맑음에 마음을 싣는가 하면 벙커들을 '브레스트 밴드'라 상상한다. 시적 자아가 행하는 이러한 일련의 이미지적 상상은 시인의 의식을 전투 상황으로부터 벗어나게 한다. 시인은 상상의 힘에 이끌려가면서 물결치는 이미지의 흐름을 그대로 받아들인다.

그러나 당연하게도 그가 상상의 유희에 빠져들 수 있는 시간은 접전이 이루어지기 직전까지로 제한된다. 몽상하는 자아는 경계를 넘어 현실적 자아를 점령하려 하지만 이는 곧 죽음을 초래하기 때문이다. 몽상하는 자아는 현실의 자아와 충돌하고 이 둘 사이에는 팽팽한 줄다리기가 이루어진다. 현실의 자아는 몽상의 자아로 도피하려 하는 동시에 스스로 이러한 욕망을 조절해야 하며 몽상의 자아는 현실적 자아에 맞

서 자신의 욕망을 끝없이 확장시키고자 하는 것이다. 이 때문에 자아
는 상상의 자아와 현실의 자아의 대결이라는 다른 측면에서의 긴장으
로 전쟁의 공포를 잊게 된다.

전투의 긴장감이 그를 압박하여 숨쉬기조차 힘든 상황, 한 치의 오
류도 용인하지 않는 절체절명의 순간을 견디기 위해 그는 이미지의 상
상적 흐름에 자신의 감각을 맞춘다. 감각은 사물의 물질성과 현상학적
대면을 이룬다. 이미지로 사유하는 자아는 느끼고 꿈꾸고 상상할 따름
이다. 2에서처럼 현실적 자아로 하여금 아무런 자의식도 없이 상대를
향해 조준하고 리드미컬하게 방아쇠를 당길 수 있게 하는 것도 이미지
를 향한 상상의 힘에 크게 기대는 것이다. 전봉건은 적을 궤멸시켜야
한다는 현실적 목표가 가하는 억압을 이미지를 통한 상상적 사유로 전
복한다. 또한 화자는 상상적 사유로 두려움과 공포를 극복한다.

이는 현실을 회피하거나 망각하는 것이 아니고 이미지의 힘으로 합
리적 사유의 경직성을 넘어서는 것을 뜻한다. 이미지 사유는 합리적
사유에 대결하면서 그것을 넘어서는 역동적 힘을 발휘하는 것이다. 이
에 따라 자아는 물질적 환경과의 이원적 대립의 틀을 깨뜨리고 존재와
사물을 공존시키고 상호 투영시키는 관계망을 형성하게 된다. 가령 3
과 4에서 '곤한 계집의 눈초리', '혓바닥에 교착하는 BISCUITS', '화망
위의 은하수', '만주산 말의 엉덩이', '탱탱한 팬티', '반사하는 일광', '비
둘기의 똥냄새' 등이 사물의 상상적 이미지의 축을 이루며 자아의 의
식 내로 침윤해오려 하는 반면 현실적 자아는 단지 '유효사거리권내'에
서 '0157584'가 말해주듯 기호로만 인식되는 익명인에 불과하다. 단지
숫자라는 기호로서만 인식되는 '나'에게 집요하게 침투해 들어오는 상

상적 이미지는 익명에 불과한 자아로 하여금 존재의 흔적을 얻게 하는 계기가 되는 것이다.

3. '항아리'를 통한 초개인적 욕망의 구현

전봉건에게 현실을 압도하는 이미지의 상상적 작용은 전쟁의 엄중함을 극복하고 억압된 자아에게 자유를 회복케 하는 기능을 한다. 어떠한 만족이나 놀이가 금지된 전쟁터에서 자유를 찾을 수 있는 일은 상상을 통해서만 가능하다. 또한 그 상상은 대상을 재현하는 것으로써는 아무런 의미가 없고 현실을 초월할 수 있을 만큼 압도적이어야 한다. 상상적 이미지는 자아를 대상에 밀착시킴으로써 현실을 망각하게 해주는 대리 현실이 되어야 하는 것이다. 전봉건은 스스로 적극적으로 환상을 만들어냄으로써 전쟁을 잊고 견딘다. 전쟁은 극도의 합리성을 강요하기 때문에 이러한 환상적 이미지는 현실의 합리적 사유를 비판하고 전복하는 의미를 지닌다. 전봉건의 이미지는 존재가 위기에 처한 순간 피어나 욕망을 의식화시킴으로써 존재를 보존하는 역할을 한다. 「암흑을 지탱하는」 역시 전봉건의 환상적 이미지의 구현 과정을 매우 분명하게 보여주고 있는데 여기에서는 특히 '항아리'의 이미지가 그 중심에 놓이면서 전봉건을 자아의 또 다른 국면으로 이동시킨다.

  그날 총알에 뚫린 가슴으로 피를 뿜는 친구를 어깨에 걸쳐 메고 나는 부러진 총부리와 시체가 여기 저기 흩어져 불타는 거리를 더듬어 가끔 씩 생각난 듯 눈먼 유탄이 와서 박히는 한 건물의 어둠 속으로 들어갔다. 깜깜한 문지방을 넘으니 발바닥에 마루인 듯한 널판자가 밟혔고 널판자는 숨 죽인 신음소리 같기도 하고 비명소리 같기도 한 그런 소리를 냈다. 나는 어깨 위에서 꿈틀거린 그를 고쳐 메고 소리 나는 어둡고 긴 마루를 지나 마침내 방인 듯한 곳에 이르렀으나 그곳도 역시 어두워 안 보이는 눈을 껌벅거리며 한동안 우두커니 서 있을 수밖에 없었다. (…중략…) 이미 임종이 가까운 그의 두 눈은 그저 크게 뜨여 힘없이 벌어져 있을 뿐이었다. 아무런 흔적도 없었고 또 자취도 없었다. 그런데 어찌된 것이었던가. 텅 비어 있음에 다름 아니던 그의 두 눈에 빛이 고이고 바람도 이는 것이 아닌가. 뿐만이 아니었다. 하늘이 깃들고 그 푸름도 깃들었다. 성좌가 아롱지는가 했더니 강물이 흘렀고 나뭇잎을 흔드는 숲이 들이차기도 했다. 훤하게 트인 길을 거느린 해안과 산맥이 구비치기도 했다. 나는 그러한 그의 두 눈을 홀린 듯이 들여다보았다. 이제 그의 두 눈은 잔잔한 미소마저 띠우고 있는 것이었다. 그리고 다시 그의 두 눈에 듬뿍 이슬 머금은 꽃덤불로 둘러싸인 샘물이 떠올라 넘칠 듯 넘칠 듯한 바로 그 때였다. 그는 검붉은 피 엉겨찌든 손가락을 들어 어슴푸레한 방 한 구석을 가리키는 것이었다. 나는 그가 가르키는 곳으로 눈길을 옮겼다.

거기엔 무엇이 있었던가. 내가 본 것은 무엇이었던가. 그것은 항아리였다. 항아리 하나가 거기서 어슴푸레한 어둠 속에서 희고 맑은 젖빛 스스로의 살빛을 풀어내고 있었다. 나는 그것을 똑똑히 확인하기 위하여 두 눈을 지긋이 감았다가 다시 떠 보았다. 그런데 모를 일이었다. 내가 다시 눈 떠 본 것은 항아리가 아니라 한 여자였다. 가느다란 모가지 고운 젖무덤 늘씬한 허리 풍만한 엉덩이 한 젊은 여자가 거기서 어슴푸레한 어둠 속에서 희고 맑은 젖빛 스스로의 살빛을 풀어내고 있었다. 풀어내는 스스로의 살빛으로 피냄새 절은 어슴푸레한 어둠을 조금씩 조금씩 밀어내고 있었다.

(…중략…)

그 뒤로부터 나는 확신 하나를 가지게 되었다. 우리의 흙 우리의 땅

덩이가 아무리 처절한 죽음과 엄청난 피로써 얼룩진 암흑이라 할지라
도 철따라 과목을 꽃피게 하고 열매도 맺게 하는 것은 그것이 희고 맑
은 젖빛 스스로의 살빛을 풀어내는 항아리 또는 항아리와 같은 것으로
해서 지탱되어 있는 까닭이라는.

— 「암흑을 지탱하는」 부분

위의 시는 전봉건에게 그 특유의 이미지가 어떻게 현상하고 있는가
를 매우 극적으로 보여주고 있다. 죽음의 위기에 처해 화자는 '한 건물
의 어둠 속'으로 들어간다. 그러나 막상 '어두운 집'에 들어왔을 때 '집'
과 '어둠'은 은신처로서의 기능보다는 강한 '죽음'의 분위기를 뿜어내고
있다. '깜깜한 문지방을 넘'었을 때 '널판자는 숨죽인 신음소리 같기도
하고 비명소리 같기도 한' 음산한 소리를 낸다. '집'은 결코 어머니의
품과 같은 안온한 공간을 제시하지 못한다. 뿐만 아니라 집안의 사물
은 마치 정령이 깃들어 있는 듯한 스산한 이미지를 띠고 있다. 폐허가
된 집은 피범벅이 된 전장과 다를 것이 없고 반쯤 깨진 거울에 비춰본
화자의 모습은 '망령'의 형태 그 자체이다. 서서히 다가오고 있는 친구
의 죽음은 그 주변 사물의 이미지 또한 그와 유사한 색채로 물들이는
것이다. 임종을 맞이하는 순간은 당사자에게만이 아니라 화자에게도
삶의 극단적 한계를 보여준다. 화자는 실질적인 죽음에 직면하여 주변
전체가 섬뜩한 공포 분위기를 자아내는 것을 느낀다.

이러한 극한적 상황에서 전봉건은 뜻밖의 이미지를 만난다. 그것은
환상인지 실재인지 구분하기 힘들 정도의 강한 자장을 띠고 솟아난다.
이미지는 친구의 텅 빈 동공에 '빛이 고이고 바람이 일'고 '하늘이 깃
들고 푸름이 깃드는', '성좌가 아롱지고 강물이 흐르고 숲이 들이차는',

'해안과 산맥이 구비치'는 모습으로 나타난다. 즉 우주가 펼쳐내는 삼라만상이 친구의 눈동자에 파노라마처럼 번져가고 있었던 것이다. 그러한 이미지는 실재하기는커녕 현실과 관련하는 아무런 근거도 지니지 않는다는 점에서 극한 상황에 처한 자아의 환상적 현실로 다가온다.

친구의 눈동자에 그려진 이미지의 실체는 무엇일까? 실제와 상관이 없기 때문에 그것은 개인의 무의식 속에 담긴 오랜 기억, 즉 관념일 수 있다. 그러나 친구의 눈동자에 거울에 비치듯 전사되고 있는 이미지의 장면들은 이것만으로는 해명되지 않는다. 화자가 친구의 눈이 담아내고 있는 이미지들을 '홀린듯이 보고' 있기 때문이다. 더욱이 우주의 삼라만상을 비춰낸 친구의 눈동자에는 두려움의 흔적은커녕 평온한 '미소'가 깃들기 시작한다. 이 순간 죽어가는 친구는 그의 시선이 머문 곳을 가리키는데 그곳엔 다름 아닌 '젖빛 항아리'가 있다.

물론 '젖빛 항아리'는 우주의 삼라만상의 장면들을 화폭에 담고 있는 것은 아니었다. 항아리엔 나무도 숲도 하늘도 강물도 그려져 있지 않다. 그러나 '어슴푸레한 어둠'을 배경으로 '희고 맑은 젖빛 스스로의 살빛을 풀어내고 있'던 '항아리'는 친구에게 우주의 모든 현상들과 유구한 시간의 흐름을 일순간에 펼쳐내고 만다. 다른 한편 화자에게는 '한 여자'의 모습으로 현상한다. '가느다란 모가지 고운 젖무덤…'의 '여자'가 '항아리'의 이미지와 겹쳐져서 환기되는 것이다. 항아리를 통해 본 젊은 여자의 이미지에서 '성욕'마저 느낄 정도로 그것은 강한 현실성을 띤다. 죽음의 상황에서 본 이때의 '항아리'의 이미지야말로 전봉건이 고유하게 대면하는, 현실을 초월케 해주는 환상적 이미지라 할 수 있다.

　그런데 이 '항아리'는 나와 친구에게 동시에 '피냄새 절은 어슴푸레한 어둠을 조금씩 조금씩 밀어내'고 있다는 점에서, 그리고 '여인'을 이끌어 들이며 '그지없는 평화'를 안겨준다는 점에서 나와 너를 이어주는 매개가 된다. 그것은 '나'라는 개인을 넘어서는 초개인적인 욕망을 반영하는 것이다. '나'는 '친구'와 더불어 그와 함께 죽음의 한계 상황을 경험하고 있으며 동시에 친구와 함께 이를 환상적으로 극복하고 있는 것이다.

　똑같은 '항아리'지만 그것은 이들에게 각기 다른 이미지의 상상력을 자극한다. 그러나 개인의 각기 다른 욕망과 의식에 따라 이미지가 현현하는 과정 자체는 현상되는 이미지의 내용이 무엇인가에 관계없이 동일하다. 또한 '풀어내는 스스로의 살빛으로 피냄새 절은 어슴푸레한 어둠을 조금씩 조금씩 밀어내'는 점에서 '항아리'가 빚어낸 이미지는 둘에게 동일한 기능을 하고 있다. 그것은 곧 항아리 이미지가 환상성을 지닌다는 것을 의미한다.

　이는 '항아리'가 이 둘의 무의식의 근원에 그것이 어떤 형태로 나타나든 죽음을 감싸주는 우주적 품을 떠올리는 계기로 작용함을 말해준다. 그러한 무의식은 '나'만의 것도, '친구'만의 것도 아니다. 이때의 따뜻한 우주의 품은 우리 고유의 항아리가 지닌 곡선의 부드러움과 '젖빛 스스로의 살빛을 풀어내는 항아리의 희고 맑은' 빛깔로부터 연상되는 것이며 이로부터 자아들로 하여금 죽음의 공포를 넘어서게 한다. 여기에서 환상성의 작용이 일어나는 것이다. 더욱이 항아리의 부드러움의 자태는 여성의 육체와 겹쳐지는 것이기도 한바, 결국 항아리와 여인과 우주는 일체가 되어 흙을 빚는 틀에서 한 몸으로 태어난다는 것을 알 수 있다. 그들은 우주를 순환하며 끊임없이 재생할 것이라는 점에서 형태에서나 질료적 성격에서, 나아가 존재 방식에서도 동일함을 드러낸다.

'항아리'가 개인을 초월하는 심상이 되며 또한 여성과 우주의 이미지를 안고 있다는 점에서 그것은 전봉건의 시세계에서 중요한 의미를 지닌다. '항아리'는 삶에서 죽음에 이르는 길이 일직선적 경로로 완결될 것이라는 믿음의 붕괴와 함께 순환론적 우주관을 형성시키고 있기 때문이다. 이러한 의식은 신화적 상상력일 뿐만 아니라 우리 민족 고유의 세계관에 속하는 것이다. 이러한 세계관의 자장 안에서 우주적이고 여성적인 '항아리'의 이미지는 죽음을 삶과 결합시켜 죽음을 극복하게 해준다. 이후 전봉건이 안정적인 서정성을 획득하고 그 속에서 자연주의적 심상을 길러낼 수 있었던 것도 '항아리' 이미지에서 비롯되는 것이다.

4. 자연의 유토피아적 세계

전쟁의 냉엄함 속에서 존재의 보존을 위해 추구되었던 이미지 사유는 욕망을 표출하고 결국 그것을 상징적으로 구현함으로써 자아의 회복에 기여한다. 특히 '항아리'는 이미지 사유를 도모하는 전봉건 개인과 그를 넘어서는 집단적 무의식을 대변하고 있다는 점에서 전봉건 시세계에서 매우 큰 비중을 차지하는 심상이라 할 수 있다. 이 원형 심상을 통해 전봉건은 민족 고유의 세계관과 만나게 되기 때문이다. 그것은 동양적이고 전통적인 세계관을 뜻한다. 이러한 세계관을 긍정하였을 때 환상으로 표출되는 이미지 사유는 합리적 사유와 이분법적 대립을 넘어서서 그것을 보완하고 융합하는 화해적 성격을 띠게 된다. 전봉건의 후기시가 안정적인 서정성을 획득하며 그 속에서 또한 가능한 상징을 발견하는 것은 이 점에 기인한다. 전봉건이 문명에 의해 훼손되지 않은 자연에 처해 있을 때 그곳은 곧 자아와 대상의 대립을 요구하지 않는 유토피아가 되는 것도 이 때문이다. 자연의 회복 능력에 의해 자아는 파괴와 분열을 경계하고 염려할 여지를 점차 버리게 되는 것이다.

「암흑을 지탱하는」의 '항아리' 심상을 구현한 이후 「장미의 의미」, 「지금 아름다운 꽃들의 의미」, 「강물이 흐르는 너의 곁에서」, 「은하를 주제로 한 봐리아시옹」, 「고전적인 속삭임 속의 꽃」 등의 시들에 등장하는 '꽃', '녹색', '은하' 등의 심상들은 이러한 지점에 놓여 있는 것들이다. 이들은 결국 '항아리'가 변용된 것으로서 전봉건의 전후 시에서 상징적 이미지로서 안정적으로 구축된다. 이들은 단순히 질료적 차원에서 이해될 수 있는 것이 아니라 우주를 순환하며 소멸과 재생을 반복한다는 관점에서 의미를 부여받는다. 또한 바로 이 부분이 전봉건이 리리시즘을 모더니즘 내로 흡수하는 지점이며 다른 모더니스트와 달리 시적 비적을 지닌 채 전통적 서정시 계열과 만나게 되는 대목이다.

> 2월은 오고 3월은 오고
> 무너진 다리에도 4월은 오고
> 강물은 흐르고 그리고 그것은 나의 눈시울에
> 따뜻한 그것은 눈물이었다.

잃어진 것은 없었다.

불탄
나무가지마다 찌든 전사자의
아직도 검은 외마디 소리들을 발려내기 위하여
수액은 푸른 상승을 시작하고
155마일의 철조망이 에워싼 무인지대에서도
하늘은 푸르고 새들은 노래하고
꽃들은 한들거렸다.

잃어진 것은 없었다.

밤 하늘의
무수한 별자리에서도 잃어진 것은 없었다.
맑은 물빛 푸름 한 점
아주 작은 별 한 점
그렇다 아무 것도 잃어진 것은 없었다.
강물은 흐르고

무너진 다리에도
강물은 흐르고 흐르면서
개미보다 더 큰 사랑을 물고 간 개미에 대한 이야기 꽃 그늘에서 꿀
벌을 위해 숨 죽인 속삭임과 그러나 요란스럽게 꽃가지를 흔들면서
날개친 두 마리 새에 대한 이야기 줄지은 창문들이 마치 무슨 악보와
도 같은 거리에 대한 이야기 열매 맺는 한 나무의 성장과 성숙 그 순
서에 대한 이야기 그리고 크나큰 고마움 가슴 벅찬 입맞춤에 대한 이
야기

그런 이야기
오직 그런 이야기만을
쉴 새 없이 쉴 새 없이 하였다.

잃어진 것은 없었다.

부러진 총검도
구멍 뚫린 철모도
반쯤 묻혀서 녹스는 들판
소리없이 부드럽게 휩쓰는 무수한 풀들의 손길
그 푸른 손길은 눈물겨웁다.
피얼룩 깁고 누빈 저고리 벗고
피얼룩 깁고 누빈 긴 치마 벗으면
목덜미에 가슴에 젖꼭지에도
허리에도 무릎에도 풀들 푸른 손길 휩쓸어
그 손길 가지가지 푸른 무늬
어지럽게 눈부시게 아롱지는 너
오 너는 진정 눈물겨웁다.

언제든
그렇다 언제든
나를 눈 떠 보게 하고
나를 노래하게 하고
나를 사랑하게 하고
나를 눈물짓게 하면서
나를 아름답게 하는 아무 것도
잃어진 것은 없었다.

2월은 오고 3월은 오고
무너진 다리에도 4월은 오고
강물은 흐르고 그리고 그것은 나의 눈시울에
따뜻한 그것은 눈물이었다.

전봉건에게 '꽃'과 '강물'과 '푸름' 등 자연의 사물들은 지속적으로 생명을 회복시킨다는 점에서 시인에 의해 상징적 의미를 부여받는다. 전쟁이 국토를 초토화시키고 모든 생명을 파괴했다 하더라도 '잃어진 것은 없었다'고 말할 수 있는 것, 거듭 반복하며 강조하는 것은 인간 역시 순환하는 자연처럼 재생 의지를 가져야 한다는 점에서 그러하다.

자연의 이미지는 전쟁의 기억과 통합되면서 전쟁의 상흔을 순환의 궤도 속으로 밀어 넣는다. 반복되는 '계절' 속에서 흐르는 '강물'은 '무너진 다리'를 바라보는 '나의 눈시울의 눈물'과 섞이어 흐른다. 나무의 '수액'은 '나무가지마다 찌든 전사자'의 흔적을 씻어내며 생명을 향해 '상승'한다. 설령 전쟁이 견고한 분단의 벽을 쌓았다 하더라도 그 분리의 벽과 상관없이 살아가는 '하늘'과 '새'와 '꽃'들이 존재한다면 분단 역시 자연의 흐름과 더불어 돌고 도는 역사의 과정을 밟아갈 것이라고 시인은 믿는다. 이러한 관점에서라면 '잃어진 것은 없었다'고 말하는 것이 가능해진다. 자연의 순환 가운데에서 '무너진 다리'는 '개미보다 더 큰 사탕을 물고 간 개미 이야기'라든가 '나무의 성장과 성숙에 관한 이야기'들과 더불어 강물에 묻혀 흘러갈 것이며 '부러진 총검'이나 '구멍 뚫린 철모' 등 처절함이 배어 있는 들판은 '소리없이 부드럽게 휩쓰는 무수한 풀들의 손길'에 의해 위무되어 '풀의 푸른 손길'에 의해 '푸름'을 회복할 것이다. 이처럼 자연의 힘은 모든 역사적 사건과 상처를 흔적도 없이 소멸시키고 새로운 생명으로 부활시킨다. 자연의 이 같은 재생 작용을 시인은 '노래'와 '사랑'과 '눈물'과 '아름다움'이라 말한다. 자연 심상을 통해 우주의 순환과 재생의 힘을 발견한 전봉건은 전쟁으로 인해 파괴된 자아의 내면성의 회복을 그것에 기대어 이루고자 한다.

5. 원시적 근원성과 전쟁의 초월

전봉건이 자연 상징을 통해 분열되고 파편화된 의식을 극복해가는 과정은 모더니즘이 전통 서정시와 만나는, 우리 시사에서는 드문 자리를 마련한다. 전봉건이 이러한 도정을 밟아올 수 있었던 데에는 그가 대결한 근대의 문명의 지점이 이성적이고 개념적인 사유 방식 자체였다는 점에 기인한다.

전쟁 체험의 시에서 살펴보았듯 전봉건은 전쟁이 요구하는 고도의 이성적 사유에 대항하여 이미지의 상상적 사유를 펼친다. 이미지의 사유는 이성이 억압하는 충동과 본능과 무의식을 내면 깊이에서 끌어올려 억압된 자아에 생명력을 부여한다. 그것은 또한 추상화 과정에 의해 사물의 본질을 놓치고 마는 개념적 사유와 달리 타자 가까이 다가갈 수 있는 원초적 인식 방법이기도 하다.

이러한 사유가 가능했기에 전봉건은 전쟁의 한가운데에서 죽음을 넘어서는 생생한 이미지를 발견한다. 어떠한 논리와 합리화로도 해명할 수 없는 언어도단의 지경인 전쟁의 와중에서 인간은 죽음 앞에 속

수무책일 수밖에 없는가? 전봉건은 죽음의 강을 건너는 상상적 힘을 친구의 죽음을 지켜보는 자리에서 찾아낸다. 삶은 죽음이 끝이 아니라는 것, 죽음은 삶과 단절되지 않는다는 것, 때문에 죽음이 공포와 두려움의 끝에서 이루어지지만은 않다는 것과 같은 삶과 죽음을 둘러싼 화해적인 관념들이 죽음을 극복하는 상상적 힘에 해당한다. 전봉건은 그러나 이러한 관념들을 개념적 언어로 얻는 것이 아니라 풀어진 동공에 무한히 펼쳐지는 우주적 이미지들에 의해 비로소 갖게 된다. 그리고 그러한 이미지들을 풀어낸 대상이 다름 아닌 '우유빛 항아리'임을 발견한다. '항아리'의 우주적 이미지, 그리고 '항아리'와 그것이 만들어낸 이미지 사이의 거리가 상상력의 역동성을 말해주는 것인바, 여기에서 전봉건은 삶의 회복시키는 상징의 힘을 믿게 된다.

　이후의 시들에서 발견되는 다양한 자연의 상징들은 「암흑을 지탱하는」에서 보여주고 있는 생생한 체험을 기점으로 하여 빚어진 것들이다. 자연 심상들은 '항아리'의 여성적이고 우주적인 이미지와 마찬가지로 대우주의 일부로서 지속적인 순환에 참여한다는 의미를 내포하고 있다. 이러한 심상과 세계관을 받아들임으로써 전봉건은 전통적 서정시의 정통적인 모습을 보여주며 이를 통해 전쟁의 상처를 치유하고 나아가 현대시가 나아갈 비전을 제시하고자 한다.

춘향의 사랑, 향유의 노래
— 전봉건의 『춘향연가』 연구

1. 『춘향연가』의 '사랑'의 전제로서의 『춘향전』

『춘향연가』[1]는 제목이 보증하듯, 춘향의 사랑 노래이다. 총 1053행에 이르는 이 장대한 사랑 노래는 이도령을 향한 절절한 사랑의 고백으로 이루어져있다. 그러나 이것이 일반적이고 관습적인 의미에서 사랑인가? 혹은 정말로 '이도령'에 대한 사랑의 노래인가? 손쉽게 수긍하

---

* 박슬기 / 서울대학교 국어국문학과 강사

1) 『춘향연가』는 두 번 출판되었다. 1967년에 한 권으로 출판되었고, 1987년에는 대폭 수정되어 <사랑을 위한 되풀이>에 일부분으로 수록되었다. 수록되면서, 분량도 줄었거니와 내용에도 많은 가필이 가해졌다. 수정과 재수록의 과정에서 초판이 가졌던 미적 특성이 많이 훼손되었다고 판단하여, 이 글에서는 초판만을 대상으로 한다.

기는 어렵다. 『춘향연가』가 춘향의 '독백'이자 '고백'이기 때문이다. 한 주체의 일방적인 사랑의 고백이라는 사실, 바로 여기에 『춘향연가』의 사랑의 문제점이 놓인다. 일반적인 의미에서 사랑을 서로 다른 규칙을 가진 타자 사이에 일어나는 합일의 감정이라고 정의한다면, 『춘향연가』는 그것이 일방적인 독백으로 이루어진다는 점에서 사랑이라고 보기 어렵다. 그러나 짝사랑도 있지 않은가? 사랑의 대상에게 보내는 연서의 경우에, 연서가 사랑의 표현이 아니라고 보기도 어렵다. 그러나 이 역시 마찬가지로 그것이 사랑의 표현이라고 보기 위해서는 이 사랑의 대상이 명확히 규정되어야 한다. 사랑은 대상에 대한 사랑이기 때문이다. 라깡의 표현을 빌자면, 그것은 감성적 상호교류를 통해 파악되는 서로의 존재에 대한 긍정이자, 레비나스에 따르면 형제 영혼에 대한 감성의 공명현상이기 때문이다.[2] 말하자면, 어느 쪽이든 『춘향연가』가 사랑의 노래이기 위해서는 반드시, 이도령이라는 대상이 명확히 이성애의 대상으로서의 타자로 정립되어야 한다. 이것이 『춘향연가』에서의 사랑의 전제 조건이다.

그러나 『춘향연가』는 내용과 형식의 차원에서 이 대상을 부정하고 있다는 점에서 문제가 생긴다. 『춘향연가』의 내용은 '고백'이며, 형식은 '환상'이다. 즉, 『춘향연가』의 사랑의 고백은 환상의 차원에서 펼쳐진다. 그러하기에 텍스트 자체는 이도령이라는 사랑의 대상을 명확히 정립하지 않는다. 이성애의 대상으로서의 이도령이라는 존재는 텍스트 안에서 보증되는 것이 아니라, 『춘향연가』가 전제하고 있다고 가정되

---

2) 이종영, 『사랑에서 악으로』, 새물결, 2004. 55면.

는 텍스트 밖의 서사, 즉『춘향전』에 의해서 보증된다는 것이다. 물론, 이러한 보증은 너무나 관습적이고 일반적이어서『춘향연가』라는 시를 읽는 독자도, 춘향의 독백을 듣는다고 텍스트에서 가정된 청자조차도 이 사랑의 실제성을 의심하지 않는다. 그러므로『춘향연가』의 주제에 대한 관습적 인식은 이성애를 전제하고, 이성애를 확장시켰을 때 나타 나는 생명력으로서의 '에로스'에 집중되어 왔다.3) 또「춘향연가」가 그 원텍스트인『춘향전』과의 관계에서 조명될 때, 그것은 소재차용과 고 전의 재해석이라는 의미를 가지는 것으로 평가되어 왔다.4) 이 경우에

3) 이러한 해석의 출발점은 오세영의 분석이 제공했다. 그는 다음과 같이 표현한다. "『춘향연가』의 테마는 이 시의 소재가 그렇듯이 물론 이성애이다. 그러나 그 사 랑은 성애나 육체적 사랑이 아니라, 플라토닉한 것으로 승화되어 있다. 사회 적 삶의 완성이 공동체적 사랑에 의해서 이루어질 수 있으리라고 믿는 시인 은 이제 개인적 삶의 완성은 에로스의 완전한 합일에 있다고 믿는 것이다. 인간은 근원적으로 고독한 존재이며, 또 미완의 존재인 바, 그것을 완성에 이 르도록 만들어 주는 것은 물론 이성과의 완전한 결합일 것이다."(오세영,「장 시의 다양성과 가능성」,『현대시학』, 1988. 8. 55면) 오세영은 전봉건 시를 관 통하는 주제 의식이 '사랑'에 있다고 보고, 그 사랑의 양상을 휴머니즘(「사랑 을 위한 되풀이」), 이성애(『춘향연가』), 생명애(「속의 바다」)로 세분하고 있다. 전미정은 전봉건의 에로티즘을 제의적 에로티즘으로 규정하면서, 그는 초기시 부터 후기시까지 에로티시즘의 시세계에 철저하게 몰입했던 시인이라고 평가하고 있다(전미정,「한국 현대시의 에로티즘 연구」, 서강대 박사, 1999). 이는 실존주의 적인 측면에서 연구한 조영복, 문혜원의 연구에서도 핵심적으로 공유되고 있다. 조영복은 전봉건의 시가 가치중립적인 기호 속에 소외되고 사물화 된 일상성의 모습을 담아내어보편적인 인간의 휴머니즘을 역설하고 있다고 바라보며(조영복, 「1950년대 모더니즘시에 있어서 '내적 체험'의 기호화 연구」, 서울대 석사, 1992), 문혜원은 사랑이 전봉건 시의 실체이며, 그 바탕에는 생명에 대한 믿음이 내재하 고 있다고 바라본다(문혜원,『한국 현대시와 모더니즘』, 신구문화사, 1996).
4) 김홍규는 고전적인 서사성을 완전히 해체시키고 독자적인 양식의 재구성을 시도 한 점을 높이 평가(「춘향, 구의 얼굴」,『현대시학』, 1971. 4, 89면)하고 있으며, 김 종길은 심리적이며 극적인 장면의 조직으로 훌륭하게 내면적인 통일성을 이루고 있다(「한국에 있어서의 장시의 가능성」,『문화비평』, 1969년 여름, 241면)고 평가

도 역시 『춘향연가』의 주제를 사랑으로 보고, 이 사랑이 『춘향전』의 사랑의 의미를 계승하면서, 그것을 독자적인 위상으로 재정립한 것으로 파악한다.

『춘향연가』에 대한 조명이 거의 이루어지지 않았다는 점을 고려하더라도, 『춘향연가』의 '사랑'이 어떤 경우에든 『춘향전』과의 관계에 의해서만 조명이 가능했다는 점에 주의할 필요가 있다. 『춘향연가』는 1053행에 이르는 장대한 사랑의 고백임에도 불구하고, 시적 주체의 사랑의 실제성은 『춘향전』에 의해서만 보증되는 불구의 텍스트인 것이다. 그렇다면, 텍스트주의자의 관점에서 『춘향연가』를 읽게 된다면 춘향의 사랑은 어떻게 될 것인가? 그것은 결코 응답받을 수 없는 사랑, 끝없이 대상의 주변을 맴도는 불구의 사랑일 뿐이다. 사랑의 대상인 이도령의 실제성마저 부정해버리면, 가상의 대상을 향한 춘향 자신의 욕망만이 표출된 텍스트에 지나지 않는 것이다. 이것이 사랑인가? 과연 『춘향연가』는 사랑의 노래인가? 춘향은 사랑하는 자, 이도령은 사랑받는 자의 지위를 점유할 수 있는가? 『춘향전』이라는 텍스트를 배제했을 때, 이 모든 사랑의 지위는 의심받는다. 『춘향전』의 이차텍스트로서가 아니라, 노래로서 『춘향연가』는 어떤 성격을 지니고 있는가? 과연 춘향은 누구인가? 이 글은 바로 이러한 의심에서 출발한다.

그러나 『춘향연가』는 분명히 이전 텍스트를 전제하고 출발한다. 즉, '어머니의 이름은 월매./ 아버지의 성은 성씨./ 그래서 나는 성춘향'(1행~3행)이라는 '자신의 계보'로부터 시작함으로써 『춘향전』과의 연결을

하고 있다.

분명하게 한다. 이 시의 화자인 춘향을『춘향전』의 주인공인 춘향으로
볼 수 있는 유일한 지점은 화자 스스로 밝힌 자신의 계보이다. 그러나
『춘향연가』는 이 계보에서 출발만 할 뿐,『춘향전』과 연결된 어떠한
서사도 구축하지 않는다. 말하자면,『춘향연가』의 서사는『춘향연가』
밖에 '맡겨져' 있는 것이다. 또한『춘향연가』안에서 두어 번 돌출하는
이도령에 대한 실제적 묘사나, 광한루의 기억들 역시『춘향전』에 의존
한다.『춘향연가』는『춘향전』을 의도적으로 끌어들임으로써, 그 자신
이『춘향전』의 일부라는 점을 전시하고 있는 것이다. 그렇다면, 이 실
제성 사이에 존재하는 것은 무엇인가. 그것은 오로지 춘향의 환상뿐이
다. 춘향의 사랑의 고백은 바로 이러한 환상의 영역에서 출현하고 있
는 것이다.

2. 사랑이 출현하는 순간 - 사랑이 고백되는 방식의 문제성

　자칫 지루하기 쉬운 사랑의 고백으로 이루어진『춘향연가』가 1053행
을 끌고 나가면서도 박진감을 주는 이유는 바로 그 뛰어난 형식미 때
문이다. 그것은 반복과 변주인데, 같은 어구들을 계속해서 반복하고 변
주함으로써 전봉건은 장시에 어울리는 유장한 리듬을 창출해 낸다.5)

---

5) 전봉건은 이미 50년대에 쓰인 <사랑을 위한 되풀이>를 비롯하여, 한국 시사에서
　예외적으로 긴 호흡을 자랑하는 시를 쓴 바 있다. 그러나 반복과 변주만으로는
　한계가 있다. 「사랑을 위한 되풀이」가 장시의 미학을 오로지 반복에만 의존함으
　로써 지루함을 주었던 것이 좋은 예이다.『춘향연가』의 형식미는 판소리 장단과
　밀접한 관계가 있다. 판소리 장단은 사건의 긴박함이나 평이함에 맞춘 속도의 변
　화와 밀접하게 연결되어 있다. 사건의 내용에 맞게 창자는 창의 속도를 빠르게

문제는 이 '반복이 '고백'의 반복이라는 사실에 있다. 정확하게는 '사랑의 고백'의 반복이다. 말하자면, 『춘향연가』는 '사랑한다'는 사실을 반복적으로 고백하고 있는 것이다. 자신의 계보를 전하는 것에서 시작한 춘향의 노래는 곧 자신의 사랑과 옥에 처한 현실을 대비한다.

> 그런데 나는 옥에 있어요./ 남산에 피는 꽃은 내 마음에 피는 꽃. 북산에 물드는 분홍빛은 내 온몸에 물드는 분홍빛./ 그런데 나는 옥에 있어요./ 버드나무 선사만사로 늘어진/ 가지 사이에서 우는 황금조는,/ 내 가슴 둘레를 돌면서 우는 새./ 그런데 나는 옥에 있어요./ 나는 사랑하고 있어요./ 그런데 나는 옥에 있어요./ 그런데 나는 사랑하고 있어요.
> (31~41행)

이상과 같이 사랑의 고백은 항상 자신이 '옥'에 있다는 고백을 전제하고서 출현한다. 이러한 진술이 의도하는 바는 명백하다. 옥이 자신의 사랑을 방해하는 상황으로 존재하고 있음을 강조하는 것이다. 그것은 '그런데' 라는 부사로 확정된다. 이러한 반복적 사랑의 고백은 '나는

하거나 천천히 하며, 이 속도의 빠르기는 주로 같은 어구나 비슷한 음운의 반복이 빈번해지는 것과 맞물린다. 말하자면, 판소리에서 속도의 빠르기를 결정하는 것은 창의 속도일 뿐 아니라, 반복의 빈번함인 것이다. 『춘향연가』는 그것이 쓰인 텍스트라는 점에서, 속도의 변화를 보여주기 어렵다. 대신에 반복의 간격과 횟수의 조절을 통해서 그 속도의 변화를 '보여'준다. 가령, 과거를 회상할 때에는 평이한 어조로 서술되다가, 변학도의 학정에 처했거나, 옥에 처한 자신의 상황을 서술하거나, 환상에 빠져드는 장면에서는 어구 반복의 빈도수가 급격하게 늘어난다. 말하자면, 반복과 변주로 리듬을 전개하는 데 있어, 『춘향연가』는 그 반복과 변주를 적절하게 조절함으로써 시에 판소리적인 리듬을 부여했다는 데 있다. 이는 단순한 어구의 반복이 아니라 고조의 반복이며, 쓰인 텍스트에 생명력을 부여하는 것은 이 들리지 않는 어조의 급박함과 평이함인 것이다.

옥에 있다. 그럼에도 불구하고 나는 사랑한다'로 요약될 수 있는 성질의 것이다. 문제는 당신이 어떠한 존재이므로 당신을 사랑한다는 진술이 나오는 것이 아니라, 내가 옥에 있음에도 불구하고 사랑한다는 선언이 도출되고 있다는 점이다. 사랑한다는 증언은 늘 하나의 주장으로서의 성격을 갖는다. 되돌려 받을 가능성 없이 사랑한다는 말을 할 수는 없다. '사랑한다'는 표현은 사랑의 상대가 그 반대급부로 오로지 자신만을 사랑해주길 요청하고 있는 것6)이다.

그러나 춘향의 사랑의 고백은 그 청자가 누구인지 모호하므로, 이러한 요청을 누구한테 하고 있는지가 불명확하다. 물론, 『춘향전』을 가정하면, 그 사랑의 대상은 이도령일 것이다. 그러나 『춘향연가』가 독백으로 구성되었다는 점에서, 이 사랑한다는 선언은 상대에게서 사랑을 요구한다고 볼 수 없다. 그렇다면, 이 '사랑한다'는 선언은 다만 사랑을 하고 있다는 사실을 춘향 자신에게 확인시키는 역할을 하고 있는 것이 아닐까? 그러나 사랑은 원래 그러한 것이다. 사람들은 사랑에 대해서 말하지 않는다면 사랑을 하지 않는다. 사랑은, 어떠한 필요에도 관련되어 있지 않은 요구로서, 말로부터 출현한다.7) 사랑한다는 선언이 사랑의 대상으로부터 그 응답을 요구하고 있지 않다면, 그렇다면 이는 사랑의 고백인가? 사랑을 나르시시즘적 관계라고 여긴다면 이는 사랑의 고백이 아닐 것이다. 중요한 것은 이러한 사랑의 고백이 『춘향연가』에서 행해지는 방식이다. 난데없는 사랑의 고백과 옥이라는 사랑의 장애

---

6) 이종영, 앞의 책, 62면.
7) R. Salecl, *(Per) versions of Love and Hate*, 이성민 역, 『사랑과 증오의 도착들』, 도서출판 b, 2003, 34면.

물을 설정함으로써 시작한 이 고백의 드라마는 점점 고조된다. 춘향의 사랑의 크기는 마치 장애물의 크기와 함께 비례해서 커지는 것처럼 여겨진다.

> ≪이년!/ 잡아 내리라!/ 형틀에 올려 매어/ 물고를 내어라!/ 매우 쳐라! 매우 쳐라!≫/ 팔다리가 갈라지나요./ 어머니, 팔다리가 갈라지나요./ 어머니, 그러나 나는 죽지 않아요./ 그이는 살아서 있는 것을./ 나는 네 가닥으로 떨어져 나간대도,/ 팔 다리가 머리를 이고, 가슴과/ 허리는 받쳐 들고, 그이에게로 가요./ 나는 가서 그이와 함께 살아요./ 나는 사랑하고 있는걸요./ 육천 번을 죽인대도 매한가지./ 육천 마디 얽힌 사랑인 것을. /육천 마디 맺힌 마음인 것을. (87행~104행)

사랑을 가로막는 장애물은 이런 식으로 고백된다. 여기서 그 이전 사건은 명시되어 있지 않지만, 『춘향전』에 비추어 볼 때 이 사건은 이 도령과 이별한 춘향이 변학도의 수청을 들기를 거부하고 옥에 갇힌 사건일 것이다. 옥에 갇히기 전에 이미 고문이 있었고, 모진 고문을 견디면서도 춘향은 이도령에 대한 정절을 다짐한다. 그러므로 『춘향전』에 비추어보았을 때 이 장면은 춘향의 정절, 그리고 변함없는 사랑을 다짐하는 장면에 해당한다. 사랑을 가로막는 모든 장애물에도 불구하고.

그러나 역시 『춘향전』이라는 이전 텍스트를 빼 버렸을 때, 이 장면에서 변학도와 수절을 다짐하는 춘향이라는 존재는 상정하기 어렵다. 춘향이 고문을 받고 옥에 갇히는 장면 역시, 그것이 이도령과의 사랑을 지키기 위한 것인지는 알기 어렵다는 것이다. 다만 이 장면에서 춘향이 확인해줄 수 있는 것은, 이 모든 고문을 견디고 '그이'에게로 가겠다는 다짐일 뿐이다. 이 '그이'로서의 이도령이라는 실제는 다만 확인할 수 없는 어떤 '존재'에 지나지 않는다.

이 장면에서 중요한 것은 바로 이러한 고문이 춘향의 사랑을 숭고하게 만드는 하나의 장치로 기능한다는 것이다. 이 고문은 너무나 참혹한 것이어서, 춘향이 팔다리가 갈라지는 고통을 겪도록 만든다. 그러한 고통에도 불구하고 춘향은 '어머니, 그러나 나는 죽지 않아요' 라고 고백한다. 고문은 춘향의 신체를 갈가리 찢어 놓지만(정확하게 그러한 환상을 생성하지만), 춘향의 사랑과 의지만은 강화한다. 그것은 '육천 번을 죽인대도 매한가지'라는 구절에서 강화된다. 육천 번을 죽이면, 사랑은 그 크기만큼 '육천 마디'로 불어날 것이다. 이것은 사랑이 그 장애물로 인해 강화된다는 일반적 통념을 상기한다. 그러나 정확하게는 거꾸로다. 장애물이 없다면, 사랑은 발생할 수 없을 것이다. 장애물은 사랑을 방해하는 조건이 아니라, 사랑이 출현하는 조건이기 때문이다. 로미오와 줄리엣의 사랑은 그 사랑이 금지된 것이었기 때문에, 오히려 열렬히 타오를 수 있었던 것이다. 춘향이 여기서 '그이'가 모든 제도와 억압을 타파하고, 자신을 구하러 오는 환상을 꿈꾸지 않는 이유가 바로 여기에 있다. '그이'는 와서는 안 되는 존재이기 때문이다.

사랑은 장애물의 존재로 인해 출현한다. 장애물은 달리 말할 것도 없이, 변학도의 수청요구라고 할 수 있을 것이다. 이 요구에 의해 '사랑한다'는 고백이 출현하는 것이다. 변학도가 수청을 요구하지 않는다면, 춘향은(이도령을) 사랑한다는 발화를 할 필요가 없다. 즉, 춘향의 고백을 강요하는 것은 변학도의 존재이다. 그렇다면, 이 변학도란 어떤 존재인가. 『춘향연가』에서 변학도는 오로지 춘향에게 내리는 '명령'으로만 존재한다. 실상 변학도가 춘향에게 '수청을 들라'라고 말하는 장면은 등장하지 않는다. 그는 다만, 다른 모든 기생들과 함께 춘향을 '호명'하고, '하옥하라', '잡아내리라' 등의 명령만을 내리는 존재이다. 그는 오로지 '기표'로서만 존재하고 있는 것이다. 기표로 존재하는 변학도의 명령이 사랑하는 존재로서 춘향을 호명하고 있다는 사실, 여기서 우리는 라깡의 주체 개념을 상기하지 않을 수 없다. 라깡에게서 주체는 항상 빗금 쳐진 주체이다. 주체는 기표의 연쇄를 통과하면서, 상징화 과정을 통과하고 나서 주체로 성립한다.[8] 주인기표는 개인에게 말을 걸면서, 개인을 주체로서 호명하고 있는 것이다. 즉, 주체는 늘 나중에 성립한다. 『춘향연가』에서 변학도는 호명하는 상징계적 요구이며, 춘향은 이에 응답함으로써 비로소 주체로 성립하는 주체이다.

그러므로 변학도의 요구는 이중적이다. 변학도는 '수청'을 요구한다. 그러나 변학도는 '수청'을 요구하는 동시에, 법을 지킬 것을 요구한다. 그 법은 '정절'이다. 왜냐하면, 변학도는 상징계 그 자체이기 때문이다. 조선 사회는 여인에게 정절을 최우선적 가치로 요구한다. 그러므로 변학도는 '수청'을 요구하지만, 암묵적으로 수청을 거절하라고 요구한다. 말하자면, 이런 식이다. "너는 수청을 들어야 한다. 그러나 네가 그것을 거절한다면 너는 열녀로 남을 수 있을 것이다." 혹은 "너는 (이도령을) 사랑한다고 고백하라. 그러나 그리하면 너는 처벌받을 것이다."

말하자면 춘향의 사랑의 고백은 대타자의 요구에 응답하는 하나의 방식으로 출현한 것이다. 그렇다면, 타자인 이도령을 향한 춘향의 사랑

---

8) S. Žižek, *The sublime object of Ideology,* 이수련 역, 『이데올로기라는 숭고한 대상』, 인간사랑, 2002, 179면.

은 다만 상상적 동일시로는 설명될 수 없는 것이다. 이도령을 향한 응시에 이미, 변학도라는 대타자의 응시가 스며들어 있기 때문이다.

이러한 논의에 따라, 『춘향연가』의 사랑의 고백에 대해 다음과 같이 정리할 수 있을 것이다. 사랑의 고백은 분명히 이도령이라는 이상적 자아를 향한 상상적 동일시의 과정의 산물이며, 이를 통해 사랑의 고백이 출현했다. 이것이 『춘향연가』의 전제이다. 그러나 텍스트가 보여주는 바는, 이러한 상상적 동일시의 과정에 은밀하게 내재된 대타자의 시선이 명백하게 춘향의 사랑을 출현시키도록 하고 있다는 사실이다. 그렇다면, 춘향의 사랑의 고백은 아무래도 사후적인 것이다. 그것은 변학도라는 대타자의 기표를 통과하는 순간에 그 기표의 연쇄에 고정되는 일종의 '누빔점'이며, 이것이 바로 그 사랑의 '의미'이다.

그러나 이러한 결론은 너무나 손쉽다. 그렇다고 해서, 『춘향연가』의 '사랑'을 부정할 수 있을 것인가? 텍스트가 지닌 힘이 그것이 가능하지 않도록 한다. 『춘향연가』는 독백의 형식을 띠고 있지만, 그 독백을 산출하는 삼각구도가 텍스트 이면에서 작동하고 있기 때문이다. 이 삼각구도는 춘향, 변학도, 그리고 이도령이 그리는 구도이며, 바로 이 구도를 통해서 '사랑하는 주체'로서의 춘향이 탄생한다. 『춘향연가』를 단순히 이성애로, 혹은 생명에의 열망으로 보기 어려운 이유가 바로 여기에 있다. 춘향의 사랑의 차원을 다르게 보는 순간, 이도령과 변학도의 존재를 규명해야만 하는 문제가 던져지며, 춘향이 어째서 대타자의 요구에 '사랑'으로 응답하는지를 구명해야만 하는지가 문제된다.

3. 사랑의 삼각구도─변학도, 이도령, 춘향

지금까지 우리는 춘향의 사랑이 표현되는 방식을 문제 삼았다. 춘향의 사랑은 '고백'을 통해 출현하며, 그것은 변학도라는 상징계적 질서를 통과하고 나서야 비로소 사랑으로 승인된다. 그러나 이러한 논의 속에서 이 글은 지금껏 춘향의 사랑의 대상인 이도령에 대해서는 침묵했다. 이 노래 속에서, 그이이거나 당신으로 호명되는 이 사랑의 대상이 이도령이라는 것은 다만 『춘향전』에 의해서 보증될 뿐이다. 그러나 정말로 사랑의 대상이 이도령이고, 이도령은 사랑의 대상인가?

> 저만치 서서 있는 그이./ 육분당혜 신은 발은 극상세목 겹보선./ 남갑사 대님에 영초단 허리띠./ 가슴엔 도포 받친 흑사띠./ 보세요, 세백저 상침바지./ 모초단 도리개 당팔선 중치막./ 육사선 겹배자의 밀화단추./ 곱게 빗어 밀기름에 잠재운 머리,/ 맵시 있는 궁체댕기./ 보세요, 선풍 어린 그 얼굴./ 보세요. 무어라고요. 안 보인다고요./ 저만치 서서 있는 아무도 없다고요./ 나는 앉아 있는데,/ 그래요, 나는 이곳에 앉아 있어요. /무어라고요, 무어라고요./ 아무도 아무것도, 보이지 않는다고요./ (…중략…)/ 저만치 있는 것은/ 목 매달아 죽은 귀신./ 이곳은 광한루가 아니라고요./ 지금은 궂은 비 퍼붓는/ 깊은 밤의 삼경이라고요./ 저것은 곤장 맞아 죽은 귀신, 저것은 형장 맞아 죽은 귀신이라고요. (61행~87행)

『춘향연가』가 춘향의 환상으로 이루어져있다는 것은 주지의 사실이지만, 이 장면은 사랑의 대상인 이도령의 실제성을 의심하게 하는 구절이다. 그런데도 이 대상은 매우 구체적으로 묘사된다. 육분당혜, 남갑사 대님 등 춘향은 사랑의 대상이 차려입은 의상을 아주 세세하게 묘사한다. 마치, 광한루에 서 있는 이도령의 모습을 그 머리카락 하나까지 재현할 수 있을 정도이다. 하지만, 그토록 구체적으로 묘사해 놓은 그는 다만, 춘향의 환상에 지나지 않는다. 춘향 스스로도 그 실제성은 의심스럽기 때문에, 춘향은 끊임없이 자신의 독백을 듣고 있다고 가정된 청자에게 되묻는다. "무어라고요. 안 보인다고요." 그러나 이 춘향의 말을 부정하는 청자 역시, 춘향의 환상 속에서 존재하기 때문에 춘향의 이 물음은 스스로에게 되묻는 물음이다. 나의 사랑의 대상이 진정으로 존재하는가.

낭만적 사랑이 출현하기 위해서는 그 사랑의 대상이 실제로 존재하는 대상이 아니어도 상관은 없다. 다만 사랑의 이미지만이 중요한데, 사랑이란 이상적 자아에 대한 상상적 동일시이기 때문이다. 사랑하는 주체는 애써 대상을 이상적 자아의 지위에 놓는다. 그리고 스스로가 되려고 애썼던 완벽한 모습을 그 대상이 가지고 있기 때문에 사랑한다. 여기서 작동하는 것은 오로지 주체의 사랑의 이미지뿐이다. 그렇다면 이 사랑의 대상의 이미지는 실제로 춘향이 보기를 '원하는' 것이지, '실제로' 볼 수 있는 것은 아니다. 그렇다면, 어째서 춘향은 이토록 세밀하게 이도령을 묘사하고 있는가.

여기에는 두 가지를 가정해 볼 수 있을 것이다. 하나는, 이 실제적인 묘사가 춘향의 환상에 『춘향전』이라는 '사실'을 끌어옴으로써, 이 환상이 다만 정신병자의 그것으로 빠지지 않게 하는 역할을 하고 있다고 보는 것이다. 옥은 바로 그러한 실제와 환상의 중간 지대이다. 옥에서는 실제도 실제가 아니며, 환상도 환상이 아니다. 그러므로 춘향의 사랑도 춘향이라는 존재 자체도 오로지 옥이라는 경계적 공간 속에서만 위태롭게 드러난다.9) 두 번째는, 이 글의 관점에서는 두 번째가 더 중요한데, 이 과장된 실제성이 이후에 펼쳐지는 춘향의 부정을 극적으로 만들어주고 있다는 사실이다. 그토록 세밀한 묘사는 바로 부정된다. 너무 세밀하기에 오히려 환각처럼 여겨진다는 것, 여기에는 이도령이라는 욕망의 대상이 어쩌면 실체가 없는 어떤 '무엇'이라는 암시가 있다.

사랑에는 두 가지 역설이 존재한다. 하나는 사랑받는 자를 자신의 사랑의 대상으로 욕망하는 것이다. 주체는 자신에게 결여된 어떤 것을 타자에게서 보고, 그것을 욕망한다. 그럼으로써 주체는 자신의 결여를 메우려는 방식으로 타자에게 손을 뻗는 것이다. 그러나 동시에 주체는 사랑받는 자의 사랑의 대상이 되기를 욕망한다. 이는 타자가 자신 속에서 타자가 욕망하는 어떤 것을 발견하기를 욕망한다는 것이다. 라깡이 언급한 두 손의 신화는 정확히 이 지점을 가리키고 있다. 말하자면, 사랑하는 주체는 타자가 분열된 주체이기 때문에 사랑한다. 타자의 욕망이 주체의 욕망을 불러일으키는 것이다.10) 그러나 여기에는 이 두 주체의 상호성이 전혀 없다는 문제가 있다. 사랑의 관계에서 두 주체는 서로에게 없는 것, 대상 a를 끊임없이 찾으려 할 것이기 때문이다. 사랑의 환상은 그것이 일치된다고 믿는 데서 나온다. 주체는 타자의 욕망을 만족시키고, 타자 역시 주체의 욕망을 만족시키는 것, 정확히 상상적인 동일시를 통해서 말이다.

그러나 춘향은 그 스스로가 타자의 실제성을 부정한다. 춘향은 이도

---

9) 옥이라는 공간의 환상성과 그 공간이 가지는 의미에서 대해서는 박슬기, 「한국 전후시의 그로테스크 시학 연구」, 서울대학교 석사 논문, 2004 참조.
10) R. Salecl, 앞의 책, 79면.

령이 존재하지 않는다는 것을 알고 있으며, 오히려 그 부재를 통해서만 존재하는 존재라는 것 역시 알고 있다. 사랑의 대상인 이도령은 춘향을 향해 손을 뻗지 않는다. 이도령은 순수한 대상 a, 그것은 '없음'으로 주체가 결코 소유할 수 없는 욕망의 원인으로서만 존재한다. 그것은 라깡이 말한 바, 사실은 욕망의 잔여인 '대상' —같은(objected)인 것이다. 그것은 만족의 결여를 통해, 심지어는 만족의 불가능성을 통해 욕망을 지탱시키는 그 '무엇'이다.11)

그러므로 춘향의 사랑은 상상적 동일시로서의 사랑도 아니며, 더군다나 자신의 결여를 메우려는 대상에 대한 사랑도 아니다. 춘향은 명시적으로, 이도령의 존재를 부정하고 있기 때문이다. 그럼으로써 반복적인 춘향의 사랑의 고백은 사랑의 핵심에 다가간다. '사랑한다'라고 애써 반복적으로 고백하는 것, 여기에는 주체로서는 어찌할 수 없는 '균열'이 내재해 있다. 그것은 바로 대타자에 대한 사랑이다. 대타자는 오로지 더 이상 존재하지 않는다는 것을 통해서만 그 도래가 포착되는 그러한 존재이다.12) 이 사랑의 대상에 대한 사랑이 대타자에 대한 사랑과 겹쳐 놓인다는 것, 그 균열이 사랑의 고백을 출현시킨다는 점은 『춘향연가』에서 변학도의 지위를 살펴봄으로써 좀 더 고찰해 볼 수 있을 것이다.

그래요 나는 생각해요./ 나는 헤엄을 쳐야 한다고요./ 나는 헤엄쳐 가

---

11) J. Lacan, "On Jouissance", *The Seminar of Jacques Lacan Book XX,* trans. Bruce Fink, New York : Norton, 1998, p.6.

12) J. Lacan, "Remarks on Daniel Lagache"s Presentation : "Psychoanalysis and Perso nality Structure", *Écrit* trans. Bruce Fink, New York : Norton, 2005. p.568.

야 한다고요./ 그곳에는 당신이 있는 거에요./ 보세요, 이렇게 들먹이는 목줄기에,/ 손 줄 사람은 당신인 것을./ 이렇게 들먹이는 벌거숭이 가슴에,/ 이렇게 들먹이는 벌거숭이 허리에,/ 이렇게 들먹이는 벌거숭이 어깨에,/ 옷 입혀, 자리 줄 사람은 당신인 것을./ 다시 내가 제비의 자태로 앉을/ 광한루 그 자리 줄 사람은/ 오직 당신인 것을./ 아니에요. 몰라요./ 당신이 아니에요./ 당신은 아니에요./ <우후동산 명월이>/ 변학도./ <춘색이 아니냐 조홍이……>/신관사도 변학도/ <만수문전 채봉이……>/ 변학도에요. 웃고 있어요./ <화중군자 연심이…… /관산백옥 명옥이……>/웃고 있어요, 웃고, 웃고, 웃고, 웃고 있어요. 웃고 있네요./ (…중략…)/ 아 낙춘이. 변학도에요. 변학도에요. 변학도에요. 변학도에요./ (…중략…)/ 눈. /저 눈. 변학도의 눈./ 탕건 벗겨지고 상투 코 풀린 저 눈./ 겁탈의 눈. 겁탈의 눈. 겁탈의 저 눈./ <이년 잡아 내리라! /이년 잡아 내리라!>/눈은 짐승의 손이었어요./ 달려들었어요./ 머리채 거머쥐고 동댕이쳤어요./ 나는 육자백이로 엎드러졌어요./ 짐승의 손은 달려들었어요. 내 몸은 벌거숭이가 되었어요. 변학도에요. /변학도가 내 몸을 벌거숭이로 하였어요. 변학도에요. 변학도에요. 변학도에요./ 그래요, 변학도가 있는 거에요./ 당신이 아니에요. 당신은 아니에요 /그래요, 아니에요. 아니에요. 당신이에요/ 그래요 당신이에요 /당신이 있는 거에요 (816행~868행)

이 긴 인용이 보여주는 바는 매우 문제적이다. 비교적 후반부에 속하는 이 부분에는 당신과 변학도 사이의 은밀한 자리바꿈이 명시적으로 드러나 있다. 인용되지 못한 부분까지 고려한다면, 당신과 변학도 사이의 연결점은 바로 춘향을 벌거숭이로 만드는 데 있다. 물론, 당신은 나를 사랑하기 위해서, 변학도는 겁탈하기 위해서 하는 행위이지만, 그 순간 춘향 스스로가 자신의 몸을 마음대로 통제하지 못하는 상태에 놓인다는 점에서 춘향에게는 동일한 폭력이다. 722행에서 951행에서는 춘향을 둘러싼 이 삼각 구도가 매우 급박하게 묘사되는데, 이 장면에서 이도령의 사랑의 행위와 변학도의 겁탈의 행위는 매우 빠른 속도로 전환되면서 병치된다. 둘의 행위는 춘향 자신의 몸에 대한 배타적 권리를 행사한다는 점에서 동일하며, 춘향은 어느 경우에든 스스로가 훼손되었다는 반응을 보인다.

　인용 부분에서 강조된 부분은, 당신과 변학도 사이의 자리바꿈이 명시적으로 드러난 부분이다. 이미 훼손된 나를 복원시켜줄 자는 "당신이다. 아니다. 변학도이다"에서, 나를 이토록 무섭게 겁탈하는 "변학도는 당신이 아니다. 아니 당신이다"로 변하는 이 인용부분은 『춘향연가』에서 가장 문제적인 부분이라 할만하다. 나의 사랑의 대상인 당신과 나를 소유하려 드는 변학도 사이에서 거리가 소멸되고, 둘은 똑같은 폭력으로 나에게 다가온다. 이는 무슨 의미인가? 이도령이 바로 변학도이면서, 변학도 역시 이도령이라는 의미이다. 바로 여기에서 이도령이 지니는 대상으로서의 의미는 명확해진다. 그는 변학도의 다른 이름, 대타자의 다른 이름이다. 이 노래에서 이도령이 오로지 목소리로만 나타난다는 점은 그가 변학도와 동일한 존재라는 사실을 수사학적으로 뒷받침하고 있다. 변학도는 명령으로, 이도령은 호명의 목소리로 나타난다. 라깡의 두 번째 그래프에서 목소리는 기표에서 의미를 창출하는 '누빔'의 소급작용을 빼고 남은 무엇[13]이자, 아무런 내용을 가지지 않은 일종의 최면술과도 같은 것이다. 거기에는 내용이 없다. 오로지 주체를 '부르는' 형식만이 남아있을 뿐이다.

---

13) S. Žižek, 앞의 책, p.182.

그러므로 앞 절에서 논의한 변학도의 이중적인 요구는 변학도와 이도령이 동일한 존재인 한에서 이중적이지 않다. 법을 어기라 혹은 법을 준수하라는 대타자의 요구에 춘향은 오직 '사랑한다'고 고백함으로써 두 가지 층위를 동시에 성취한다. 이도령에 대한 사랑은 법을 어기는 것이지만, 이도령에 대한 정절을 지킴으로써 법을 준수하는 것이기 때문이다. 춘향의 사랑의 고백이 변학도의 압정에 대항하는 낭만적 사랑의 고백이라고 보기 어려운 이유는 바로 이런 측면 때문이다. 춘향은 대타자의 명령을 위반하는 동시에 수행한다. 그러므로 이 때 춘향은 욕망의 주체이다. 욕망은 위반을 추구하지만, 이 위반은 전적으로 법(타자)에 의존하는 것이기 때문[14]이다. '사랑한다'는 고백은 법의 금지에 의해서만 가능하다. 그러므로 사랑의 고백은 자신을 타자로부터 완전히 해방시킬 수 없다. 사랑의 고백, 즉 욕망의 존재 자체를 가능케 하는 것은 바로 그 타자이기 때문이다.

4. 춘향, 여성적 향유의 주체

이 사랑의 삼각구도는 기실, 대타자와 주체 사이의 구도로 환원될 수 있는 것이다. 사랑의 대상으로서의 이도령은 대타자를 체현하고 있기 때문이다. 그러므로 춘향의 사랑의 고백은 이도령이라는 대상이 현현하고 있는 대타자의 욕망에 응답하는 것이라고 할 수 있다. 그런 의

---

14) B. Fink, *A Clinical Introduction to Lacanian Psychoanalysis : Theory and Technique*, 맹정현 역, 『라깡과 정신의학』, 민음사, 2002, 355면.

미에서, 이 사랑은 라깡이 세미나 20집에서 강조한 사랑의 핵심에 다가간다. 라깡은 사랑은 늘 원초적 사랑의 반복, 즉 대타자의 사랑을 요구하는 것[15]이라고 했다. 사랑은 타자의 욕망에 대한 하나의 해석이다. 주체는 타자의 결여를 메우는 대상으로서 자신을 제공함으로써, 자기 자신의 결여를 메우려고 시도한다. 이것이 바로 사랑의 현혹이다. 이 두 가지를 결합시키면, 상호보완을 통해 결여를 제거할 수 있다고 믿기 때문이다. 그러나 춘향은 이 환상으로 빠질 수 없다. 왜냐하면, 춘향의 고백이 타자의 요구를 멈추게 할 수가 없기 때문이다. 춘향은 '사랑한다'고 고백했다. 그러나 이 고백은 타자의 욕망의 구멍을 메울 수 없다. 춘향은 늘 새로운 이도령의 요구에 직면한다.

> 당신은 말했어요./ 맑은 물에 손을 넣고, 발을 넣고,/ 입을 넣어 머금는 여자가 있었다고요./ 그러나 내 나래는 다른 곳에 있어요./ 문 위에 달린 허수아비의 손에 있어요./ 당신은 말했어요./ 버들가지 사이로 가면서/ 꾀꼬리를 날리는 여자가 있었다고요./ 그러나 내 나래는/ 서성거리다가 가늘어지다가/ 희미해지다가, 사라져 버리는/ 그림자에, 아무도 오지 않는/ 밤의 바닥에 있어요./ 당신은 말했어요./ 버들잎 주루룩 훑어/물위에 띄워 보내는 여자가 있었다고요./ 그러나 내 나래는/ 날아도 날아도 흔들리지 않는/ 햇살에 있어요. (207행~225행)

이도령의 요구는 바로 '여자'가 되라는 요구로 압축될 수 있다. 명시적으로 이 당신이 말하는 '여자'는 신화화된 존재이다. 그녀는 모든 곳에 있으며, 모든 자연과 화합하는 여자이다. 그러므로 이후 전개되는

---

15) J. Lacan, "On Jouissance", p.4.

'당신의 노래'에서 그가 모든 곳에 있는 '춘향'이라는 존재를 상정하는 것은 우연한 일이 아니다. 춘향의 괴로움은, 바로 이렇게 자신이 '모든 곳에 있는' 여자 그 자체가 될 수 없다는 데 있다. 물론, 『춘향연가』는 자신이 '여자'라는 점을 명시적으로 밝히면서 시작한다. '여자에요./ 그래요, 나는 여자에요.' 라고 말하면서. 그렇지만, 그 진술은 '그런데 나는 옥에 있어요.' 라고 하면서, 바로 부정된다. 춘향의 노래의 서두에 놓인 이 '여자라는 존재는 이 노래 전체를 관통하는 핵심적 요구이다. 이는 이도령의 요구이면서, 이도령의 사랑에 응답하기 위해 춘향이 위치해야만 하는 존재론적 자리이다.

그렇다면 이도령이 요구하는 이러한 '여자'란 어떤 존재인가? 471행에서 695행에 이르는 '당신의 노래'에서 당신이 부르는 춘향은 다음과 같은 구절로 요약될 수 있다. '春香,/ 너는/ 흰 꿀 스민/ 金이다./ 春香, 너는 온갖 별빛 서린 玉 이다./ 너는/ 千年을 피어난/ 땅의 꽃./ 너는 金貝. /너는 瑚珀./ 너는 蜜花./ 너는/ 千年을 영근/ 바다의 열매./ 너는 眞珠. 저는 玟瑁./ 너는 珊瑚.'(673행~692행) 이 노래에서 춘향은 금과 보석, 그리고 꽃과 같은 아름다운 존재로 호명된다. 이 보석과 꽃은 당신이 강조하듯 온 세상과 우주를 한 곳에 담고 있는 것들이다. 그것은 '천년을 피어나고, 천년을 영그는' 유구한 세월마저 담고 있다. 이도령의 '여자'라는 바로 이러한 존재인 것이다. 그녀는 모든 곳에 있으며, 모든 것을 담고 있고, 영원히 변하지 않는 '이름'이다. 이러한 '여자'를 찾을 수 있는가? 춘향은 이 불가능한 부름에 대답해야만 하는 처지에 놓여있다.

그러나 이 '여자'는 근본적으로 획득이 불가능하다. 왜냐하면, 이 여자는 여자들이 그 자체로는 결코 아닌 무엇, 이상이나 뮤즈 등으로 신화화된 여자이기 때문이다. 따라서 여자가 있다는 믿음은 주체를 표식하는 빗금을 지우고 타자 속의 결여를 부정하려는 시도 이외에 다른 어떤 것도 아니다. 바로 그렇기 때문에 라깡에게 있어서 여자는 본질적으로 남자의 환상인 것이다.[16] 그러므로 춘향이 이러한 부름에 응답할 수 있는 방법은 단 한 가지뿐이다. 그것은 사랑이라는 이름으로 '모든 것을 주고 모든 것이 되려고' 하는, 그리하여 실존하지 않는 여자 환상을 체현하는 것이다.

그러나 춘향은 이러한 요구를 거절한다고 볼 수 있다. 이러한 당신이 말하는 '여자'를 끊임없이 부정하는 형식으로 이 '여자'가 호출되고 있기 때문이다. '여자가 있었다고요.'와 '내 나래는 다른 곳에 있어요'는 지속적으로 이 호출과 부정의 반복을 지탱해 주는 수사학적 구조이다. 그러므로 이 노래 전체에서 이도령의 요구와 춘향의 응답 사이에서는 건널 수 없는 간극이 생긴다. 그러나 이러한 이도령의 요구에 응답하는 길이야말로, 춘향이 주체로 설 수 있는 유일한 길이다. 왜냐하면, 이도령의 요구는 대타자의 요구이며, 그의 요구에 응답해야만 상징계적 주체로 거듭날 수 있기 때문이다. 춘향은 이 요구에 맞서 끊임없이 도망간다. '당신의 옷은 사나운 바람결이더군요./ 내 손에는 잡히지 않더군요./ 그때부터에요. 그때부터,/ 떨어져 내리고 있었어요./ 내 얼굴이 꽃보다도 곱게,/ 내 살결이 눈보다도 희게./ 내 손에는 잡히지 않더군요.'(231행~236행)은 바로 그 간극을 표상하고 있다. 사랑의 대상은 잡

---

16) R. Salecl, 앞의 책, p.43.

을 수 없는 대상이다. 주체가 손을 뻗어 그 결여를 메울 수 없다. 라깡은 메울 수 있다는 것 자체가 환상이라고 말한다. 사랑의 환상은 바로 그 지점에서 산출하는 것이다. 그러나 춘향은 잡을 수 없다고 말한다. 그는 타자의 결여를 자신이 메울 수 없다는 점을 명확하게 인식하고 있기 때문이다. 그러므로 춘향은 환상을 가로지른다. 그녀는 스스로 욕망이 불가능하다는 것을 깨달았기 때문이다.

사랑한다고 반복적으로 고백하던 춘향은 앞 장에서 살펴본 바와 같이 욕망의 주체였다. 그는 상징계의 부름에 최선을 다해 응답하려고 노력했다. 사랑의 고백은 바로 그 응답이었다. 그러나 '여자'가 되라는 요구에 응했을 때, 춘향은 그 스스로가 거기에 도달할 수 없다는 것을 깨닫는다. 그것이 불가능한 응답임을 깨닫는 순간 그는 스스로 욕망의 주체이기를 포기하고 다른 단계로 나아간다. 이 단계는 더 이상 이도령에게 의존하지 않는 단계이며, '당신이 없는 여자'로서의 지위를 획득하려고 하는 단계이다.

> 당신은 없어요./ 당신의 손은 없어요./ 복숭아 냄새나는 당신의 손./ 당신의 빛의 손은 없어서,/ 산호 채찍같은 당신의 손은 없어서,/ 나의 속 깊은 중심에 뜨거운,/ 끓어서 넘치는 것이 없는데,/ 나는 지금 피에 젖어 뒤틀리는 속살./ 나는 지금 피에 젖어 뒤틀리는 무릎./ 그래요, 나는 여자인 것을./ 그래요, 나는 젖어 있어요./ 젖어 있어요. (1042행~1053행)

『춘향연가』는 이렇게 끝난다. 춘향은 스스로를 '피에 젖어 뒤틀리는 속살'과 '여자'를 겹쳐놓는다. 이는 이도령이 계속 호명하고 요구했던 '여자'와는 다른 존재이다. 춘향은 다만 호명될 수 없는 '속살'일 뿐이기 때문이다. 그러나 만일에 이도령이 호명했던 '여자'가 없었다면, 춘향은 자신을 위치시킬 수 없었을 것이다. 춘향은 대타자의 요구에 응답함으로써 사랑을 고백했고, 대타자의 욕망에 응답하는 방식으로 여자가 된다. 그러나 이 여자는 '피에 젖어 뒤틀리는 속살'로서의 여자라는 점에서, 대타자의 요구를 부정한 것이다. 즉, 춘향은 요구에 부정적으로 응답하는 방식으로 스스로 다른 주체가 된다. 춘향은 적극적으로 이도령과 변학도라는 대타자의 요구에 응하려고 했다. 그러나 이 응하려는 적극적 자세가 비로소, 그 불가능성을 인지하게 만든다. 타자의 요구는 결코 응답할 수 없는 방식으로 주어지기 때문이다. 그러므로 춘향은 이 상징화가 실패하는 지점에서 등장한다. 상징화의 공백에서 등장하는 것이다.

그렇다면 이 '피에 뒤틀리는 속살'은 호명이 실패하고 등장하는 지점이다. 그것은 나의 내부에 있는 이상한 신체, '내 안에 있는 나 이상의 것', 근본적으로 내재적이면서 동시에 이미 외재적인 것이다.[17] 이 '피에 뒤틀리는 속살'은 언어화할 수 없고, 쓰여질 수 없다. 그러므로 『춘향연가』는 여기서 끝날 수밖에 없다. 사랑의 고백과 사랑에 대한 응답을 1000여 행이나 끌어왔던 『춘향연가』는 오직 이 고백을 끝으로 갑작스럽게 끝날 수밖에 없는 것이다. 왜냐하면, 상징계의 틈을 찢고 출현한 실재는 공백일 뿐이며, 다만 어떤 중심의 불가능성만을 가리키는 상징적 구조 내의 구멍이자 공백[18]일 뿐이기 때문이다. 욕망의 주체였던 춘향은 그러므로 이 상징화가 실패하는 지점에서 스스로 향유

---

17) S. Žižek, 앞의 책, p.304.
18) 위의 책, p.292.

의 주체가 된다.

춘향은 더 이상 타자의 욕망에 종속되어 있지 않다. 그러므로 이 마지막 장면에서, '당신이 없다는 것'을 고백하는 춘향은 더 이상 당신의 호명에 응답하지 않는 주체이다. 나에 대한 타자의 요구나 타자에 대한 나의 요구를 추구하지 않는다는 점에서, 그는 욕망을 추구하는 것이 아니라 충동만을 추구한다. 이때 다만 '피에 뒤틀리는 속살' 로서의 '여자'란 이 향유의 주체를 명시적으로 체현하고 있는 것이다.

이 장면을 에로스적 생명력으로 이해했던 연구자들은 다만, 피의 관습적 상징성에 기대고 있었다. 피는 여성의 월경과 월경이 상기하는 여성의 생산력과 연결된다. 사실 이는 시인 자신이 의도했던 바일 수도 있다.[19] 그러나 텍스트는 늘 작가의 의도를 벗어난다. '피에 젖어 뒤틀리는 속살'을 여성의 생명력과 생산성과 연결시키는 것은 여전히 관습적인 상징과 관습적 해석에 기대고 있다. 그것은 여전히 상징적 질서이다. 『춘향연가』는 텍스트 내부와 외부라는 이중적 층위에서 상징적 질서에 포섭된 것으로 이해된 것이다. 그러나 춘향은 상징적 눈으로는 볼 수 없다. 이 시가 환상 속에서의 고백의 양식으로 쓰인 것은, 필연적이었을 것이다. 춘향은 상징계적 언어가 닿을 수 없는 실재의 영역으로 넘어가 버렸기 때문이다. 춘향은 언어가 실패하는 지점에 도달했다. 그리고 그 언어의 영역을 넘어서 솟아오른다.

---

19) 이승훈·전봉건 대담, 「시와 에로스」, 『현대시학』 5권 9호, 1973. 9.

5. 『춘향전』을 뚫고 출현하는 사이렌의 노래, 『춘향연가』

처음에 이 글은 아주 소박한 의심에서 출발했다. 춘향의 사랑 노래인 『춘향연가』가 과연 『춘향전』의 주인공인 춘향의 사랑 노래가 맞는지, 만일에 『춘향전』과의 연결점을 삭제해버린다면 이 노래 속에는 무엇이 남을 것인지를 찾아보려고 했을 뿐이었다. 그러하기에 춘향의 반복적인 사랑의 고백이 어떻게 출현하는지를 살펴보자, 그것은 놀랍게도 낭만적 사랑의 고백이 아니라는 점을 증명할 수 있었다. 춘향의 사랑 고백은 그 충만한 내면에서 우러나오는 고백이 아니라, 변학도라는 대타자의 요구에 응답하는 방식으로 출현한 것이었다. 그것은 사후적인 것이며, 사랑하는 주체로서의 춘향은 이러한 반복적인 고백을 통해서 상징계의 질서 속에 위치한다.

그러나 그렇다면 이도령이라는 사랑의 대상은 누구인가? 사랑의 대상 이도령, 사랑의 방해자 변학도, 그리고 사랑의 주체 춘향이라는 이 오래된 삼각구도는 이도령과 변학도의 동일성이 증명되면서 깨진다. 남은 것은 춘향을 남성의 환상으로서의 '여자'로 호명하는 대타자와 이에 응답해야만 하는 처지에 놓은 춘향뿐이다. 그러므로 이 불가능한 타자의 요구에 직면한 춘향은, 스스로 그 요구를 거부하고 상징적 질서에서 빠져나간다. 타자에 의존하지 않는 주체, 이 상징계의 호명이 실패하는 지점에서 등장하는 춘향은 오직 '피에 젖어 뒤틀리는 속살'의 형식으로만 존재할 수 있는 향유의 주체이다. 그러므로 『춘향연가』는 이 고백을 끝으로 갑작스럽게 끝나버리는 것이다. 왜냐하면, 이는 이미 언어를 넘어서 있어서, 결코 말해질 수 없는 것이기 때문이다.

이러한 긴 과정을 거치면서, 이 글은 당혹스러운 지점에 도달했다. 그렇다면, 왜 이 노래의 제목이 '춘향연가'란 말인가. 『춘향연가』는 춘향의 계보로부터 출발하고, 자신이 『춘향전』의 성춘향임을 명시적으로 드러내 보인다. 그리고 이도령에 대한 실제적인 묘사나, 변학도라는 인물에 대한 묘사는 이 노래의 화자가 『춘향전』의 주인공인 춘향임을 명시적으로 보여주고 있는 것이다. 그러나 『춘향전』은 기생이었던 춘향이 어떻게 정절부인이 될 수 있는지에 대한 서사이다. 즉, 조선의 상징적 질서에서는 배제되었던 타자, 암흑지점으로서의 타자였던 기생이 사랑과 정절을 통해서 상징계의 승인을 획득하는 과정이다. 이 과정에서 사랑은 매우 중요한 역할을 한다. 이 주체가 상징적 질서의 승인을 받아 주체로 거듭나기 위해서는 조선 사회가 용납했던 유일한 사랑, 일부(一夫)에 대한 정절의 맹세를 이 주체가 체현해야만 하기 때문이다. 그러나 『춘향연가』의 춘향은 이 맹세를 거부한다. 이도령의 요구를 거부하고, 대타자의 승인을 거부한 채 오로지 상징계가 결코 거머쥘 수 없는 자리에 위치하고자 하기 때문이다.

그러므로 『춘향연가』는, 이 춘향의 노래 자체는 내러티브가 일관성을 획득하기 위해서는 말해지지 않은 채 남아 있어야만 하는, 내러티브 안에 있는 지점[20]이다. 『춘향전』의 서사가 완결되기 위해서는, 옥중에서 부르는 이 '춘향의 노래'는 불리지 않은 것으로 남아야만 한다. 이 노래에서 『춘향전』의 서사는 중단되고, 오직 언어화할 수 없는 빈 지점만이 존재한다. 라깡적 관점에서 이 텅 빈 지점은 실재에 대한, 즉

---

20) R. Salecl, 앞의 책, p.103.

그 둘레에서 상징적인 것이 스스로를 형성하는 상징화할 수 없는 중핵에 대한 또 다른 이름이다. 그러나 이는 상징계 이전의 상상적인 어떤 것이 아니다. 『춘향연가』의 모든 과정이 보여주듯, 이는 상징계가 실패하고 도출하는 지점이다. 그것은 『춘향연가』가 텍스트 내부와 외부에서 겪고 있는 이중적 상징화가 실패했다는 점을 의미한다. 『춘향전』의 내러티브에서 벗어나고, 열녀의 상징으로서의 춘향의 계보에서 벗어나 남아 있는 하나의 '잔여물'인 것이다.

그러므로 『춘향연가』는 『춘향전』의 서사가 구축하는 상징계적 질서를 찢어 버리는 자리에 존재하는 노래이다. 『춘향전』의 서사는 이 『춘향연가』의 노래를 배제하고 나서야 완성이 가능하다. 그것은 춘향이 열녀와 정절의 존재로 남을 수 있기 위해서는 반드시 침묵해야만 하는 노래인 것이다. 그러므로 그것은 상징계적 질서를 중단시키고 돌출하는 사이렌의 노래이다. 오디세우스의 계몽의 신화를 완성시키기 위해서는 반드시 침묵해야만 하는 노래, 사이렌의 노래는 상징계 질서의 찢어진 틈에서 출현하는 새로운 질서이다. 『춘향연가』는 바로 그러한 사이렌의 노래인 것이다.

전봉건의 전쟁체험시와 회상 형식의 미학

1. 서론

해방의 격동기를 거쳐 분단과 6·25전쟁을 거치는 과정에서 1950년대의 우리시는 비극적 현실인식이라는 내적 관점과 새로운 모더니즘의 탐구라는 외적 지향의 두 가지 측면에서 주도적인 흐름을 보인다. 특히 전자의 측면은 전쟁의 참혹성과 그 피해로 인한 모든 사회구성원들의 정신적 상실감과 황폐감에 따른 것인 바, 전쟁기와 전후 상황을 통해 만연된 비극적 시대인식은 결과적으로 이 시기 시문학이 비관주의 내지 허무주의의 내면적 상황을 토대로 하게끔 하였다는 점에서 문제적이다.

* 박윤우 / 서경대학교 국어국문학과 교수

이러한 관점에서 볼 때 전후 시문학 전반을 꿰뚫고 있는 '허무주의'의 핵심은 무엇이며, 그것이 이 시기 시문학의 동력이 된 원인은 무엇인가를 규명할 필요가 있다. 그것은 '허무주의'라는 정신적 지향성이 분단의 시대 현실에 대응하는 시적 사유의 중요한 태도이자 방법론으로 드러나기 때문이다. 그런데 하나의 세계관으로서 비관주의 내지 허무주의는 일정한 사회적·지적 요소와 연관된 문학의 한 양상이며 제도적 속성을 지닌다. 즉 사회적 다양성과 가변성에 직면한 개인이 그에 대응하여 특정한 행동을 요구받을 때 분명히 그려진 사회적 모델을 가지지 못한 상태에서 그의 사상 속에 존재하는 다양한 문화 양식은 불투명해지며 그로 인해 개인은 결국 모든 행동을 실존적 결단에 맡기게 되는 것이다.[1] 전후시의 현대적 면모를 부각시킨 일련의 모더니즘 시들은, 1930년대 모더니즘시가 추구했던 단순한 문명비판이나 현실비판의 측면과는 달리, 서정성의 회복을 궁극적 목표로 했다는 점[2]에서 바로 이 시기 시의 허무주의적 성향의 한 단면과 그것이 지닌 본질적

---

1) 고스드 블롬, 천형균 역, 『니힐리즘과 문화』, 문학과 지성사, 1988, 140~141면.
2) 전후시론의 핵심적 논의로서 '현대성'을 확보하는 문제가 기존 모더니즘의 반서정주의 및 반전통주의에 반대하여 새로운 서정의 세계를 구축하는 데 초점이 모아졌다는 것은 전쟁 체험을 실존적 상황성과 동일한 것으로 인식하고, 그러한 상황성에 대한 내적 의미 규명을 통해 허무주의적 성향의 논리적 근거를 확보하려한 결과라 볼 수 있다. 이에 관한 논의로는 다음과 같은 글을 참조할 수 있다.
이봉래, 「현대시의 새로운 가능성」, 『자유세계』, 1952. 4.
박인환, 「현대시의 변모」, 『신태양』, 1955. 2.
최일수, 「현대시의 순수 감각 비판」, 『현대문학』, 1956. 2.
홍사중, 「리리시즘의 영토」, 『현대문학』, 1957. 2.
고원, 「현대시의 주제」, 『자유문학』, 1958. 4.
고석규, 「현대시의 형이상성」, 『시작업』 1집, 1959.

성격을 엿볼 수 있는 좋은 경우이다.

이런 의미에서 전쟁체험을 바탕으로 한 1950년대 전후시에 나타나는 부정정신은 현대성의 올바른 탐구를 위해 필수적인 요건이었다고 볼 수 있다. 이러한 입장은 당대의 시가 모더니즘의 도시인텔리적 성향이나 내면 편향의 허무주의로부터 벗어나 비판적 주체의 정립을 통해 새로운 시대성의 본질을 드러내는 방향으로 재정립되어야 한다는 요구[3]와 직결되어 있다. 존재가 부재하는 현대시의 상황에서 현대성의 현상적, 물질적 측면에 대한 관심을 내면적 존재의식의 측면에 대한 관심으로 전환할 것을 강조한 고석규의 소론[4]들은 이 시기 시에서 리리시즘의 문제를 현대시의 지성의 영역으로 포용시키는 역할을 함으로써 부정적 사유 내지 부정정신이 지닌 내면적 의의를 제시한다.

아도르노는 부정성을 곧 현대예술이 지닌 사회적 특성으로 인식하여 모더니즘이 지향하는 바를 끊임없는, 영구히 지속되는 부정에 이해서 유토피아적 세계상의 실현을 추구함에 있다고 본다. 이러한 영원한 부정의 과정에서 이성은 자신이 세계를 지배하는 과정에서 자신에 의해서 하찮은 것으로 치부되어 인식의 영역 밖에 머물러있던 것들을 인식 영역 안으로 받아들여 자기 자각을 이룰 수 있다는 것이다. 경험적 세계의 진행과정을 비판적으로 인식할 수 있는 계기로서 '확연한 부정성(bestimmte Negation)'의 개념은 예술이 자신이 유래한 사회적 현실과 분리될 수 없으며, 동시에 자신의 형식을 통하여 예술적으로 자율성을 확보하면서 형상화됨에 힘입어 도구적 합리성의 비합리성이 지배하는

---

3) 최일수, 「모던이즘 백서」, 『자유문학』, 1959. 2.
4) 고석규, 「모더니티에 관하여」, 『신작품』 7집, 1957.

현대사회의 현실로부터 스스로 분리될 수 있다는 역설의 논리에 바탕한다. 이렇게 됨으로써 현대예술은 경험적 세계가 현재와 다르게 되어야 한다는 것을 확실히 보여주며, 이처럼 변증법적으로 수행되는 끊임없는 부정을 통해 예술의 정신은 도구적 정신에 대하여 지배로부터 벗어난 자신의 화해된 상태를 지향하는 의식을 드러내는 바, 이것이 곧 현대예술의 유토피아 지향적 특성이라는 것이다.[5]

이러한 예술적 부정성은 예술작품의 부정성을 확보해주는 근간이다. 아도르노는 예술적 부정성이 가상의 총체일 뿐인 경험적 세계의 진행 과정을 비판적으로 인식할 수 있게 해준다는 점에서 '확연한 부정'은 예술작품의 진리를 보장해준다고 한다. 이런 의미에서 예술과 사회의 관계에서 볼 때, 현대예술은 자신이 유래한 사회적 현실과 분리될 수 없을 뿐만 아니라, 자신의 형식을 통하여 예술적으로 자율성을 확보하면서 형상화됨으로써 도구적 합리성의 비합리성이 지배하는 사회적 현실로부터 스스로 분리될 수 있다는 역설을 그 내용으로 담게 되는 것이다. 이처럼 예술이 예술적 주체 안으로 동시에 수용된 객체와 실재로 화해되지 않은 채로 존재하는 경험 세계 사이의 모순을 보여줌으로써 도구적 이성에 대항하여 화해의 이념을 대변한다. 예컨대 '주체 내에서 자연을 회상하고 기억해보는 것'의 경우처럼 자기 자각을 하는 이성에 의해 성취되는 것과 같이, 예술은 자연을 억압하는 정신을 예술적으로 지배함으로써 자연을 지배하는 타락성을 성찰할 수 있다는 것이다.[6]

---

5) 아도르노, 홍승용 역, 『미학이론』, 문학과 지성사, 1984, 16~22면.
6) 위의 책, 211~213면.

이런 의미에서 예술의 형식은 경험적 세계에 존재하는 동일성에 대해 예술이 부정 및 비판의 입장을 취하는 것뿐만 아니라, 그러한 동일화의 강제에 의해 경험 세계에서 추방된 참된 의미의 동일성을 선취할 수 있는 절대적 조건이다. 즉 예술적 형식이 단순히 경험적 현실로서 존재하는 것과 경험적 현실에서 존재하지 않는 것 사이를 중재한다는 견해는, 그것이 자신의 존재를 통하여 현실의 강제적 틀로부터 벗어날 수 있음을 말하는 것이며, 이것은 '회상(Erinnerung)'을 통해 가능하다.

아직도 존재하지 않는 것인, 예술이 보이는 유토피아는 그러나 현대예술에서는 검고 어둡게 덮여 있다. 그렇기 때문에 유토피아는—그것이 중재하는 모든 것을 두루두루 통하여—실재적인 것에 대하여 실재적인 것이 배척하였던, 즉 가능한 것을 회상하는 것으로만 머물러 있다. 예술적 유토피아는 재앙으로 가득 찬 세계사를 상상적으로 다시 좋게 만들어보는 것, 즉 자유를 의미한다. 이 자유는 필요성의 강제적 틀에서는 아직도 생성되지 않았고, 그것이 생성될 것인가에 대해서도 불확실한 상태이다. 예술의 부정성은, 예술과 영구히 지속되는 재앙과의 긴장 관계에서 예술에 있어서의 원래의 상과 모사된 상의 관계를 설정한다.[7]

이처럼 아도르노가 볼 때 현대예술은 절대성으로까지 끌어올려진 부정성을 통해서만 비로소 유토피아를 말할 수 있다. 모더니즘 예술에서 문제가 되는 주체의 동일성(identity) 역시 이런 의미에서 때 묻지 않은 순수한 자아의식으로부터 출발하여 자아 안에서 타자까지도 생산

---

7) 앞의 책, 217면.

해내는 절대적 존재도 아니며, 또한 더 이상 세계 및 자기 자신을 관장하고 제어할 수 없는 분열되고 해체된 탈현대적 주체도 아닌, 사회적 제반 조건에 의해 객관적으로 규정될 뿐만 아니라, 일종의 허위를 벗어버리는 자기 자신을 비판하는 '행위' 자체인 것이다.[8] 요컨대 역사철학적인 의미에서 현대성은 완성되지 않은 세계의 내부에서 보다 나은 인간의 미래를 향해 끝없는 부정과 계몽의 과정을 거치면서 문명과정의 합리화를 구현함을 목표로 한다. 모더니즘시가 추구하는 현대성 역시 혼란과 위기의 현대 상황에서 유토피아적 미래로서 이성적이고 합리적인 사회의 형성을 위해 현실에 대한 비판적 성찰과 그 형식화에 본질이 놓여 있는 것이다.

전봉건의 시는 사화집 『전쟁과 음악과 희망과』(자유세계사, 1957)에 발표된 시편들에서부터 일관되게 전쟁체험을 시적 출발로 삼아 전쟁의 기억과 그 상흔으로부터 자유롭지 못한 시적 인식을 보여준다. 이런 의미에서 전봉건의 50년대 시는 가장 직접적으로 전후의 현실을 어떻게 인식하고 대응하였는가를 보여준 대표적인 경우라 할 수 있다.

이 시기 그의 시에 대해 논자들은 대체로 전쟁의 정신적 상흔을 형상화한 측면에 초점을 두거나,[9] 그의 죽음의식을 일상성과 에로티즘의 상관관계에 의해 의미화하려는 접근[10]을 보임으로써 시인의 현실인식과 텍스트의 기호적 혹은 해석적 의미 자체만을 문제 삼는 데 머물고

---

8) 최문규, 『탈현대성과 문학의 이해』(민음사, 1996), 45면.
9) 이승훈, 「6·25체험의 시적 극복」, 『문학사상』, 1988. 8.
10) 조영복, 「사물화된 일상성과 에로티즘의 시적 담론」, 『한국현대시와 언어의 풍경』, (태학사, 1999), 265~285면.

있다. 따라서 본고가 의도하는 시적 형태화의 미학적 의미에 대한 고
찰은 전쟁체험시 혹은 전후시로서 이 시기 전봉건 시가 지닌 시사적
맥락을 총체적으로 이해하는 바탕에서 그의 시적 특성을 재확인하는
데 의의를 둘 수 있다.

2. 전쟁체험의 구조화로서 현실의 무화

전봉건의 소위 '전쟁체험시'들은 모두 허무주의의 정신적 지향을 토
대로 전후의 비극적 현실인식을 구체화하는 과정에서 대상으로서 세
계의 비극적 외면을 드러내기에 치중한 경우라 할 수 있다. 그의 시는
전쟁 체험을 의식의 대상으로 설정하여 그 의식에 포착된 현실의 모습
을 사물화 된 감각적 형상으로 치환시켜 보여준다는 점에서 현실에 대
한 일정한 의미화가 아닌 몰가치한 일상의 세계로서의 무화된 현실 인
식만을 추구한다. 전장의 현실을 소재로 한 「ONE WAY」, 「장난」,
「0157584」, 「철조망」 등은 모두 이런 의미에서 가치중립적인 세계관을
바탕으로 한 일종의 '기호'의 세계로서 표현된 시들이다.[11]

> 100야드 나는 포복하였다
> 90야드
> 나는 사정을
> 80야드로

---

11) 김윤식, 「해방 공간의 시적 현실」, 『해방 공간의 문학사론』(서울대 출판부, 1991),
   246면.

압축시켰다
65야드
나는 60야드로
압축시켰다
나는 저격병의 정조준 위에 놓였다
나는 마지막 수류탄을 던졌다

- 「0157584」

이 시의 제목이 상징적으로 보여주듯이 전쟁의 현실에서 인간은 군번이라는 기호에 의해서 움직이는 추상적인 존재이자 더 나아가서 소외되고 사물화 되며 파괴되는 비존재이다. 여기서도 물론 화자로서 제시된 개인은 실존적 모습을 취하고 있다. 그러나 그 실존은 전장의 절박한 현실감이나 구체성으로부터 나온 것이 아니라 단순한 '병정놀이'의 장난감과도 같이 물화된 존재에 불과하다. 마치 꿈꾸는 듯이 스쳐가는 기억의 일단을 펼쳐놓는 이러한 감각적 방법은 대상으로서의 현실 역시 비실재화함으로써 그 무의미성을 강조하는 역할을 한다.

전쟁이라는 상황은 주체의 존재를 불가능하게 하는 압도적 우위의 상황이며, 여기서 세계에 대응하는 시인은 주체로서의 그 자리를 보장받지 못한다. 시인의 인식의 전면에는 초토의 현실만이 부각될 뿐이며, 여기서 현실은 단순한 체험 이상의 의미를 부여받기 힘들다. 그러한 개별적 차원의 체험이 의미 있는 경험으로 고양되어 시적 현실이 되기 위해서는 그것을 재구성하고 인식할 수 있는 비판적 주체의 형성을 관건으로 한다. 그런데 전쟁체험을 담은 전봉건의 시는 그것을 직설적으로 그려냄으로써 주체의 부재만을 역설적으로 드러낸다.

거짓말이 아니다. 내 스물 세 살의 지평을 담은 포연은
마치 그 곳에 대량으로 살포된 DDT같은 모양이었다.
영락없이 그런 판국이었다.

- 「JET · DDT」 부분

　시 「JET · DDT」에서 시적 화자는 '학, 비둘기, 기러기'라는 활자보다는 'JET'라는 활자가 더 익숙한 현실, 디디티와 초연이 강산을 뒤덮고 있는 현실을 진술하고 있다. 인용에서 보듯 생명체와 금속성, 소독약인 디디티와 초연의 대비는 물론 전쟁으로 인해 생명이 파괴된 현실에 대한 시적 화자의 내적 인식에 바탕한 것이다. 그러므로 이러한 진술은 현실의 구체적 상황보다는 화자의 인식내용을 중심으로 한 것이며, 이때 화자는 상황에 대한 주체의 어떤 반응도 드러내지 않는 객관적 입장을 취하고 있다. 즉 'JET'와 '학'을 비교해보는 행위, 그리고 'JET'를 금속성으로 인지하는 것과 '초연'을 디디티로 인식하는 시적 주체는 시적 화자의 언술을 통해 대상이 되는 진술의 전면에 드러나고 있음에도 불구하고, 그 객관적 진술의 양상 속에는 주체의 어떠한 내적 대응도 드러나지 않는다. 이처럼 현실의 비극적 정황을 부각시키고 그에 대응하는 주체의 자리를 보장하지 않음으로써, 시인은 주체적 대응이 부재하는 현실의 비극성과 폭력성을 심화시킨다.

　이러한 주체의 부재는 주체의 자리에 기호가 대체되는 방식의 시적 전략이라 할 수 있으며, 이를 통해 현대사회의 물신성과 전쟁의 폭력성을 고발하고 비판하려는 시인의 의지가 반영된 것이라 할 수 있다 이러한 시적 전략의 이면에는 결국 주체의 부재라는 상황의 심각성에

대한 시인의 시선이 숨어 있다고 할 수 있다.

> 5시나는호속에있다수통수류탄철모붕대압박붕대대검그리고M1나는내
> 가호속에서틀림없이만족하고있다는사실을다시한번생각해보려고한다
> BISCUIT를씹는다오늘은이상하게5시30분에또피리소리다9시방향13시방
> 향나는BISCUIT를다먹어버린다

— 「BISCUIT」

의도적으로 띄어쓰기를 무시한 채 서술하여 의식의 흐름을 시각적으로 드러낸 이 시에서 시적 화자인 나는 전쟁의 상황에 개입되어 있지만 시적 화자는 여전히 현실에 대해 객관적 태도를 보여준다. 현재의 '나'는 실제 전쟁이 수행되는 호 속에 있으며, 이 전쟁의 상황은 첫 행에 나열되어 있는 소재들에 의해서 심각한 상황임을 보여준다. 그러나 이 상황의 긴박성은 화자에게 감지되지 않는다. 화자는 객관적 현실이 보여주는 문맥을 뚫고 드러나는 '나'의 의식의 단편만을 보여줄 뿐이다. 그것은 '현실 /내면'이 '전쟁의 상황 /비스킷 생각'이란 대립에 의해서 지탱되고 있는 것이라는 점에서 다분히 아이러니컬하게 보인다. 다시 말하면 전쟁이라는 상황이 환기하는 압도적인 위기를 지탱하는 화자의 내면이 비스킷이라는 사물에 대한 관심의 집중을 통해서 드러난다는 사실은 현실의 폭력성이 화자에게 가하는 위협의 정도를 심각하게 드러내는 동시에, 무화시키는 것이다. 즉 전쟁의 상황에도 불구하고 비스킷이 화자의 의식의 전부임을 보여주는 것은 화자가 그 현실이 가지는 의미를 제대로 인식하지 못하거나, 혹은 그 상황의 억압성이 의식에 침투하는 것을 방어하는 무의식적 행위일 것이다.

　이 시에서 전쟁의 긴급한 상황과 위기감, 비스킷에 대한 나의 생각은 어떠한 합치점도 찾지 못한 채 서로 대치되고 있을 뿐이다. 이와 같은 밀폐된 텍스트에서 화자의 존재는 반복적 통사구조로서 '나는~하고 있다'는 시구를 통해 주체의 자리를 차지하고 있지만, 역설적으로 나의 의식과 현실이 어떠한 경계점을 가지지 못하고 있음을 주목할 필요가 있다. 띄어쓰기를 무시한 연속적 진술은 이러한 경계의 부재를 형태적으로 표현하는 것이다. 그것은 주체와 현실을 분리할 수 없는 상황에 대한 인식과 동시에 주체가 현실에 대응할 어떠한 힘을 지니지 못한 채 현실에 종속되어 있음을 드러내려는 방법이라 할 수 있다.

　그러나 나의 의식이 비스킷에 집중되어 있다는 것은 또 다른 점에서 텍스트의 의미를 생성해낸다. 다시 말하면 현실의 긴박함도 '비스킷을 먹다 /먹고싶다 /생각한다'는 나의 진술을 파괴하지 못하기 때문이다. 이 철저한 단절은 곧 의식을 비스킷에 집중하는 단순함을 통해서 가능한 것인데, 그것은 폭탄이 날아다니는 머리 위의 상황으로부터 화자의 의식세계를 내면화, 고립화시킴으로써 화자를 온전히 보호해주는 기능을 하는 것이다. 그러므로 이 시는 현실에 대한 화자의 철저한 종속과 혹은 자신의 내면에 갇혀있음으로 해서 전쟁이 가져온 공포의 상황에 매몰되지 않고 긴장을 확보하려는 시적 주체의 대응양상을 보여준다고 하겠다.

3. 회상의 형식과 비판적 주체의 확립

이처럼 전쟁체험을 진술하는 전봉건의 시는 현실의 억압적 담론과 주체의 대응 담론의 긴장을 이루고 있다. 문제는 이 긴장의 상태에서 주체의 자리를 확보해 가는가의 문제일 것이다. 전쟁의 상황을 미학적으로 극복하기 위해서는 개별적 체험이 양상을 넘어 하나의 텍스트로서 전쟁을 바라보고 인식할 수 있어야 한다. 다시 말해 전쟁을 하나의 텍스트로 구성해낸다는 것은 역사적 사회적 의미로서의 전쟁을 읽어낸다는 것이며, 여기에 필연적으로 시적 주체의 인식과정이 수반되는 것이다. 시인이 전쟁을 현실의 텍스트로 읽어내기보다는 밀폐된 의식 내부에 주체를 가두어버림으로써 긴장력을 상실하게 되었을 때, 죽음과 부재, 허무의식이 드러난다. 전후 시인들이 보여주었던 시적 경향들은 바로 이러한 지점에서 비롯된 것들이다. 이런 점에서 전쟁 체험의 극복이라는 시적 과제는 전쟁의 상황이 시인에게 가한 충격에 어떻게 대응하고 그 본질적 의미에 닿을 수 있는 주체의 확립을 어떻게 모색해내는가의 문제에 집중된다.

> 라이너 마리아 릴케
> 당신은 누구인가 지금 이렇게
> 시를 쓰는 나는 무엇인가
>
> —「銀河를 주제로 한 봐리아시옹·2」부분

현실에 대한 응전은 주체의 형성에 있으며, 그것은 현재까지 의식하지 못했던 혹은 현실의 폭압적 상황으로 상실된 주체를 찾아내는 것이다. 주체를 탐색하는 과정은 이렇게 시작된다. 여기서 눈여겨보아야 할 것은 시인의 존재에 대한 물음이 곧 타자에 대한 물음과 동시에 이루어진다는 것이다. '나는 누구인가' 라는 물음은 곧 '당신은 누구인가' 라는 물음을 통해서 가능한 것이다.

당신이
나를 부르고
천사가
나를 부르고
온 사람이
다 나를 부르고
온 천사가
다 나를 불러도
담겨지지 않는다
그 목소리에
내 이름은
담겨지지 않는다
1950년 6월의 어느 날
동틀 때 날아온 총알 맞아 죽은
한 어린 아기
나는 이름없는 그 아기의
썩은 살
썩은 피먹고
핀

꽃인 것이다.

— 「고전적 속삭임의 꽃」 부분

이 시에서 주제는 '꽃'이라는 은유적 상관물을 통해 드러난다. 그것
은 아기의 죽음을 매개로 해서 생성되는 꽃이며, 이런 의미에서 주체
는 이 죽음의 상황과 동일시되고 또 그로부터 새롭게 생성된 존재이
다. 그러나 '당신', '천사'와 '꽃'은 운명적으로 상호 연관되지 않는다.
그것을 화자는 '담겨지지 않는다'는 진술을 통해 보여준다. 나를 부르
는 목소리에 담겨지지 않는 '나'는 곧 아기의 죽음을 통해서 핀 꽃이
라는 인식이 바로 시적 화자의 주체 확립 과정을 짐작케 한다. 나에게
의미 있는 존재 곧 나의 내밀한 관계의 의미를 함축한 당신, 그리고
지상의 영역을 벗어난 천사, 그리고 불특정 다수로서 나와 관계를 맺
을 동시대인들과 나의 소통은 단절된다. '부르고'의 반복이 가져오는
간절함은 부정된다. 그런데 여기서 이 '담겨지지 않는다' 라는 화자의
진술은 이 상황의 너머에 자신이 존재함을 암시한다. 그래서 화자의
진술은 단절된 상황에 대해 절망하기보다 오히려 당당하다. 그것은 역
사적 죽음과 희생의 제의에 의해서 생성된 새로운 존재로 자신을 규정
할 수 있기 때문이다. 즉 이는 역사적 존재로서의 주체의 파악이며, 그
것은 상당히 지적인 지반 위에 서 있는 인식으로 보인다. 이러한 시적
주체의 진술방식은 어떠한 반성적 시선도 개입되지 않는 순수 내면의
표백으로, 이러한 은유적 인식은 주체의 기호적 상황을 넘어서 자신의
관념 속에서 주체의 자리를 마련해가는 과정으로 읽힐 수 있다.

눈 내린 광장을
한 마리의 표범의 발자국이 가로질렀다
나는 그렇게 나로부터 출발해갔다.

반월이 된 활처럼 팽창한 욕망
너는 희한한 살기를 뿌리면서
내달았다. 검은 한 점이었다.
나의 모든 꿈이 무기인 너

그 후 몇 번인가 너를 보았다.
창이 무너져 내리는 전쟁의 거리에서도
너는 귀마저 떨어져 웃고 있었다.
그 때마다 돌멩이가 꽃을 낳았을 것이다.
모래밭은
꽃밭을 낳았을 것이다.
(…중략…)
나는 알지 못한다.
'하늘에 핀 꽃'이 그러한 것이 모든 사람들의 눈동자 속에서
피어날 것인가, 어떤가. 하나 나는 알고 있다.
아 젊은 표범처럼
불붙는 암흑을 갈기갈기 찢어발기며 언제나 언제까지나 내닫고 있는
너를.

— 「꽃, 천상의 아기, 표범」 부분

이 시는 '나 / 너'의 관계양상을 통해 주체의 자리가 어떻게 확보되
며 현실의 긴장력을 확보할 수 있는가의 문제를 보여준다. 시적 인식
의 대상인 '너'는 '표범'으로 변용되어 나타나고 있으며, 그것은 '나'로
부터 출발한 '나'의 꿈이 기투된 정점이다. 이 표범으로 변용된 꿈은
불모의 상황에서 꽃과 꽃밭을 만들어내는 극적인 전환을 가능케 한다.
그런 '나'로부터 분리된 '너'와 그런 '너'를 인식하는 '나'의 틈새에

시적 영역이 구축된다. 그것은 '알지 못한다/ 알고 있다'의 대립과 전이를 통해서 드러난다. 전쟁의 불모성 속에서 하늘의 꽃이 피어날 것인가에 대한 강한 의문은 부정에서 긍정으로 바뀐다. 그것은 주체가 너를 인식하는 과정을 통해서 드러난다. 즉 암흑을 찢어발기는 너의 역동성을 바라보는 주체의 자리에서 '모른다'에서 '알고 있다'로 인식의 전환이 이루어지는 것이다.

이 시는 '전쟁의 거리-불붙는 암흑'이라는 현실의 상황을 내면의 본질로 전환시켜 보여준다. '팽창한 욕망-낳다-피어나다-내닫다'라는 술어의 고리들은 이러한 내면의 역동성을 보여주어, 암흑, 불모의 상황이 보여주는 고정된 무시간성을 파괴하는 힘을 지니게 된다. 젊은 표범은 전쟁의 상황을 극복하려는 주체의 의지가 만들어낸 또 다른 주체의 모습이다. 그것은 한 정점을 향해 꿈을 기투하는 시적 주체의 역동적 행위에 의해 지탱되며, 그 행위 속에서 비로소 가능해진다. 이러한 주체의 능동성은 곧 '어둠 / 꽃'이라는 극단적 대비 상황을 구축한다. 불모와 재생의 전환은 시적 주체의 자리를 텍스트 안에 확보해가는 과정과 맞물려 있는 것이다.

> 나와
> 당신은
> 어디서고
> 만난다
> 그렇게
> 당신이
> 원한다면

나는 어디고 없이
흩어져 있는 이끼낀
돌멩이다
더우기 경주의 밭고랑 사이 같은 데서는 그렇다
천년도
아무렴
나와 당신이 만나면
당신이 나에게 와 닿으면
오 천년도 일순이다.
그 일순에 당신은
천년 어둠을 사르는 크낙한 번갯불이 된다
천년 무변한 하늘 푸름의 원소가 된다
천년 꽃다운 가락
맑은 피리소리가 된다
이제
다 말을 하자
나는 바로
천년도 먼 옛날에 한 사람의 손이 어둠을 죽이고
죽음도 죽인 손자국
이끼 낀 한 돌멩이에 새겨진 손자국인 것이다.

- 「고전적 속삭임의 꽃」 부분

　시적 주체는 이끼 낀 돌멩이에 새겨진 손자국으로 형상화되어 있다. 그 손자국은 당신의 손길이며, 그것은 어둠과 죽음을 죽인, 그것을 넘어서 영원성 속에 찍힌 손길로 남는 것이다. '경주, 천년, 이끼 낀 돌멩이'는 바로 이 영원성과 불변성을 나타내는 기표들이다. 전쟁이 순간적 파괴성을 가지고 있다면 이 시에서는 이 천년의 지속성과 불변성이 그 대립항으로 설정된다. 돌멩이라는 무생명성은 이끼를 통해서 생명력을 갖게 되고, 그것은 당신과의 만남을 통해서 가능하다. 즉 당신이 나에게 닿는 순간 천년의 시간은 일순으로 비약되며, 그것은 당신을 번갯불, 푸름의 원소, 맑은 피리소리로 변용된다.

여기서 시적 주체는 '당신이 원한다면', '당신이 내게 와 닿는다면'에서 볼 수 있는 것처럼 너와의 상관관계 속에서 자신의 자리를 차지한다. 즉 '나는 이끼 낀 돌멩이다'라는 은유적 치환을 가능케 하는 것은 당신의 존재이며, 주체와 긴장을 이루는 너의 존재가 곧 주체의 자리를 확보하게 하는 동인이 된다. 그것은 앞의 시에서 보이듯, 나의 꿈이 기투된 존재로서의 너이며, 따라서 너의 존재는 치환된 나의 존재가 된다. '당신의 손자국'은 곧 나이며, 나는 곧 '당신의 흔적'이 된다. 이렇게 본다면 이 시에서 주체는 너로 치환된 타자로서의 주체에 의해서 새롭게 생성되며, 돌멩이는 곧 '어둠을 사르는 번개'나, '푸른 하늘', '맑은 피리소리'와 같은 새로운 생명적 존재로 비약되는 것이다. 바로 여기서 시적 주체는 대상을 통해 자신의 자리를 확보하게 되며, 이 주체의 확보과정은 은유적 치환의 과정을 거치고 있음이 주목된다.

이처럼 현실 속에 소외된 인간의 초상을 그려 보인다는 것은 휴머니즘에 대한 역설적 의지와 통한다. 전봉건의 시가 현실의 억압과 부조리를 극복할 수 있는 가능성을 보일 수 있었던 요인은 바로 휴머니즘에 대한 개인적 의지를 방법적인 문제로 치환시켜 탐색한 데 있다. 그것은 고립과 소외를 뛰어넘어 단절된 시공간 의식을 잠재적 의식의 연속성에 의지하는 것과, 죽음의 비극적 일상성을 사랑의 몽환적 초월성으로 대체시키는 것이다.[12]

잃어진 것은 없었다

그것은
눈물이었다 나의 눈시울에 따시한
그것은

성좌의 푸름에서 하나의
별도 잃어진 것은 없었다
하나의
별도 그렇다
잃어진 것은 없었다

강물은 흐르고

꿀보다도 달고 순결한 청록색이 넘쳐 아스라히 아스라히 굽이치는
너의 목덜미에서 가슴과 아스라히 꿀보다도 달고 순결한 청록색이
넘쳐
아스라히 굽이치는 허리와 무릎 그리고 입가에서
…바다를 보듬은
태양같은 … 나의 전부에서
너는
 (… 중략 …)
아지랑이에 젖는 하늘의
푸름같은 무수한 무늬와
무늬로

---

12) 조영복, 「1950년대 모더니즘시에 있어서 ‘내적 체험’의 기호화 연구」, 서울대
   대학원, 1992, 52면.

적 질서를 회복하는 것임을 인식함으로써 시적 방법론에 의거한 의식 내부의 휴머니즘적 지향의 실체를 표현할 수 있게 된 것이다.

위의 시에서 보듯이 화자의 의식은 잠재된 욕망을 끊임없이 언어화하여 분출시키는 과정에서 현실의 단절감이나 부정적 인식을 초월할 수 있는 공간을 확보한다. 의식의 자유스런 흐름에 의지하여 현실과 꿈, 추악함과 아름다움, 비인간성과 인간다움을 넘나들 수 있는 내부적 언어 표현이야말로 존재의 연속성을 확보할 수 있는 인식적 장치가 된다. 특히 이러한 자유로운 연상은 감각적 이미지를 통해 다분히 유미적인 어조로 구체화되고 있다는 점에서 고통의 치유라는 의지를 실현하는 데 기여한다. 그리고 아울러 이러한 시적 주체의 의지는 '청록색'의 밝은 색채감과 부드러운 감각적 이미지를 통해 억압적인 현실인식으로부터 해방되는 가능성을 열어주는 것이다.

4. 결론 – 전후시로서의 미학적 의미

이상에서 볼 때 전봉건이 보여준 시적 주체의 탐색 과정은 객관적 상황이 파괴된 전후의 현실에 대응해가려는 시적 인식의 산물이라 할 수 있다. 현실에 대한 비판적 시선을 잃지 않고, 현실의 넘어서려는 시인의 시선 속에서 전후 모더니즘시의 가능성을 찾을 수 있다고 할 때, 전봉건의 시에서 주체의 확립을 통해 현실의 비극적 상황과의 긴장을 유지하려는 노력은 이러한 가능성의 핵심을 이룬다. 또한 6·25 체험을 넘어서려는 시적 노력은 허구적 텍스트를 통해 드러나는 바, 이것은 현실의 의미망을 역사적 차원에서 확보하려는 인식적 한계로부터 비롯된다고 할 수 있다.

전봉건 시의 경우 전쟁으로 인한 공포 체험을 기억의 무화 상태로서 제시함으로써 현실과 자아의 분열상을 극복하려 한 점에서 이러한 전후시의 질서의식을 뒷받침한다. 그는 전쟁이 주는 공포를 익명적인 것으로 무화시키면서도 그러한 무화에서 오는 진공의 상태를 기억의 연상 작용과 확산을 통해 질서화 된 상태로 변형하고 있는 바, 그의 시가 시적 주체의 회상과 기억에 의존한 것은 부정적 사유의 근간으로서 현대사회의 자연 지배의 결과로 나타난 가상의 자연이자, 곧 자기 자각을 토대로 한 이성의 비판적 성찰의 결과로 이루어진 자연 지배의 교정 형식[15]이라 할 수 있다.

이러한 전개양상이 50년대 시사에서 어떤 의미를 갖는가는 모더니즘시의 비판성이라는 관점과 유토피아 지향 혹은 질서의식이라는 관점에서 살펴볼 수 있다. 1950년대 모더니즘시가 당대의 혼란한 현실에 대응하기 위해 서구적 현대성에의 지향을 보인 것은 무엇보다도 현실을 파악하고 타개해 나갈 준거 설정으로서 의미를 갖는다. 서구에서 모더니스트들이 보인 부정적 사유는 근대 부르주아 문화에 대항한 것이었으며, 시민사회에서의 예술의 위치에 대한 자기비판의 의미를 가졌음에 비해, 이 시기 모더니즘시의 경우는 혼란과 비합리성으로 대변되는 한국 사회에 대한 비판의 소산이었다는 점에서 '부르주아적이냐, 反부르조아적이냐' 라는 서구적 기준과는 별도로 고유한 기준을 갖는

---

15) 문병호, 『아도르노의 사회이론과 예술이론』, 문학과 지성사, 1994, 163면.

다. 전봉건의 경우는 오히려 시적 방법론에 대한 탐구에 의해 체험적 주체의 인식적 의미를 보다 강화하는 방향으로 나아감으로써 비판적 주체의 회복을 가능케 했다고 할 수 있다.

아울러 전후시인들이 현실에 대한 부정적 인식을 시적 사유의 기반으로 삼은 것은 그들이 탐구한 현대성이 지향하는 유토피아 의식과 밀접한 관련을 맺는다. 파편화되고 분열된 현대사회의 모순된 삶의 상황에서 내면적 질서와 통일을 염원하는 이러한 유토피아 지향은 불확실한 미래를 극복하고 선취하며 결정가능성을 믿고자 하는 인식의 소산이라는 점에서 계몽적 이성의 회복을 전제로 한다. 이런 의미에서 현대문명의 위기를 자연에 대한 기술적 통제를 위한 도구적 이성의 확대에서 찾고 본래적 이성의 회복을 추구한다는 것이야말로 '파괴된 공동감각의 부활'[16]이라는 의미에서 전후현실에 대한 당대 시인들의 공통된 인식 기반으로 작용한 것으로 볼 수 있다.

---

16) 윤평중, 『푸코와 하버마스를 넘어서』, 교보문고, 1992, 34면.

전봉건 시의 생명 인식 연구

1. 서론

생명이란 인류가 사색해야 할 중요한 화두 중의 하나다. 인간은 생명을 부여받은 개체적 존재로서의 유한성에서 벗어나 보다 가치 있는 삶을 지향하기 위해 생명의 의미와 본질을 사색하는 작업을 끊임없이 모색하는 존재다. 특히 과학문명의 발달 이래로 기술의 진보와 함께 발생하는 생태계 파괴와 환경오염 등의 영향 속에서 인류는 생명의 본질에 대한 해명과 깊이 있는 통찰을 다각적으로 시도하고 있다.

과학 문명의 발전은 그 바람직한 방향을 인문학적 사유로부터 조회받지 않는다면 통제 불능의 '위험 사회'를 초래할 가능성을 배제하지

---

* 서동인 / 성균관대학교 국어국문학과 강사

못할 것이다. 동시에 과학 문명의 변화를 아우르지 못하는 학문적 통찰은 새로운 시대의 윤리를 모색하는 데 필연적으로 한계에 직면하게 된다. 바야흐로 생명의 문제는 학문적인 교류를 통한 학제적 사유의 과제로 떠오르기 시작한 셈이다.[1]

일반적으로 생명에 대한 인식은 좁게는 인간 생명의 탄생과 소멸, 넓게는 자연물을 포함한 우주 삼라만상의 현상까지 아우를 수 있는 광대한 영역이라는 이유 때문에 자칫 추상적이고 관념적인 문제로 치부될 수도 있다. 또한 생명은 목격되지 않는 특성을 지니고 있으며 그 자체를 대상화할 수 없기 때문에 그 본질을 제대로 파악하기란 여간 어려운 일이 아니다. 그렇지만 21세기 인류는 생명에 대한 사유를 게을리 해서는 안 되는 당위성에 사로잡혀 있다.

이처럼 생명의 중요성이 부각되는 시점에서 인간과 자연에 대한 사유를 천착하고 있는 문학은 그 역할을 담당하기에 최적의 위치에 놓여 있으며, 특히 시는 생명에 대한 성찰을 하는 데 있어서 다른 여타의 장르보다 더 적합하다고 말할 수 있다.

우리의 현대문학사에서 생명에 대한 관심을 기울인 시인으로 1930년대 '생명파'를 중심으로 한 서정주와 유치환을 대표적인 주자로 손꼽을 수 있겠지만, 50년대에 등단한 전봉건도 생명 인식[2]에 노력을 경주해 왔다.

---

1) 박재현 외, 『생명에 대한 아홉 가지 에세이』, 민음사, 2002, 6면.
2) 인식은 무엇을 지어내는 작업이 아니라, 우리에게 나타나는 것을, 우리에게 다가오는 것을, 우리와 부딪치는 것을 포착하고 파악하는 의식의 활동이다. 그러니까 의식에 무엇인가가 주어져야 한다. 그러나 인식이 완료될 때까지는 그것이 "무엇"인지를 모른다. 그것이 무엇인지를 모르므로 우리는 그것이 무엇인가를 인식해서 알아내려 하는 것이다. 아무 것도 주어지는 것이 없을 때는 알고, 모르고도

특히 한국전쟁을 경험한 전봉건 시인은 그 어느 시인보다도 생명 인식에 집착하는 경향을 보이고 있다.

역사발전의 필연적인 조건이긴 하지만, 인류에게 있어서 전쟁은 생명을 짓밟는 것이며, 비인간화를 초래하는 폭압적인 행위이다. 특히, 이러한 전쟁을 경험한 시인들의 시세계는 치유되지 않는 참혹한 상흔이 작품의 배면에 깔려 있기 마련이다. 한국전쟁은 전봉건 시인에게 정신적 공황과 상실감을 안겨주면서, 생명에 대한 인식의 계기를 마련해 주었다.

전봉건 시의 생명 인식에 대해서는 이미지를 중심으로 접근하려는 연구가 이뤄지고 있다. 홍신선[3]은 「사랑을 위한 되풀이」, 「춘향연가」에 나타난 꽃의 이미지를 연구하면서 전봉건의 시가 생명에 대한 원초적인 집착이란 일관된 주제를 지속성 있게 보여주고 있음을 피력하고 있다.

이승훈[4]은 전봉건의 시가 전쟁의 상흔을 나타내는 '피' 이미지와 그것을 정화하는 '꽃' 이미지의 대립적 구도가 '빛' 이미지로 변용되고 통합되는 과정을 보여줌으로써 전쟁 체험을 시적으로 극복되는 과정을 나타낸 것이라고 평가하고 있다.

오세영[5]은 전봉건 시가 담보해 내는 주제 의식을 '사랑'에 두고 『사

없다. 그러니 그것이 무엇인지 알든 모르든, 인식 현상에는 당연히 "어떤 것"이 전제되어야 한다. 그 "어떤 것은" 아직은 그것이 무엇인지 알려져 있지 않은 것이지만, 그러나 그것은 인식을 통해서 알려지고, 또한 알려져야 할 것이다. 이러한 인식은 의식의 활동에 의해서 수행되며, 의식은 자기활동의 일정한 방식(형식)을 가지고 있다(백종현(1992),「칸트에서 인간과 자연」, 한국현상학회편, 『세계와 인간 그리고 의식지향성』, 서광사, 100면 참조).
3) 홍신선, 「꽃, 혹은 생명에의 원초적인 집착」, 『현대시학』, 1974년 5월호, 60~65면.
4) 이승훈, 「6·25 체험과 시적 극복」, 『문학사상』, 1988년 8월호, 263면.

랑을 위한 되풀이』, 『춘향연가』, 『속의 바다』에서 각각 공동체적 박애,
개인적 사랑인 에로스, 생명애로 나타난다고 말하고 있다.

조영복[6]은 전봉건이 한국 전쟁이라는 객관적 체험을 '내적 체험'으
로 기호화시켜 전쟁 이후의 일상성의 세계를 드러내 놓음으로써 소외
되고 사물화 된 일상성을 통해 보편적인 인간의 휴머니즘을 역설하는
모습을 드러내며, 에로티즘의 시적 담론을 통해 죽음의 언어를 사랑의
언어로 치환하고 있다고 보았다.

문혜원[7]은 "기획 투사 행위로서 사랑이 전봉건 시의 실체이며, 그
사랑은 전쟁의 상처를 치유하고 서로의 믿음을 회복할 수 있는 방법으
로써 타자를 인정할 뿐만이 아니라 그들과의 적극적인 화해를 시도하
는 방법으로 선택된 것"으로 보고 실존의식을 부각시키고 있다.

김춘수는 전봉건의 「어느 土曜日」을 평가하면서 "후반기 동인들과
통하는 데가 있으나 전봉건 씨의 시는 현실에 보다 밀착돼 있다. 어느
쪽이냐 하면 후반기 동인들은 심미의식이 보다 강하다고 하면 전봉건
씨는 심미의식도 강하기는 하나 휴머니스틱한 인생론에 있어서도 강
렬한 것 같다"[8] 라고 지적하고 있다. 전봉건의 시에 대해 '휴머니스틱
한 인생론'이 강렬하다고 말한 김춘수의 평가는 곧, 넓은 의미의 생명
에 대한 이해도를 갖춘 시인으로 해석할 수도 있는 근거를 제공한다.

그렇다면, 전봉건 시인은 왜 그토록 생명에 대해 집착하였을까. 그

---

5) 오세영, 「장시의 다양성과 가능성」, 『현대시학』, 1988년 8월호, 55면.
6) 조영복, 「1950년대 모더니즘시에 있어서의 '내적체험'의 기호화 연구」, 서울대 대
   학원 석사논문, 1992.
7) 문혜원, 『한국 현대시와 모더니즘』, 신구문화사, 1996, 96~101면.
8) 김춘수, 「戰後十五年의 韓國詩」, 『한국 전후 문제 시집』, 신구문화사, 1961, 309면.

것은 전쟁을 체험하면서, 그 시대 어느 누구보다도 삶과 죽음의 현상
에 대해 고민하고, 집착한 시인이기 때문이다.

> 내게도 바탕이랄까 할 것이 있다면 그것은 초기의 작품들이 말하고
> 있는 바와 같은 것이다. 이를테면 목숨의 뿌리가 그러한 것처럼 밝음이
> 며, 맑음이요, 또한 질긴 바램이다. 스스로의 소견에도 그러한 것이 내
> 30년을 짜내려 온 것으로 여겨진다. 그런데 그러한 것으로 해서 짜여진
> 내 30년의 여기저기에는 핏방울이 튕겨 있고 핏자국이 번지어 있다. 내
> 가 총을 메고 말려들었던 6·25의 그 핏방울이요 핏자국이며, 이것이
> 부르는 또 어떤 핏방울과 핏자국들이다. (…중략…) 그 핏방울 그 핏자
> 국은 앞으로도 계속해서 내 길의 여기 저기에 튕길 것이고, 번지어 날
> 것이라는 것이다.

-『꿈 속의 뼈』 후기에서[9]

전봉건 시인이 『꿈 속의 뼈』 '후기'에서 언급하고 있는 '목숨의 뿌리'
는 달리 말해 '생명'이라고 말할 수 있다. 그러한 '생명'을 시인은 '밝음
이며, 맑음이요, 질긴 바램'으로 인식하면서 시력 30년 동안 생명의 탐
구에 바쳐왔다고 말하고 있다. 그러나 그 목숨의 뿌리에는 핏방울과
핏자국이 서려있다. 그 핏방울은 6·25전쟁에서 연유하고 있으며, 그
로 인한 상흔은 핏자국으로 번지고 있는 것이다.

전쟁이라는 참화는 생명을 무참하게 짓밟아 버리는 결과를 초래한
다. 그래서인지 전쟁을 경험한 전봉건 시인은 '생명 인식에 집착하는
경향을 보인다. 이 글은 전쟁의 체험을 바탕으로 전봉건 시인의 생명

---

9) 전봉건, 『꿈 속의 뼈』, 근역서제, 1980, 125~126면.

에 대한 인식이 어떠한 양상을 보이는지 살펴보기로 한다.

2. 전쟁 체험과 생명 인식의 추이

1) 파편화된 생명 인식 구현과 에로스적 상상력

전봉건의 시의 기저에는 전쟁 참화로 인한 파편화된 생명에 대한 인식을 보여주고 있다. 그의 이러한 시적 성찰은 6·25라는 비극과 불가분의 상관성을 지니고 있다. 6·25전쟁으로 인한 정신적 공황과 상실감은 전봉건 시의 파편화된 생명 인식을 내면화하는 단초로 작용하고 있다.

5시나는호속에있다수통수류탄철모붕대압박붕대대검그리고M1나는내가호속에서틀림없이만족하고있다는사실을다시한번생각해보려고한다BISCUITS를씹는다오늘은이상하게5시30분에또피리소리다9시방향13시방향나는BISCUITS를다먹어버린다6시밝아지는적능선으로JET기가쉽게급강한다나는잠자지않은것과BISCUITS를남겨두지않은것을후회한다6시20분대대OP에서연락병이왔다포킷속에뜯지않은BISCUITS봉지가들어있다6시23분해가떠오른다나는야전삽으로호가장자리에흙을더쌓아올린다나는한뼘만큼더깊이호밑으로가라앉는다야전삽에가득히담겨지는흙은뜯지않은BISCUITS봉지같다

― 「BISCUITS」 전문

화자는 호 속에서 정신적 분열 증세를 보이고 있다. 전쟁의 참혹성과 비극성은 인간을 맹목적 존재로 변화시켜 버린다. 생명의 가치는 오직 눈앞의 적과 싸워야 한다는 것뿐이다. 화자는 호에 들어앉아 전

쟁에 필요한 물품을 보면서 만족감에 사로 잡혀 있다. 그러나 '내가호속에서틀림없이만족하고있다는사실을다시한번생각해보려고한다' 라고 언술되고 있듯이 전쟁에 임하는 화자에게 만족감이란 단지 싸워야한다는 맹목적인 의무감에 지나지 않는다. 화자가 만족하고 있다는 사실을 다시 상기하려고 하는 것은 절대로 만족감에 사로잡힐 수 없는 상황이라는 것을 단적으로 확인시켜 주고 있다. 이런 와중에 화자가 비스킷을 씹는 행위는 정신적 공황을 달래기 위한 방편에 지나지 않는다. 화자는 살기 위해 야전삽으로 호 가장자리에 흙을 쌓고 더 깊이 호 밑으로 가라앉고 있다. 그러면서 "야전삽에가득히담겨지는흙은뜯지않은BISCUITS봉지같다"처럼 흙과 비스킷 봉지를 비유하고 있다. 이 시에서 전쟁으로 인해 생명이 파편화된 상황에서 극도의 정신적인 공황을 맞이하는 시적 화자의 모습을 확인할 수 있다.

> DDT라는 글자가 의미하는 것은 소독약 또는 이를 잡는 약이라는 것이다. 초연이라는 글자가 의미하는 것은 수많은 총포가 뿜어낸 연기라는 것이다. 지평이라는 글자가 의미하는 것은 땅의 끝이라는 것이다.(산 많은 고장에서는 산의 능선이 지평일 수밖에 없다) 그런데 1950년대 초 땅 좁고 산 많은 한반도의 지평 즉 많은 산 산 산 산 산 산의 가파르거나 안 그렇거나 한 모든 능선에서는 DDT와 초연이라는 글자의 의미가 그리 서로 크게 다른 것이 아니었다. 하나는 소독약 또는 이를 잡는 약이라는 의미였고 다른 또 하나도 결국은 소독함 또는 이를 잡듯이 함이란 의미에 다름 아니었으니까. 거짓말이 아니다. 내 스물 세 살의 지평 (산의 능선)을 덮은 초연은 마치 그 곳에 대량으로 살포된 DDT 같은 모양이었다. 영락없이 그런 판국이었다.

— 「JET · DDT」 부분

인용시에서도 전봉건 시인의 파편화된 생명에 대한 인식을 확인할 수 있다. 스물 세 살의 화자가 경험한 전쟁의 상흔은 DDT라는 '소독약'과 지평을 덮어버린 '초연'을 동일시하고 있다. 이를 잡듯이 총탄을 쏟아 부은 산의 능선에 뿜어 오르는 연기는 곧, 인간과 자연을 구별하지 않고, 황폐화시킨 증거이다. "모든 능선에서는 DDT와 초연이라는 글자의 의미가 그리 서로 크게 다른 것이 아니었다."와 같이 이를 잡듯이 아무렇지도 않게 사람을 싹쓸이하여 죽이는 전쟁의 참혹성이 부각된다. 이처럼 이를 잡듯이 생명을 경시하는 전쟁의 참혹성은 화자에게 깊은 상처를 안겨준다. 화자는 전쟁으로 인한 파편화된 생명에 대한 인식을 '내 스물 세 살의 지평(산의 능선)을 덮은 초연은 마치 그 곳에 대량으로 살포된 DDT 같은 모양'으로 부각시키고 있다.

> 그는 이렇게 말하였다.
> '소새끼가 죽었을 게야……'
> 헬리콥터가 남으로 기울어져 갔다.
> 그는 그의 산골짜기가 북으로 7마일 가량 남았다고 하였다.
> 19시 반 쯤이었다.
> 그는 재미나는 추격전에서 웃으며 달리다가
> 꼬꾸라졌다. 저격이었다.
> 눈을 감았다.
> 그는 왼쪽 눈을 감았다.
> 그리고 오른쪽 눈을 감았다.
>
> — 「그리고 오른쪽 눈을 감았다」 부분

인용시에서 화자는 죽어가는 한 병사를 바라보고 있다. 어느 산골짜기가 고향인 듯한 동료 병사는 죽어가면서 '소새끼'가 죽었을 거라고 말하고 있다. 동료 병사는 죽어가면서 자신의 죽음을 고향집 소에 빗대고 있다. 고향을 북으로 7마일 가량 남겨 둔 채로 죽어가는 동료를 바라보는 화자의 심정은 참담하기만 하다. 그래서인지 '그는 재미나는 추격전에서 웃으며 달리다가/ 꼬꾸라졌다. 저격이었다'에서처럼, 전쟁의 참상을 역설적으로 표현하면서 희화화시키고 있다. '왼쪽'과 '오른쪽'의 두 눈을 차례대로 감으면서 죽어가는 동료 병사의 모습을 통해 시인은 전쟁의 참화가 생명을 파편화시키고 있다는 것을 보여주고 있다.

나는 세고 있다. 하나다. 그것은 바바리코트 왼쪽 어깨에 BISCUITS 두 개보다 작은 세로 네모진 철판 맨 가운데 위치하였으며 동그랗다. 엷은 금빛인 그것은 반짝거릴 것인데 지금은 눈이 거기에 퍼붓는다. 그것은 스테인레스다.

때로는 위장이 가까운 피부 위에 늘어져 있기도 하는 나의 군번과 또 스푼도 스테인레스다. 길이 굽어지며 미끄러지며 달린다. 눈이 좀 느직하게 쌓이는 곳에 나무가 섰고 그 밑에 꺼밋하게 쭈그린 것은 그 옆에 또 하나 꺼밋하게 쭈그린 것과 같은 것이다. 얼어서 죽은 집단 피난민의 묻히지 못한 등허리.

나는 발을 구른다. 대대 끝을 달리는 GMC와 반방향으로 달리는 AMBURANCE에는 발이 군화와 동결된 포로가 실렸다고 한다. 점점 격화되는 포성이 혼돈한 주변일대에 더욱 세차게 퍼부어지는 눈보라. 나는 갑자기 아홉부터 다음을 뭐라고 세는 지를 모른다. GMC들은 헤드라이트를 켠다. 눈이 퍼붓는다. GMC들은 피곤하다. 커브. GMC들은 미끄러지며 달린다.

눈이 퍼붓는다. GMC들은 균형을 잃어버린다. 핸들이 흔들리고 눈이
퍼붓고 뒤틀리는 헤드라이트 속에 MP처럼 직립하는 NO PARKING. 그
리고
ONE WAY.

— 「ONE WAY — 이 길로는 가기만 합니다」 전문

이 시는 전쟁의 비인간성을 형상화하고 있다. 그리고 앞의 시와 같
이 전쟁으로 인한 파편화된 생명의 인식이 시의 행간 곳곳에 드러나고
있다. 시인은 전쟁으로 죽은 피난민들의 형상을 '꺼밋하게 쭈그린 것'
으로 표현하고 있다. 그들은 집단으로 묻히지 못하고 죽어 있는 참혹
한 상태로 여기저기 널브러져 있다. 2연의 위장이 가까운 피부 위에
늘어진 '군번'과 '스푼'은 생명이 보장되지 않는 존재를 나타내주고 있
으며, 그러기에 금속성을 띨 수밖에 없다는 비정성을 상징적으로 보여
주고 있다.

세차게 퍼붓는 눈보라와 함께 급박하게 격화되는 포성, 인간의 한계
를 넘어서는 긴박함은 아홉 다음의 숫자를 생각해내는 단순한 사고도
허용치 않는다.[10] 그러므로 3연의 "나는 갑자기 아홉부터 다음을 뭐라
고 세는 지를 모른다."라는 의미는 극도로 불안한 화자의 심리를 표출
하고 있다. 설 수 없다는, 멈춰서는 안 되는 'NO PARKING'과 '오직
이 길로는 가기만 합니다' 라는 부제가 붙은 'ONE WAY'는 죽음으로
의 직진이라는 의미로 받아들여진다. 이 시의 'ONE WAY'가 갖는 상
징성은 파국을 향하여 치달리는 인간의 모습이며, 피할 길 없는 상황

---

10) 유춘희, 「전봉건 시 연구」, 동국대 대학원 석사논문, 1999, 14면.

속에서의 개체의 숙명이다. '일방통행'만이 가능한 상황—시인은 전쟁에서의 병사의 운명을 그렇게 상징화하고 있다. 그 일방통행의 통로를 질주하는 현대전의 참여자들은 결국 살육과 죽음의 작열하는 포탄의 제물이 될 것이다.[11]

마지막 연에서 군용트럭인 'GMC들은 균형을 잃어버린다'와 같이, 균형을 잃는다는 것은 전쟁을 수행하는 인간들의 혼란과 비인간성을 드러내주는 것이 된다.

2. 1950년

—허나
나는 하늘에서 내리는 비가 아니었고
그러니까 비에 젖는 흙도 아니었다.

들에 날은 것은 들새가 아니었다.
강을 건넌 것은 물새가 아니었다.
하늘에서 내리꽂히는 것은 매가 아니었다.
언덕에 퍼덕인 것은 꿩이 아니었다.
마을 어귀의 백년 묵은 홰나무 꼭대기에 터진
큰 번쩍임 그것은 번갯불이 아니었다.

총탄이요 포탄이요 폭탄이었다.
그해 6월은 짜도 짜도 피먹은 걸레였다.
가을이 와도 가을이 아니었다.

11) 조창환, 「장미빛 핏방울과 먹장 어둠—전봉건론」, 『한국시의 넓이와 깊이』, 국학자료원, 1998, 209면.

숯검정이가 자욱한 하늘. 그 하늘엔 어느 구석에도
탐스런 목걸이로 걸리는 여문 머루알의 가지가 없었다.
산도 산이 아니었다. 치솟은 숯검정이의 더미 그것이었다.
더러는 시뻘겋게 타는 산이 있었으나 그것은 단풍이 아니었다.
산을 숯검정이 하늘에 닿는 숯검정이 큰 더미로 만드는 불길이었다.

총탄이요 포탄이요 폭탄이었다.
그해 6월부터는 짜도 짜도 피먹은 걸레였다.

— 「흙에 의한 시 3편」 부분

「흙에 의한 시 3편」 중 두 번째 부분인 이 시는 전쟁의 포화가 얼마
나 엄청난 것인가를 표출하고 있으며, 전쟁의 공격성[12]과 폭력성[13]으
로 인한 파편화된 생명에 대한 인식이 극명하게 드러나고 있다. 인간
의 지배 본성에서 기인한 욕망 표출로 발발한 전쟁은 자연물에게도 치
명적인 영향을 미친다. 전쟁의 공격성과 폭력성으로 말미암아 수많은

---

12) 인간의 공격성은 선천적으로 인간의 생리학과 유전적인 성질에서 유래된다는
　　주장을 한다(Freud와 Lorenz). 공격성은 인간에게만 고유한 본성은 아니다. 개미
　　들도 이웃의 영토를 빼앗고 그것을 지키기 위해 전쟁을 벌인다. 동물행동학자
　　들에 따르면 인간은 동종 내(intraspecific) 공격성을 보이는, 즉 자기와 같은 동물
　　을 일상적으로 살해하는 몇 되지 않은 동물의 하나라고 주장한다. 대개의 다른
　　동물들은 종간 공격성(예외가 있으나 다른 종류의 동물만을 살해함)을 보이고
　　있다(황병무, 『전쟁과 평화의 이해』, 오름, 2001, 30면).
13) 전쟁과 다른 사회현상을 구분하는 가장 기본적이고 현저한 특성은 폭력성이다.
　　폭력성이란 사회 계약이나 법, 질서 등이 모두 무시되고 강제력만이 모든 것을
　　판가름하는 척도가 되며, 강제력이 우세한 일방이 자신의 의사를 상대방에게 강
　　요할 수 있는 전권을 갖게 되는 성질을 말한다. (…중략…)전쟁의 폭력성은 실
　　제적으로는 폭력적 수단의 사용으로 나타나며, 총, 칼, 대포, 전투기, 폭탄 등은
　　원래 전쟁용으로 만들었기 때문에 폭력적 수단이라고 할 수 있다(김철환 · 육춘
　　택 공저, 『전쟁 그리고 무기의 발달』, 양서각, 1997, 15~16면).

사람들이 생명을 잃고, 인류의 문명과 문화가 파괴된다. 전쟁의 폭력성은 인류에게 공포심을 유발하고, 여기에 적응하는 것을 쉽지 않게 한다.14) 따라서 생명은 파편화의 단계에 놓일 수밖에 없다. 이 시에서 들새, 물새, 매, 꿩은 인간의 공격성과 폭력성으로 인한 전쟁의 참화 속에서 생명을 보장받지 못하는 상징물로 표상되고 있다. 또한 마을의 홰나무 꼭대기에 번갯불이 아닌 총탄과 포탄, 폭탄이 터지는 전쟁의 폭력성은 화자로 하여금 1950년 6월을 '짜도 짜도 피묻은 걸레'로 인식하게 만든다.

맑아야 할 가을 하늘도 전쟁의 와중에 까맣게 숯검정이가 자욱한 하늘로 변해 버린다. 이 시를 통해 전봉건은 인간뿐만 아니라 국토와 자연물도 전쟁의 참화 속에서는 피폐해질 수밖에 없으며, 그 공격성과 폭력성으로 인한 상실감은 쉽게 회복되지 않는다는 것을 제시해주고 있다.

> 2
> 그러나 여기서 보이는 것은 철조망
> 철조망에 찢긴 바람 갈기갈기 찢긴 바람에서
> 휘딱휘딱 날리는 무정란의 잿빛 티끌뿐이다.
> 여기서는 돌멩이를 던져도 날을 줄을 모르고
> 불타서 죽은 나무 가지는 언제까지나 불타서 죽은 나뭇가지.
> 여기서는 어디고 가는 길이 없다.
> 다리는 무위와 허망의 사이에만 걸려 있다.
> 여기서는 사람이 옷을 벗어도 그 맨살에
> 와서 감기는 바람이 없다.

---

14) 김철환·육춘택 공저, 『전쟁 그리고 무기의 발달』, 양서각, 1997, 16면.

갈기갈기 찢긴 바람은 휘딱휘딱
무정란의 잿빛 티끌을 날릴 뿐,
여기서 보이는 것은 철조망
오직 그것뿐이다.

(…중략…)

4
여기서는 보이는 것이 있다.
부러진 햇살 꺾어진 햇살 깨어진
햇살 부서진 햇살 박살 난 햇살
그 햇살이란 모든 햇살 들고 이고
끼고 지고 또한 먹고 무성한 풀숲
여기에 든 죽은 자를 삼키고 여기에 드는 산 자도 삼키는 풀숲.
보아도 보아도 바라보는 눈에 넘치고 다시 넘치는 무덤
크낙하고 황막한 무덤 아닌 무덤이 있다.

― 「완충지대」 부분

'완충지대'는 전쟁의 파편화된 생명을 인식하는 공간이다. '철조망'에
둘러싸인 공간은 생명을 잉태할 수 없는 무정란으로 비유되고 있으며,
잿빛 티끌이 날리고 있다. 또한 그 공간에는 생명이 걸어 나갈 '길'이 없
으며, '다리'마저 '무위와 허망의 사이에만' 걸려있다. 게다가 '여기서는
사람이 옷을 벗어도 그 맨살에/ 와서 감기는 바람이 없다.'와 같이 극한
상황에 처한 파편화된 생명 인식의 진상을 보여주고 있다. 이 시는 전쟁
으로 인한 무의미한 죽음과 생명 경시에 대한 경고가 표출되고 있다.

이 새는 원앙과 마찬가지로 오리과에 속하는 물새다. 원앙이 날개 길이는 22센티 가량이지만 원앙이 사촌의 날개 길이는 32센티 가량 된다. 그리고 머리는 녹흑빛이며 얼굴과 목이 안스럽게 엷은 잿빛인 것 등이 원앙과 다른 점이다.

이 새는 1945년 8월의 해방 전까지 우리 나라와 동남 시베리아 중국 등지의 하천에 고루 분포되어 살았으나 지금 우리 나라에서는 볼 수 없는 새가 되고 말았다. 조류학자들은 1950년 6·25의 총뿌리가 우리 나라를 피흘리게 한 뒤 영영 자취를 감추어 버렸다고 말한다.

도륙의 총칼이 한 나라의 살과 혼을 각 뜨고 저몄을 때 한 나라의 새 중에서 가장 아름답기로 빼어난 하늘의 새 강물의 새는 스스로 씨를 말리었던 것인가.

빈 하늘이여, 빈 강물이여.

– 「원앙이 사촌」 전문

인용시에서 '새'는 전쟁 참화의 희생물이다. 이 시에 등장하는 '새' 즉 원앙이 사촌은 '6·25'라는 전쟁으로 인해 자취를 감추고 만다. 새마저 멸종시켜버린 전쟁의 참화는 인간의 생명뿐만이 아니라 모든 자연의 생명마저 위협하고 있다는 것을 각인시켜 주고 있다. '도륙의 총칼'로 인간이 펼치는 전장에서 '씨'를 말린 원앙이 사촌을 그리워하는 화자의 심정은 빈 하늘, 빈 강물을 바라보면서 애타게 끓어오르고 있다. 이처럼 전봉건의 시에서 '새'는 비상의 묵시적 이미지를 역행하는, 전쟁의 참화로 인한 파편화된 생명의 희생물인 악마적 이미지로 표상되고 있다.

0157584
내 군번처럼 연달은 산 산 또 산에
눈은 퍼붓고 마침내 왼통 눈에 뒤덮인 중동부전선

그 깊은 골짜기에 나는 내 시 <4월>을 묻고
(지금은 동아방송국 음악과에서 일하는)
강 이등병이랑 함께 갔다.
전사자의 시신을 태우는 연기가
낮게 드리운 겨울 구름과 엉기는 잿빛 하늘 아래를
더러는 히죽거리면서
그러면서 갔다.

봄은 멀고
그리고 우리는 갔다.
잠시 콧등에 걸리는 중동부전선의 새벽달
이윽고 뿌연 산 자락을 들치며 잽싸게 날아드는 제트기.
반드시 동 틀때에 기총과 네이팜탄을 맞고 곤두서는 맞은 편 산봉오리.
우리는 새벽마다 착검을 하고
타오르는 불길속을
달려서 갔다.

– 「우리는 갔다」 부분

이 시는 참화의 현장인 중동부전선의 암울한 풍광이 비쳐지고 있으며, '0157584'라는 숫자는 화자의 생명을 표상한다고 보인다. '0157584'라는 군번을 단 시인은 6·25전쟁이 일어나기 직전에 『문예』지에 추천을 완료한 상태였다. 데뷔작인 「4월」을 전쟁의 골짜기에 묻어버린 화자에게 더 이상 시인이라는 존재는 그 의미를 상실하고 만다.

"전사자의 시신을 태우는 연기가 /낮게 드리운 겨울 구름과 엉기는 잿빛 하늘 아래를 /더러는 히죽거리면서 /그러면서 갔다."에 드러나듯이 음습한 '겨울 구름'과 '잿빛 하늘'은 전쟁으로 인한 파편화된 생명 인식을 반영하는 표상물이다. 그런데 이 시에서 "더러는 히죽거리면서 /그러면서 갔다." 라는 표현에 주목할 필요가 있다. 이러한 시행은 전쟁의 참화와 폭력성을 경험한 화자가 시간이 경과할수록 전쟁에 무력감을 느끼고 있다는 것을 역설적으로 보여주고 있는 것이 되기 때문이다.

한편, 전봉건 시인의 시에는 에로스적 상상력이 분출되고 있다. 에로스는 성의 본능과 함께 생명의 본능을 아우르는 명칭이다. 에로스는 생물학적 존재로서 인간을 정의하는데 한 인간에게 필연적으로 수반되는 행위와 사고의 원천이라고 할 수 있다.[15]

1
아이브로우 크림 콤팩트의 광고사진 그리고 파우더 루우즈.
9분 전.
넓적다리 같은 베이컨과 덩어리 베이컨 같은 엉덩이.
나는 원색판 LIFE를 접는다. 딴딴한 눈이다. 햇살이 부딪친 야광시계의 유리판. ……여자장교 포로의 팬티가 무슨 색깔인지 나는 생각지 않으려고 한다.
보초병 철모 위에 떠 있는 구름들의 가장자리가 맑다. 그 아래로 산이 있다는 것과 브레스트 밴드를 생각한다. 무수한 그것들은 벙커다.

(…중략…)

4
계속되는 무한궤도의 자국과 전화선.

---

15) 전경수, 「'에로스' 인류학과 인류학 토착화」, 오생근·육혜준 공편, 『性과 사회』, 나남출판, 1998, 31면.

혓바닥에 교착하는 BISCUITS.
지난 밤엔 射程이 고정되어 가는 화망 위에 은하수가 흘렀다.
그리고 수통이 사방으로 날았다.

시속 120마일로 종군목사의 JEEP이 옆구리를 스친다.
내 수통은 비었다.
하얀 나뭇가지 아래서 디룩거리는
만주산 말의 엉덩이.
나는 탱탱한 팬티를 생각하며 미끄러지는 군화에 중량을 보탠다.

산허리에 반사하는 일광.
BAR의 연사.
비둘기의 똥냄새 중동부전선.
나는 유효사거리권내에 있다.
나는 0157584다.

-「0157584」 부분

　　전쟁의 상황을 객체화하여 묘사한 전봉건의 시는 주로 '반사하는 日
光'과 '쏟아지는 포탄'으로 대표되는 처절한 전쟁터의 비인간적 살육의
현장인데 시인은 그 속에서도 여인의 육체라든가 꽃, 비둘기 같은 부
드러움의 세계를 움켜쥐고 이를 그의 내면에서 잃지 않으려는 몸부림을
보여준다.16) 이는 시인의 에로스적 상상력의 분출이라고 할 수 있다.
　　위 시의 제목은 전쟁을 체험한 시인의 군번이다. 익명성을 나타내는
'0157584'라는 숫자는 화자의 존재를 상징하고 있다. 한 인간의 존재마

---

16) 조창환, 앞의 책, 208면.

저 수치로 익명화시키는 전쟁 앞에서 화자는 '원색판 **LIFE**'를 접으면서 '여자장교 포로의 팬티가 무슨 색깔인지 나는 생각지 않으려고 한다.' 와 같이 에로스적 상상력을 발동시키고 있다. 여자장교 포로의 팬티의 색깔을 상상하지 않겠다는 표현은, 해체와 파괴를 일삼는 전쟁을 치루면서 분출되는 성적 욕망을 억제하겠다는 것이다. 인간을 죽음 충동, 즉 타나토스적 상황으로 몰고 가는 전쟁 앞에서 에로스적 욕망은 더 강렬하게 분출되기 마련이다. 이것은 죽음 앞에서, 죽음을 뛰어 넘으려는 생에 대한 본능의 일종의 반동형성이다.

그런데 자제하겠다고 결의한 에로스적 욕망은 인용시 말미에서 강하게 분출되고 있다. 격렬한 전투 속에서 수통이 사방으로 날아가고, 화자의 수통마저 비었을 때 즉, 언제 죽을지 모르는 상황 속에서 '만주산 말의 엉덩이/ 나는 탱탱한 팬티를 생각하며 미끄러지는 군화에 중량을 보탠다.'는 표현을 통해 이러한 에로스적 욕망의 분출을 확인할 수 있기 때문이다.

'나는 유효사거리권내에 있다./ 나는 0157584다.'에 드러나듯이 언제 죽을지 모르는 상황 속에서 화자는 '0157584'라는 익명성의 존재로 표상되고 있다. 이 시에서 에로스적 상상력은 인간의 죽음 충동과 생의 충동이 동시에 공존하고 있다는 것을 증명해주는 것이 된다.

그런 어느 날 맑은 구름에
피뿌리며 몸부림치는 산허리에서
총알 하나가 내 손을 관통하면서 기웃거린
비인 포키트 비어서 구겨진 중동부전선의 포키트가
꿈꾸는 구겨진 꿈은

‘목덜미와
등허리 그 사이쯤에
나비 한 마리 키우는 여자의
소매 깃 그 내부로 자꾸 스미어
들면 무슨 무늬가 그 여자의
전부에 아롱지고 있을 것인가’
그런 것이었다.

(…중략…)

그러나 혹시 모를 일이다.
오늘 밤 어둠이 가장 깊었을 때
총알 맞아 죽어 움직이지 않는 내 손의 손가락들이
오 꿈처럼 그렇게 살아 움직인다면
비인 포키트 비어서 구겨진 한 구석에서
젖어서 아롱지는 여자와도 같은 별 하나
그것을 잡을 것인지도 모를 일이다.

– 「꿈과 포키트」 부분

이 시에서도 에로스적 상상력을 감지할 수 있다. 화자는 죽음 앞에
서, 한 여인을 생각하고 있다. ‘비인 포키트 비어서 구겨진 한 구석에
서/ 젖어서 아롱지는 여자와도 같은 별 하나’에서처럼 전쟁으로 인한
죽음을 인식하면서, 원초적인 성에 대한 집착을 보이고 있다. 이러한
에로스적 상상력은 서정주와 강우식의 에로티즘적 생명 인식과 관련을
맺고 있다. 물론, 에로티즘을 분출하는 상황은 다르지만, 성이라는 공통
분모를 시화(詩化)시키는 것은 같은 맥락에서 이해될 수 있기 때문이다.

2) 환생으로 변주된 생명 인식

전봉건의 시에서 파편화된 생명에 대한 인식은 죽음의 현장인 전쟁의 경험을 통해 내면화되고 있다. 이는 시인의 죽음에 대한 인식으로 간주될 수 있는데, 이러한 파편화된 생명 인식은 '환생'으로 변주되고 있다. 그의 시에 있어서 이러한 변화는 생명에 대한 영원성을 인식하는 전제 속에서 가능하다.

> 그렇다 대나무가 죽은 뒤
> 이 세상의 가장 마르고 주름진 손 하나가 와서
> 죽은 대나무의 뼈 단단하고 시퍼런
> 두 뼘만큼을 들고
> 바람 속을 간다.
>
> 그렇다 그 뒤
> 물빛보다 맑은 피리소리가 땅끝에 선다
> 곧 바로 선다.

- 「피리」 부분

이 시에서 '피리소리'는 죽은 대나무가 내는 소리이다. 이 피리 소리를 통해 전봉건의 생명에 대한 인식을 단적으로 감지할 수 있다. 이 피리소리는 바로 죽음에서 또 다른 생명으로 재탄생한 울림의 소리이다. 이 작품은 생명의 환생을 지향하는 시인의 의식을 엿볼 수 있으며, 시인의 생명에 대한 인식이 소멸을 지향하는 것이 아니라, 다시 살아남기를 염원하고 있다는 것을 알 수 있다. 삶에 대한, 생에 대한 강인한 생명력의 추구를 꿈꾸고 있기 때문에 가능한 생명의 환생 지향은

「꽃」이라는 시에서도 확인할 수 있다.

철마다
한 송이
꽃을
볼 때면
나는 늘
살점 하나를 생각합니다.
고향집 뒷산자락에 모신 채
삼십여 년을 뵙지 못하는
할아버님과 할머님이
철마다 무덤 가르고 나오시어
번갈아 장도칼로 도려 내시어
바람결에 띄우시는
당신의 가슴살 한 점
그 살점
하나가
뿜어 내는
핏보래로
보이는 것입니다.

―「꽃」 전문

　여기서 '꽃'은 바로 '살점' 즉 혈육인 할아버지와 할머니의 분신이다. 시인은 생명에 대한 환생을 인식하고 있기에 혈육에 대한 그리움을 '꽃'이라는 대상을 통해 피워낼 수 있게 된다. '철마다 무덤 가르고 나오시어/ 번갈아 장도칼로 도려 내시어/ 바람결에 띄우시는 /당신의 가슴살 한 점'에 드러나듯이 전봉건의 꽃은 환생한 혈육의 생명을 표상하고 있으며, 이는 곧 분단현실을 극복하려는 시적 장치의 일종으로 바라볼 수 있다.

전봉건 시인의 생명 인식에 있어서 환생으로의 변주는 아래의 시에서도 확인할 수 있다.

> 돌꾼은 가끔 꿈에서도 돌밭엘 간다. 내가 지난 밤 꿈에 간 곳은 서울서 시내버스로 오갈 수 있는 경기도 광주군 동부읍 미사리 돌밭이었다. 이 미사리 돌밭 일대는 벌써 오래 전부터 커다란 골재채취장이어서 아마도 이곳에서 실어나른 자갈이나 모래가 종로의 육교나 지하철 공사 등에 쓰이었음은 틀림없는 일이다. 여하간 돌꾼이 꿈의 돌밭에서 만나는 돌은 어느것 하나 희한하지 아니한 것이 없고 절묘하지 아니한 것이 없다. 내가 지난 밤 꿈에 만난 미사리 돌밭의 돌 역시 예외가 아니었다. 집어드는 크고 작은 돌은 검정이건 흰 것이건 여러 가지 색깔 어울린 무늬이건 모두 희한하고 절묘하게 빠진 새의 형상들이었는데 말똥말똥하게 구르는 그 눈망울들 한결같이 맑은 핏빛인 것이 섬찍하도록 신기롭기조차 했다. 그런데 나는 내 주체할 수 없는 그렇게 크낙한 놀라움에 취하고 황홀함에도 취하였으니 다름이 아니었다. 홀연 미사리 돌밭의 수 없이 많은 돌들이 공중에서 날아오르는 것이 아닌가. 수 없이 많은 새가 되어 일제히 날개쳐 날아 오르는 것이 아니던가 미사리 돌밭을 덮고 미사리 돌밭의 하늘도 덮은 수없이 많은 새들의 날개치는 소리, 아아 그 소리는 내가 이 세상에 살아서 듣는 것 가운데서 가장 크고 높은 또한 아름다운 만세소리였다.

- 「돌 19」 부분

인용시에서 화자는 '꿈'을 통해서 생명의 환생을 확인하고 있다. 그 장소는 미사리 돌밭이다. '꿈의 돌밭에서 만나는 돌'은 희한하고, 절묘하다. 각양각색의 묘한 생명의 모습일 수 있다. 그러한 돌을 바라보는 화자는 돌에게 새의 생명을 부여한다. 돌은 지상에 놓여 있지만, 새는 하늘로 날아오를 수 있다. 결국, 전봉건의 '돌'은 죽어있는 생명이 아님을 알 수 있다. 새로 변용되는, 즉 살아있는 생명을 지닌 대상인 것이다. 시인은 이처럼 돌에게 생명을 부여하면서 '새'로 변용시켜 환생을 염원하고 있다. 그러면서 그 새에게 비상의 의지를 빌어 분단의 시공을 넘어설 수 있을 것으로 추상한다. 퍼덕이는 날개의 꿈은 추락의 꿈에 불과한 경우가 많지만[17] 환생을 염원하는 화자는 자신의 분신인 돌을 새로 변용시켜 역동적인 비상을 시도하고 있다.

3) 귀소 본능의 생명 인식 표출

전봉건의 시는 귀소본능이 내면화되어 나타나고 있다. 이러한 경향은 그가 모태로서의 고향에 대한 회귀를 열망하고 있다는 것을 말해주는 것이 된다. 연어가 귀소본능이 강한 생물이듯이 인간도 귀소본능이 강한 존재이다. 자신을 낳은 부모님과 고향을 그리워하며, 죽을 때도 고향 땅에 묻히고 싶은 것은 다름 아닌 귀소본능 때문이다. 특히 전봉건 시인은 전쟁으로 인해 분단된 북쪽 고향으로 돌아갈 수 없는 시인이라는 점에서 그 어느 시인보다 작품을 통해 귀소본능을 강하게 분출하고 있다. 전봉건 시에 나타난 이러한 귀소본능은 생명 인식의 자장을 형성하고 있다.

---

17) 가스통 바슐라르, 정영란 역, 『공기와 꿈』, 민음사, 1995, 69면.

　　이따금 꿈길에 가는 고향집 가을 햇살은 등어리에 따사롭습니다. 안
방에서 사랑채로 혹은 대문으로 넉넉한 걸음걸이 옮기시는 아버님과 어
머님께서는 들국화의 향내가 납니다. 그런데 모를 것은 아무리 보고 다
시 보아도 아버님과 어머님의 모습이 삼십 안팎으로 밖에는 안 보이는
사실입니다. (…중략…) 아마도 두 분은 죽어서야 다시 찾은 고향집에서
삼십 안팎의 나이로만 사시길 그렇게 작정을 하시었나 봅니다. 이북땅
고향 잃고 헤매인 숱한 날들은 다 지워버리시고 어둠보다 짙고 깊은 한
맺힌 죽음의 칠십 고개도 깡그리 지워버리시고 그렇게 사시기로 작정을
하시었나 봅니다. 그렇습니다. 두 분은 죽어서야 다시 찾은 고향집에서
고향 잃기 전의 나이로 그 나이로만 사시기로 단단히 작정을 하시었나
봅니다. 그리하여 안방에서 사랑채로 혹은 대문으로 넉넉한 걸음걸이
옮기시며 들국화의 향내도 풍기시며 사시기로 작정을 하시었나 봅니다.
내가 이따금 꿈길에 가는 고향집 가을 햇살은 등어리에 따사롭습니다.

- 「죽어서야」 부분

　　'꿈'을 매개로 한 이 작품에서 화자는 '꿈길'을 통해 과거 속의 고향
을 복원하면서 '들국화 향내'를 풍기는 젊은 시절의 모습을 그대로 간
직한 부모님의 모습을 바라보고 있다. 여기서 '꿈'은 과거의 시간과 공
간으로 소통이 가능한 '꿈길'이라는 통로를 만든다. 이 '꿈길'은 현실에
서는 갈 수 없는 이북 땅의 고향을 가기 위해 시인이 만든 매개체[18]이
다. 가고 싶지만 갈 수 없게 차단된 분단현실에 대한 인식과 그 극복
의 장치가 바로 '꿈길'인 것이며, 이 '꿈길'은 닫힌 현실에서의 출구로
볼 수 있다.

---

18) 박민영, 「6・25와 北의 고향, 상실의 시적 극복」, 『현대시학』, 1993년 6월호,
　　203면.

생명이 태어난 탯줄이 묻힌 곳으로의 공간 이동 속에서 고향집을 보면서 유년 시절의 부모님 얼굴을 만난다. 화자에게 부모님 얼굴은 유년 시절에 보았던 삼십 안팎의 나이로 밖에 보이지 않는다. 시인의 부모님은 실향의 설움을 안고 칠십 평생의 여생을 마무리한 상태이지만 꿈에서는 그렇지 않다. 꿈속의 상황이지만 부모님은 삼십 안팎의 나이로 고향으로 돌아가 살고 있다. 이를 통해 전봉건 시인의 고향으로의 귀소본능이 얼마나 강한지 짐작할 수 있다. 인간에게 있어서 떠나온 고향에서의 시간은 항상 정지되어 있기 마련이다. 그런데 전봉건은 '꿈길'을 통해 그 정지된 시간을 되돌리고 있다.

한국인의 꿈에 전쟁의 주제가 많은 것은 멀지 않은 과거에 전쟁을 겪었고, 항상 알지 못하는 가운데 전쟁의 위협 속에서 살고 있기 때문이라 할 수 있고 전쟁을 겪은 세대에서의 전쟁 꿈은 이른바 정신적인 충격으로 인각된 현상의 반복인 '반응 꿈'(Reaktionstraume)이라고 할 만하다.[19] 이 시는 직접적인 전쟁을 다루고 있지는 않지만, 전쟁으로 인해 고향을 잃어버린 시인의 '반응 꿈'의 표출로 볼 수 있다. 이남의 타향 / 이북의 고향의 대립되는 현실의 두 공간은 시인의 꿈길을 통한 몽상에 의하여 '꿈속의 고향'이라는 새로운 초월적 공간을 만든다. 이곳에서 시인은 고향을 잃기 전의 긍정적인 과거의 시간을 지향함으로써, 과거(북의 고향) → 현재(이남의 타향) → 과거(꿈속의 고향)라는 순환적인 시간구조를 형성한다.[20] 이러한 순환적인 시간구조는 시인의 유년시절의 정지된 시간을 회복하려는 귀소본능의 의지에서 비롯된다. 다음의 시에

---

19) 에드워드 암스트롱 베넷, 김형섭 역, 『한 권으로 읽는 융』, 푸른숲, 1997, 297면.
20) 박민영, 앞의 글, 203면.

서도 귀소본능의 생명 인식을 확인할 수 있다.

(…생략…)
혼자 남아 사는 이남에서
나는 꿈이 자꾸만 꿈이 많아지게 되었읍니다.
나는 죽을 수가 없읍니다.
나는 밤마다 꿈마다 이북의 고향집을 찾아갈 수가 있었습니다.
나는 죽을 수가 없읍니다.
꿈마다 찾아가는 고향집은 썰렁하니 비어서 어두컴컴 하였읍니다. 그
래도 날마다 꾸는 꿈마다 나는 이북의 고향집을 찾아갔읍니다.
그러한 어느 날 밤의 꿈이었읍니다.
나는 드디어 아버님과 어머님 또 두 형님을 뵐 수가 있었읍니다. 죽
어서 재가 되었던 어머님과 두 형님 그리고 죽어서 흙이 되었던 아버님
은 고향으로 돌아와 다시 사람으로 현신하여 함께 살고들 계셨읍니다.
나는 죽을 수가 없읍니다.
고향 집은 방마다 훤한 빛이 가득하였읍니다.
고향 집은 구석마다 훤한 빛이 가득하였읍니다.
나는 죽을 수가 없읍니다.
(…중략…)
혼자 남아서 사는 이남에서
나는 죽을 수가 없읍니다.
만일에 내가 죽는다면
나는 꿈조차도 꿀 수가 없읍니다.
나는 꿈길에서조차도 고향 집을 찾아갈 수가 없읍니다.
나는 죽을 수가 없읍니다.

－「꿈길」 부분

전봉건 시인에게 고향은 분단 체제의 상황 속에서 물리적으로 차단되어 있다. 그래서인지 고향과 격리된 가운데 느끼는 그리움이 시의 행간에 고스란히 드러나고 있으며, 그 회귀의식 또한 강도가 높을 수밖에 없다.

고향으로 돌아갈 수 없는 시인은 매개체인 '꿈'을 통해 과거 속 고향으로 회귀하고 있다. 인용시에서 화자는 밤마다 꿈 속에 찾아간 고향 집에서 가족을 만날 수 없었지만, 어느 시점에 이르러 부모님과 두 형님을 상봉하게 된다.

화자는 불빛이 훤한 고향집의 화목한 장면을 제시하면서 '죽을 수 없다'고 강하게 절규하고 있다. 그 이유는 '만일에 내가 죽는다면/ 나는 꿈조차도 꿀 수가 없습니다./ 나는 꿈길에서조차도 고향 집을 찾아갈 수가 없습니다.'와 같이 혼자 사는 남쪽 땅에서 죽음이란 상황에 직면하면, 고향으로 돌아가는 꿈을 꿀 수가 없기 때문이다.

'꿈길'에서만이라도 고향으로 돌아가 그리운 혈육을 만나고 싶은 안타까운 심정과 생명에 대한 귀소본능을 인식하고 있는 전봉건 시인은 분단체제라는 정치적, 물리적인 제약 때문에 갈 수 없는 북의 고향을 늘 동경하면서 시로 꿈을 형상화했다고 할 수 있다.

열시   흐릿하다
열한시   가물가물 보인다
열두시   하루가 다하고
            하루가 시작되는 어둠은
            더욱 짙은 어둠이다
            그러나 그때 성큼 한 발자국

| | 내게로 다가서는 너를 본다 |
| 한시 | 마침내 너는 어둠을 밀어낸다 |

　　　　　내게로 다가서는 너를 본다
한시　　마침내 너는 어둠을 밀어낸다
　　　　　산이여 강이여 하늘이여
두시　　밭이여 언덕이여 샘이여
　　　　　홰나무여 대문이여 안뜰이여
　　　　　큰 부엌의 큰 솥이여 작은 솥이여
　　　　　마른 나무 활활 불타는 눈부신 아궁이여
세시　　할아버님 할머님
　　　　　아버님 어머님이시여
　　　　　네시(네 번 치는 괘종 소리)
　　　　　다섯시머리 위에 떠오르는 희끄무레한 창
여섯시　다시 네가 없는 밝음이다

－「여섯시」 부분

인용시는 시간의 흐름을 순차적으로 진술하고 있다. 이 시에서 화자는 떠나온 고향에 대한 강한 귀소본능 속에서 고향 집과 가족을 만나고 있다. 자정 '열두시'는 하루가 다하는 시각이면서, 새로운 하루가 시작됨을 알리는 시간이다. 그런데 이 시각은 짙은 '어둠'이 침잠하는 시각으로서 그 어둠 속에서 화자는 '내게로 다가서는 너를 본다' 라고 진술하고 있는데, 여기서 '너'는 다름 아닌 화자가 떠나온 고향이다. 강한 귀소본능에 대한 열망 때문에 화자는 고향이 다가서는 것으로 인식하고 있다. 그러기에 한시에 이르러 '너'로 지칭되는 '고향'이 어둠을 밀어내고 있다. 화자에게 고향을 보여주려는 이유 때문이다. '두시'와 '세시'가 되면 화자의 시야에는 고향의 풍경과 고향집의 가족 얼굴이 보인다. 그 고향에는 밭과 언덕, 샘이 있으며, 홰나무, 대문, 안뜰의 모습도 나타난다. 그뿐만 아니라, 부엌의 솥과 아궁이마저 보인다. 세시에 이르러 조부모님과 부모님을 상봉하지만, 만남은 그리 오래 지속되지 않는다. 아쉬운 작별의 시각인 네 시가 가까워지기 때문이다. 드디어 네 시, 날이 밝아오는 다섯 시가 지나 아침 여섯시가 되면, '다시 네가 없는 밝음이다'와 같이 고향은 온데간데없이 화자의 시야에서 사라지고 만다. 고향으로 돌아가고픈 귀소본능은 인간의 가장 본원적인 갈망이다. 이처럼 전봉건 시인의 귀소본능의 생명 인식은 시의 행간에서 이산의 아픔과 그리움의 모습으로 강하게 표출되고 있다는 것을 알 수 있다.

3. 결론

지금까지 전봉건 시의 생명에 대한 인식의 양상을 살펴보았다. 줄곧 생명 탐구에 노력을 경주한 전봉건 시인에게 6·25전쟁으로 인한 정신적 공황과 상실감은 그에게 파편화된 생명을 인식하는 단초로 작용하고 있다. 또한 전봉건은 전쟁으로 인한 죽음을 인식하면서도 에로스적 상상력을 기반으로 한 원초적인 성에 대한 집착을 보이고 있다. 이러한 에로스적 상상력은 전쟁의 와중에서 인간의 죽음 충동과 생의 충동이 동시에 공존하고 있다는 것을 증명해주고 있다. 한편, 전봉건 시인의 생명에 대한 인식은 환생으로 변주되고 있으며 귀소본능의 생명 인식에까지 머무르고 있다. 이러한 경향은 그가 모태로서의 고향, 즉 두고 온 공간으로의 회귀를 열망하고 있다는 것을 보여주고 있는 것이

다. 즉 그의 생명에 대한 인식은 새를 빌어, 꽃을 빌어 형상화되면서
꿈의 통로를 빌어서라도 물리적인 장벽을 넘어 귀향하고 싶은 화자의
의지지향을 생명으로 꽃피웠던 것으로 집약될 수 있다.

전봉건 詩의 신체 훼손 이미지 연구

1. 서론

1950년 『문예(文藝)』지에 「원(願)」, 「사월(四月)」, 「축도(祝禱)」 등이 당선되어 문단에 등단한 전봉건은 1988년 타계하기까지 왕성한 시작활동을 보여준 시인이다. 특히 6·25의 원체험을 바탕으로 하는 일련의 전쟁체험시들은 시를 통해 전쟁의 상처를 극복하고 있다는 평가를 받고 있다.[1] 또한 형식적인 측면에서는 언어의 아름다움과 내면의식을 추구

---

* 오채운 / 한양대학교 국어국문학과 강사
1) 김재홍, 「한국전쟁과 현대시의 응전력」, 평민서당, 1978.
　문해경, 「전봉건 시 연구」, 경희대 석사논문, 1995.
　박민영, 「6·25와 北의 고향, 상실의 시적 극복」, 『현대시학』, 1993. 6.
　유춘희, 「전봉건 시 연구－6·25체험시를 중심으로」, 동국대 석사논문, 2000.

하며 전통 미학을 부정하는 미적 태도를 지니고 있다고 평가받는다.[2]

그동안 전봉건의 시에 주로 나타나는 '피, 꽃, 돌, 새, 색채, 여성' 등의 이미지는 에로티시즘의 문제와[3] 어우러져 활발히 연구되어온 편이다.[4] 이러한 이미지들과 더불어 신체 훼손 이미지 또한 전봉건의 시에

이승규, 「全鳳健의 戰爭體驗과 詩的 變容分析」, 동국대 교육대학원 석사논문, 1989.
이승훈, 「全鳳健論—6·25체험의 시적 극복」, 『문학사상』, 1988. 8.
이현희, 「전봉건 시 연구—시적 화자와 상흔의 변이과정」, 서강대 석사논문, 2001.
정영미, 「전봉건 시 연구」, 건국대 교육대학원 석사논문, 1997.
조민아, 「전봉건 시 연구」, 동아대 석사논문, 1999.
조영복, 「한국 모더니즘 문학의 근대성과 일상성」, 다운샘, 1997.
한광구, 「韓國 現代詩에 나타난 6·25戰爭 體驗의 受容」, 경희대 석사논문, 1981.
2) 신동욱, 「全鳳健論」, 『현대문학』, 1980. 9.
오세영, 「長詩의 多樣性과 可能性」, 『현대시학』, 1988. 8.
이승훈, 「1950년대의 우리시와 모더니즘」, 『현대시사상』, 1995. 가을.
최자희, 「全鳳健 詩의 모더니즘 特性 研究」, 단국대 석사논문, 2002.
하현식, 「말과 孤節」, 『현대시학』, 1988. 8.
3) 민병욱, 「전봉건의 서사정신과 서사갈래 체계」, 『현대시학』, 1985. 2. 3. 4.
이광호, 「폐허의 세계와 관능의 형식」, 『1950년대의 시인들』, 나남, 1994.
이승훈, 「히메로스와 페이서스」, 『현대시학』, 1974. 10.
이승훈, 「全鳳健과의 對談—詩와 에로스」, 『현대시학』, 1973. 9.
전미정, 『한국 현대시와 에로티시즘』, 새미, 2002.
조영복, 『한국 현대시와 언어의 풍경』, 태학사, 1999.
조창환, 『한국시의 넓이와 깊이』, 국학자료원, 1998.
4) 강경희, 「전봉건 시 연구—주요 이미지와 시세계의 변모과정을 중심으로」, 숭실대 석사논문, 1994.
박민영, 「전봉건 시에 나타난 피와 꽃의 변증법」, 『현대시학』, 1990. 6.
박민영, 「전봉건 시에 나타난 불 이미지의 變容研究」, 이화여대 석사논문, 1990.
유경동, 「전봉건 시 연구」, 고려대 석사논문, 1996.
유명심, 「전봉건 시집 『돌』의 지수적 상징연구」, 동아대 석사논문, 1994.
이승훈, 「추락과 상승의 詩學」, 전봉건, 『새들에게』, 고려원, 1983.
이재식, 「전봉건의 '새' 이미지 변용 연구」, 동국대 석사논문, 1998.
하현식, 「사유와 직관의 원근법」, 『현대시학』, 1985. 3.
홍신선, 「꽃 혹은 생명에의 원초적인 집착」, 『현대시학』, 1974. 5.

빈번히 나타나는 현상을 보이고 있다. 신체 훼손 이미지는 '피, 꽃, 돌, 새, 색채, 여성' 등의 이미지와도 긴밀한 관계가 있다. 그러므로 이 글에서는 이제까지의 이미지 연구들을 바탕으로 신체 훼손 이미지를 분류하고 그 이미지의 전개과정과 신체 훼손 이미지가 의미하는 바를 밝혀보고자 한다.

전봉건의 시에 나타나는 훼손된 신체의 이미지는 일그러진 손, 구멍 난 몸, 꺾인 허리, 베인 눈, 썩어가는 젖무덤 등 대략 다섯 가지로 분류할 수 있다. 이 글은 이와 같은 분류를 토대로 먼저 신체 훼손 이미지의 양상과 의미를 구체적으로 살펴보고자 한다. 둘째, 훼손된 신체의 현실 응전 방식을 적극적 대응과 내적 대응으로 나누어 살펴보기로 한다. 셋째, 신체 훼손 이미지가 가지는 시사적(詩史的) 의미를 살펴보기로 한다. 통시적으로 신체 훼손 이미지를 정리하고 전봉건 시의 신체 훼손 이미지를 자리매김해 보기로 한다. 신체 훼손 이미지는 대부분 억압기재에 대한 현실 응전의 방식으로 존재한다. 그러므로 신체 훼손의 원인을 밝히고 이에 대한 극복 방식과 시인이 추구하는 이상세계를 살펴보는 것은 전봉건의 시를 이해하는 또 하나의 방법이 되리라 본다.

2. 신체 훼손의 양상

전봉건의 시에서 찾아볼 수 있는 신체 훼손 이미지는 일그러지거나, 부서지고, 구멍나고, 꺾여지고, 베이고, 썩어 가는 형태를 취한다. 그리고 그 훼손 부위는 손, 몸통, 허리, 눈, 젖무덤, 허벅지 등으로 나타난다. 신체 훼손은 태어날 때부터 불구의 형태를 띠는 결손과는 달리 외부의 요인에 의해 신체가 손상된다는 점에서 변별성을 가진다.

전봉건의 시에서 손은 대부분 일그러져 있거나 굳어 있다. 손이 이렇게 일그러지고 굳어진 원인은 총알이 손을 관통한 상태이기 때문이다. 총에 맞아 일그러지고 굳어진 손에서 떠올릴 수 있는 것은 전쟁으로 인한 상처의 문제이다. 이렇게 일그러진 손의 이미지는 전봉건이 6·25전쟁 중에 부상을 당한 원체험과도 관련이 깊다.[5] 일그러져 굳은 손의 이미지는 새나 나비, 여성의 이미지와 대비되면서 시적 전개가 이루어진다.[6]

> 샛말가니
> 물오른 나무, 나뭇가지,
> 나무 잎사귀.
> 그러나 내 손은
> 날개쳐 날아가지 못한다.
> 날아가서 날개 접고 앉지 못한다.
>
> 지난 봄
> 中東部戰線에서

---

5) 전봉건은 1951년 중동부전선에서 부상을 입고 제대한 후 대구의 피난민수용소에서 지냈으며 종군 경험을 바탕으로 전쟁시들을 발표한다. <사랑을 위한 되풀이>의 도입부 '銃알 /맞은 손 /세워들고 /나의 祖國 /나의 廢墟에서 /아직은 노래한다'에서도 드러나듯이 총상을 입은 손의 이미지는 결국 전쟁의 원체험에서 비롯되며 전쟁에 대한 고발과 그 극복의 의지로 요약된다.
6) 일그러진 손과 새의 대비에 대하여 이승훈은 '「총맞아 죽어 굳은 한 마리의 새」에 지나지 않던 「내 오른손」이 세월이 지나면서 「날아가는 한 마리의 새」로 살아난다는 의식으로 집약된다'고 지적한다. 이승훈, <추락과 상승의 詩學>, 219~220면.

銃맞은 검붉은 彈痕 감싸쥐고
일그러진 채 단단히 굳어
움직일 줄 모르는
내 오른손.

─「1954年의 4月은 왔다」 부분

위의 시에서 손은 외형적으로 나뭇가지와 등가성을 이룬다. 그러나 내면적으로는 나뭇가지가 물이 오르고 잎사귀를 생성시키는 반면에 손은 날아가지도 못하고 날개 접고 앉지도 못한다는 점에서 서로 상충되는 관계에 있다. 손이 이렇게 정지 상태를 알리는 이미지로 드러나는 이유는 총상을 입었기 때문이다. 총에 맞아 손은 일그러지고 굳어버리게 된 것이다. 굳은 손은 정지되어 움직이지 못하는 죽음의 의미를 내포하고 있다. 손은 '銃맞은 검붉은 彈痕을 감싸 쥐고 일그러진 채 단단히 굳어'버렸기 때문이다. 탄흔은 바로 상처이며 이 상처는 손에 쥐어져 있기 때문에 지워지지 않는 것, 떨쳐버릴 수 없는 것이 된다. 이 상처는 시간의 흐름에도 불구하고 치유되지 않는 상처이다. 이미 전쟁이 끝난 1954년의 4월이지만 상처는 치유되지 않고 있다. 그래서 '가을도 가고 겨울도 가고' 봄이 왔지만 이 시의 4월은 부제로 달려 있는 엘리어트의 '4月은 가장 慘酷한 달이다'라는 말처럼 참혹한 죽음의 세계가 된다.

또한 이 굳은 손은 시의 후반부에 와서 '銃맞아 죽어 굳은 한 마리의 새'로 비유된다. 이 새는 이미 죽었으며 굳어버린 상태이므로 '날개 쳐 날아가지' 못하며 '날아가서 날개 접고 앉지'도 못한다. 새는 곧 화자이므로 새의 죽음은 화자의 죽음을 의미한다. 화자가 처해 있는 죽음의 세계는 이 시의 초반부에 나오는 '噴水가 모오찰트처럼 눈부신 로오타리'라든가 '나비 같은 處女', '歡喜', '새싹 돋아' 등과는 대비되는 세계이다. 초반부의 생명력 넘치고 역동적이며 가벼운 이미지는 후반부로 오면서 정지되고 어두우며 무거운 죽음의 세계로 진입한다. 이러한 대비로 인해 전쟁에 대한 상처의 아픔은 배가 된다.

전봉건의 시에서 총알은 손을 일그러지고 굳어버리게 할 뿐만 아니라 인간의 몸을 관통해 구멍을 만들어 놓기도 한다. 그래서 총상으로 인한 구멍난 몸의 이미지 또한 전봉건의 시에서 찾아볼 수 있다.

> 그 여자 껴안고 구르고 펄럭이고 잦히고 솟구치는
> 나였다
> 그리고 갑자기 총소리가 나더니
> 공중에 못박힌 구멍 뚫린 새였다
> 그 새가 된 나였다
> 그 새의 쳐진 두 다리 사이로 떨어지는 정액이었다
> 그리고 저만치 내려다 보이는 축축한 풀숲에
> 자동소총 들고 서 있는 여자였다
> 꽃가루 묻은 알몸 꽃잎처럼 펄럭이는 여자였다
>
> — 「속의 바다 13」 부분

이 시에서 'LIFE지의 46페이지는 백지'이다. '아무것도 없는', '아무것도 보이지 않는' 백지이다. 아무것도 보이지 않는 백지에서 화자에게는 보이는 것이 있는데 그것은 바로 '바람'이다. '바람'은 화자에 의해 '꽃가루 묻은 알몸 꽃잎처럼 펄럭이는 여자'로 변주된다. 이제 화자는 백지에서 여자를 보며 여자와의 상상이 이루어진다. 이는 화자에 의해 이루어지는 상상세계이지만 내면의식의 발현에 다름 아니며 'LIFE'라는 용어가 의미하듯이 화자에게는 단순히 상상에 그치는 것이 아니라 삶 그 자체로 작용한다.

화자가 '꽃잎처럼 펄럭이는 여자'와 '껴안고 구르고 펄럭이고 잦히고 솟구치는' 행동을 상상하는 이유는 여자를 생명력 회복의 매개체로 보기 때문이다. 전봉건의 다른 시에서도 흔히 볼 수 있듯이 '여자'는 관능적 이미지를 동반하면서 생명력 왕성한 원초적 세계로 이끄는 역할을 한다. 이런 생명력의 세계에 단절을 가져오는 것은 역시 총이다. 그러나 이 시가 전봉건의 다른 시들과 변별되는 점은 삶을 단절시키는 가해자가 시인이 항상 생명성 회복의 매개체로 여기던 '여자'라는 점이다. 이는 죽음에서 꿈꿀 수 있는 생명에 대한 유일한 희망이 좌절되는 상태이며 가해자가 바로 희망 그 자체였다는 점에서 가공할 만하다.

이 시에서 총알이 관통한 것은 새이다. 이 새는 공중에 못 박혀 있는 상태인데, 못 박혀 있다는 그 자체에서 이미 자유가 박탈된 몸이며 그 몸에 구멍이 뚫린다는 것은 죽음을 의미한다. 죽은 새는 '새가 된 나'이다. 그러므로 화자는 자유와 생명이 박탈된 존재이다. 이 존재의 '두 다리 사이로 떨어지는 정액'은 이미 생명성을 상실한 불임(不姙)의 정액이다. '꽃가루'라는 식물이미지를 동물이미지로 환치하면 '정액'이 되므로 총을 든 여자에게 묻은 꽃가루는 이미 생명력을 잃은 정액에 다름 아니다. 이는 생명의 원초적인 자생력마저 소멸시키는 상황을 뜻하며 '또 총소리가' 들려온다는 표현을 통해 죽음이 반복된다는 것을 알 수 있다. LIFE지가 백지라는 것, 즉 삶이 백지이며 아무것도 없다는 것은 죽음을 의미하기 때문이다.

일그러진 손이나 구멍 난 몸의 이미지와 더불어 자주 드러나는 이미지는 꺾이거나 굽어진 허리에 관한 이미지들이다. 꺾인 허리의 이미지는 통증에 대한 고통뿐만 아니라 치유될 수 없다는 심리적 불안감에 대한 고통으로 더 크게 작용한다. 화자는 이 고통에서 벗어나기 위해 심리적인 치유의 방법을 선택한다.

> 아무도 보지못한 그 사나이
> 땅바닥에서 한 치쯤 떠서 고향길 가고 온 그 사나이
> 한반도처럼 허리 꺾인 사나이를 나는 보았다
> 나만이 본 그 사나이
> 갈기갈기 헤어진 바지가랭이를 보았다
>
> — 「한 치쯤 떠서」 부분

이 시에서 꺾인 허리를 가진 사나이는 명절이 되어 모두들 귀향길에 들어설 때 찾아갈 고향이 없으므로 상상으로밖에 다녀올 수가 없다. '한 치쯤 떠서' 서울역을 빠져나가는 것과 '아무도 보지 못한 사나이'라는 점에서 사나이의 귀향이 현실이 아닌 상상의 세계임이 분명히 드러난다. 그 상상의 세계에는 땅에 발을 붙여서는 가지 못하는 고향이 있다. 시에 나타난 것처럼 한 치쯤 떠 있는 것으로는 휴전선의 철조망을 넘을 수 없으므로 사나이가 입은 '바지가랭이'는 갈기갈기 헤져 있다.

이렇게 휴전선의 철조망으로 인해 훼손된 인간의 내면은 훼손된 자연의 모습으로 이미지가 변이되어 나타난다. 예를 들면 「완충지대」에서 바람은 '철조망에 찢긴 바람 갈기갈기 찢긴 바람'이며 티끌은 '무정란의' 티끌이다. 그리고 햇살은 '부러지고 꺾어지고 깨지고 부서져 박살난' 상태이다. 그래서 이 완충지대, 즉 비무장지대는 '크낙하고 황막한 무덤 아닌 무덤'으로 표현된다.

훼손된 눈의 이미지는 두 눈에 못이 박히거나, 거울에 눈이 베이고, 오랜 기다림으로 인해 눈이 멀어버리는 형태로 나타난다. 눈의 손상으로 인한 시력의 상실은 외부의 요인에 의해 시력이 상실된 채 조종당하거나 기다림이 지속되는 상태, 만남이 이루어지는 순간 시력을 되찾는 형식으로 시가 전개된다.

> 내가 손가락 하나를 움직인다
> 그러면 망치와 못을 가진 사람이
> 저 사람의 두 눈에 못을 박는다.
> 피 한 방울 흘리지 않는다.
> 내가 다시 손가락 하나를 움직인다.
> 그러면 두 눈에 못 박힌 저 사람이
> 허리를 펴서 일어난다.
>
> — 「마술」 부분

「속의 바다 8」에서처럼 이 시에서도 눈과 손은 긴밀한 관계로 표현된다. 그러나 이 시에서는 손가락이 눈을 훼손시키는 관계에 있다. '내가 손가락 하나를 움직'이면 '망치와 못을 가진 사람이 저 사람의 두 눈에 못을 박는다.' 눈을 훼손시키는 것은 못이지만 근원적인 가해자는 나이며 내가 움직이는 손가락이다. 눈에 못이 박힌 남자는 나의 손가락에 의해 조종당한다.[7] 손가락의 움직임에 따라 시각을 잃었음에도

---

7) 전봉건은 「장난」에서 총을 가지고 병사가 장난을 하는 장면을 제시한다. 이 작품 전체는 순전히 장난으로서의 행위를 보여주는 것처럼 보인다. 그러나 손가락 하나로 이루어지는 이 장난을 통해 사람의 운명이 좌우될 수도 있음을 보여주고 있다. 이 장난은 힘의 소유자의 뜻대로 무엇인가가 늘 결정되고 있다는 의미를

불구하고 부딪히거나 넘어지는 일 없이 바깥나들이까지 하고 돌아온다.

손가락에 의해 조종당하는 남자는 완전히 주체성이 소멸된 상태이다. 가해자인 나에게 저항하는 일도 없이 웃어 보이기까지 한다. 그 웃음이 '섬득하게' 느껴지는 것은 가해자의 생각일 뿐이다. 눈에 못을 박았지만 피를 흘리지 않으므로 가해의 흔적도 찾아볼 수 없다. 이런 일은 정말 '마술' 같은 일이다. 눈이 보이지 않는 상황은 인간이 주체성을 잃게 되고 다른 이에게 조종당할 수밖에 없음을 이야기하고 있다. 손은 다른 시에서는 총에 맞아 일그러지고 굳어버리는 피해의 대상이 되지만 이 시에서는 눈을 손상시키는 가해의 입장이 되므로 전봉건의 시에서 손은 양면성을 가진다.

> 6·25 한 달 뒤 무너진 다리 아래 썩던
> 어느 젖무덤의 기억 한 토막
> 6·25 두 달 뒤 불타는 언덕 아래 썩던
> 어느 넓적다리의 기억도 한 토막
>
> — 「여름에」 부분

'자두 몇 알/ 수박은 반으로 자른 것/ 진홍의 단물 가득찬 반 쪽'으로 시작되는 이 시의 전반부는 '수밀도'와 함께 풍성한 과일들로 가득한 전형적인 여름 이미지를 표현하고 있다. '이육사의 하얀 모시 수건 한

담고 있다. 존재의 의미가 그 존재의 자의적인 의사에 의하여 질서를 유지하고 있는 것이 아니라 보이지 않는 결정적인 어느 힘의 임의적인 의지에 의하여 그 있음의 질서가 유지되기도 하고 깨어지기도 한다는 운명성을 일깨우는 것이다. 그런 의미에서 「장난」은 「마술」과 동일선상에 있다.

장'이나 '이중섭이 아이들하고 놀던 게 한 마리'로 표현되는 여름도 단
아하고 천진스러운 이미지로 나타난다. 이러한 여름 이미지는 신체 표
현 이미지와 어우러져 풍요로운 모습을 띠고 있다. 신체의 일부분인
'젖무덤'은 '이상화의 이슬 맺힌 수밀도 같은'이라는 수식으로 싱그러
움과 관능미를 포함하며 '넓적다리'는 '꽃다발'과 같이 아름답게 표현
된다. 특수한 체험이 없는 전형적인 여름은 이렇게 풍요롭고, 단아하
고, 천진스러우며, 싱그러운 계절이다.

그러나 위에 인용한 중반부에 나오는 여름은 전반부의 여름과는 전
혀 다르다. 젖무덤'과 '넓적다리'에서는 여름의 싱그러움과 풍요로움을
찾아볼 수 없다. '젖무덤'은 '무너진 다리 아래'에서 썩고 있고 '넓적다
리'는 '불타는 언덕 아래'에서 썩고 있다. 이는 썩어가는 시체로 가득한
세계를 말한다. 여름의 이미지가 이렇게 죽음 가득한 세계로 기억되는
것은 바로 6·25전쟁에 대한 원체험 때문이다.

전봉건에게 여름은 생명력이 상실된 암흑과 죽음의 세계로 기억되
곤 한다. 이 암흑과 죽음의 세계에서 벗어나는 방법은 「音樂」이나 「暗
黑을 지탱하는」에서도 볼 수 있듯이 여성의 이미지를 통해서 나타난
다. 관능미 넘치는 여성의 이미지로 인해 남성은 성욕을 느끼며 이 성
욕은 죽음의 세계에서 생명력을 회복하고 역동적인 세계, 평화의 세계
로 이끄는 역할을 하는 것이다.8) 그러나 '썩는 젖무덤'으로 표상되는

---

8) 전봉건의 시 「暗黑을 지탱하는」에서 여성은 항아리와 비유되면서 죽음을 앞둔 군
　인에게 생명력을 불어넣는다. 이에 대해 이승훈은 '항아리의 이미지에서는 맹목
　적 생명력, 가장 원시적인 본능에의 희구가 한결 순화되면서 조국, 혹은 고향, 혹
　은 어머니에의 희구로 드러난다'고 지적한다. 이승훈, 「추락과 상승의 詩學」, 224
　면 참조.

여성성의 상실은 생명과 평화의 세계가 부재함을 의미할 뿐이다. 생명과 평화가 부재하는 여름을 시인은 '어쩐지 아무래도 좀 으시시하고 역겨워서' 사계절에서 '따 내고' 싶은 계절로 인식한다. 이러한 인식은 전쟁이 있었던 여름에 대한 강한 고통을 드러내며, 이 시에서는 그 고통을 침착하고 담담한 태도로 그려내고 있다.

살펴보았듯이 전봉건의 시에서 신체 훼손 이미지는 일그러지고 굳어버린 손, 구멍 난 몸, 꺾인 허리, 훼손된 눈, 썩어 가는 젖무덤 등으로 드러난다. 이렇게 일그러지고 구멍 난 신체 훼손 이미지는 총상에 의한 상처와 죽음을 의미한다. 이 상처와 죽음의 연원은 전쟁에서 찾아볼 수 있다. 전쟁으로 인한 분단현실은 꺾인 허리로 살아가는 고통, 멀어버린 눈으로 가족과의 이별을 감수해야 하는 고통을 안겨준다. 또한 썩어 가는 신체는 인간이 생명성을 잃고 사물로 전락해버리는 현실을 시사한다.

3. 훼손된 신체의 현실 응전 방식

1) 신체 훼손을 통한 적극적 대응

훼손된 신체를 통해 나타나는 현실적 고통에 대한 화자의 응전 방식은 크게 두 가지로 나타난다. 첫째, 스스로 자신의 신체를 훼손시킴으

전미정은 이 시의 항아리를 '여자의 잉태하는 몸에 대한 은유'로 보며, '女體 중에서도 잉태와 관련된 항아리는 자궁의 상징이다'라고 지적한다. 전미정, 앞의 책, 204면 참조.

로써 고통에서 벗어나고자 하는 적극적 방식이 있다. 이 방법은 본인 스스로 고통에서 벗어날 뿐만 아니라 공통적으로 안고 있는 타인의 고통까지도 해소시키는 역할을 한다. 둘째, 침묵과 인내로써 신체 훼손의 고통을 묵묵히 참아내는 방법이 있다. 이 방법은 오랜 시간과 많은 고통을 필요로 한다.

신체 훼손으로 인한 상처와 죽음의 세계에서 벗어나기 위해 화자는 '여자'와의 합일을 꿈꾼다. 전봉건의 시에 나타나는 '여성성'은 암흑과 죽음의 세계를 생명력 가득한 풍요와 평화의 세계로 이끄는 역할을 한다.[9] 다음의 시에서도 전쟁으로 인해 인류의 파멸을 맞이한 마지막 남자가 여자와의 합일을 통해 생명의 세계를 일구어내려는 욕망이 드러난다.

> 남자는 한치도 나아갈 수가 없었읍니다
> 남자가 걸친 전쟁이라는 부끄러움의 옷자락이
> 아직도 총알 냄새 피 냄새 나는 누더기 옷자락이
> 팔 다리에 감겨들어 앞으로 나아감을 막았던 것입니다
> 뿐만이 아니었읍니다 그 옷자락 아래 감추인
> 수없이 총알 맞은 몸뚱이 수없는 총알구멍으로는
> 자꾸만 바닷물이 새어 나갔던 것입니다 　　　　　–「童話」부분

---

9) 전봉건의 시에 나타나는 여성성에 대하여 이광호는 '전봉건 시에서의 관능의 상상력과 여성성의 우위는 유린당한 세계를 치유하는 근원적인 생명력이며 희망의 형식이었다'고 결론짓는다. 이광호, 앞의 글, 281면.
박희성은 '전봉건의 여성성을 폐허가 된 현실에서의 도피가 아닌, 억압적인 현실에 대한 대립명제이자 현실회복 의지를 나타내고 있는 것으로 본다. 즉, 그의 시에 나타난 여성성은 근본적으로는 자아회복의 의지이며, 나아가서는 우리 민족의 생명회복 의지이기도 하다. 이런 여성성은 그의 시세계에 끊임없이 흐르고 있다.'라고 지적한다. 박희성, 「전봉건 시의 특질 연구–여성성을 중심으로」, 성신여대 교육대학원 석사논문, 2001, 14면.

「속의 바다 13」이나 「暗黑을 지탱하는」에서도 볼 수 있듯이 위의 시
에서도 남자는 죽음의 세계에서 벗어나기 위해 여자와의 합일을 꿈꾼
다. 여자는 천상의 여자이며 남자는 땅의 남자이다. 남자는 동화에서
보듯 나무꾼과 같이 흔한 남자가 아니다. 그는 '땅 나라에서 모두가 서
로 죽고 죽이는 큰 논쟁이 있어 간신히' 살아남은 '단 한 사람'이라는
점에서 특수성을 띠며, 그런 만큼 여자와의 합일에 있어서 그 간절함을
배가시킨다. 이때 여자와의 합일은 파멸된 인류의 부활을 의미한다. 여
자의 몸이 '누가 보더라도 숨 막히게 가래가 솟게 목젖이 터지게 탐스
럽게 도발적인 몸매'인 점도 땅의 남자의 행동에 도화선 역할을 한다.

바다에서 목욕하는 여자를 향해 힘껏 헤엄쳐 가는 남자의 행동에 걸
림돌이 되는 것은 두 가지로 나타난다. 그 하나는 '전쟁이라는 부끄러
움의 옷자락'이다. 부끄러움이 없는 천상의 여자가 알몸인 채로 사는
것과 달리 땅의 남자는 부끄러움을 감추기 위해 옷을 입고 있어야 했
고 이 옷이 남자의 '팔 다리에 감겨들어 앞으로 나아감을 막았던' 것이
다. 나머지 하나는 그 옷자락 속에 숨어 있는 남자의 몸이다. 남자의
몸은 '수없이 총알 맞은 몸뚱이'여서 그 '총알구멍으로 자꾸만 바닷물
이 새어'나가 앞으로 나아갈 수가 없었던 것이다. 「속의 바다 13」과는
달리 현재 진행되고 있는 죽음이 아니라 전쟁의 흔적이 이 시에서는
생명력 회복을 저해하는 요소가 된다. 옷을 매개로 하여 선녀를 지상
에 붙잡아둘 수 있었던 나무꾼과는 달리 땅의 남자는 여자의 옷을 감
출 수도 없었다. 하늘의 여자는 옷을 입지 않고 살았기 때문이다. 이로
써 남자와 여자가 이어질 아무런 매개체도 없음이 극명하게 밝혀진다.

이렇게 몸에 난 구멍으로 정액이라든가 바닷물과 같은 액성 이미지

가 빠져나가는 것은 몸에서 피가 빠져나가는 것과 동일하다. 몸에서 피가 빠져나간다는 것은 생명력의 상실을 의미하며 새로운 관계를 저해하는 요소로도 작용하므로 죽음의 세계에서의 부활은 더더욱 불가능해진다.

> 그 늙어 굽은 몸에서
> 다시 만나리라 기어이 너희들
> 만나고야 말리라는
> 그리기 다짐하기 바래기
>
> -「돌 23」 부분

이 시에서 '할아버지'는 북에 삼남매를 두고 온 그 날부터 언젠가는 만나리라는 다짐을 한다. 그리고 33년이 지나 이산가족찾기 생방송이 진행될 때 스스로 목을 매어 숨을 끊는다. 이 죽음은 체념이나 단념이 아닌 자신의 그리움을 그대로 간직하여 사람들에게 각인시키기 위한 몸부림이다. 그래서 시의 후반부에 오면 할아버지는 '죽어서 꼿꼿이 서신 돌'로 표현된다. 이 죽음은 그리움으로 굽은 몸을 바로 펴게 하며 이 굽은 몸을 바로 편다는 것은 곧 분단 상황의 극복을 의미한다. 그래서 할아버지가 택한 죽음이야말로 분단현실에 대한 강한 응전 방식으로 드러난다. 스스로의 목숨을 훼손시킨 이 행위는 죽음 그 자체로 끝이 나는 것이 아니라 새로운 삶으로 다시 부활하는 것이다. 이 새로운 삶은 분단의 아픔 또는 이산의 아픔이 없는 삶이다.

자신의 몸을 훼손시켜가며 고통을 극복하려는 경우와 달리 자신을 죽음으로 몰고 온 요인을 직접적으로 훼손시켜 없앰으로써 고통을 극

이루어진 미소로
속삭이며
젊은
수줍은 여신이었다

— 「강물이 흐르는 너의 곁에서」 부분

　여기서 보듯 시적 주체로서 화자의 의식은 기억에 의존하는 존재로서 그 기억은 일상 현실의 과거로 거슬러가는 것이 아니라, ‘아직 존재하지 않는’ 가상의, 혹은 가능한 것에 대한 회상을 통해 진행되고 있다. 즉 시적 주체의 과거적 체험을 바탕으로 현재의 시적 주체의 의식에 그것을 되살리고자 하는 낭만적 주체의 회상이 아니라, 순수한 현재적 존재로서 시적 주체의 의식 내부에 만들어진 허구적 텍스트로서의 일정한 형상에 대해 마치 있었던 것인 양 스스로 떠올림으로써 대상에 대한 동일화를 지향하는 서정시 본래의 시적 의식과는 다른 주체 지향적인 모습을 보여주고 있는 것이다.[13]

　전봉건의 시에서 전쟁의 현실에 직면한 시적 주체의 태도가 현실적 고통에서 비껴서 있다는 느낌을 준다는 것은 전쟁으로 인한 존재의 파괴로부터 인간과 시를 구원받으려는 정신적 노력의 소산이라는 점에서 고통의 치유 방식으로 이해할 수 있다.[14] 즉 사물화된 인간의 실존적 모습을 통해 대상을 무화시킬 때 필연적으로 드러나는 현실적 허무 의식과 그로 인한 감상성의 위험을 극복하는 길은 존재의 내면에 정신

---

13) 이런 의미에서 전봉건 시에 나타나는 회상의 형식은 슈타이거의 개념에 의한 서정시의 본질로서 회상의 의미와는 다른 맥락에서 이해될 필요가 있다.
14) 김재홍, 『한국전쟁과 현대시의 응전력』, 평민서당, 1978, 191면.

복하고자하는 경우도 있다. 다음의 시는 헝가리를 배경으로 하고 있으며 좀더 강하고 직접적인 표현들을 과감하게 사용하고 있다.

> 불타는 길 위에서 아버지의 시체를 바리케이트로 하고
> 이제 숨바꼭질 놀 수 없는, 무너져 내리는
> 길 모퉁이
> 어머니의 젖가슴도 바리케이트로 하고.
>
> —「歐羅巴의 어느 곳에서」 부분

이 시에서 서로 대립 구조를 이루고 있는 것은 '자유'라는 개념과 그 자유를 억누르는 억압기재인 '붉은 탱크', '붉은 戰鬪機'이다. 이 억압기재들에 대항하는 것은 '어린 少年과 少女'들이다. 이들은 탱크와 전투기에게 '피의 노래'로써 맞싸운다. 이때 '아버지의 시체'와 '어머니의 젖가슴'은 이들의 방패막이 된다. 그러나 이들의 방패막이 된 '아버지의 시체'와 '어머니의 젖가슴'은 이미 살아 움직이는 생명이 아닌 사물화 되어버린 인체이다. 이 사물화 된 인체에서 우리가 알 수 있는 것은 인간성의 상실이다. 이 인간성의 상실은 자유의 억압으로부터 비롯된다. 자유가 없는 세상에서는 인간성도 안주할 수가 없는 것이다. 또한 가족이라는 인간의 기본 단위도 말살되어버리는 것이다. 어린 소년, 소녀들이 '아버지의 시체'와 '어머니의 젖가슴'을 '바리케이트로 하고' 싸우는 것은 가족이라는 인간의 기본단위를 찾기 위한 노력에 다름 아니다.

이 어린 소년, 소녀와 대치 관계에 있는 탱크와 전투기의 모습은 폭력적으로 드러난다. 이 억압기재들은 소녀들의 치마를 찢어발기며 소년들의 이마를 까부순다. 이런 폭력적인 행위는 곧 이들의 자유를 파

괴하는 행위이다. 억압기재의 행위가 폭력적인 만큼 이에 대항하는 화자의 언어도 강렬하고 직접적이다. '멎으라 뒤돌아서라 붉은 탱크어 戰鬪機여 물러나라' 또는 '꺼지라 사라지라 돌려주라' 등으로 표현되는 구절에서 화자의 자유에 대한 소망이 얼마나 강렬한지를 알 수 있다.

훼손된 신체의 고통에서 벗어나고자 하는 적극적인 방식은 여성과의 합일, 자신의 신체를 훼손시키는 방식, 신체 훼손의 원인과 맞싸우려는 방식 등으로 나타난다. 여성과의 합일을 추구하는 방식은 여성을 평화와 풍요의 상징으로 받아들이고, 그 여성을 통해 생명성을 회복하고자 한다. 자신의 신체를 훼손하는 방식은 신체 훼손을 통해 자신의 고통을 마감한다. 이 방식은 자신의 죽음을 알림으로써 타인의 고통까지도 치유하려는 극복방식이다. 신체 훼손의 원인과 직접적으로 맞싸우는 방식은 다소 격렬한 언어까지도 동반하게 된다. 이 직접적인 언어들을 통해 화자는 자유와 평화에 대한 강한 열망을 나타낸다.

2) 침묵과 인내를 통한 내적 대응

내적 대응 방식은 오랜 인내를 필요로 한다. 전봉건의 시에서 구부러진 척추뼈, 꺾인 허리, 굽은 몸 등의 이미지는 오랜 시간을 통해 만들어진 신체 훼손의 양상이다. 특히 「돌 15」에서는 구부러진 척추뼈에 '굽은 돌'과 같은 이물질을 집어넣어야만 몸이 바로 설 수 있는 상황이 발생한다. 이렇게 훼손된 신체로 살아가야 하는 고통은 몸 안에 척추뼈 대신 돌멩이를 한 개 넣고 다녀야 하는 고통, 평생 어깨에 돌배낭을 지고 돌밭을 걸어야 하는 고통으로 비유된다. 그래서 이들이 '돌하는 것'이라고 표현하는 수석 채집은 단순한 취미 생활이 아닌, 신체 훼손으로 인한 고통에서 벗어나고자 하는 구도의 길임이 드러난다.

지각적 감각 기관인 눈은 지적인 인식의 도구가 된다. 전봉건의 시에서 눈은 깨진 거울로 인해 '베임'을 당한다. 그리고 이 베인 눈은 인간관계의 훼손이라는 현실의 문제와 연결되면서 의미를 갖게 된다. 훼손된 인간관계는 거울에 의해 그 실상이 반영되므로 전봉건의 시에서 거울은 상처투성이의 현실을 인식하게 하는 매개체 역할을 한다.

> 이상하게도
> 거울과 식기는
> 모조리 금이 가거나 깨진
> 그런 것들이었다
>
> 그래서
> 여자는
> 모조리 손이 베어지거나
> 석석 눈도 베어진
> 그런 여자들이었다
>
> ―「속의 바다 8」 부분

이 시에서 깨진 거울은 눈을 훼손시키며, 깨진 식기는 손을 훼손시킨다. 깨진 거울에 나타나는 형상은 깨지고 분열되어 있으며 온전한 것이 없다. 형상이 전체적으로 나타나지도 않는다. 정체성의 확인이 불가능하며 분열되거나 파편화된 자아를 확인할 수 있을 뿐이다. 이는 깨지고 분열된 현실을 의미한다. 깨진 식기는 먹을거리를 담지 못한다.

먹을거리를 담지 못하는 식기는 더 이상 식기로서의 의미가 없으며 생명연장이 불가능함을 의미한다. 여자는 아무것도 먹지 못한 채 베인 손으로 남자를 기다릴 뿐이다. 깨진 식기 또한 깨진 거울처럼 일그러지고 분열된 현실을 의미하며 여자와 남자의 깨진 관계를 의미하기도 한다.

깨진 거울은 여자의 눈을 벤다. 베인 눈으로는 아무것도 볼 수가 없으므로 여자가 기다리는 남자 또한 볼 수가 없다. 설령 남자가 돌아온다 해도 볼 수 없다. 남자가 여자를 떠나가는 순간 여자의 눈은 이미 베이고 이들에게 재회는 존재하지 않게 되는 것이다. 그래도 여자는 피 흘리는 눈으로 남자를 기다린다. 이 피 흘리는 눈은 그리움의 다른 모습이기도 하다. 남자를 기다리는 여자의 아픈 마음이 눈을 베었는지도 모른다. 남자는 바다를 건너갔으므로 바다는 단절의 의미를 가지고 있는데 여기서 피 흘리는 여자가 주저앉아 볼 수 있는 것은 바다를 건너오는 남자가 아니라 '바닷가' 뿐이다. 그러므로 이들의 단절감은 회복될 수 없는 상태에 이른다.

이러한 헤어짐이 전봉건의 다른 시에서처럼 전쟁과 관련이 깊다는 것은 '월남'이라는 말에서 알 수 있다. 시의 후반부에 나오는 '월남에서는 남자가 돌아오지 않았다'는 구절에서 우리는 '월남전' 즉 '베트남전쟁'을 유추할 수 있다. 그리고 이 전쟁으로 인한 헤어짐은 한국에서의 경우 한국전쟁으로 인한 이산가족의 아픔을 연상하게 한다. 여름이 빠져 있는 '봄이 오는 언덕'에서 '가을 깊은 언덕'으로의 시간적인 경과만 보더라도 한국전쟁과의 연계 아래 있다는 것을 알 수 있다. 전봉건의 시에서 여름은 전쟁이라는 특수한 경험체계로 인식되곤 한다.[10] 전쟁으로 인한 이산가족의 아픔은 이 시에서 손과 눈이 피 흘리는 고통, 아무것도 보고 만질 수 없는 고통을 의미한다. 그러나 사람들은 그 고통을 침묵과 인내로써 참아내며 다시 만날 날을 기다리고 있다.

> 38선의 밤을 넘다가
> 날이 밝는 새벽에 보니
> 아들 딸 며느리 손자 모두 간 데가 없었다.
> (…중략…)
> 그 날부터 할머니는 눈이 멀었다.
> (…중략…)
> 눈 먼 할머니의 먼 눈은 보고 있었던 것이다.
> 똑똑히 똑똑히 보고 있었던 것이다.
>
> 할머니의 눈은
> 돌의 눈이었다.
>
> -「돌 22」 부분

전봉건의 시에서는 눈먼 어머니의 이미지를 간혹 발견할 수 있다. 이 눈이 머는 현상은 분단 상황 이전에 가족이 남과 북으로 갈라질 때부터 시작된다. 그리고 분단이 되어 이산가족의 상태가 지속될 때 이 눈이 머는 현상도 지속된다. 이 멀어버린 눈의 상태는 「마술」에서도

---

10) 전봉건의 시에서 여름은 6·25전쟁의 체험으로 인해 겨울처럼 얼어붙어 있다. 푸른색이 싱그럽게 살아나는 여름의 이미지가 아니라 '먹장 구름' 또는 '먹빛'으로 검은 색이 주를 이루는 색채이미지를 드러내기도 한다. <여름 예수>에서의 여름은 꽃잎이 뜯기거나 찢긴 '상처'로 표현되거나 빛살이 잘리거나 꺾인 '죽음'으로 표현된다. <여름에>에서는 여름이 넓적다리와 젖무덤이 썩어가는 '어쩐지 아무래도 좀 으스스하고 역겨워서' 떼어내고 싶은 계절로 표현된다.

살펴보았듯이 인간의 주체성을 말살시켜 버린다. 그러므로 가족과의 원치 않는 이별로부터 인간의 주체성 상실은 시작되는 것이다. 그리고 이 멀어버린 눈의 상태는 가족과의 상봉에 의해서만 해결된다.

「돌 22」의 '눈 먼 할머니의 먼눈은 보고 있었던 것이다'에서도 알 수 있듯이 이 '볼 수 있는 눈'은 신체적인 의미에서의 '눈 뜸'이 아니라 심리적인 의미에서의 '눈 뜸'을 말한다. 할머니는 이산가족찾기 방송에서도 가족들을 만날 수가 없었다. 그러나 상상 속에서 말더듬이 손자와 만나게 되었을 때 '먼 눈'은 볼 수 있게 된다. 이때의 눈은 가족과의 만남을 무거운 마음으로 묵묵히 기다려왔던 '돌의 눈'이 된다. 볼 수 없지만 볼 수 있는 눈이라는 점에서 할머니의 눈과 돌의 눈은 등가성을 이룬다. '돌의 눈' 즉 할머니의 '먼 눈'은 「눈과 눈」[11]에서는 화자의 '명치 끝에 스며 들어' 화자와 함께 살고 있다. 이 '먼 눈'의 상태는 할머니에게서만 지속되는 것이 아니라 헤어진 다른 가족들에게도 지속되는 것이다.

고통에 대한 내적 대응에서 볼 수 있는 돌배낭을 지고 돌밭을 걸어야 하는 노인, 남자가 돌아오기를 피 흘리는 눈과 손으로 기다리는 여인, 시력을 잃은 눈으로 가족과의 만남을 기다리는 할머니의 모습들은 바로 우리 자신의 모습이기도 하다. 이들에게서 공통적으로 발견할 수 있는 것은 신체 훼손의 고통이 너무도 오래 지속되며 이를 묵묵히 이겨내고 있다는 것이다. 이는 스스로 신체를 훼손하거나 죽음을 택하는 방식 등의 적극적인 대응만큼이나 강인하고도 지속적인 현실 응전 방식이다.

---

11) 1982년에 발간된 시집 「北의 고향」에서 이 시는 「눈」으로 발표되지만 1987년에 발간된 시선집 「아지랭이 그리고 아픔」에서는 장시 「눈과 눈」으로 개작된다.

4. 신체 훼손 이미지의 시사적(詩史的) 의미

한국 현대시에서 신체 훼손 이미지는 억압기재에 대한 강한 응전 형식으로 등장한다. 1930년대에 이상(李箱)의 시에서 발견할 수 있는 폐결핵 환자의 각혈은 일제의 억압에 대한 구토로 읽을 수 있다. 그의 시 「아츰」에서는 밤새 몸살을 앓은 화자의 '肺에도아츰이켜진다'. 이는 일제의 억압을 딛고 자유의 아침을 볼 수 있음을 강하게 시사하고 있다.

1950년대에 김광림, 전봉건, 구상 등의 시에 나타나는 신체 훼손 이미지는 대부분 그 원인을 전쟁에서 찾을 수 있다. 전쟁의 무차별한 인간 살상에 대해 인간성 회복의 명제로 신체 훼손 이미지는 사용되고 있다. 김광림은 전쟁을 '애꾸눈이 아니면 절름발이'를 만드는 일, '肝을 씹는' 고통, '손목을 꺾는' 고통으로 정의 내린다. 전쟁 앞에서는 모두가 장님이 되어 사물을 분간할 수 없는 존재가 되고 인간성을 상실하게 된다.

1960년대에는 독재에 대한 저항과 이념상의 문제로 신체 훼손 이미지가 사용된다. 김수영의 시 「전향기(轉向記)」에서 화자는 '치질을 앓고 피를 쏟'는가 하면 '소화불량증'까지 앓는다. 그리고 그는 이러한 사실을 전향을 하는 자가 치러야 하는 당연한 고통으로 받아들인다. 「거대(巨大)한 뿌리」에서는 '곰보, 애꾸, 애 못 낳는 여자' 등을 반동(反動)으로 정의하며 이 반동에게 강한 인간애를 느끼고 있음을 밝힌다.

1980년대에는 산업사회의 피해와 독재에 의한 인권 억압의 반발로써 신체 훼손 이미지가 사용된다. 최승호의 시 「공장지대」에서 무뇌아를 낳은 산모는 자신의 정수리 털들을 하루 종일 뽑아댄다. 이 시에서 산모의 '젖(乳)'은 허연 폐수로, 탯줄은 비닐끈으로, 태아는 고무 인형으로, 남근은 공장의 굴뚝으로 비유된다. 기형도의 「입 속의 검은 잎」에서는 정치적인 억압으로 인해 많은 사람들이 죽음을 당하게 된다. 다행히 죽음을 모면한 자들은 억압자에 의해 어디론가 끌려가고 있으며, 자신들이 어디론가 끌려가고 있음을 인식하는 순간 혀는 언어를 잃은 채 아무런 저항도 하지 못하고 검게 죽은 나뭇잎으로 변한다.

1990년대에 함민복은 자본주의 사회에서 위축되어 사는 소시민으로, 거세에 대한 두려움을 극복하기 위해 스스로를 거세해 버리는 지경에까지 이른다. 「붉은 겨울, 1986에서」 그는 '부엌칼로 손가락을 내리'친다. 이 때 손가락은 '가난'한 자신에 대한 자해이다. 그의 '손에 손가락을 내리친 가난이 들려' 있음은 자본주의 사회의 음울한 자화상이며 극빈자가 할 수 있는 최소한의 저항이다.

전봉건의 시에서 신체 훼손 이미지는 전쟁으로 인한 피해와 이산의 아픔을 고발하며 그 피해를 극복하려는 사람들의 모습을 때로는 담담하게 때로는 처절하게 보여주고 있다. 그의 시에 나타나는 구멍 난 몸의 이미지는 비어 있는 몸, 즉 몸의 부재를 의미한다. 이 비인 구멍으로는 자꾸 무언가 빠져나간다. 이렇게 빠져나가는 것은 화자의 희망을 향한 접근을 저지하는 요소가 된다. 때문에 구멍 난 몸은 희망으로 다가가지 못하고 절망에 빠지게 된다. 이 절망감은 또한 자신의 몸에 구멍이 나게 된 결과, 즉 비인 존재가 되어버린 결과에 대한 원인을 인식하게 한다. 그 인식의 결과로 알 수 있는 것은 서로 죽고 죽이는 전쟁이 있었다는 것이다. 전쟁이 가져다주는 폐허와 이로 인한 죄의식은 화자를 어디로도 이끌지 못하고 그 자리에 머물게 하고 침몰하게 한다. 그리고 가장 가까운 존재와 멀어지는 관계로 만들어버려서 사람과 사람 사이가 영원히 근접할 수 없는 먼 존재임을 인식하게 한다.

구멍에서 무언가 빠져나가는 이미지는 「돌 31」에서는 피리 소리로 드러난다. 이등병이 아홉 개의 총알을 뼈에 맞고 피를 흘린 땅에서 그 죽음으로 만들어진 돌은 죽음의 상흔을 아홉 개의 구멍에 지니고 침묵하고 있다. 그러나 그 돌이 대나무 피리가 되면서 30년 동안 유지하고 있었던 돌의 무거운 침묵은 떠도는 피리 소리가 된다. 돌은 피리가 되어 아무에게도 말하지 못했던 이등병의 죽음을 산골짜기, 돌밭, 강물에 울려 퍼뜨림으로써 소리의 무게에서 해방되는 것이다. 뼈→돌→대나무의 변용을 통하여 만들어진 이 피리는 돌이 지닌 한을 소리로 풀어주면서, 극복된 과거의 시간을 시인이 현재 부는 피리 소리에 연결시켜준다.[12] 이때 피리 소리는 '30년 전 한 이등병이 피 흘린' 소리를 담고 있으며 끊임없이 현재의 피리 소리와 뒤섞이고 있다. 그래서 피리 소리는 아름다운 음악 소리가 아니라 전쟁의 상처를 극복하고자 하는 피가 섞인 울음소리로 세상을 떠돈다.[13]

상하고
슬픈 것 옆구리에
포키트는 붙어서

---

12) 박민영, 「6·25와 北의 고향, 상실의 시적 극복」, 「현대시학」, 1993. 6. 212면.
13) 최동호는 이에 대하여 '이 피리 소리는 웅장한 교향악은 아니다. 그러나 <피리>에서처럼 십 년 이십 년 백 년을 칼질하듯 거부하다가 죽은 대나무로 만든 소리이며, 그것은 꼿꼿하게 서는 저항의 정신을 드러낸다. 이 단단하고 시퍼런 정신이야말로 전봉건으로 하여금 온갖 고난 속에서도 「실존하는 삶의 역사성」, 전봉건, 『아지랭이 그리고 아픔』, 혜원출판사, 1987, 332면.

비어 있다.

그런 어느 날 맑은 구름에
피뿌리며 몸부림치는 山허리에서
銃알 하나가 내 손을 貫通하면서 기웃거린
비인 포키트 비어서 구겨진 中東部戰線의 포키트가
꿈꾸는 구겨진 꿈은

＜목덜미와
등어리 그 사이쯤에
나비 한 마리 키우는 女子의
소매 깃 그 內部로 자꾸 스미어
들면 무슨 무늬가 그 女子의
全部에 아롱지고 있을 것인가＞
그런 것이었다.

－「꿈과 포키트」 부분

이 시에서도 「1954年의 4月은 왔다」에서처럼 상한 손과 나비, 새가 강렬하게 대비되어 나타난다. 이 시에서 자아는 '상하고 슬픈 것'이며 '옆구리에' 붙어 있는 포키트는 '상하고 슬픈 것'을 대변하는 분열된 자아이다. 그래서 포키트는 '상하고 슬픈 것' 대신 눈과 비를 다 맞으며 '구겨진 꿈'이긴 하지만 꿈을 꾼다. 그 구겨진 꿈속에는 '나비 한 마리 키우는 女子'가 있으며 이 여자는 포키트 한 구석에 있다. 전봉건의 시에서 '女子'는 죽음의 세계에서 생명력 넘치는 원초적인 세계로 이끄는 이미지로 종종 나타나곤 한다.

포키트는 비어 있다. 또 비어 있기 때문에 구겨졌으며 꿈 또한 구겨진다. 이 비인 포키트가 강조되어 나타나는 것은 그것이 채워짐의 욕망을 간직하고 있기 때문이다. 이 채워짐의 욕망은 꿈이라는 형식으로 나타나고 그 꿈에는 여자에게 스미어들고 싶은 욕망이 가득하다. 이 '女子의 소매 깃 內部로 자꾸 스미어' 들고 싶은 욕망은 다른 시에서도 볼 수 있듯이 관능적인 이미지를 통한 생명력의 회복을 의미한다.

이 포키트는 '상하고 슬픈 것'으로 표상되는 자아로부터 파생된 분열된 자아라 할 수 있는데 이 분열된 자아의 가장자리에는 항상 무언가 움직이는 것들이 있다. 비가 내리는 것, 눈이 내리는 것, 새가 나는 것, 총알이 나는 것 등도 움직인다는 의미에서 모두 생명력을 내포한다. 그것이 비록 총알일지라도 여기서는 움직이는 것들이라는 의미로만 존재한다. 그래서 이렇게 움직이는 것들 옆에 있는 포키트, 또는 '상하고 슬픈' 자아는 살아 있음을 실감하게 된다.

비인 포키트는 움직임의 현상이 곁에 없을 때 꿈이 없어진다. 꿈이 없을 때의 포키트는 '상하고 슬픈 것'의 분열된 자아라 할 수 없고 다만 물질적인 의미에서의 포키트에 불과하다. 단순히 물질적인 의미만을 가진 포키트는 더 이상의 변별성이 없으며 존재해도 존재하지 않는 것, 움직임이 없는, 즉 생명력이 없는 존재에 불과하다. 그래서 포키트는 항상 채워짐의 열망, 즉 꿈을 꾼다. 꿈속에서는 여자에게 스미어들거나 여자와도 같은 별을 잡기를 원한다. 이런 꿈은 움직이지 않는 손들이 '꿈처럼 그렇게 살아 움직인다'는 전제 아래에서 가능하다. 꿈을 꾸는 것은 바로 죽어서 정지된 것들의 살아 움직이고 싶은 욕망에 대한 강한 집착이다.

꺾인 허리의 이미지는 대부분 한반도의 분단 상황을 의미한다. 그리고 더불어 분단현실로 인해 가정이 파괴되어버린 이산가족의 아픔을 동반한다. 이산가족이 그 아픔을 이겨내는 응전 방식으로는 평생 무거운 돌배낭을 메고 돌밭을 거닐거나, 쇠가시에 찢기며 상상 속에서나마 북의 고향을 다녀오는 일, 스스로 목숨을 끊어 분단의 아픔을 모든 이에게 전달하는 일 등이다. 이러한 고행을 통해 이들은 전쟁과 분단의 아픔이 없는 평화의 세계를 지향한다.

전봉건의 시에서 '썩어가는 젖무덤'의 이미지와 대비되는 세계는 풍요롭고 평화로운 모습으로 나타난다. 이 풍요와 평화의 세계는 여성성 또는 모성성이 가득한 세계에서 볼 수 있는 현상이다. 전봉건의 시에서 생명력의 회복이나 평화로운 삶의 획득은 바로 이 여성성의 매개를 전제로 한다. 반면에 전봉건의 시에서 여성성이 파괴된 세계는 죽음의 세계이며 폐허의 세계이다. 어린아이조차도 순수의 세계를 잃고 폐허의 세계에서 자신의 목숨을 지키기 위해 안간힘을 쓰게 한다. 이러한 세계에서는 인간이 인간으로 존재하지 못하고 하나의 사물로서 존재할 수밖에 없다.

「歐羅巴의 어느 곳에서」에서 신체를 훼손당한 이들이 상처와 죽음의 세계 대신 돌려받으려 하는 것들은 탱크나 전투기의 위압적인 모습에 비해 순박한 것들이다. 학교, 새, 햇볕 든 길모퉁이, 일요일, 강아지, 포도넝쿨, 낚시질, 숨바꼭질, 뜀박질 등과 같이 일상적인 것들이다. 그리고 이러한 것들을 종합하여 '즐거움 그 한 가지로 지치게 하라'는 시인의 말은 '자유'라는 말로 환치할 수 있다. 이는 「여름에」에서 볼 수 있는 자두, 수박, 모시수건, 게 등과 같이 순진무구한 것들이다. 자유의 모습은 이렇게 위압적이지 않고 평화롭고 천진난만한 것으로 표현된다.

자유를 갈망하는 헝가리의 어린 소년, 소녀들의 모습은 전쟁으로 인해 고통 받은 한반도의 상황과 견주어도 다를 바가 없다. 전봉건의 「6·25」 연작시만 보더라도 전쟁과 대비되는 세계는 어린아이들의 순진무구한 세계이기 때문이다. 한반도의 분단 현실은 아름다운 꽃을 보아도 '장도 칼로 도려내시어 바람결에 띄우시는' 어머니의 '가슴살 한 점'(「꽃」)으로밖에 볼 수 없는 아픈 현실이기도 하다.[14) 이러한 고통의 세계에서 벗어나 화자가 추구하는 세계는 평화로움과 풍요로움이 가득한 세계이다.

전봉건은 신체 훼손 이미지를 통해 전쟁이 남긴 상처와 전쟁에 대한 죄의식을 노래하고 있다. 더불어 신체 훼손 이미지는 상처와 죽음의 세계에서 벗어나고자 하는 강한 열망을 표출하고 있다. 전봉건이 죽음의 세계에서 벗어나 도달하고자 하는 세계는 평화와 자유로움이 가득한 세계이다. 이 이상세계를 향한 열망은 신체 훼손 이미지를 통해 나타날 때 그 의미가 배가된다. 이때 신체 훼손 이미지는 고통을 극복하려는 매개체로 작용한다. 전쟁으로 인한 상처와 죽음, 죄의식 등을 타인의 것이 아닌 자신의 것으로 받아들이고 이를 극복하려 한다는 점에서 전봉건 시의 신체 훼손 이미지가 의미하는 바는 크다고 할 수 있겠다.

---

14) 전봉건의 상상력은 지상의 가장 아름다운 사물들 가운데 하나인 꽃마저 꽃으로 보지 않는다. 꽃의 이미지는 6·25전쟁의 상처를 동기로 하기 때문이다. 이승훈, 「全鳳健의 傷處」, 『현대문학』, 1986. 6, 402면 참조.

5. 결론

　이상으로 전봉건의 시에 나타나는 신체 훼손 이미지의 양상과 의미, 시사적(詩史的) 의미에 대하여 살펴보았다. 전봉건의 시에서 신체 훼손 이미지는 일그러지고 굳어버린 손, 구멍 난 몸, 꺾인 허리, 훼손된 눈, 썩어 가는 젖무덤 등으로 드러난다. 이렇게 일그러지고 구멍 난 신체 훼손 이미지는 총상에 의한 상처와 죽음을 의미한다. 이 상처와 죽음의 연원은 전쟁에서 찾아볼 수 있다. 전쟁으로 인한 분단현실은 꺾인 허리로 살아가는 고통, 멀어버린 눈으로 가족과의 이별을 감수해야 하는 고통을 안겨준다. 또한 썩어가는 신체는 인간이 생명성을 잃고 사물로 전락해버리는 현실을 시사한다.

　훼손된 신체의 고통에서 벗어나고자 하는 적극적인 방식은 여성과의 합일, 자신의 신체를 훼손시키는 방식, 신체 훼손의 원인과 맞싸우려는 방식 등으로 나타난다. 여성과의 합일을 추구하는 방식은 여성을 평화와 풍요의 상징으로 받아들이고, 그 여성을 통해 생명성을 회복하고자 한다. 자신의 신체를 훼손하는 방식은 신체 훼손을 통해 자신의 고통을 마감한다. 이 방식은 자신의 죽음을 알림으로써 타인의 고통까지도 치유하려는 극복방식이다. 신체 훼손의 원인과 직접적으로 맞싸우는 방식은 다소 격렬한 언어까지도 동반하게 된다. 이 직접적인 언어들을 통해 화자는 자유와 평화에 대한 강한 열망을 나타낸다.

　고통에 대한 내적 대응에서 볼 수 있는 돌배낭을 지고 돌밭을 걸어야 하는 사람, 남자가 돌아오기를 피 흘리는 눈과 손으로 기다리는 여인, 시력을 잃은 눈으로 가족과의 만남을 기다리는 할머니의 모습들은 바로 우리 자신의 모습이기도 하다. 이들에게서 공통적으로 발견할 수 있는 것은 신체 훼손의 고통이 너무도 오래 지속되며 이를 묵묵히 이겨내고 있다는 것이다. 이는 스스로 신체를 훼손하거나 죽음을 택하는 방식 등의 적극적인 대응만큼이나 강인하고도 지속적인 현실 응전 방식이다.

전봉건은 신체 훼손 이미지를 통해 전쟁이 남긴 상처와 전쟁에 대한 죄의식을 노래하고 있다. 더불어 신체 훼손 이미지는 상처와 죽음의 세계에서 벗어나고자 하는 강한 열망을 표출하고 있다. 전봉건이 죽음의 세계에서 벗어나 도달하고자 하는 세계는 평화와 자유로움이 가득한 세계이다. 이 이상세계를 향한 열망은 신체 훼손 이미지를 통해 나타날 때 그 의미가 배가된다. 이때 신체 훼손 이미지는 고통을 극복하려는 매개체로 작용한다. 전쟁으로 인한 상처와 죽음, 죄의식 등을 타인의 것이 아닌 자신의 것으로 받아들이고 이를 극복하려 한다는 점에서 전봉건 시의 신체 훼손 이미지가 의미하는 바는 크다고 할 수 있겠다.

전봉건 시의 환상성

전봉건은 한국전쟁 발발 직전인 1950년『문예』지를 통해 문단에 등단하여 1988년 지병으로 타계하기까지 6·25 체험의 시적 형상화를 가장 꾸준히 시도한 시인으로 당대의 관심을 끌어왔다. 문단 활동을 시작하고 얼마 되지 않아 한국전쟁이 발발하였고 이때 사병의 신분으로 전장에 참여하게 되는 개인사적 체험은 시인의 정서적 영역에 고착되어 원체험으로서의 전쟁 체험을 끊임없이 상상적 변용, 시화하게 한다. 민족적인 외상을 역사적으로 해석하고 의미를 부여하였던 그의 노력은 1950년대라는 민족적·역사적 의미의 현재화라는 측면에서도 큰 의의를 갖는다.

전봉건에 관한 최근의 연구는 '고쳐 쓰기의 되풀이'[1] 과정을 통해

---

* 유정이 / 홍익대학교 교양학부 겸임교수
1) 이소영, 「1950년대 모더니즘시 연구」, 명지대 박사학위논문, 2003.

끊임없이 스스로를 갱신하면서 모국어 콤플렉스를 극복하는 과정을 살피고 있는데 이러한 논의는 전봉건에 대한 일반적인 평가 즉, '단순히 1950년대의 대표 시인으로 평가되기보다는, 1950년대 의식으로 집약되는 소위 6·25 의식을 누구보다 아름답게, 그리고 지속적으로 노래한 시인으로'[2] 지목되는 것에서 그리 멀지 않다.

전봉건은 시에 모든 의식을 집중하였을 뿐 아니라 '전쟁'이라는 하나의 화두에 몰두한 대표적인 1950년대 시인 중의 하나이다. 최근 "50년대 시인들 가운데 전봉건의 시가 과소평가"[3] 되었음을 제기하면서 전봉건이 이룬 시적 성취에 대한 관심이 점차 높아지고 있는데 이는 개성적인 한 세계를 고집스럽게 밀고 나간 한 시인의 입점을 고구하는 일로써 한국문학의 범위를 보다 풍부하게 한다는 점에서 매우 고무적인 일이다. '고쳐 쓰기'를 되풀이한다는 것은 낡고 익숙해진 의식들을 끊임없이 바꾸어 나가는 노력이다. 전봉건의 이러한 자기 부정성은 기존의 것들을 극단적으로 부정하고 새로운 것을 지향한다는 의미에서 모더니즘의 부정성과 맞닿아 있다.

시는 사물의 현재를 순간적으로 파악하고 이에 대한 생각과 느낌을 단편적으로 드러내면서도 감동과 여운을 주는 장르로 정의할 수 있다. 즉 시는 장르의 특성상 찰나적인 인상을 순간적으로 포착하는 성향을 지니고 있다. 따라서 시의 정서는 일관되게 지속성을 갖는다기보다는 오히려 즉흥적이고 충동적이며 새로운 순간을 위한 모색을 기본 틀로 하고 있다. 그런 의미에서 한 시인이 하나의 대상이나 이미지, 혹은 하

---

2) 이승훈, 「6·25 체험과 시적 극복」, 『문학사상』, 1988. 8.
3) 문혜원, 「과대평가된 시인, 과소평가된 시인」, 『시인세계』, 2005년 겨울, 35면.

나의 주제에 대하여 오랜 기간 같은 비중을 두고 천착한다는 것은 주목해 볼 만한 이유가 된다. 그는 전쟁에 참전하던 시기는 물론이거니와 1988년 타계 직전까지도 「6·25」 연작시를 쓰는 등 '전쟁'에 관한 화두를 놓지 않았다. 연보에 의하면 전봉건은 평안남도가 고향이며 1946년 열아홉 살 되던 해에 남하한 것으로 되어 있다. 그러한 이유로 그의 의식에 늘 '고향'과 '이북' 그리고 상대적 개념인 '이남'과 '동족'에 관한 관념은 남아 있었을 것이다. 그 후에 닥친 '전쟁'과 영속화한 '분단'은 전봉건의 전후 개인 사정을 유추하여 볼 때 정신적 외상인 트라우마에 노출되었고 이러한 점은 이후 그의 시 세계에서 끊임없이 '전쟁'을 주제화하게 하였다는 가설이 가능하다.

정신 외상으로서의 전쟁 체험을 끊임없이 상상적 변용하는 과정에서 전봉건은 모더니즘 시인으로서의 모습을 줄곧 견지하고 있다. 기법적으로 모더니즘을 차용하면서 일관되게 6·25라는 주제 의식에 천착하고 있는데 그 주제의 변주 가운데 '환상', '에로스' 등은 전봉건 시를 해명하는 주요한 코드가 된다. 6·25 의식이라는 주제와 그 변주로 일관한 시적 특성에 주의 깊게 다가갈 수 있다면 한 시인의 생애를 통한 1950년대적 의미를 도출하는 효과를 거둘 수 있을 것이다.

1. 전통 미의식의 추구와 서정성의 변화

전후시의 전형적 특징을 거론하는 자리에서 '심미 의식이 강한 전형적 테크니시앙'[4]으로 논의되었던 전봉건은 그러나 등단 전후의 시기를 살펴볼 때 매우 전통적 서정의 세계에 기반하고 있음을 알 수 있다. 초기 전봉건의 시는 율격과 비유 등의 여러 수사적 장치들을 동원한 서정적 세계관을 압축적으로 드러내고 있음을 알 수 있다. 전봉건의 초기 작품 가운데 조화로운 세계, 안정적 세계관을 드러내는 전통적인 운율과 심상, 비유 등을 동원하면서 언어의 미감을 살린 작품들을 만나는 일은 어렵지 않다.

그러나 등단을 하고 얼마 되지 않아 6·25가 발발하자 전봉건은 사병의 신분으로 징집되는데 이후 전봉건의 시 세계는 초기의 시 작업과는 확연한 차이를 보여준다. '산문화' 혹은 '장시화'와 더불어 미처 검열되지 않은 생경한 언어들을 직접적으로 노출하는 등의 형식상의 변화를 보여준다. 이러한 결과를 가져온 동인으로는 한국전쟁, 즉 6·25를 들 수 있다. 느닷없이 확인되는 죽음과 그로 인한 공포, 폭격과 참화 등 전쟁으로 겪은 육체적 혹은 심리적 고통은 순정한 미의식을 지닌 젊은 시인의 성정에 엄청난 충격을 주었음을 미루어 짐작할 수 있다. 전장에서의 체험을 생생하게 그려내면서 미처 정제되지 못한 일상어 혹은 군대 용어 등을 배치하고 있는데 비슷한 시기의 다른 시인들의 전쟁체험시가 대부분 이데올로기의 허위성이나 휴머니즘의 강조를 중심으로 한 주제 전달에 치중했다고 한다면 전봉건의 경우는 주제보다도 형식에 더 관심을 보이고 있다는 점에서 이례적이다. 이러한 점

---

4) 이어령, 김춘수 등에 의해 전형적 기교주의자라는 당대의 평가를 받는다. 이어령, 「전후시에 대한 노오트 二章」, 박인환 외저, 『한국전후문제시집』, 신구문화사, 1957 ; 김춘수, 「전후 15년의 한국시」, 신구문화사 편, 『세계전후문제시집』, 신구문화사, 1961.

은 시를 통해 전달하려는 주제 의식보다는 형식적인 변화를 추구하고 모색하는 모더니스트의 면모라고 할 수 있다.

> 5時나는壕속에있다水桶手榴彈鐵帽繃帶壓迫繃帶帶劍그리고M1나는내가
> 壕속에서틀림없이滿足하고있다는사실을다시한번생각해보려고한다
> BISCUITS를씹는다오늘은이상하게5時30分에또피리소리다9時方向13시方
> 向나는BISCUITS를다먹어버린다6時밝아지는敵稜線으로JET機가쉽게急降
> 한다나는잠자지않은것과BISCUITS를남겨두지않은것을後悔한다6時20分大
> 隊OP連絡兵이왔다포킷속에뜯지않은BISCUITS봉지가들어있다6時23分해
> 가떠오른다나는野戰삽으로壕가장자리에흙을더쌓아올린다나는한뼘만큼
> 더깊이壕밑으로가라앉는다野戰삽에가득히담겨지는흙은뜯지않은
> BISCUITS봉지같다

– 「BISCUITS」 전문

인용시 「BISCUITS」은 앞서 언급되었던 「願」, 「祈禱」의 형식과 현격하게 차이를 보이고 있다. 이러한 즈음의 시작 태도 변화에 대하여 전봉건은 '6·25와 같은 거대한 역사적 격변기를 겪으면서 종래의 시에 대한 일종의 반발이나 혹은 실험을 목적으로 한국의 전통 릴리시즘의 틀을 깨기 위하여 의도적으로 시 속에 일상어 혹은 비속어를 도입하면서 한국시의 새로움을 탐색'[5]하고자 하였다고 밝히고 있다. 그러나 시인이 스스로 밝히고 있는 시 창작의 배경에 반드시 의존하지 않더라도 급격한 변화의 배후에 자리한 직접적 전장 체험에서의 죽음에 대한 공포와 가치관의 혼란, 그에 따른 불안 심리를 생생하게 표현한 형식의

---

5) 전봉건·박정만, 「전봉건과의 대담」, 『현대문학』, 1983. 4, 274~275면.

새로움을 엿볼 수 있다. 진술이나 전달에 의존하지 않은 형태적 특성만으로도 전장의 급박성은 쉽게 표출되고 있다.

위 시에서 'BISCUITS'은 물자가 원활하게 유통되지 않는 전쟁의 현장에서 목숨을 유지하기 위한 최소한의 양식이라는 의미를 지닌다. 근본적으로 이것은 유기체의 생명성을 유지하고 강화하는 주요 기능을 하지 못하는 부수적 간식에 해당하는데 이를 통해 '죽음과 맞닥뜨려서도 오직 맘대로 먹어 허기진 배를 채우고 싶'6)어 하는 불안한 화자의 심리와 그에 따른 안타까운 행위로 여길 수 있다. 그러나 시의 화자가 만족할 만한 양식이 되지 못하는 간식거리 'BISCUITS'에 눈을 돌리는 것은 화자 스스로 눈앞에 펼쳐지고 있는, 시시각각으로 다가오고 있는 죽음의 공포를 다른 방식으로 전환하고 있다고 해야 할 것이다. 인간에게 식욕은 매우 중요한 욕구에 해당하기는 하지만 생명의 욕구보다 중요하지는 않다. 즉 유기체의 생명이 상실된다면 여타의 다른 욕구는 그 존재의 의미가 없기 때문이다. 그러므로 삶을 위협하는 긴박한 순간이 눈앞에 펼쳐질 경우에 마땅히 목숨을 위협하는 요소에 집중하거나 이를 제거하기 위한 노력을 기울여야 할 것이다. 그렇지만 위 시의 화자는 이를 직시하지 않은 채 부수적 사물인 'BISCUITS'에 집착하고 있을 뿐이다. 즉 관심을 다른 곳으로 돌리고 있는 것이다. 직면한 죽음의 공포 앞에서 다른 곳으로 관심을 돌리는 것은 그것을 현실 상황으로 인정하고 싶지 않은 순간적 도피라고 할 수 있는데 그럴 경우 인간은 잠시나마 현실 상황과는 어느 정도 일정한 거리를 확보하게 된다.

---

6) 전봉건, 「세 토막 생각」, 『플루트와 갈매기』, 어문각, 1986, 139면.

따라서 이 시의 화자는 충격적 사건에 대하여 일정한 거리를 둠으로써 그 충격을 스스로 최소화하려는 노력을 보이고 있다. 여기서 보여주는 전봉건의 시적 태도 역시 진술이나 주장에 의거하지 않은 객관적 사실의 제시로 심미성을 확보하고 있다는 것이다. 전봉건은 단지 객관적인 사실을 제시만 할 뿐 그가 겪은 전쟁에서의 체험들을 직접적으로 주장하거나 설명하지 않는 심미적 거리 두기의 방법을 취하면서 미적 새로움을 유지하고 있다. 이처럼 전봉건의 전쟁체험시는 전쟁 상황이 주는 광폭함이나 공포의 감정 등을 나열하고 이에 대한 분노 등의 감정을 표현하는 것에 치중하지 않고 오히려 가치 판단이 철저히 배제된 상태에서 주변 상황과 화자의 행위에 대한 객관적인 서술을 중심으로 시를 진행하고 있다. 이때 냉정한 관찰과 객관적 서술 태도에 의한 감정의 배제는 극단적 구호나 분노의 표출보다도 더욱 역설적으로 전투 상황이 지니는 비정성이 두드러지게 한다.

나아가 그는 장시나 연작시의 세계를 보여주게 되는데 이와 같이 보다 확장된 세계로의 실험적 지향을 멈추지 않으면서도 외상으로서의 '전쟁' 의식을 올곧게 유지하게 된다. 주관적 세계의 집약적 표출이라고 할 수 있는 서정성을 견지하고 있던 전봉건의 이런 급격한 변화는 전쟁 자체가 기존의 것들을 파열하고 과거의 것으로부터 단절한다는 차원에서 6·25라는 한국전쟁의 체험과 결부되어 있다고 볼 수 있다. 전봉건의 시에 보이는 기존 세계와의 언어적·정서적 단절은 그대로 전후 모더니즘시의 속성을 담보한다.

2. 유희적 태도와 객관 시선의 유지

전봉건은 실제 전투가 진행되고 있는 참호 속에서 죽음의 공포, 이데올로기의 허위가 가져온 분노 등을 직설적 영탄의 방법으로 드러내지 않고 상황에 대한 일정한 거리를 유지하면서 이를 시적으로 형상화하고 있다. 전쟁의 참혹함에 대하여 객관적·미적 거리를 확보하면서 동시대 전쟁체험시와 차별성을 보이고 있는 이러한 점은 다음과 같은 시를 통해서도 드러나고 있다.

> 나는 나무를 겨누어 본다/ 꼭대기의 잎사귀를 겨누어 본다/ 그리고 돌멩이를 겨누어 본다/ 그러다 싫어지면 쑥 총구를 높여서/ 개머리판에 뺨을 부비면/ 하늘이 가늠쇠 구멍 속에 들어온다/ M1 가늠쇠 구멍 속에 하늘이 벌어진다/ M1 가늠쇠 구멍 속에 하늘이 작다/ 그 하늘 밑에 내가 있다/ 나는 하늘을 본다/ 작은 하늘은 눈에 해롭다/ 가늠쇠 구멍이 흐려진다/ 나는 장난을 고만둔다
>
> — 「장난」 전문

전봉건 시의 화자는 지금 경계 근무를 서고 있는 중이다. 그의 손에는 M1소총이 들려 있다. 경계를 해야 할 대상인 적은 어디에도 보이지 않자 그는 심심풀이로 눈앞의 사물들을 조준한다. 말하자면 M1소총으로 '장난'을 시작한 것이다. 장난은 심심풀이 삼아 재미로 하는 어떤 행위를 가리킨다. 주로 가벼운 정도의 놀이를 지칭한다고 할 수 있다. 그러나 위의 시에 보이는 화자가 하는 장난의 대상이 결코 가벼운 놀잇감이 될 수 없는 M1소총임을 알게 된다면 그 장난이 도리어 의미심장해지지 않을 수 없다.

화자는 병사의 신분으로 눈에 보이는 대상의 모두를 '겨누어' 보고 있
는 중이다. 총을 소지한 채 겨눈다는 것은 방아쇠를 당겨 눈앞에 보이
는 존재를 소멸시키고 싶다는 의지를 반영하는 행위이다. 화자가 겨누
는 것은 다행히 인명이 아닌 '나무', '잎사귀', '돌멩이'이다. 그러나 대
상이 사물이라고 해서 그것들을 향해 방아쇠를 당기는 행위가 정당성
을 얻지는 않는다. 화자는 지금 사람이 별로 없는 숲 속의 장소에 있
다. 만약 눈에 보이는 대상이 자연물이 아니고 사람이었다면 능히 그
도 조준의 대상이 될 수 있다는 점에서 이 시는 다른 의미를 전달하기
도 하다. 이러한 행위도 곧 싫증이 나는지 화자는 '그러다 싫어지면 쑥
총구를 높여서/ 개머리판에 뺨을 부벼' 보기도 한다. 그러다가 발견하
게 되는 총구, 그 구멍 사이로 화자는 다시 세상을 재어 보는 것이다.
화자는 이러한 동작을 통해 '가늠쇠 구멍 속에 갇힌 작은 하늘'을 발
견하고 그 작은 하늘 속에서 그보다 더 작은 '나'를 발견하게 되는데
이러한 발견은 결국 한없이 왜소화한 개인의 발견을 말한다고 할 수
있다. '가늠쇠 구멍이 흐려진다'는 것은 불현듯 전쟁이라는 무의미성
혹은 무용성에 대한 실존의 번뇌에서 오는 눈물일 것이다. 화자는 눈
물을 흘림으로써 전쟁에 대한 비정성을 체화하고 있다.

> 그는 이렇게 말하였다./ <소새끼가 죽었을 게야 ……>/ 헬리콥터가
> 南으로 기울어져 갔다./ 그는 그의 산골짜기가 北으로 7마일 가량 남았
> 다고 하였다./ 19時 半 쯤이었다./ 그는 재미나는 追擊戰에서 웃으며 달
> 리다가/ 꼬꾸라졌다. 狙擊이었다./ 그는 눈을 감았다./ 그는 왼쪽 눈을 감
> 았다./ 그리고 오른쪽 눈을 감았다
>
> — 「그리고 오른쪽 눈을 감았다」 부분

　인용시는 실제의 접전이 이루어지는 긴박한 현장성을 보여준다. 내용상으로 볼 때 전우인 ‘그’는 산골짜기에서 자란 이북 출신이다. ‘이따금 난처한 얼굴을 하고 있’는 그에게서 시의 화자인 ‘나는 慰勞해 주려고 했다’는 상황을 설정하고 있다. 이것은 ‘그’의 고향에 있는 가족에게 발생한 ‘어떤 안 좋은 일’ 때문임을 짐작할 수 있다. 그러나 ‘그’는 그에게서 일어났을지도 모르는 최악의 상황을 가정이라도 하고 싶지 않은 듯 ‘소새끼가 죽었을 것’이라고 생각을 다른 곳으로 돌리고 있다. ‘소새끼’와 그것의 죽음에 보이는 ‘그’의 실제적인 관심은 그러나 고향에 남겨 두고 온 가족이다. 전쟁은 긴박하게 현재형으로 계속되고 있다. 이 시의 전체는 ‘正面 낮은 稜線 위에서 가만히 落下하는 따발총’이란 총을 소지하고 전투에 임해 있던 전우가 총을 놓치고 전사하는 장면을 건조한 어조로 제시하고 있는 중이다. 전쟁에서의 죽음은 일상적으로 목격되며 때로 무의식적으로 전투의 주체가 되어 살상을 수행하기도 한다. 시의 화자와 함께 전장에 있는 전우 ‘그’는 무자비하게 자행되는 죽음과 살상 가운데서 쉽게 고향에 두고 온 가족의 죽음을 유추하고 있다. 하지만 ‘그’는 뻔히 예견되는 가족의 죽음을 인정하고 싶어 하지 않는 마음의 표현으로 ‘소새끼’에 대한 관심에서 더 이상 나아가지 않는 것이다.

　드디어 ‘그’는 죽음을 맞는다. 고향을 ‘7마일 가량’ 남겨 놓고 ‘저격’을 당한 것이다. 이때 그는 눈을 한 번에 감지 않고 왼쪽 눈을 감은 후 다시 오른쪽 눈을 감으면서 숨을 마감한다. 이는 총의 가늠쇠 구멍을 통해 적을 조준하는 반복적 행위가 죽음의 순간까지도 재현된 경우의 예이다. ‘그’는 죽어 가면서 삶의 본능과 맞물려 이러한 웃지 못 할 장면을 연출하고 있는 것이다. 존재의 죽음 앞에서 마땅히 비장함이 표출되어야 함에도 불구하고 '그'는 오히려 웃음을 자아내게 만들고 있다.

하지만 이러한 표현들은 오히려 더욱 더 전쟁의 무의미와 비정성을 돋보이게 하는 역할을 한다고 할 수 있다. 다시 말하면 죽음의 상황이 연출되는 공포스러운 현실에서 보이는 어이없음의 웃음은 더욱 그 비정성을 두드러지게 하는 아이러니를 불러일으키고 있는 것이다.

시의 화자는 전쟁에 대한 심리적 불안정 상태를 직접적으로 표출하지 않으며 객관적 상관물에 기대거나 혹은 역설의 방법을 통해 시적 형상화를 체현한다.[7]

전쟁 체험과 관련하여 전봉건의 시는 당대의 시에서 흔히 노출된 직설적 영탄이나 휴머니즘의 당위성을 주장하는 것에서 벗어나 새로움의 시 정신을 드러내고자 하였으며 이러한 그의 시작 태도는 또한 전봉건 자신이 지향하였던 전쟁 이전의 미의식적 세계를 동시에 극복하고 있음을 알 수 있다.

경험 주체로서의 전봉건이 실제 군인으로 전쟁에 참여하면서 목격한 수많은 주검과 그에 따른 죽음을 넘나드는 공포가 있었음은 명약관화한 일이다. 나아가 수용소 생활, 또는 후에 제대의 원인이 된 부상의 경험 등 다양한 부분에서 전쟁의 무자비함과 혐오는 가중된다고 할 수 있다. 이러한 체험들은 유약한 개인으로서 감당할 수 없는 고통에 해당한다. 더구나 전쟁으로 인한 우울증에 시달리던 친형의 자살과 같은 전기적 사실은 더욱 그 정신적 상처의 정도를 짐작하기 어려울 정도라

---

7) 졸고, 「전봉건 시 연구」, 동국대 석사학위논문, 2000, 12면.

고 할 만하다. 결국 전봉건은 6·25는 거부하고 회피하는 대상이 아니라 실존으로 맞닥뜨려야 하는 과제로 인식하게 된다. 그러나 그는 이를 미적으로 넘어서면서 스스로 치유의 과정을 스스로 거치고 있었음을 알 수 있다. 앞서 언급한 것처럼 그는 처절한 전쟁의 체험을 그대로 드러내거나 휴머니즘적 관념을 피력하지 않으면서 오히려 이를 '장난'을 통한 '유희적 방법'이나 '심미적 거리 두기'를 통해 역설적으로 드러내면서 전쟁의 무의미와 비정성을 더욱 두드러지게 표현하고 있다. 이는 중압적 현실 상황을 도피하고자 하는 '딴전 피우기'의 방법적 전략이라고 할 수 있다. 실재하는 고통스런 현실 상황에 대하여 관심을 다른 곳으로 돌려봄으로써 잠시나마 극단적 고통을 외면할 수 있는 자위책에 해당한다.

3. 리비도의 분출과 환상

전쟁 체험 시기를 지나면서 전봉건은 현실 조건을 넘어서는 '사랑'을 '환상'의 방법으로 형상화하고 있어 주목을 요한다. 특별히 장시 「사랑을 위한 되풀이」, 「춘향연가」와 같은 전통 장르의 환상적 변용을 통한 '사랑' 혹은 '에로스'에 대해 집착하는 모습을 보여주고 있으며 나아가 연작시 「속의 바다」와 같은 내면 의식 탐구를 시도하는 등 비교적 호흡이 긴 작품에 비중을 두면서 6·25의 주제 의식을 미적으로 극복하고 있다. 이러한 일련의 작품 속에서 발견할 수 있는 '환상적 사랑'의 이미지들은 전봉건 시를 이해하는 중요한 상징성을 지닌다고 할 수 있다. 다시 말하면 '전쟁'이라는 물리적 충격으로부터 벗어나고자 하는 '딴전 피우기'의 방법적 전략으로써 '환상'이라는 테제를 활용하고 있다는 것이다. 다만 유희 의식이 주로 전장 체험기의 현장성을 배경으로 작품화한 것이라면 '환상'은 전장 체험기를 훨씬 벗어난 시기에 시도된 실험적 방법에 해당한다. 또한, '유희 의식'은 가시적으로 외래어, 한자어 등의 낯선 언어들을 사용하면서도 행과 연의 구분은 정확히 지키고 있다는 형식적 특성을 보여주고 있음에 반해 '환상성'은 자동기술법의 자유연상을 드러내는 줄글의 형태로 표현되고 있다는 점이다. 이처럼 현실을 인식하는 시적 주체가 공포, 불안, 폭압성을 느낄 때 이를 시의 형식으로 표현하는 방식에는 시기적으로 다소 차이가 있음을 알 수 있다. 전자가 궁극적으로 형상화하고자 하는 점이 '충격' 그 자체에 가깝다면 후자의 형식으로 표현하고자 하는 시적 주체의 의도는 '충격의 내면화에 따른 불안 의식'이라고 할 수 있다.

「사랑을 위한 뒤풀이」, 「춘향연가」 그리고 「속의 바다」 시편들을 통한 다양한 시도는 '장시'라는 형식상 특성과 '사랑'이라는 주제적 특징, 더불어 '환상시'라는 장르적 특성을 공통적으로 보유하고 있다.[8] 전봉건은 '환상'을 현실에서 이룰 수 없는 이상이나 꿈을 실현 가능하게 만들어 주는 정신적 공간으로 설정하고 있다.

---

8) 그러나 김수영은 전봉건의 「속의 바다」 시편들과 「환상과 상처」라는 평문에 대해 "허술하게 책임 없는 시론을 쓰고 있으니 우리 시단의 장래가 암담하다" 라고 공박하면서 '사기' 운운까지 하고 있다(김수영, 「난해의 장막―1964년의 시」, 『김수영 전집 2』, 민음사, 1981, 210면 참조). 결국 김수영과 전봉건의 논쟁은 순수참여논쟁의 한 일환이었으나 이는 전봉건의 환상을 김수영 시인의 '시인으로서의 신념'의 중요성을 강조하는 관점에서 지나치게 예각화한 것이다.

전봉건에게 환상적 공간은 '주체할 수 없는 상처의 그늘을 아름다운 환상 외에는 달리 그려 볼 길이 없는 세계'[9]로서 '꿈의 존재 양식'을 일컫는다. '더 이상 없는 꿈, 그러한 것을 詩라는 유형체로 형상화'[10] 할 수 있는 '환상'이 도달하는 정점은 고통스러운 현실을 넘어서는 지점이다. 그러므로 '환상과 상처'는 서로 '결정적이고 극단적으로 排離되는 모순'[11] 항목으로 규정되면서 상보적 관계에 놓인다고 할 수 있다. 이 글은 전봉건이 스스로 밝히고 있는 대로 '환상'론에 의거하여 제작된 시편들을 '환상시'로 규정하고 그 의미에 접근하기로 한다.

전봉건의 '환상론'은 전쟁으로 얻은 물리적 혹은 정서적 상처를 어루만지는 것으로는 오직 환상만이 가능하다는 것인데 이런 전제는 결국 당대의 시대 상황을 '비논리의 논리'[12]라는 역설의 시대로 파악하고 있다는 점에서 주목을 요한다. 모더니스트는 '인생의 비전을 보여 주겠다고 하여 예언자나 지도자가 되는 듯 나서'는 것이 아니라[13] '절망' 가운데서 오히려 '기교'를 낳는 부류라고 할 수 있다. 이러한 점은 불편부당하고 부조리한 세계, 상처투성이의 절망적인 세계를 그려내되 그것을 합리적인 인식이나 태도로 드러내서는 안 되며 오히려 '비합리적'으로 그릴 수 있어야 비로소 합리성을 획득한다는 사실을 말해 준다.[14] '비합리적인 세계를 합리적'으로 그려내는 것은 세계를 올바르게

---

9) 전봉건, 「환상과 상처」, 『세대』, 1964. 11, 244면.
10) 전봉건, 「꽃, 天上의 樂器, 豹범에 對하여」, 『자유문학』, 1959. 2, 206면.
11) 전봉건, 위의 글, 245면.
12) 전봉건·이승훈(대담), 「시와 인식·존재」, 『현대시학』, 1973. 3, 75면.
13) 전봉건, 「김종삼과 밧하와 이상」, 『현대시학』, 1973. 7, 76면.
14) 아도르노 저, 홍승용 역, 『미학이론』, 문학과 지성사, 1997, 39면.

직시하지 못하는 태도라고 할 수 있다. 그러므로 전봉건의 환상이 주어진 현실에서 느끼는 고통스러운 현존을 벗어나거나 망각하기 위한 대안으로서의 의미, 혹은 타자로서의 의미를 얻는 것은 자연스러운 수순이다.

환상성이란 전봉건의 주장처럼 현실의 고통을 넘어서고 불가능성을 가시화하는 기제로써 충분한 가치가 있으며 그 문학적 실험 또한 의미가 있다고 할 수 있다. 환상이란 리얼리티를 바꾸려는 욕구이다. 이는 사실적인 것들이 갖는 제약에 대한 의도적 일탈이며 미메시스 충동과 함께 문학의 근본적인 충동으로 규정할 수 있는 중요한 문학적 기호[15]라는 의미에서 이를 규명할 필요가 있다. 즉 아도르노식으로 말한다면 환상이 지닌 비합리성은 어둡고 고통스러운 현실에서 그렇게밖에 표현할 수 없다는 필연성을 담는다는 의미에서 오히려 더욱 합리적이다. 다시 말하면 합리적 혹은 논리적 인식은 이성을 매개로 하는 언어이므로 이러한 종류의 언어로는 고통을 제대로 표현할 수 없다는 것이다. 이성적으로 판단함으로써 고통스러움에 대한 지(知)에 도달하는 것은 고통스러움과의 진정한 화해에 도달하지 않는다. 고통스러운 현실에 대한 비합리적 인식의 하나인 '환상'은 상대적으로 시적 자아에 의해 반영된 진정한 현실이라고 할 수 있다. 이때 전봉건이 제시하는 환상은 현실을 넘어서는 억압원칙이라는 면에서 타자성을 확보하고 있다.

전봉건의 타자로서의 환상은 '사랑' 혹은 '에로스'와 긴밀히 연결된다. 전봉건 시의 사랑, 곧 에로스는 전봉건의 시를 이해하는 데 중요한

---

15) 캐서린 흄 저, 한창엽 역, 『환상과 미메시스』, 푸른나무, 2000, 103~105면.

개념어로써 그동안 많은 연구자들의 관심의 대상이 되어 왔다. 그의 시에 흐르는 에로스는 황폐화된 현실을 인식하는 하나의 도구로써 작용한다. 그의 시적 상상력은 전쟁 체험에서 얻어진 죽음본능인 타나토스와 그것을 화해시킬 삶의 본능으로서의 에로스가 넘나드는 가운데 구축되고 있으며, 이것이 억압적 현실을 넘어서 인류와의 통합으로 나아가는 생명의 과정16)으로 파악하고 있는 것이 상례이다.

> 그러나 당신은 없고,/ 내가 쓴 큰칼은 달빛에 젖고/ 나는 혼자서 내 피에 젖어 있어요./ 西施가 이런 밤에 흘렸을까요./ (……) /당신은 없어요./ 나는 혼자서 흘리고 있어./ 나는 혼자서 젖어서 있어./ 내가 무슨 죄를 지었던 것인가요./ 나라의 곡식을 훔쳤던가요./ 산 사람을 죽였던가요./ (……) /그러나 지금 당신은 없고,/ 나는 혼자서 달빛에 젖어/ 큰칼 쓰고 흘리고 있어요./ 지금 흘러서 내 속살은 젖어 있어요./ 지금 흘러서 내 발가락은 젖어 있어요.

— 「춘향연가」 부분

인용시 「춘향연가」는 판소리 「춘향가」의 인물과 서사를 재구성하여 변용한 장시의 일부이다. 「춘향연가」 전편은 소설 속에 등장하는 이몽룡과 성춘향의 사랑 이야기를 여자 주인공인 춘향의 관점에서 독백 형식으로 이루어져 있다. 이는 고전 「춘향가」가 지닌 일대기적 서사 가운데 '옥중 춘향' 부분을 집중적으로 취재하여 감옥에 갇힌 춘향의 몽상17)을 중심으로 시가 전개된다. 사랑하는 대상인 '당신'은 지금 곁에

---

16) 이성모, 「전봉건 시 연구」, 경남대 박사학위논문, 1998, 114~117면.
17) 이때 시의 화자인 옥중의 춘향은 자신의 일대기 즉, 탄생과 성장, 이몽룡과의 사랑, 이별, 기다림과 하옥에 이르는 과정을 과거−현재−과거−현재−미래의

없고 다만 시의 화자 춘향인 '나'는 '큰칼'의 형벌을 당하고 있는 중이다. '나라의 곡식을 훔쳤'던 것도 아니고, '산 사람을 죽였'던 것도 아니며 단지 '당신'을 사랑했다는 이유만으로 형벌을 감내해야 하는 춘향의 고뇌, 기약이 없는 그리움이 절절히 표현되고 있다. 더구나 춘향은 지금 '혼자서 (내) 피에 젖어 있'다. '큰칼' 때문인 부자유한 신체적 상황에서 몸을 스스로 추스를 수 없는 '월경(月經)'을 치르고 있는 중이다. 여성성의 증표인 월경은 그러나 부자유한 상황에서는 오히려 거추장스러운 것이어서 춘향이 느끼는 실제적 고통은 더욱 가중되는데 「춘향연가」 전편을 통해서 볼 때 이러한 여러 억압적 상황을 춘향은 '환상'적 방법으로 벗어나고 있음을 알 수 있다.

춘향을 중심으로 한 모든 서사는 그녀의 독백과 환상에 의해 다채롭게 재구성되고 있다. 이때 '옥'이라는 현실적 공간은 환상의 중심이 될 수 있는 봉쇄 공간(enclosure)[18]의 역할을 한다고 할 수 있다. 옥에 갇힌 부자유한 신체와 억압적인 환경을 춘향은 '환상'의 힘으로 극복 지양하려는 몸부림을 보이고 있는데 이때의 환상은 주어진 현실을 변화시키고 리얼리티를 바꾸려는 욕구[19]라는 점에서 큰 의미를 획득한다.

「춘향연가」의 처음과 끝은 모두 사실과 환상, 즉 실재적인 것과 비실재적인 것을 적절히 교호함으로써 전적으로 그 두 세계 사이에서 불확정적으로 위치하고 있음을 알 수 있다. 춘향에게 닥친 현실적 고통

방식으로 구사한다. 시간 구성이 순차적으로 이루어지지 않고 있는 이러한 점은 화자의 불안의식을 더욱 두드러지게 하는 효과를 보인다.
18) 로즈메리 잭슨 저, 서강여성문학연구회 역, 『환상성－전복의 문학』, 문학동네, 2001, 67면.
19) 최기숙, 『환상』, 연세대 출판부, 2003, 23면.

의 정도가 심할수록 환상으로의 도피는 더욱 강화되고 있다.

이러한 점은 비록 사사로운 이성애를 다루었다 하더라도 전봉건의 시 의식 가운데는 고통스러운 현실을 넘어서는 꿈의 존재 양식으로서의 환상이 창조하는 시적 현실을 신뢰하고 있음을 알 수 있다. 환상을 통한 존재 조건의 변화는 새로운 삶의 생명력을 고양시킨다. '환상'은 이성적 판단이나 개념 언어로는 도달할 수 없는 세계로서 전봉건이 타자로서의 환상성을 통해 현실의 고통과 진정으로 화해하는 길을 모색하고 있음을 알 수 있다.

> 여자는 알몸의 가슴을 나에게 대고/ 우리는 창가에 서 있었다/ 우리는 많은 것을 보는 것 같았는데/ 아니 분명히 많은 것을 보고 있었다/ 허나 우리는 알고 있었다/ 우리의 손은 보이지 않는다는 것을/ 춤이 있고/ 햇빛과 구릉이 있고/ 눈이 녹아 내리는 사면과/ 돋아나는 것이 생기는 나무/ 또 봄을 안은 숲이 있었던 손// 여자가 있고/ 그리고 남자가 있고/ 달리는 말이 있었던 손/ 달리는 말등에 뜯어 뽑힌 털이/ 달리는 말등에 여자가 있고/ 약탈한 털이 깔린 방바닥이 있고/ 여자와 남자의 집을 둘러치는/ 긴 울음소리가 있었던 손
>
> — 「속의 바다 12」 부분

「속의 바다」는 모두 22편으로 이루어진 연작시로 시인 스스로 무의식의 단절적 상태를 그대로 적어 보려는 시작 태도와 정신 아래 시를 쓰고자 하였던[20] 시기의 작품에 해당한다. 전봉건은 스스로 "보통 인간의 언어가 의미하는 어떠한 의미도 지니고 있지 아니한 언어에의 지

---

20) 전봉건·이승훈(대담), 「김춘수의 허무 또는 영원」, 『현대시학』, 1973. 11, 75면.

향, 이른바 언어 표현의 절대적 갱신을 개척해 나가는"21) 예로 들고
있는데 「속의 바다」 전편은 의미를 알 수 없는 낯선 이미지들의 조합
과 폭력적인 언어의 결합으로 이루어져 있는 무의식의 단절적 상태를
보여주고 있다. 시 전편에는 무수한 '여자'들이 등장한다. 생명 잉태와
종족 보존 등의 임무를 부여받은 '여성'은 남성 중심의 사고에서 배제
된 타자의 이미지로 규정되어 왔다. 즉 성적 욕망을 보유한 생물학적
조건으로서의 '여자'는 흔히 '어머니'나 '모성'의 수동적 이미지를 강
요받아 온 것이 사실이다. 남성 중심적 사고에서 타자화한 여성의 이
미지는 생물학적 조건으로서의 '여자'를 쉽게 용인하지 않았다. 전봉건
시에 등장하는 수많은 '여자'들은 '여성'과 그 확장 의미로서의 '모성
성'과는 거리가 매우 동떨어진 개념이라는 점에서 이채로운 존재이다.
「속의 바다」 전편에 등장하는 여자들은 모두 죽음과 광포함에 맞서 끓
어오르는 욕망을 주체할 길 없는 생명력으로서의 여자들이라고 정의
된다. 이들은 줄곧 죽음과 대조되는 의미항으로서의, 삶의 욕망으로 충
일한 에로스의 세계와 접합되고 있음을 주목해 볼 수 있다. 남성에 대
한 여성으로서, 혹은 여성에 대한 여자로서의 타자성이 반영된 인물로
서 의미가 있는 존재라고 할 수 있다.

인용시는 성애 후의 광경을 보여주고 있다고 할 수 있다. '알몸의
가슴을 나에게 대고', '창가에 서 있는' 두 남녀는 한차례 격정의 순간
을 보낸 후에 명백히 보이는 '춤', '햇빛과 구름', '눈이 녹아내리는 사
면' 그리고 '나무', '봄 숲' 등을 둘러보고 있다. 이러한 정황은 이어지

---

21) 전봉건·이승훈(대담), 「시의 현대성과 비평」, 『현대시학』, 1973. 2, 96면.

는 연에서 '달리는 말이 있었던 손/ 달리는 말등에 뜯어 뽑힌 털이/ 달리는 말등에 여자가 있고/ 약탈한 털이 깔린 방바닥이 있'었다는 것에서 유추할 수 있다. 이처럼 전봉건 시에 보이는 '여자' 그리고 그 대상으로서의 '남자'는 그가 이론적으로 구상하고 있는 '에로스론'에서처럼 관념적인 사랑을 수행하는 추상적 인물들이 아니며 보다 더 적극적이고 역동적인 관능성을 구체적으로 보여주는 주체들임을 알 수 있다. 다시 말하면 「속의 바다」로 표상된 시인 전봉건의 내면세계인 '내면의 바다'는 매우 구체적이고 역동적인 관능의 에로스를 표현하되 이는 현실원칙으로는 이루어질 수 없는 환상적 장면을 펼쳐 보이고 있다는 점이다.

이러한 환상적 장면은 '초현실주의 기법의 세례'[22]를 바탕으로 하면서 '꿈의 세계와 같은 내부 세계의 미묘한 전율을 전달하기 위하여 신비로운 모습을 띠게 하고 일상적 언어로 표현해내기 어려운 세계를 형상화'[23] 하는 방법적 전략으로 보인다.

아이들은/ 바닷가에서 텀벙거리고 있었다/ 아이들은 저들의 머리가 물면을 헤치고 나타나는 것을 보았고/ 가끔은 물 젖은 손에 잡힌 물고기가 퍼덕이는 것을 보았고/ 가끔은 물 젖은 손에 잡힌 햇살이 튕기는 것을 보았다/ 그리고 어른이 쓴 철모가 물면을 헤치며 나타나는 것을 보았다./ 어른은 물에서 銃을 건져 냈다./ 어른은 물에서 탱크를 건져 냈다./ 어른은 물에서 手榴彈을 건져 냈다./ 얼마든지 장난감처럼 건져 내는 철모 쓴 어른/ 요술쟁이 같은 그 어른을 아이들은 보았다./ 바닷가에

---

22) 전봉건, 「메모-나의 시, 나의 시론」, 『문학정신』, 1987. 3, 75면.
23) 고명수, 「韓國에 있어서의 超現實主義 文學 考察」, 동국대 석사학위논문, 1986, 11면.

서/ 텀벙거리면서./ 하늘은 무더웠고/ 헬리콥터가 날고 있었다.

-「속의 바다 18」 부분

시집 『속의 바다』는 현실에서 일어날 수 없는 불가능한 사건들이 다양한 오브제와 결합하면서 과거와 현재가 공존하고, 꿈과 현실이 함께 뒤섞이며 나아가 환상과 실재가 혼합되면서 의미의 혼란을 야기한다. 전봉건 시에 보이는 환상은 실재 현실에 의해 배제된 타자화한 현실에 다름 아니다. 전봉건의 의식 깊은 곳에는 항상 전쟁과 관련한 공포의 기억이 자리 잡고 있다. 그의 시 속에서 거듭 반복되는 무기와 관련된 시어와 폭력 이미지의 차용이 그것을 잘 설명해 준다. 그의 이러한 공포 의식은 다양한 형식과 내용으로 변주되고 있는데 연작시 「속의 바다」에 이르러서 극단적으로 환상의 형식으로 재구성되고 있음을 알 수 있다. 전봉건 시에 보이는 배경은 실재의 공간도 실재하지 않는 공간도 아니라는 사실을 주목할 필요가 있다. 즉 현실적 공간도 아니면서 구체적 현실 공간성을 구현해내는 모호성 속에 존재한다. 그의 시는 '환상적인 것의 상상적 세계는 전적으로 '실재적인 것'인 것도 '비실재적인 것'도 아니며 그 둘 사이에 어디엔가에 불확정적으로 위치'[24]하는 의외성을 담보하고 있다.

인용시는 물가에서 전개되고 있는 아이들의 놀이와 어른들의 놀이를 자조적으로 대조시키고 있다. 즉 물에서 첨벙거리며 놀고 있는 순수한 마음을 지닌 아이들이 집어내는 것이 순수한 놀이 대상인 물고기

---

24) 로즈메리 잭슨, 앞의 책, 32면.

인 것에 반해 어른들이 물속에서 건져 내는 것은 결국 인명 살상의 무기들이다. "총―수류탄―탱크"와 같이 점점 더 강력하고도 폭발력이 센 무기를 시간이 흐르는 순서에 따라 차례로 집어 올리고 있다. 그들이 물속에서 집어내는 것은 당연히 '요술'이 아니고 어른들이 절대 '요술쟁이'가 아님은 자명한 사실이다. 무기의 실체와 본질을 전혀 모르는 아이들의 눈에는 신기한 장난감을 계속 꺼내고 있는 어른들이 '요술'을 부리는 '요술쟁이'로 보인다는 것인데 이는 천진한 아이들의 시선을 빌려 와서 어른들이 지배하는 세계를 비추어 보는 기법으로써 어른들 세계의 잔혹성을 반어적으로 보여주고 있는 예에 해당한다.

전봉건이 구현하고자 하였던 전후 현실의 시적 형상화는 사실과 비사실의 사이의 환상적 영역을 독보적으로 구축하고 있다. 그가 사실과 비사실 사이를 유영하는 시적 전략은 환상이 지닌 놀라움과 새로움은 현실의 삶을 보다 더 알차게 생성[25]할 수 있다는 믿음에 기반한 것이다.

시인 스스로 밝히고 있는 환상론에 대하여 이성모는 '전장의 현실과 꿈의 언저리를 넘나들면서 표현된 어느 정도 환상의 틀을 갖고 있기는 하지만 그의 환상론은 실제 작품에 비해 지극히 소박한 것이어서 그러한 환상론을 바탕으로 제멋에 겨워 쓴 「속의 바다」는 환상도 아니고 꿈도 아닌 어정쩡한 몽환의 자리에 머무른 작품이 되었다'고 평가 절하하고 있다. 그러나 이러한 언급은 전봉건의 시 「속의 바다 10」을 두고 '왕왕의 슈르의 시에서 보는 당돌한 이미지와 이미지의 충돌 내지 단절을 찾아볼 수 없고 적당히 합리화하고 있'[26]는 김춘수의 논의에

---

25) 이성모, 앞의 논문, 85면.
26) 그러나 정작 김춘수는 오히려 이러한 점이 독자적인 세계를 구축한 초현실주의

지나치게 기댄 평가라고 할 수 있다. 모순어법들이 충돌하면서 빚어내는 전봉건의 낯선 시도의 시들은 환상문학의 한 영역에서 새롭게 읽을 수 있기 때문이다.

토도로프식으로 말한다면 환상문학에서의 독자의 '망설임'은 텍스트를 읽어 내려갈 때 독자의 마음속에 일어나는 '의심'에 다름 아니며 이는 전봉건 시에서 경험하는 독자의 심리 상태를 적실하게 반영하는 용어이다. 전봉건이라는 시적 주체로 상정된 화자 혹은 시적 대상들의 행보의 면면을 읽으며 따라가다 보면 그것이 주는 의외성 때문에 독자들은 쉽게 납득할 수 없는 상황에 대한 '망설임'의 포즈를 취하게 된다. 실재와 비실재 사이에서의 독자의 망설임은 전봉건의 시에서 충분히 획득된다고 하겠다. 이런 점에 착안한다면 그의 시를 환상시로 유형화하는 출발점으로 무리는 없을 것이다.

한편 전복성이라는 정치적·사회적 맥락에 초점을 맞추어 환상문학 작품을 재평가하고 있는 로즈메리 잭슨은 환상적인 것은 모순과 양가성을 토대로 구조화되면서 말해질 수 없는 것, 명료하지 않은 것, 혹은 '진실하지 않고', '실재적이지 않은' 것으로, 재현된 것들 속에 그 흔적을 남기는 것이며, 경험적으로 '실재적인' 세계를 문제적으로 재현함으로써 환상성은 실재와 비실재의 본질에 문제를 제기하고 그들 사이의 관계를 중심적인 관심사로 전경화 하는 것이라 말한다.[27] 세속화된 문화 속에서 타자성에 대한 욕망은 천국이나 지옥과 같은 대안적 공간으로 대체되지 않으며 오히려 그 욕망은 이 세계를 친숙하고 편한 것이

자의 모습이라고 극찬하고 있다. 김춘수, 『김춘수 전집』, 문장, 1984, 321면.
27) 로즈메리 잭슨, 같은 책, 54면.

아닌 '다른' 어떤 것으로 변형시키면서 이 세계에 부재하는 영역을 지향하게 되는데 그것은 대안적 질서 대신 '변형' 즉 재편성되고 탈위치화된 세계를 창조한다고 본다. 이러한 변형과 해체의 과정을 이해하고 표현하는 데 유용한 용어로 사용하고 있는 것이 바로 '점근축(paraxis)'[28]이다. 그녀는 이러한 점근축의 범위가 환상적인 것의 유령적(spectral) 영역을 표상하는 데 사용할 수 있다고 한다. 왜냐하면 환상적인 것의 상상적 세계는 전적으로 '실재적인 것(대상)'도 아니고 '비실재적인 것(이미지)'도 아니며 그 둘 사이의 어디엔가에 불확정적으로 위치하기 때문이라는 것이다.

환상은 상상과는 달리 사실적인 세계를 그대로 재현하는 일에서 벗어나서, 비사실적인 것 혹은 초사실적인 것을 그려내는, 온전히 문학적 주체의 상상에 의해 구축된 새로운 세계라고 할 수 있다. 전봉건은 개성적으로 구축한 자기만의 내면세계 속에 환상적 장치들을 마련하고 이를 구조적으로 단단하게 맴으로써 시로 구현한 세계가 모두 사실적인 것에 기초해 있음을 보여주고자 하였다. 문학에서의 환상은 현상적으로 존재하는 리얼리티와는 달리, 사실성의 재현을 넘어서 새롭게 기호 의미를 완성하려는 적극적이고 능동적인 상상력의 한 표현 영역이다. 환상성은 기존의 세계 질서에 대한 인식을 넘어서는 지점에서 발생한다. 기존의 질서를 해체하고 익숙한 경험 세계에 의문을 제기하는

---

28) '점근축'은 광학 용어로서 이는 빛살이 굴절된 이후에 한 지점에서 다시 모이는 것처럼 보이는 영역의 축처럼 대상과 이미지가 충돌하는 것처럼 보이지만 사실 대상도 재구성된 이미지도 남아 있지 않음을 설명한다. 로즈메리 잭슨, 앞의 책, 31면.

형식을 취하거나, 그 대안 세계로서 낯설고 경이로운 세계를 제시한다.

전봉건 시의 '환상성'과 더불어 에로스의 주제적 표현은 '사기' 공박을 받을 만큼의 시대정신의 부재에 대한 비판을 감수해야 했다. 그러나 현대의 예술이 비합리성을 지니는 것은 비합리적 현실 때문이다. 모더니즘 예술은 현실의 반영이면서 동시에 현실에 저항하는 하나의 태도를 말한다고 볼 때 앞서 아도르노의 언급처럼 현대 예술의 비합리성은 오히려 더욱 고통스러운 현실을 적실하게 표현하고 있다는 의미에서 합리적일 수 있다.

전봉건은 전후 현실을 시적으로 형상화하되 실재의 공간인 현실과 비실재적 공간인 환상의 영역을 조화롭게 소통시키면서 개성적인 면모를 보이고 있는데 이는 '환상'이 지닌 놀라움과 새로움으로 현실의 삶을 보다 더 철저하게 재생할 수 있다는 믿음에 기반한 것이다.

전봉건 시집『돌』에 나타난 은유 구조 연구

1. 서론

시인 전봉건은 1950년 등단 이후 주로 전쟁을 소재로 시작 활동을
한 전후 시인이다. 그는 김종삼, 김광림과 함께 펴낸『전쟁과 음악과
희망과』(1955) 및『사랑을 위한 되풀이』(1959)를 발간하며 이름을 알리게
되었다. 기존의 전봉건에 대한 논의는 그를 전후의 모더니스트로 규정
하는 데서 출발한다. 전봉건이 전쟁 체험을 언어를 통해 형상화하는
방식은 당시의 모더니스트들과는 차별성을 가지며 현대시사에서 차지
하는 독특한 위상을 밝혀주는 계기가 된다는 것이다. 언어의 다양한
실험과 탐색을 통한 주제적 측면과, 형식적 측면을 통합하는 문학적

---

* 이연승 / 이화여자대학교 국어국문학과 강사

성과는 시인 자신이 삶을 형상화하는 시적 언어의 운용 방식에 대해 끊임없이 탐구했음을 확인하게 한다. 지금까지 전봉건에 대한 논의는 전쟁 체험[1]이나 이미지즘,[2] 모더니즘[3]의 연관성 아래 전개되었으며 주제적인 분석과 연구가 주를 이루고 있다. 기존의 연구는 주목할 만한 성과를 거두었지만, 주로 이미지 변용이나 전쟁 체험과의 상관성 아래 분석한 경우가 대부분이고, 전기시에 비해 후기시[4]에 대한 논의는 상대적으로 소홀하게 이루어진 감이 있다.

전봉건의 후기시들은 시적 주체와 타자의 조화로운 소통이 이루어지고 동일성을 추구하는 세계가 펼쳐지는데, 전기시에 비해 시 구성의 파편적 양상이 거의 사라지고, 이미지의 형상화나 언술 방식이 한결 안정적인 양상을 보인다는 점에서 전기시와는 차별성을 보인다. 특히

---

1) 김재홍, 『한국전쟁과 현대시의 응전력』, 평민사, 1978.
   이철범, 『한국전쟁의 시적 표현』, 현대시학, 1971.
   이승훈, 「한국전쟁과 시의 세 양상」, 현대시학, 1974. 5.
2) 신동욱, 「전봉건론」, 『현대문학』, 1980. 9.
   이승훈, 「전봉건의 상처」, 『현대문학』, 1986. 6.
   이승훈, 「6.25체험과 시적 극복」, 『문학사상』, 1988. 8.
   강경희, 『전봉건 시연구』 숭실대 석사논문, 1994.
   류경동, 『전봉건 시연구―상승 이미지를 중심으로』, 고대 석사논문, 1995.
   문해경, 『전봉건의 시연구』, 경희대 석사논문, 1995.
   박민영, 『전봉건 시에 나타난 불 이미지의 변용 연구』, 이대 석사논문, 1990.
   윤재근, 「황홀한 체험」, 『돌』, 현대문학사, 1984.
3) 김춘수, 「戰後 五十年의 韓國詩」, 『한국전후 문제 시집』, 신구문화사, 1961.
   문혜원, 『한국현대시와 모더니즘』, 신구문화사, 1996.
   조영복, 『한국모더니즘 문학의 근대성과 일상성』, 다운샘, 1997.
4) 『사랑을 위한 되풀이』(1959, 춘조사), 『춘향연가』(1967, 성문각), 『속의 바다』(1970, 문원사)를 전기시로, 『피리』(1980, 문예출판사), 『북의 고향』(1982, 명지사), 『돌』(1984, 현대문학사)을 후기시로 보는 견해가 일반적이며, 이 글에서도 이 구분을 따랐다.

1981년 5월부터 발표된 연작시『돌』은 10여 년간 남한강 유역을 누비며 수석 채집을 했던 시인 자신의 체험을 바탕으로 형상화한 작품들[5]이다. 전봉건 시의 마지막 종착지라고 할『돌』은 전쟁체험과 고향상실에 대한 재확인 과정을 거쳐 존재론적 자아의 문제에 천착하는 시인의 새로운 면모를 보여주는 작품이기도 하다. 그동안『돌』에 내려진 평가는 단순한 자연물이 아니라 6·25의 상흔과 역사의식을 환기시키는 하나의 상징물[6]이거나, 삶과 죽음의 초극이라는 원점에서 존재의 원초적 한계를 초월하려는 시인의 의지로 승화된 작품[7]이라는 견해, 그리고 서정시의 정착과 안정적 이미지 구축이라는 측면에서 의의를 가진다[8]는 견해를 중심으로 언급되었다. 또 돌의 상징적 지표를 통해 시인 의식을 규명하려는 시도도 있다.[9]

『돌』은 시인의 사회적 자아이자 사물화 된 자아로서 전봉건 시의 총체적인 의미망을 구축하고 있다는 점에서 정밀하게 읽어볼 필요가 있는 시집이다. 전봉건의 시집『돌』은 은유의 원리가 중요한 미학적 거점임에도 불구하고 아직 거의 논의되지 않고 있는 실정이다. 유일하게 은유의 원리로 전봉건의 시세계를 규명한 홍승희[10]는 전봉건의 전

---

5) 돌 연작시는 1982~1983년 사이에 발표되었다가 이후 1984년 시집(『돌』, 현대문학사)으로 출간되었다. 본고에서 텍스트로 삼은 것은 1984년 시집이다.
6) 김성조,『전봉건 시연구―실향의식을 중심으로』, 한양대 대학원 석사논문, 2005.
7) 최동호,「실존하는 삶의 역사성」,『아지랭이 그리고 아픔』, 혜원출판사, 1987, 135~138면.
8) 김윤정,『전봉건 시의 환상성 연구』,『한국문학이론과 비평』 26집, 2005. 3.
9) 유명신,『전봉건 시집 <돌>의 지수적 상징 연구』, 동아대학교 석사 논문, 1995.
10) 홍승희,『전봉건 시연구―은유와 환유를 통한 시적 주체의 세계인식』, 서강대학교 석사논문, 2007, 89면.

기·후기시를 대상으로 은유와 환유가 시적 세계관의 중요 원리임을 규명하고 있지만, 후기시『돌』에 대한 집중적인 분석이 미흡하다는 아쉬움이 남는다.

은유는 아리스토텔레스 이후 진리에 접근하는 하나의 방법이자 수사학으로, 그리고 세계 인식의 초석으로 문학, 인류학, 사회학에 이르기까지 방대하게 접근되어졌다. 은유가 시의 기본 원리이자 전봉건 후기시의 중요한 시작(詩作) 원리임에도 이에 대한 연구가 상대적으로 빈약했다는 점에서 논의의 필요성을 지적할 수 있을 것이다. 시에서 은유란 시인이 세계를 인식하는 방법이자 일상적인 언어가 시성(詩性)을 획득하는 중요한 바탕이 된다. 따라서 시의 근저에는 근본적으로 은유의 원리가 놓여있다고 할 수 있다. 이러한 중요성 때문에 은유는 문학 연구가들의 중요 초점이 되었는데, 은유에 대한 설명에서 보다 폭넓게 은유를 바라보는 시각을 제공한 사람은 벤자민 후르쇼프스키이다.

그는 리처즈 식의 tenor와 vehicle에 의한 단어 차원에서의 은유 관계를 넘어서서 의미론적 통합을 이루는 동질적 영역 간의 상호작용하는 지시틀(frame of reference : frs)로서의 은유 이론[11])을 세운다. 그는 시를 구성하는 다양한 개체들이 의미론적 동질성을 통해 하나의 틀을 형성하고[12]) 이 틀과 틀간의 상호침투 작용을 통해 새로운 의미영역을 구성해

---

11) Benjamin Hrushovski, 「Poetic Metaphor & Frames of Reference」, Poetic Today V, 1984.
   후르쇼프스키는 문학에서의 은유를 정적이고 불연속적인 단위로 고찰해서는 안 되며, 텍스트 연속체, 섬세한 문맥, 독특한 지시틀의 관계, 해석에 있어서의 독립성 속에 변화하는 역동적 모형으로 고찰해야 한다고 강조한다. pp.10~11.
12) 텍스트를 매개하는 지시틀은 텍스트 내에서 분리된 대상이 아니라 단어, 문장

낼 수 있다고 본다. 또한 이 지시틀의 개념을 통해 은유의 영역을 텍
스트 전반의 구조적 차원으로 확대시킨 것이다. 그래서 그의 지시틀
이론은 은유가 단순히 구문을 넘어서 텍스트 전체의 구조적 차원에서
가능할 뿐 아니라 시인의 내적 인식의 차원으로까지 확장될 수 있다는
점에서 은유를 바라보는 새로운 관점을 제공해준다고 할 수 있다. 그
에 따르면 은유란 고정된 단위라기보다 열려진 관계[13]이며, 시의 형식
과 시적 세계 사이를 넘나들 수 있는 것이 된다.

은유란 텍스트의 내적 관계는 물론 외부 세계까지도 함께 작용하는
역동적 모형(dynamic modeling)으로 바라보아야 한다는 그의 관점은 전봉
건의 『돌』에 나타난 은유적 상상력의 체계를 파악할 수 있는 유용한
방법론이 될 수 있다고 본다.[14] 이 같은 이론적 배경을 바탕으로 이
글에서는 전봉건의 마지막 시집 『돌』이 갖는 영원성과 초월성이 어떠

혹은 하부 패턴들을 연결하는 언어적 패턴으로 독자에게 나타난다. 이러한 요소
들 각각이나 요소들의 결합은 지시틀 내부나 외부에서 이것들이 직접 속해있는
문맥 혹은 더 확장된 문맥과 독자적 관계를 가질 수 있다고 한다. "The network
of frs presentswhat the text is about. They provide the bridge between words of a
natural language and representation of the ever-changing "World". They serve, too,
for the transition from the lower, formalized levels of language to the open,
individually contextualized, thematic bodies of communication." p.11 및 pp.20~25.

13) 앞의 책, pp.6~7.
14) 후르쇼프스키의 지시틀 이론을 바탕으로 작품을 분석하고 있는 최근의 주목할
    논의로는 강소연과 박선영의 논문을 꼽을 수 있다. 세부적인 논지의 차이는 있
    지만 이들은 후르쇼프스키의 지시틀 이론이 단순한 수사학적 장치가 아니라 시
    의 본질을 간파하게 하는 원리이자 방법론으로 작용하고 있음을 지적하고 있다.
    강소연, 「장석남 시의 은유와 환유 구조 연구」, 『한국문학이론과 비평』, 39집,
    2008 ; 박선영, 「김현승의 <마지막 지상에서> 에 나타난 은유 미학」, 『어문연구』,
    62호, 2009.

한 은유적 상상력의 체계 속에서 형상화되는지를 살펴본다. 그래서 『돌』의 전 작품 중 초월성이 강하게 드러나는 작품들을 중심으로 은유의 구조를 살펴보고, 작품들 간의 상호 지시성이 보여주는 시적 인식과 세계관의 층위를 검토해보고 한다. 전봉건의 텍스트에서 돌은 '검은 먹돌'(「돌·3」), '작은 먹돌'(「돌·5」), '한 마리 작은 새'(「돌·7」), '남근석'(「돌·11」), '굽은 돌·하얀 돌'(「돌·15」), '무늬돌'(「돌·17」), '돌밭'(「돌·18」, 「돌·24」) 등의 이름으로 탈바꿈하면서 '물기를 머금은 돌', '무거운 돌', '영롱한 돌', '촉촉히 빛나는 돌' 등 다양한 속성을 지니고 나타난다. 그가 형상화시킨 돌의 특성은 상이한 것들을 동시에 포괄하는 은유의 근본적인 속성에 누구보다도 근접해 있다. 특히 은유란 고정된 단어나 문장 단위에 독자의 시선을 고정시키지 않고 언술의 층위들이 서로 조력하면서 역동적인 것으로 열려진 세계 경험을 제공하는 것이라는 후르쇼프스키의 은유론은 전봉건의 후기 시세계를 보다 정밀하게 파악할 수 있는 유효한 척도가 될 수 있을 것이다.

2. 물의 영원성과 순환적 자연 은유

전봉건의 전기시들이 주로 전쟁의 상흔이나 고향에 대한 향수를 바탕으로 실향민 의식을 형상화시켰다면, 은유적 세계 인식에 기반을 둔 『돌』 연작시는 사물들 사이의 동일성을 추구함으로써 이상 세계를 향한 지향점을 갖고 있다는 점에서 전기시와는 다른 새로운 면모를 보여준다. 특히 시인은 여러 자연물을 매개로 과거와 현재 사이의 단절과 극복을 초월하려는 시도를 보여주는데, '돌'의 이미지가 굴절되어 나타나는 유토피아적 세계는 전쟁 이전의 평화의 세계로서 돌은 과거와 현재 그리고 미래를 이어주는 구조를 가진다.

먼저 시인은 '물'이라는 원형적 이미지를 통해서 과거를 현재 시점에서 재현함으로써 과거와 현재의 화해를 시도하고, 현재의 삶에서 미래까지 통합하고자 하는 열망을 보여준다. 돌 이미지로 나타나는 다양한 자연물의 세계와 이상세계는 주체인 나에게 집중하기보다는 변이 되는 대상 이미지를 중심으로 은유적 시어들을 전위시킬 때 드러난다. 이 장에서는 물의 이미지를 중심으로 초월성의 욕망이 구현되는 양상에 대해 분석해보고자 한다. 전봉건의 시에서 흐르는 물에 대한 천착은 불멸을 갈망하는 초월적 인식에서 싹트고 있는데, 이는 돌이 갖는 차갑고 단단한 속성을 부드럽고 유동적인 것으로 액화시키려는 상상력의 전이 구조에서부터 파생된다.

1 옛날에/ 남한강은/ 북한강의 물줄기와 만나서 합쳐지는
  양평 한참 아래 양수리에서/ 그 물줄기가 다했다//
2 그러나/ 팔당댐이 생긴 뒤로는/ 양평까지 차오른
  크게 고인 물에 막혀/ 거기서도 좀 위쪽에 있는
  개군면 석장리 언저리에서/
  남한강의 물줄기는/ 흘러내림을 멈추게 되었다.//
3 흘러내림을 멈춘 강은/ 이미 죽은 강이다//
4 날마다/ 석장리 언저리에/ 흘러내려 와서/
  날마다/ 석장리 언저리에서
5 죽는 남한강은 거기서 죽기 전
  한차례 기를 쓰듯 여울을 이루다가

　　한차례 춤을 추듯 소용돌이를 이룬다//
6 내가 동행한 K군의/ 물안경을 빌려 쓰고
7 이따금 분명 무지개빛으로 일렁이는
　그 소용돌이의 밑바닥 근처로 자맥질해 들어간 것은
　지난 여름의 어느 날이었다.//
8 물속 모래바닥에는
　부처님처럼 잘생긴 양석 하나가 서 있었고
9 죽기 전 남한강은 가장 깊은 살을 열어
　곱게 영롱하게 불타고 있었다.

- 「돌 4」 전문

　강의 생명은 바로 끊임없이 흘러가는 '흐름'에 있다고 말할 수 있다. 전체 6연으로 구성된 이 시는 유한한 지상의 삶에서 재생과 윤회를 기약하는 시인의 시정신이 은유의 원리를 통해 구체화된다. 의미론적으로 1, 2, 3, 4, 5와 6, 7, 8, 9가 대칭을 이루며 전개되고 있는데, 1, 2, 3, 4, 5는 고갈되는 남한강에 대한 상황적 진술이며 6, 7, 8, 9는 새로운 삶과 생명을 기약하는 남한강의 모습에 대한 묘사의 축으로 구분되면서 시상이 전개된다. 작품의 공간은 물줄기가 고갈된 '남한강' fr1이지만 연의 확장 구조 속에서 남한강은 재생과 순환의 공간으로 거듭 태어난다. 1에서 '남한강' fr1은 양평 아래 양수리에서 그 물줄기가 고갈된 것으로 그려진다. 그 이유는 2에 제시된다. 팔당댐이 생긴 뒤로 '남한강의 물줄기는 흘러내림을 멈추어' 그 생명력이 고갈될 위기에 처해졌다는 것이다. 그래서 3에는 '흘러내림을 멈춘 강'은 '이미 죽은 강'이라고 하여 '흐름을 멈춘 강'은 곧 '죽음'이라는 은유적 등식이 성립한다.

그러나 이 시에서 남한강은 단순한 강 이상의 의미를 함축한다. 이 것은 마지막 연의 '물속 모래바닥에는/ 부처님처럼 잘생긴 양석 하나 가 서 있었고/ 죽기 전 남한강은 가장 깊은 살을 열어/ 곱게 영롱하게 불타고 있었다.' 란 진술에서 구체화된다. '남한강' fr1은 '잘 생긴 양 석' fr2 이라는 지시틀로 은유적 전이를 이룩하고 신화적 재생의 힘을 부여받는다. '가장 깊은 살을 열어/ 곱게 영롱하게 불타고 있'는 강물 은 '불' fr3이라는 원형적 물질의 층위, '부처님'이라는 신의 층위, '깊 은 살'이라는 인간의 층위가 은유적으로 환치되어 새로운 지시 영역을 만들어나간다. 이러한 이질적 언술 구조는 지시틀간의 상호 작용을 통 해 초월적이고 영속적인 생명력을 복원한다. 따라서 '영롱하게 불타는 물'은 풍성하게 넘쳐흐르는 강물과 동일한 의미소를 형성하고 4의 '날 마다'라는 시어와 결합하여 긴 시간의 의미를 내포함으로써 작품에 영 속성을 부여한다. 라

4의 '한차례 기를 쓰듯 여울을 이루다가/ 한차례 춤을 추듯 소용돌 이를 이룬다'는 진술을 주목해보자. '여울을 이루며 춤을 추듯 소용돌 이를 이루는' 강물은 죽음에 대한 강력한 저항으로서 현실을 초극하려 는 의지를 보여준다. 격렬하게 소용돌이를 치는 강물은 지상의 유한한 삶을 극복하고 초극하려는 시인의 욕망을 간접적으로 담고 있을 뿐 아 니라 8의 '물속 모래바닥에 있는', '양석' fr2 과 현실/ 이상 사이의 경 계를 허물고 상호 침투함으로써 생명의 불꽃으로 증폭된다. 강이 죽음 과 재생, 시간의 영원한 흐름, 생의 순환의 변화상을 상징[15]한다면, 전

---

15) 진쿠퍼, 이윤기 역, 『그림으로 보는 세계 문화 상징 사전』, 까치, 1994, 328면.

봉건의 시에서 흐르는 강은 시인 자신의 상처를 들여다보는 공간이자 상처의 극복을 통한 재생이라는 의미로 형상화되고 있다.

이렇게 이 시는 흐르는 강물의 은유적 전이를 통해 영원과 재생을 가시적으로 의미화하며, 동시에 현실적 고난을 극복하고 자연의 영험한 섭리를 체현한 강의 흐름에 신성성을 부여한다. 시적 화자의 시선은 영롱하게 불타는 강을 체현하기 위해 수직적 상승 운동을 한다. '돌' fr1을 중심축으로 하여 수평과 수직이 교차되는 언술 체계를 구축한다는 뜻이다. 즉 수평축인 '소용돌이의 밑바닥 근처' 는 공간의 무한성을 내포하고 있으며 수직축인 '불' fr3이 '곱게 영롱하게 불타는' 것은 액체가 기체화되어 상승 확산됨을 의미하기 때문이다. 그 무한한 공간은 '날마다'라는 시간과도 대응된다. 이것은 시간과 공간의 관계망 속에 존재하는 부정적인 것들을 초월의 힘으로 포용하려는 화해와 용서의 자각일 수 있다. 그래서 생의 섭리와 이치에 대한 시인 자신의 존재론적 자각일 수도 있을 것이다. 이를 바탕으로 각각의 지시틀을 중심으로 도표를 만들면 다음과 같다.

fr1 남한강	fr2 양석	fr3 불꽃←신화적 강
하강	고정	상승
ⓐ 흘러내림을 멈춤 ⓑ 소용돌이를 이룸	부처님	강 : 삶과 재생의 자연
살	나와 양석의 합치	물 속 모래바닥 : 재생 공간
열다	서있다	불타다

한편 이 시가 표방하는 실제적 사건 '강이 흐른다'를 fr1-1으로 설정

하고 시가 전개되는 순서대로 지시틀을 따라가다 보면 '물줄기가 다했
다→멈추게 되었다→죽은 강이다→소용돌이를 이룬다→무지개빛으
로 일렁이는 양석 하나가 서 있었다→곱게 영롱하게 불타고 있었다.'
의 순서대로 이루어짐을 알 수 있다. 연속적으로 보이는 이 모든 요소
들이 서로 연계하여 은유적 전이를 보이고 상하(上下) 공간을 넘나들며
타오르는 '불'로 응축되고 있는 것이다. 전봉건의 돌은 타오르는 불이
석화(石化)되어 만들어진 것이며, 이러한 고체화의 과정에서 불안에서의
죽음을 완성함과 동시에 생명을 가진 빛과 열의 존재로 전환[16]되고 있
다. 이 과정에서 자연적 존재로서의 '돌' fr2과 신성화된 존재로서의
'강' fr1이 보여주는 지시영역이 서로의 의미를 보완·확장하며 시적
의미를 증폭해내고 있다고 할 수 있다. 이를 다시 도표로 만들면 다음
과 같다.

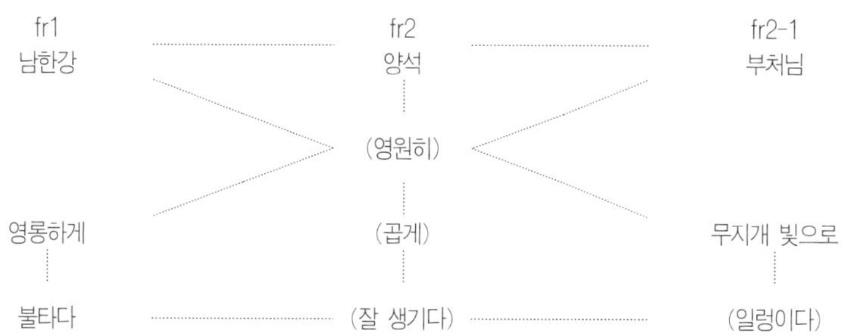

16) 박민영, 「전봉건 시에 나타난 불 이미지의 변용 연구」, 이화여대 석사논문,
1989, 76면.

다음의 시에서도 흐르는 물을 통해 영원성이 지속되고 있을 뿐 아니라 현실의 삶을 초극하고자 하는 시인 자신의 내면의식이 잘 드러나고 있음이 주목된다.

> 1 서울서 가면 /물이 끝나고 길도 끝나는/ 이른 아침에
> \모래밭이 길게 가로 누워 있고/ 그 한가운데 돌 하나 앉아 있고
> \그 앞에는 강물이 흐르고 있다/
> 2 수백 년 흐른 강물이 또 흐르고 있다/ 수천 년 흐른 강물이 또 흐르
>   고 있다
> (…중략…)
> 3 그 강물에 귀 씻고 앉아 있는 돌 하나 /
> 4 그 돌 하나가 듣고 들은 것은 무엇인가
> 5 그 돌 하나가 듣고 있는 것은 무엇인가
>
> － 「돌 38」에서

물은 인간의 사유 가운데서 가장 큰 가치 부여 작용을 하는 물질 중의 하나이다.[17] 특히 강물은 과거와 현재·미래로 이어지는 변화와 지속의 표상이다. 전봉건의 시인의식은 이 강물을 매개항으로 하여 시간을 공간화[18]시키고 있기도 하다. 이 작품에서는 흐르는 '강물' fr1과 '돌' fr2이라는 두 개의 지시틀을 중심으로 의미 구조화되고 있는데, 흐르는 '강물' fr1은 유구한 역사와 전통의 층위를 가지며 현실적 삶의 한계를 초극하려는 영원성에 대한 의지를 형상화한다고 할 수 있다.

---

17) G. 바슐라르, 이가림 역, 『물과 꿈』, 문예출판사, 1986, 24면.
18) 한스 마이어호프·김준오 역, 『문학과 시간 현상학』, 삼영사, 1987, 30면.

수백 년, 수천 년, 수만 년이라는 시간의 충위는 강물이라는 공간의 충위로 이전하면서 초월성을 가시화[19]하기 때문이다. 시간의 흐름을 강물에 비유하는 것은 보편적인 표현이지만 강은 모든 인간의 역사를 지켜보며 함께 해 온 자연이기에 이 시에서는 인간 삶의 근원적 토대일 뿐 아니라 시적 화자의 자기 응시의 공간이 되기도 한다. 화자는 실존적 의식의 눈을 뜨고 '강물' fr1을 마주하며 모래밭에 있는 '돌' fr2을 생각한다. 또 그 '돌' fr2 하나가 과거에 '들은 것', 그리고 현재 '듣고 있는 것'은 무엇이냐는 실존적 물음을 던지며 '돌' fr2이 간직하고 있는 역사와 깊이를 성찰하고자 한다. '강물' fr1은 시인 자신의 생명과 숨겨진 자아를 찾는 정신적 공간으로 전위되며 시인은 '모래밭' fr3에 놓인 돌에 자신의 실존 의식을 투영시킨다. 이때 물이 끝나는 곳에 놓인 '모래밭' fr3은 시인이 자기 응시를 통해 과거와 현재를 연결하고 시인 의식의 지향과 이상향을 완성하도록 이끌어주는 경계 공간으로서의 역할을 하고 있다. 수백 년, 수천 년 흐른 강물은 돌을 적셔 영원한 시간을 부여할 뿐 아니라 시·공간의 단절이나 갈등을 극복한 소통의 상태를 지향한다. 이때 생명이 지상의 존재를 적시고 침투함으로써 자아와 대상이 하나로 합치되는 순간은 자아와 세계 혹은 자아와 대상이 구분되지 않는 혼융의 순간을 보여주는 것이라고 할 수 있을 것이다.

이렇게 전봉건의 시에는 강물이라는 자연물에 의해 존재론적 영원성이 실현되는 양상을 보인다. 비교적 단순한 은유구조 속에서 초월성이 실현되고 있지만, 유동적인 물에 의해 영속적 시간이 생성[20]되고

---

19) 박선영, 앞의 글, 332면.
20) 박선영, 위의 글, 335면.

있으며 이는 '돌' fr2이라는 지시틀과 상호 결합함으로써 현실의 삶을 극복하고 초월을 지향하고자 하는 시인 자신의 욕망의 흐름을 파악할 수 있다고 생각한다.

3. 새의 수직적 상승과 초월적 존재 은유

앞장에서는 물의 이미지를 중심으로 영원한 삶과 시간에 대한 갈망이 의미화되는 양상을 분석해보았다. 이 장에서는 전봉건 시의 주요 모티프 중 하나인 '새'라는 지시틀의 은유적 변전에 대해 고찰해보고 이들이 어떤 의미 체계를 구축하는지를 분석해보고자 한다. 전봉건 시에서 상승을 지향하는 초월적 욕구는 '새'라는 존재를 통해 변용되거나 전이되는 양상을 보인다. 그 욕구는 '넋돌'이라는 시어를 탄생시키기도 하는데, 그것은 넋이 깃들거나 새겨진 돌로서 죽은 것이 아니라 이승에서 살아 날아다니는 동시에 환상 속에 살아있는 돌이라는 생명력을 가지고 태어난다.

    1 이월 하순/
    2 산간을 흐르는
      강나루에서/ 배를 기다리다가
      나는 문득 거기가
    3 1951년 봄 어느날
      도강작전에서 전우 K가 죽은
      바로 그 자리인 것을 되살려냈다
    4 해질 무렵에야

5 돌아온 배에 오르려다가
6 나는 봄눈 녹는
  나루터 찬물 속에서
7 삭은 뼈처럼 하얀
  돌 하나를 건져냈다
8 날개 뼈 같은 그런 모양이었다
9 벌써 어둡기 시작하는
  여울 쪽에 이름 모를/ 새 한 마리가/ 날고 있었다

－「돌 1」 전문

많은 평자들이 언급한 이 작품은 돌의 이미지가 삭은 뼈→새의 이미지로 전이되고 있는 구조를 가진다. 이 텍스트는 먼저 시적 화자가 '전우 K' fr1 를 통해 과거, 현재 그리고 초월적 세계 사이를 넘나드는 방식을 보여준다. 시적 주체인 '나' fr2는 '전우 K' fr1에 대한 기억을 행을 따라 순차적으로 진행시키고 있다. 이때 '전우 K' fr1는 과거의 인물이 아니라 시적 주체인 '나' fr2를 통해 재현되는 현재의 인물이 된다. 따라서 과거와 현재는 단절된 불연속적 시간이 아니라 연속적인 공간이 되며, 과거와 현재가 일치된 세상이 작품에 구현되고 있다. 시인은 '1950년'이라는 시간 속에서 강을 건너다 죽은 '전우K' fr1와 오늘 강에서 날고 있는 한 마리 '새' fr4 를 통해 과거와 현재의 시간을 통합한다. 어제의 시간 속에서 '전우' fr1는 죽었지만 오늘의 시간 속에서 그는 한 마리 '새' fr4로 태어나고 있는 것이다. 이 작품에 나타난 은유 체계를 도표화하면 다음과 같다.

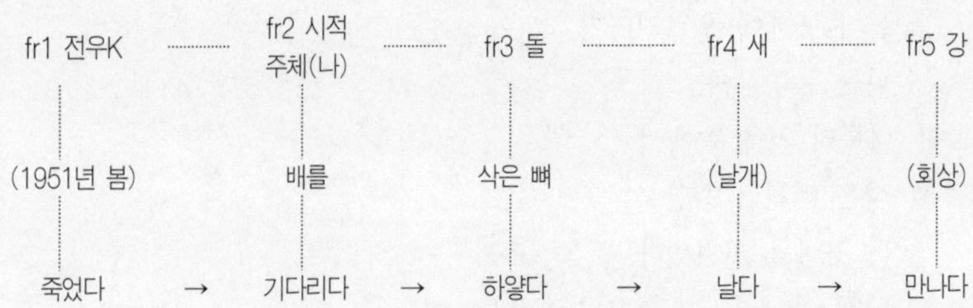

'전우 K' fr1에 대한 이미지는 돌 fr3→ 새 fr4로 전이되는 은유적 구조이다. 시적 주체 fr2의 시선은 공간인 강나루 fr5→ 전우 K fr1 → 돌 fr3 → 새 fr4로 이동하고 있으며 이미지의 전이 양상을 통해 과거와 현재가 하나로 합치되는 지점을 응시하고 있다. 이들 지시틀은 주체인 '나' fr2가 '전우 K' fr1를 '되살렸다'는 행위와 '돌 하나를 건져냈다'는 행위를 공유하면서 상호작용함으로써 융화된다. 어제의 '전우' fr1는 죽었지만 '새' fr4가 날아오르는 초월적 자유를 획득하는 것으로 의미가 이행되는 것이다. 1행의 '이월 하순'과 5행의 '1951년 봄 어느날'이라는 시간적 배경과 '바로 그 자리'라는 공간적 배경의 유사함이 시적 주체에게 과거와 현재를 이어주는 매개 고리 역할을 하기 때문이다. 과거에 이별의 장소였던 '강' fr5은 현재는 회상을 통해 만남의 공간으로 은유적 의미 이행을 하고 있다.

'나' fr2 는 1, 2에서 죽은 '전우' fr1를 떠올리는데 그치지만, 5, 6, 7, 8에서는 '돌' fr3을 통해 'K' fr1를 환기하며 과거와의 소통을 시도하고, 9에서는 날아가는 '새' fr4 를 'K' fr1의 분신으로 여겨 죽음의 공간에 있는 'K' fr1를 호명하여 과거와 현재가 상호 융합하는 초월적 세계를 인지하고 있다. '전우 K' fr1, '돌' fr3, '새' fr4 사이에는 별다른 인과성이나 유사성이 존재하지 않는 듯하지만, 시적 주체의 진술을 통해 각각의 지시틀 사이에 인과관계가 성립함[21]을 알 수 있다.

다시 말해 시적 주체가 과거·현재·초월적 세계를 하나로 소통시키는 방식은 '돌' fr3 이라는 지시틀에 의해 가능해지고 있는 것이다. 또 '해질 무렵과 '삭은 뼈'는 '사라진다'의 의미의 동일성[22]을 가지고 있으며 '날개 뼈'와 '새 한 마리가 날고 있었다'에서는 '날다'라는 새로운 지시틀이 형성됨을 알 수 있다. 그래서 '전우 K' fr1를 통해 환기되는 돌이 의미론적 전이를 발생시킴을 알 수 있다. 이런 의미적 동일성으로 생성된 인과관계는 어두운 곳에서 날아가는 새의 실체와 전우 K 사이의 관계를 화해시키는 도구가 된다. 이러한 지시틀 사이의 인과관계는 시적 담화의 통합을 위한 중요한 도구가 되어 준다. 죽은 전우를 현실에서 만남으로써 현재와 과거를 소통시키는 것은 시적 주체가 지향하는 이상 세계와 현실을 동일화시키고자 하는 주체의 욕망에서 나온 것이다. 다음 시에서도 새에 의한 존재 초월의 욕구가 형상화되고 있다.

> 1 죽은 돌은/ 오래 삭은/ 스스로의 몸을 풀어
>   모래톱의 모래로 돌아갈 뿐
>   무덤을 짓지 않는다
> 2 그리하여 다만
>   모래 한 줌 더 보태진 그 모래톱

---

21) 홍승희, 앞의 책, 77면.
22) 홍승희, 위의 책, 77면.

　　3 가장 밝고 맑은 자리에는
　　　새 발자국이 찍힌다.
　　4 곧장 하늘에서 내려왔다가
　　5 곧장 하늘로 날아오른 발자국이 찍힌다

－「돌 45」 전문

　　이 시는 현실적 존재의 한계를 뛰어넘는 영원성에 대한 지향이 '돌' fr1 과 '새' fr3를 통해 구체화되고 있다. 지시틀 '죽은 돌' fr1 은 스스로 몸을 풀어 모래톱의 '모래' fr2 로 돌아간다. 그것은 돌의 무거움과 견고성에서 탈피한 소멸의 극점을 의미한다. '돌' fr1은 지상의 단단하고 무거운 질료로서 인간에게 주어진 유한한 운명에 저항하여 무한히 지속하고자 하는 갈망을 투사할 수 있다. 돌은 모든 것이 사라진 후 남는 최후의 자연물[23]이기도 하다. 그러나 이 시에서 소멸이라는 시간의 층위는 '새' fr3의 '발자국'으로 인해 또다른 생명을 잉태하는 근원적 생명성으로 전이된다. '모래 한 줌 더 보태진 그 모래톱'을 '가장 밝고 맑은 자리'에 비유하는 것은 죽음과 삶을 통합적으로 인식함으로써 새를 날아오르게 하고 어둠으로 표상되는 지상으로부터의 극복을 위한 시적 욕망의 표현이라고 할 수 있다. 돌은 죽어서도 지상에 무덤을 만들지 않고 스스로를 해체하여 '밝고 맑은 모래'가 됨으로써 새라는 초월적 생명체를 만들어 낸 것이다. 이것은 죽음과 소멸을 극복하고 생명을 창조하려는 시인 상상력의 내적 구조를 반영[24]한다. 새는

---

23) 김화영, 『문학상상력의 연구』, 문학사상사, 1982, 352면.
24) 류경동, 앞의 책, 79면.

수직으로 날아오르는 형상성으로 인해 하늘과 땅을 이어줌으로써 육
체의 소멸을 영원한 생명으로, 시간의 단절을 억겁(億劫)으로 전환시키
는 지시틀로 기능한다.

　지상의 구속과 현실의 무게로부터 자유로워져서 정신의 유연화를
획득하려는 이러한 은유체계를 통해 우리는 하나로 통합된 공간과 시
간 속에서 자유로운 존재의 형상을 갈구하는 자아실현의 시적 주체를
만날 수 있는 것이다. 따라서 '죽은 돌' fr1 은 존재의 소멸을 동시에
영원한 생명으로 전환시키는 재생의 물질이라고 말할 수 있을 것이다.
지금까지의 분석을 바탕으로 도표를 만들면 다음과 같다.

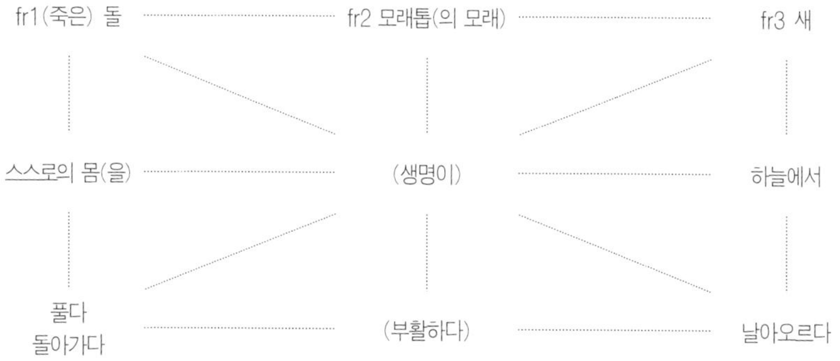

　한편, 이러한 돌의 새 이미지는 '아름다운 만세소리'로 변주되어 지
나간 역사의 상처를 어루만지고 황홀한 시적 순간을 열어 놓을 뿐만
아니라, 지상의 유한한 삶을 극복하는 초월적 욕망을 현실적 사건을
빌려 가시화하고 있다.

그런데 나는 마침내 주체할 수 없는 그렇게 크낙한 놀라움에 취하고 황홀함에도 취하였으니 다름이 아니었다. 홀연 渼沙里 돌밭의 수없이 많은 돌들이 공중으로 날아오르는 게 아닌가. 수없이 많은 새가 되어 일제히 날개쳐 날아오르는 것이 아니던가. 渼沙里 돌밭을 덮고 渼沙里 돌밭의 하늘도 덮은 수없이 많은 새들의 날개치는 소리. 아아 그 소리는 내가 이 세상에 살아서 듣는 것 가운데서 가장 크고 높은 또한 아름다운 만세소리였다.

― 「돌 19」에서

이 시는 '渼沙里'로 표상되는 세속적 삶의 한계를 넘어 '새'들 fr2 의 날개치는 소리로 초월을 이룩하려는 시인 의식의 지향성이 나타난다. 시적 주체는 꿈속에서 미사리 돌밭에 간다. 거기서 만난 수없이 많은 '돌' 들 fr1 은 공중으로 날아오른다는 환상으로 인해 세속을 벗어나려는 욕망을 가시화하며 그 관념은 '크고 높고 아름다운 만세소리' fr3로 변주되는 양상을 보인다. 현실의 유한성을 함축하는 많은 돌들 fr1은 시적 화자의 환청이 개입한 '만세소리' fr3로서 시인 자신의 역사 인식을 은유적으로 형상화한다.

'새'들 fr2의 날개치는 소리는 '3월 1일의 만세소리' fr3로 변주되는데, 그것은 '하얀 옷 입은 조선의 청년, 처녀, 어린이들이 말 탄 일본군의 총칼을 맞고 하얀 옷을 시뻘건 피로 물들이며 손아귀에 거머쥐었던 돌멩이들이 내는 만세소리'이다.

그때 손에 거머쥔 수없이 많은 돌들이 일제히 날아오르는 '새' fr2 이미지로 변주되어 새로운 지시틀이 생성된다. 이것은 역사의 아픔을 극복하고자 하는 시인 자신의 꿈과 의식을 의미한다고 할 수 있다. 환청으로 들리는 '만세소리'는 지나간 역사의 증거이며, 자유를 획득한 수많은 사람들이 누리고자 하는 초월적 꿈이라고 할 수 있다. 시적 화자는 환청을 매개로 지나간 역사적 사건과 소통하며 동시에 가장 아름답고 황홀한 시적 순간에 놓여지고 있는 것이다.

4. 몸의 통합성과 자기 갱신적 신체 은유

전봉건의 시에서 초월과 재생에 관한 욕구는 인간의 몸을 매개로 새로운 의미망을 구축한다. 특히 그의 시에 자주 등장하는 '살'과 '피'는 하나의 신체 은유로서 인간 실존의 고통을 극복하고 천상과 지상, 삶과 죽음의 통합적 가치를 구현하는 매개물로 등장한다. 그것은 영원한 현재로서의 실존성[25]을 가지고 순환적 시간 내부에서 구체성과 추상성의 경계에 놓이는 개인적 상징이 되기도 한다. 앞장에서도 분석했지만 돌은 과거와 현재와 미래가 응축된 시간의 공간화 속에 수렴된 응결체인 것이다. 새를 통한 수직적 욕망을 통해 초월에의 갈망을 보여준 시인은 자신의 몸을 지시틀로 삼아 다층적인 의미 구조를 만들고 있다.

> 살은 모래로 보내고 피는 물로 보내고
> 그리고 넓은 하늘로 보낼 수가 있다면
> 아마도 나는 먼 훗날 작은 하나의 돌이 되어

---

25) 이성모, 앞의 책, 189면.

　　다시 이 하늘 아래 모래와 물 곁으로
　　돌아올 것이다

　　그때는 곱디 고운 꽃빛 소리 스스로 자아내는
　　하늘 살갗의 돌이 되어 돌아올 것이다.

- 「돌 55」 전문

　　이 시는 시적 화자와 돌이 하나로 일체화되는 구조를 가지며, 영원한 삶에 대한 시인 자신의 갈망이 투영된 작품이라고 할 수 있다. 인간의 몸을 규정짓는 질료인 '살' fr1과 '피' fr2는 모래 fr1-1 와 물 fr2-1로 보내고, '넋' fr3은 하늘 fr3-1로 보냄으로써 시인은 지상과 천상의 관계망 속에 존재하는 모든 부정적인 것들을 초극의 힘으로 포용하고자 하는 시도를 보여준다. 이 모든 것들은 하나로 통합되는 은유적 세계 인식에 근거하는 것이라고 할 수 있다. 은유적 세계 인식이 기표와 기의의 낭만적 합일을 지향[26]하며 시적 주체와 대상의 동일화를 이룩하려는 의식의 지향성에 있다고 본다면, 시인은 인간과 사물이 합일에 도달할 수 있다는 총체성에 대한 관념을 근본으로 삼고 있다고 할 수 있을 것이다. 이것은 인간이 태어나고, 타인과 관계를 맺고 사라져가는 것은 우연성에 있다는 인간 존재의 깨달음과도 연결되는 부분이다. 이렇게 탄생과 소멸의 자연스런 과정을 통합하고 이를 대자연의 섭리로 받아들임으로써 그는 '하늘 살갗의 돌' fr3이 되어 돌아오기에 이른다. 시적 화자가 바라보는 세계는 대자연의 영험함 속에서 그 거

------

26) 홍승희, 앞의 책, p.76.

대한 무게와 넓이를 덜어낸 공간에 불과할 뿐이고, 자신 역시 지상에서의 무게와 넓이를 덜어낸 '하늘 살갗의 돌'에 불과할 뿐이다. 이렇게 화자는 자연의 변전과 섭리를 통해, 그리고 작은 돌과의 만남을 통해 인간의 존재와 우주적 질서에 이르는 이치를 깨닫고 있다. 세 가지 지시틀을 중심으로 도표를 만들면 다음과 같다.

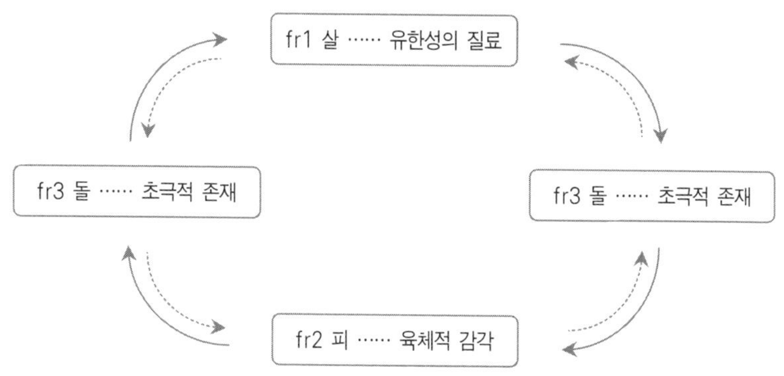

다음의 시는 자연의 변전을 통해 인간의 몸이 최종적으로 도달하게 되는 어떤 법열(法悅)의 경지를 형상화한다.

1 눈물은 바다였다
2 말씀은 나무요 나무뿌리요 나뭇가지요
  나뭇잎이요 별이었다
3 봄은 바람이었다
  마침내 바다
  나무 나무뿌리 나뭇가지 나뭇잎 별
4 바람 불로 사르니
  한 줌 재였다

> 5 한 줌 재에서 태어난
>   한 점 하늘빛 맑은 작디작은
>   돌이었다
> 6 사람들은 그것을 사리라고 불렀다

─「돌 56」 전문

『돌』 연작시의 마지막 작품인 「돌 56」은 'A=B'라는 언어적 은유의 전형적인 형식을 취하고 있다. 1에서 '눈물' fr1은 바다라는 공간의 층위로, '말씀' fr2은 관념적 층위에서 나무, 나무뿌리, 나뭇가지, 나뭇잎, 별이라는 자연의 층위로, '봄' fr3 은 바람이라는 천상의 층위에서 바다라는 공간의 층위로 그리고 다시 불이라는 기체의 층위로 다각적인 변주의 과정을 보여준다. 다양한 층위의 자연은 궁극적으로 '작디작은 돌=사리' fr4 로 응축되어 신체적인 속성을 사물화시키고 있다.

인간의 신체가 '사리'라는 '돌' fr4로 전이되는 궁극적인 의미는 세속적 삶의 극복과 초월에 대한 욕망에 있다고 할 수 있다. 화자는 '눈물' fr1, '말씀' fr2, '봄' fr3, 나무, 재 등의 자연물의 존재 양태를 통해 인간 실존을 작고 단단한 돌로 응축시킨다. 이것은 돌의 존재 양식과 사리의 존재 양식이 아주 흡사하기 때문이다. 인간이 유구한 자연의 흐름과 섭리를 깨우치고 득도(得道)의 경지에 들어섰을 때 거룩한 완성에 이를 수 있음을 암시하는 것이 바로 사리이다. 사리는 부단한 인내와 고독을 통해 인간이 획득할 수 있는 정신의 응결체로, 우주적인 것에서 개인적인 것으로 혹은 그 정반대의 전이가 일어나는 고결한 천상의 빛이라고 할 수 있다. 이것은 지상과 천상과 인간이 하나됨에 다름 아니다. 빛나는 '사리' fr4는 인간의 빛나는 정신의 거울로서 속된 육체의 무게를 덜어내고 성스러운 정신의 가벼움을 획득한 결과물인 것이다. 이때 '작디작은 돌' fr4 이라는 광물의 층위와 '사리' fr4라는 층위는 일체감을 형성하여 돌이 가진 지상적 의미를 천상의 의미로 전이시킨다.

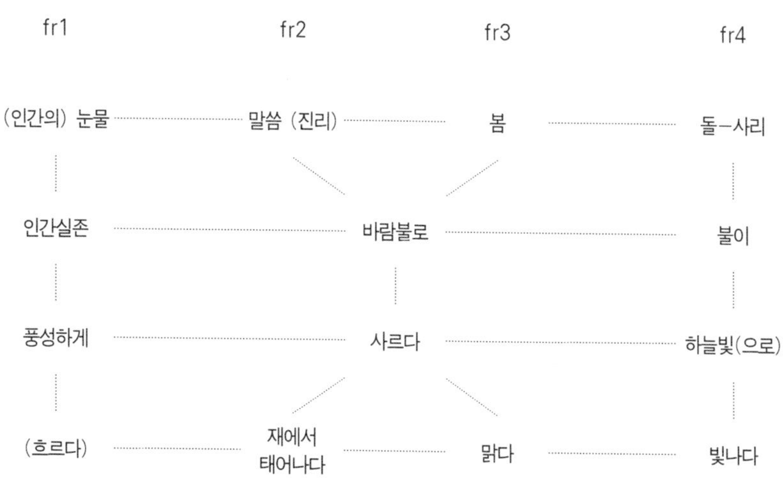

시인은 자연의 존재 양상을 통해 인간 실존을 '사리' fr4 로 구체화한다. 이것은 자연이라는 우주의 층위와 사리라는 인간 실존의 층위가 하나로 일체감을 형성한다. 먼저 '말씀' fr2은 나무, 나무뿌리, 나뭇가지, 별에 비유되어 말씀이 지상과 천상의 속성을 함께 공유하는 것으로 그려진다. 또 1, 4는 의미구조상 대칭축을 이루고 있는데 '말씀=나무, 나무뿌리, 나뭇가지, 나뭇잎, 별', '봄=나무, 나무뿌리, 나뭇가지, 나뭇잎, 별' 이라는 은유적 등식관계가 성립한다. 말씀과 봄이라는 추상적이고 관념적인 실체가 자연물의 속성으로 구체화되어 인간과 자연

사이에 역동적인 유비(類比) 관계가 형성되며 대비적 시어들이 은유적 의미 작용 속에서 새롭게 갖게 되는 초월적 생명을 구체화하고 있다.

작품에 구현된 사리─인간의 사물화─가 의미하는 궁극적인 바는 초월적 욕망에 있다고 할 수 있다. 인간의 삶은 지상과 천상 사이를 기웃거리며 끊임없는 욕망과 갈등 사이를 진동하지만, 몸을 불로 태우고 재 속에서 거듭난 사리는 그 모든 인간의 삶을 초극한 결정체라고 할 수 있다. 재생과 초월의 정신에 바탕을 둔 생명의식은 이렇게 인간의 소멸을 긍정할 뿐 아니라 공간의 전이와 자연물의 변환을 함께 보여주어 의미의 확장을 가져온다. 사리는 인간의 인내와 고행을 필요로 하는 고독한 결과물이지만, 인간 존재의 소멸을 동시에 영원한 생명으로 전환시키는 재생의 물질이기도 하다. 이는 재생을 갈망하는 시인 인식의 확대와 갱신을 대변해준다고 말할 수 있을 것이다. 이처럼 이 시는 사리로 표상된 돌의 은유적 변전과 신체적 전이를 이루면서 초월성이 실현되고 있다.

1 대나무로 만든
  피리의 구멍은 전부 아홉 개다
2 사람의 몸에도 아니 뼈에도
  아홉 개의 구멍은 날 수가 있다
  아홉 개의 구멍 난 돌도 있다
3 그제는 30년 전 한 이등병이 피 흘린
  강원도 깊은 산골짜기에 떠도는 피리소리를 들었고
4 어제는 충청북도 후미진 돌밭을 적시는
  강물 속에 떠도는 피리소리를 들었다
5 오늘 내가 부는 대나무 피리소리는

　　그제의 피리소리와 어제의 피리소리가
　　하나로 섞인 소리로 떠돈다

－「돌 31」 전문

　이 시는 '사람 돌에 아홉 개의 구멍'이 새겨질 수 있다는 진술에서부터 시작하면서 '어제'와 '오늘'의 소통에 관해 이야기하고 있다. 그제와 어제에 들리는 '피리소리' fr3는 사람의 '몸' fr2 과 '돌' fr4 에 새겨진 소리로 오늘 시적 주체가 부는 대나무로 만든 '피리소리' fr3 와는 다른 것이다. 그러나 마지막 행에서 보이듯 피리소리는 '하나로 섞인 소리'로 세상을 떠돌아다닌다. '대나무' fr1, '사람' fr2, '돌' fr3이라는 시어들은 모두 다른 질료들로 만들어졌지만 이들 구멍에서 나는 소리는 세상에서 만나고 함께 섞임으로써 오늘을 형성하기에 이른다. 시적 주체인 나는 '대나무' fr1, '사람' fr2, '돌' fr3을 통해 시간과 공간을 초월해 '30년 전 이등병의 피리소리'와 '후미진 돌밭 사이'의 '피리소리' fr3를 들으며 과거와 소통하고 있다.

　시적 주체가 '그제와 어제의 피리소리'를 들었고 오늘 부는 피리소리가 '하나로 섞인 소리로 떠도'는 공간은 과거와 현재가 통합되고 화해를 이룩한 낭만적 합일의 공간이라고 할 수 있다. 그것을 매개하는 지시틀은 바로 '구멍'이라고 할 수 있다. 원형상징에서 구멍은 깊이와 높이, 모두를 상징하며 대지의 구멍은 여성적 동양 원리를 뜻하고, 속이 비어있는 모든 것과 동일한 상징성[27]을 가진다고 한다. 인간이 그 구멍을 통과하면 지상의 것들을 초월하고 천상으로 진입하는 매개물

----

27) 진쿠퍼, 이윤기 역, 앞의 책, 167면.

이 되기도 한다. 지상과 천상을 매개하는 구멍에서 나오는 피리소리는 그제, 어제, 오늘이라는 시간대를 모두 하나로 아우르면서 의미의 불확정성을 채워주는 역할을 하고 있다. '대나무로 만든 피리의 구멍 아홉 개', '사람의 몸에 난 아홉 개의 구멍', '아홉 개의 구멍난 돌'은 이 시에서 상처 인식의 통로이자 더불어 상처를 초극하려는 통로이고, 지상의 것들을 초월하여 천상적인 것으로 변용시키는 전위소가 된다. 죽은 전사의 산골짜기에 떠도는 피리소리와 돌밭을 적시는 강물 속의 피리소리가 하나로 섞여 지상에 울려 퍼진다는 것은 이승과 저승의 분리된 거리를 극복하고 상처를 초극하고자 하는 시인의 내적 욕망을 암시한다. 이러한 시어들을 의미의 충돌이나 나열에 그치지 않고 은유적 전환을 통해 텍스트에서 의미 있게 만드는 것이 바로 지시틀 간의 상호작용이다. 이를 바탕으로 도표를 만들면 다음과 같다.

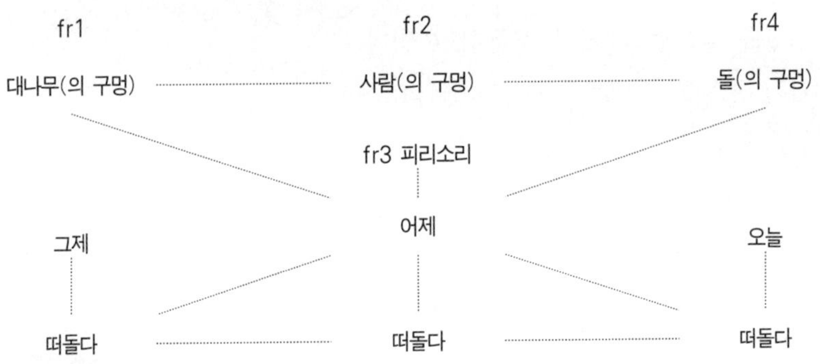

다음의 시에서도 '돌'과 '몸'이 하나로 통합된 시적 인식을 엿볼 수 있다.

나는/ 돌과/ 하나로/ 섞일 수가/ 있다//
내가/ 죽어/ 다 삭은/ 뼈에 구멍/ 뚫리고/
그 구멍이/ 피리소리와도 같은
그런 소리를/ 낼 수가 /있다면//
그리고 저 모래밭에 묻힌/ 구멍 뚫린 돌이/
뚫린 구멍으로/ 피리소리와도 같은/
그런 소리를 내어/
모래밭을/ 촉촉히/ 적실 수가/ 있다면

– 「돌 32」에서

시인은 '돌' fr1 과 '나'(자아) fr2가 하나로 합치된 경지를 형상화한다. 1연에서는 돌과 하나로 섞일 수 있다는 진술에서 시작하여 6연에서는 '구멍 뚫린 나'와 '구멍 뚫린 피리'와 같은 소리를 낼 때에 돌과 하나로 섞일 수 있음을 강조하여 말하고 있다. '구멍 뚫린 돌'은 '구멍 뚫린 나'와 은유적 등식 관계를 이룩한다. 구멍이 뚫렸다는 것은 인생의 고난과 상처를 의미하며, 그 구멍을 통과하여 소리를 낸다는 것은 상처의 극복과 초월의 의지를 의미한다. 시인은 그 상처를 통해 스스로를 극복하고 초극하는 경지에 이름을 '피리소리' fr3 라는 지시틀을 통해 형상화하고 있는 것이다. 구멍을 통해 나오는 피리소리는 지상에서의 가장 아름다운 조화와 평화의 음악이자, 시적 자아와의 완벽한 합일을 지향하는 지시틀이라고 할 수 있다. '피리소리' fr3는 '나' fr2와 '돌' fr1과 세상을 하나로 묶어주는 초월적 지시틀로서 모든 분별을 해체하고 우주와 완전하게 하나로 되어 총체성으로 나아가게 하는 역할을 하고 있다.

이렇게 시인은 인간의 몸을 매개로 돌이 은유적으로 전이되는 양상을 다양하게 그려 지상의 삶을 극복하고 평화로운 삶을 지향하는 내면 의식을 드러낸다. 지시틀 간의 상호 작용은 모순적으로 느껴지던 텍스트에 의미의 연결고리를 놓아 죽음을 넘어 더욱 풍성해지며 생명의식과 사랑을 추구하는 시인 의식의 역동성을 보여주는 것이다.

5. 결론

이 글은 후르쇼프스키의 지시틀 이론을 적용하여 전봉건 시집 『돌』에 나타난 초월성이 어떠한 은유적 변전을 거치며 나타나는지를 분석해보았다. 구체적으로는 『돌』에 나타나는 초월성이 어떤 은유적 의미망 속에서 구현되는지를 살펴보고 이를 바탕으로 전봉건 후기시의 지향성이 어떤 미학적 연관성 아래 창작되었는지를 검토해본 것이다.

전봉건의 연작시 『돌』은 시적 긴장감을 표면화시키지 않은 직관의 힘을 바탕으로 비유의 다층적 의미 계열을 형성하고 있음을 알 수 있었다. 먼저 2장에서는 물이라는 원형적 이미지를 통해서 과거를 현재 시점에서 재현함으로써 과거와 현재의 화해를 시도하고, 현재의 삶에서 미래까지 통합하고자 하는 시인 의식을 규명해 보았다. 시인은 여러 자연물을 매개로 과거와 현재 사이의 단절과 극복을 초월하려는 시도를 보여주는데, '돌'의 이미지가 굴절되어 나타나는 유토피아적 세계는 전쟁 이전의 평화의 세계로서 돌은 과거와 현재 그리고 미래를 이어주는 구조를 가진다. 전봉건의 시에서 흐르는 물에 대한 천착은 불멸을 갈망하는 초월적 인식에서 싹트고 있는데, 이는 돌이 갖는 차갑고 단단한 속성을 부드럽고 유동적인 것으로 액화시키려는 상상력의 전이 구조에서부터 파생된다.

3장에서는 '새'의 지시틀을 중심으로 전봉건 시의 주요 모티프 중 하나인 새의 은유적 변전에 대해 고찰해보고 이들이 어떤 의미 체계를 구축하는지를 분석해 보았다. 그의 작품에서 새는 죽음과 소멸을 통해 생명을 창조하려는 시인 상상력의 내적 구조를 반영한다. 새는 수직으로 날아오르는 형상성으로 인해 하늘과 땅을 이어줌으로써 육체의 소멸을 영원한 생명으로, 시간의 단절을 억겁(億劫)으로 전환시키는 역동적 매개항이기도 하다. 지상의 구속과 현실의 무게로부터 자유로워져서 정신의 유연화를 획득하려는 이러한 은유 체계를 통해 우리는 하나로 통합된 공간과 시간 속에서 자유로운 존재의 형상을 갈구하는 시적 주체를 만날 수 있는 것이다.

4장에서는 인간의 몸을 매개로 돌이 은유적으로 전이되는 양상을 통해 지상의 삶을 극복하고 평화로운 삶을 지향하는 시인의 내면 의식에 대해 고찰해보았다. 특히 '피리소리'는 '나'와 '돌'과 세상을 하나로 묶어주는 초월적 지시틀로서, 모든 분별을 해체하고 우주와 완전하게 하나로 되어 총체성으로 나아가게 하는 역할을 하고 있다.

이렇게 『돌』에서는 세 가지 층위에서의 은유를 바탕으로 세속적 삶의 유한성을 극복하고 초월성을 갈망하는 시적 인식이 구체화되고 있었다. 이를 바탕으로 전봉건의 시집 『돌』에 나타난 재생과 초월성이 은유적 세계 인식에 기반을 두고 있음을 알 수 있었다. 이 글은 전봉건의 시집 『돌』을 후르쇼프스키의 지시틀의 상호작용을 통해 규명하

고 그동안 간과되었던 은유 구조를 새롭게 규명했다는 점에서 의의를

가진다고 생각한다.

전봉건 시와 생명회복의 원리

1. 6·25전쟁과 시적 함수

6·25전쟁은 많은 작가들에게 전쟁이라는 중요한 창작적 과제를 부여하게 되었다. 종전 직후의 시기나 전쟁을 겪은 세대의 작품에서 전쟁과 관련된 소재나 주제는 어렵지 않게 찾아볼 수 있다. 그래서 1950년대 전후로 작품 활동을 시작한 시인들에게 전쟁은 단순한 소재 이상의 의미를 지닌다. 그들에게 전쟁은 창작의 원체험[1]이라고 할 만하기 때문이다.

죽음은 그것을 체험한 자에게는 생명에 대한 관심을 극대화시키는

---

* 전미정 / 인천대학교 기초교육원 초빙교수
1) 고은, 『1950년대』, 민음사, 1973.

비일상적 체험의 대표적인 경우에 속한다. 이렇게 죽음의 현실 앞에서 생명을 시적 대안으로 내세운 최초의 예를 한국 시사에서는 『시인부락』을 중심으로 한 생명파에게서 찾아볼 수 있다. 식민지에서 절실하게 느끼는 고독, 죽음, 유한성 등의 문제를 생명파[2]는 생명을 통해 초극하려 하였다. 이들 이후에 한국 시사에서 생명이 쟁점으로 떠오르게 된 또 하나의 시기가 1950년대이다.

그러나 6·25전쟁을 체험한 모든 시인이 1950년대의 정신적 특질을 담보하고 있다고 쉽게 단정 지을 수는 없다. 특정한 시기에 편중하여 전쟁 체험을 작품에 수용할 수는 있지만, 지속적으로 전쟁을 창작적 모체로 삼는 경우는 드물기 때문이다. 그렇기 때문에, 전쟁을 원체험으로 삼아 평생 풀어야 할 시 작업의 과제로 삼은 전봉건 시인의 시는 그 자체만으로도 충분한 의미를 지닌다고 할 수 있다. 그는 직접 한국전쟁에 참전하여 부상을 당한 장본인이면서, 그 전쟁으로 자기 친형을 잃기도 하였다. 이러한 개인사적이고 가족사적인 상처는 그가 전쟁을 시적 원체험으로 삼기에 충분한 여건을 조성하게 된다. 그리고 그러한 체험을 60, 70년대까지 계속해서 창작적 모체로 삼고 있다는 점만으로도 충분히 주목할 만한 가치가 있는 시인이다.

하지만 이렇게 전쟁의 체험을 평생의 시적 탐구의 과제로 삼았다는 그 작업의 내용 자체만 가지고 시의 가치를 가늠할 수는 없는 일이다. 중요한 것은, 그러한 꾸준한 작업을 통하여 그가 전쟁을 체험한 세대의 전형적인 정신적 특질을 보여줄 만한 독자적인 시 세계를 구축하고

---

2) 오세영, 『20세기 한국시 연구』, 새문사, 1989, 218면.

있느냐 하는 문제이다.

이러한 관점에서 볼 때, 전봉건의 시는 충분히 문제적이라고 할 수 있다. 6·25전쟁의 체험을 토대로 형성된 그의 시는 개별적인 작품 세계를 넘어서서 보편적인 정신세계를 담보하고 있기 때문이다. 그의 대표적인 시적 원리가 되는 아니마 실현, 연금술의 수사법, 그리고 에로스의 상상력이 그 예증이 될 것이다. 이 세 가지 시적 원리는 초기시부터 후기시까지 생명 회복을 주제화하는 데 일관되게 기여하고 있으며, 전쟁이라는 죽음의 상황을 극복하기 위한 현실 응전의 시적 방식이 되고 있기 때문이다.

이 세 가지 원리에는 전쟁을 시인이 어떻게 수용하고 있는가 하는 내용은 물론, 그 전쟁으로 인해 형성된 시인의 기질과 다른 시대와 변별되는 그 시대만이 지닌 보편적인 시 정신이 반영되어 있다. 따라서 전봉건의 시를 통한 이러한 작업은 1950년대 시의 정신적인 한 단면을 드러내는 일일 뿐 아니라, 전쟁이 인간 정신에 끼치는 보편적인 영향에 대한 탐구가 될 것이다.

2. 아니마 실현을 위한 생명 희구

일반적으로 아니마3)는 고유한 여성적 특질을 일컫는다. 아니마의 지

---

3) 아니마의 실현은 이상, 조화, 완전을 상징하는 것이다. 아니마와 아니무스는 칼융이 심층의 여성과 남성을 가리키기 위하여 처음으로 사용한 명칭이다. 아니무스에 의해 특징 지워지는 남성도 여성의 특성인 아니마를 갖고 있으며, 아니마에 의해 특징 지워지는 여성도 남성의 특성인 아니무스를 갖고 있다고 한다. 즉 여

향은 아니무스가 지닌 결핍에서 나온 심층적 욕망이다. 인류의 타락 이후에 상실한 남녀 양성[4]을 다시 회복하려는 아니마의 심층 심리 속에는 원초적인 질서 회복과 완전성에 대한 열망이 자리 잡고 있다. 그런데 이러한 아니마의 본능이 왜 전쟁 상황 속에서 더 적극적으로 표출되는 것일까. 이는 전쟁을 문명의 폭력적 힘, 즉 남성적 논리로서 수용하고 있다[5]는 반증이 아닐 수 없다. 전쟁을 겪은 시인이 표출하는 아니마의 본능은 아니무스의 현실에 대한 반작용의 결과이다.

요컨대, 여성을 향한 열망 이면에 함축된 시인의 욕망이 무엇인지에 따라 단순한 육체적 욕정이 될 수도 있고 아니마의 실현이 될 수도 있다. 전봉건은 초기시에서부터 '나'와 '너'라는 인칭어를 많이 사용하고 있다. '나'는 주로 전쟁을 상징하는 남성적인 자아로 설정되어 있으며, 특정인을 지칭하는 경우를 제외하고는, '너'가 대개 여성을 함축하고 있다. 이때 여성은 죽음으로 상징되고 있는 아니무스의 현실이 결핍하고 있는 생명을 회복시켜 줄 아니마의 매개체가 되는 것이다.

> 사랑의 길로 잇닿게 하는 너의 부드러움. 나를 茂盛한 나뭇가지, 그리
> 고 나를 살랑살랑 하늘 가에 춤춘 잎사귀이게 하고 숨쉬듯 반짝이는 돌
> 멩이와, 푸른 빛으로 이어지는 地面이게 하고. 나를 바람과 비와 햇빛

자의 아니무스는 이상적인 남자를 향해 투사되며, 남자의 아니마는 이상적인 여자를 향해 투사되는 것이다(가스통 바슐라르, 김현 옮김, 『몽상의 시학』, 홍성사, 1986, 74~87면).
4) 가스통 바슐라르(1986), 101면. 바슐라르에 따르면, 인류가 타락하면서 원초적인 남녀 양성을 상실한 이후에, 아담은 엄격한 힘의 보관자로, 이브는 부드러움의 관리자로 분리되면서 적대적 관계가 되었다.
5) 전미정, 『한국 현대시와 에로티시즘』, 새미, 2002, 39~41면 참조.

속을 지나서 풀과 벌레들의 곁에 내리는 한 알의 씨앗이게 하는 너의
부드러움.

– 「사랑을 위한 되풀이」 중에서

'부드러움'은 여성의 몸을 환기하는 촉각적 특질이다. 여성의 '부드
러움'은 나에게 생명력을 불어넣는 촉매제이며, '나'와 '너'의 합일은 생
명의 원동력을 생성하는 일이다. 전쟁으로 인해 생명을 상실한 남성
존재로서의 '나'는 여성인 '너'로 인하여 생명을 회복하게 된다.

초기시에서부터 형상화되고 있는 여성은 단지 남성의 성적 욕망을
충족시키는 대상으로 설정되어 있지 않다는 점에 주목해야 한다. 여성
은 전쟁으로 생명을 상실한 아니무스의 현실을 복원시킬 수 있는 아니
마를 상징하고 있다. 따라서 여성은 생명력과의 친화성을 환기하는 환
유적 매개체이다. 요컨대, 여성과의 육체적 합일을 통한 아니마 실현이
생명 회복의 원리가 되는 셈이다.

    鐵條網의 밤과 검은 나의 裸身과
    가슴을 曙光처럼 물드리며
    뜨거운 당신의
    볼의 理由를. ― 祈禱인가 감겨진 당신의 속눈썹은 떨리이고, 그때
    그렇다. 無限한 奇籍같이 푸른 하늘과 바다를 닮아 둥근 당신의 가슴의
    흰 부드러움속에서 나의 두 손은
    綠色의 사랑
    綠色의 희망이었다.

– 「薔薇의 意味」 중에서

이 시에서도 '부드러움'은 여성과 생명력의 징표이다. '가슴의 흰 부드러움'을 소유한 여성은 '철조망의 밤'이라는 전쟁에 속해 있는 시적 자아 '나'가 추구하는 생명을 충족시켜 주는 객체이다. 여기서 나신(裸身)은 아무 것도 없는 생명 상실을 의미한다. 그래서 나는 상실된 몸을 회복시켜 줄 여성을 갈망한다. 여성은 '나의 裸身과/ 가슴을 曙光처럼 물들이'는 '뜨거운 당신'으로서 춥고 어두운 나의 몸에 생명을 불어 넣어줄 대상이다. 그리고 그 여성으로 인해 나는 '綠色의 사랑 綠色의 희망'으로 생명을 회복할 수 있다. '녹색'으로 비유되고 있는 생명 회복에 대한 강한 의지가 아니마 본능을 고무시킨 결과이다.

이렇게 시적 자아가 여성만이 지닌 자질이나 속성에 강하게 매료되거나 동화되려고 하는 경향은 시인의 아니마적 기질을 형성하는 중요한 단초를 제공한다. 그리고 후기시로 갈수록 아니마적 성향은 더 적극적이고 강하게 표출되고 있다. 이러한 아니마의 투사가 본격화되는 시기가 두 번째 시집인 장시 『춘향연가』이다. 이 시편들에서 시적 자아는 '춘향'과 완전히 동일화되어 있다. 그 결과, 시적 자아는 모성의 본능으로 충만한 여성으로 주체화된다. 그리고 '춘향'을 통해 시인은 이상적인 여성에 대한 한 모형을 함축하게 된다.

아니무스로서의 전쟁의 종말은 곧 죽음의 종말을 의미하며 동시에 생명의 시작을 함축하는 것이다. 따라서 잉태는 전봉건의 시에 있어서 아니마의 가장 궁극적이고 구체적인 실현에 속한다.

女子예요
그래요 나는 女子예요

그런데 나는 獄에 갇혀 있어요
女子는 아기를 낳아요
나도 낳을 수 있어요
어머니가 나를 낳은 것처럼
(…중략…)
나는 텅 빈 달이예요
금 간 거울이예요
(…중략…)
이 몸이 꺽이고 찢기고 갈라지고 부러지나요
모가지는 꺽이고 팔다리는 찢기고
어머니 어머니 젖가슴은 갈라지고
허리는 부러지나요

- 「춘향연가」 중에서

「춘향연가」에서의 신체는 주로 절단되거나 파편화되어 있으며 타자와 철저히 격리되어 있음이 특징이다. 이 시에서 감옥은 불임의 상징적 공간으로서, 춘향에게 결핍되어 있는 것이 무엇인지를 단적으로 드러내 준다. 춘향이의 욕망은 온통 잉태에 집중되어 있기 때문이다. 춘향은 아이를 낳고 싶지만 감금되어 있다. 잉태의 의미 주변을 선회하면서 아니마를 투사하고 있는 이 시에서도 아니무스는 죽음으로 기호화되고 있는 전쟁의 현실에 대응시킬 수 있다.

이처럼 전봉건의 시에서 이상화된 여성은 잉태 능력에 있으며, 그 잉태 능력으로써 자기 정체성을 확립할 수 있다. 죽음이 강요된 전쟁의 현실에서 진정한 휴식이란 평화와 생명이 충일한 세계일 것이다. 그의 시에서 여성의 몸이 관능적인 의미를 넘어설 수 있는 것도 이 때문이다. 여성의 몸은 생명이 충일한 세계와 죽음으로부터의 위협이 전혀 없으며 가장 완전한 휴식을 제공할 수 있는 평화로운 곳의 상징이다. 그 결과, 전봉건 시에서 가장 이상적인 공간은 역시 생명력으로 충만한 자연과 모성으로서의 고향으로 나타난다.

<pre>
열시   흐릿하다
열한시   가물가물 보인다
열두시   하루가 다하고
            하루가 시작되는 어둠은
            더욱 짙은 어둠이다
            그러나 그때 성큼 한 발자국
            내게로 다가서는 너를 본다
한시   마침내 너는 어둠을 밀어낸다
            산이여 강이여 하늘이여
두시   밭이여 언덕이여 샘이여
            홰나무여 대문이여 안뜰이여
            큰 부엌의 큰 솥이여 작은 솥이여
            마른 나무 활활 불타는 눈부신 아궁이여
세시   할아버님 할머님
            아버님 어머님이시여
            네시(네 번 치는 괘종 소리)
            다섯시머리 위에 떠오르는 희끄무레한 창
여섯시   다시 네가 없는 밝음이다
</pre>

— 「여섯시」 부분

밤 10시부터 새벽 여섯 시 이전까지는 생명을 해산하기 위한 잉태의 시간대가 된다. 「여섯시」의 고향은 바로 그 잉태의 시간대에 초점이 맞춰져 있다는 점에서 자궁의 상징이다. 시적 자아가 호명하는 순간 산, 강, 하늘, 밭, 언덕, 샘, 홰나무, 대문, 안뜰, 부엌의 솥, 아궁이, 할아버님, 할머님, 아버님, 어머님 등의 고향의 구성체는 생명을 얻게 된다. 그리고 고향은 잉태를 상징함으로써 아니마를 실현하는 공간으로 수렴되는 것이다.

고향은 이렇듯 어둠이라는 시간대를 배경으로 하여 밝음의 존재들을 하나씩 잉태하는 자궁이 되고 있다. 밤 열두 시부터 새벽 여섯 시까지는 생명을 잉태하는 자궁의 시간대이면서, 공기의 가벼움을 맛보게 하는 아니마의 시간대이다.[6] 이렇게 생명력의 근원으로서의 고향과 일체화되려는 것도 아니마 실현의 다른 모습인 것이다. 이처럼 그의 시에서 아니마는 원초적 생명을 회복시켜 준다는 점에서 하나의 시적 원리가 되는 것이다. 그리고 고향을 통해 아니무스에 속하는 모든 염려, 야심, 계획으로부터 자유롭게 된다는 점에서 그것은 원초적 휴식의 성취이다.[7] 이는 아니마가 낙원회귀의 한 본능임을 잘 말해주고 있다.

---

6) 밤 열두시부터 새벽 여섯시까지는 공기의 시간대이며, 공기는 새의 비상과 음악적인 속성을 지닌 물질로서 우리는 잠 속에서 공기에 실려간다. 그러한 잠은 유년기의 잠이거나 밤의 삶 속에서의 여행이 줄 수 있는 평온함을 가져다 준다(가스통 바슐라르, 정영란 옮김, 『공기와 꿈』, 민음사, 1993 82~83면 ; 가스통 바슐라르, 이가림 옮김, 『물과 꿈』, 문예출판사, 10면 참조).
7) 가스통 바슐라르, 김현 옮김, 『몽상의 시학』, 홍성사, 101면.

3. 에로스의 상상력과 생의 찬가

초기시에서부터 후기 시까지 일관되게 전봉건 시의 시적 주체가 직면하고 있는 세계는 전쟁으로 인해 생명이 상실되거나 자연이 파괴된 현실이다.

생명을 세계의 중심에 놓고자 하는 아니마의 세계에서는 자연스럽게 몸에 관심을 두게 되어 있다.[8] 생명은 몸을 일차적 근거로 하여 성립하기 때문이다. 그렇기 때문에 그에게 몸은 남다른 의미를 갖는다. 똑같이 몸을 소재로 다루고 있다고 하더라도, 생명을 문제시하고 있는 시에서는 그 몸이 전혀 다른 의미를 낳게 된다. 전봉건 시가 다루고 있는 몸이 단순히 성애나 관능의 묘사, 즉 성욕에 그치지 않는 것도 이러한 이유 때문이다. 이러한 특징은 에로스[9]의 상상력 안에 잘 응축되어 나타난다.

에로스의 상상력은 전쟁을 배경으로 한 1950년대의 시대정신을 전

---

8) 프리쵸프 카프라, 김용정, 김동광 옮김, 『생명의 그물』, 범양사출판부, 1988, 232면.
9) 프로이트는 기본적인 인간의 본능을 에로스(생의 본능)와 타나토스(사의 본능)로 설정하고 있다. 에로스는 자기보존의 본능, 종족 보존의 본능, 자기애, 대상애 등을 내포, 항상 보다 큰 통일을 만들어 내어 이것을 유지하려고 하는 충동이다. 이와 반대로, 죽음의 본능은 결합을 해체하고 사물을 파괴하려고 하는 충동이다. 에로스와 타나토스, 이 두 충동은 저마다 단독으로 활동하는 수도 있고, 공동으로 활동하는 수도 있다(지그문트 프로이트, 김종호 옮김, 『문화의 불안』, 박영사, 1974, 113~114면). 이러한 프로이트의 견해는 그의 후기 저작에 와서 이루어진 것이다. 칼 융은, 인간의 본능을 에로스에만 한정시켜서, 생물학적, 신경증적인 각도로만 접근한 프로이트의 초기 이론을 비판하면서, 후기에 와서 수정된 에로스/타나토스 이론을 긍정적으로 평가하고 있다. 융은 프로이트의 두 가지 본능에 기대어 에로스와 타나토스의 갈등과 긴장의 관계 속에서 삶의 에너지가 나온다는 점을 착안한다(C. G. Jung, tr. by R. F. C. Hull, The Eros Theory, Two Essays Psychology, London:Routledge & Kegan Paul, 1966. pp.27~29 참조).

형적으로 드러내고 있다는 점만으로도 가치를 지닌다. 에로스의 상상력은 유한한 인간이 전쟁과 같은 극한적인 상황에 처했을 때 투사되어 나타나는 예술적 승화이기[10] 때문이다. 전쟁은 죽음의 위협으로 가득 찬 시기이다. 그래서 전쟁은 죽음에 대한 의식을 극대화하기 마련이고, 죽음에 대한 불안이 극대화되면 될수록 강하게 노출되는 본능이 바로 에로스이다. 즉 에로스의 상상력 또한 아니마의 본능과 마찬가지로 생명을 구가하기 위하여 선택한 현실 대응의 시적 원리가 되는 것이다.

전쟁이라는 생명 파괴의 현실 속에서 사랑에 대한 간절한 노래의 형식을 띠고 있는 연작시 「사랑을 위한 되풀이」는 모든 생명의 원천을 사랑으로 해석하고 있다. 그 사랑은 생명의 근원지인 것이다.

꽃이파리처럼 안긴 저 어린 것들은 무엇인가

(…중략…)

오 大砲소리보다도 사납게 힘차게 터지고 터진
사랑의 證據가 아니고 무엇이겠는가
破片 무수히 맞은 바람보다 더 많이 떨려난 四肢. 破片 무수히 맞은
바람 핏물 들인 피보다 더욱 진하고 뜨거운 땀에 절은 진달래 빛 고
운 젖 꽃판

— 「사랑을 위한 되풀이」 중에서

10) 전봉건 시인에게 문명은 폭력과 파괴의 상징이며, 전쟁을 그 문명의 대표적인 양식의 하나로 본다. "하지만 춘향은 그 피를 흘리고 있고 그 피에 젖어 있습니다. 즉 나는 그 피로 해서 에로스가 이제는 더없는 학대를 문명에게서 받고 있다는 것을 말하려고 했던 것입니다만 그와 함께 이러한 것도 말하려 했었지요. 멘스란 잉태의 가능성을 약속하는 그것입니다(전봉건, 「시와 에로스」, 『현대시학』, 1973년 9월호)."

생명의 탯줄은 사랑이며, 사랑은 대포 소리보다도 더 힘 있는 것이다. 이처럼 생명은 사랑의 확증이 되고 있다. 모든 생명은 연속성을 그 동력으로 삼는다. 서로 다른 두 요소나 물질들이 그 이질성을 극복하여 조화를 이루거나, 분리된 것들이 점착력을 회복하지 않으면 아무것도 생성해낼 수 없다. 모든 이율배반적인 요소들이 사라지는 숭고한 지점인 사랑11)을 전봉건이 생명의 원리로 본 것은 보편적인 정신에 기인한다.

이 시는 삶을 온통 파괴하는 전쟁 앞에서도 사랑만 있으면 '진달래빛 고운 꽃판'으로 상징되는 '어린' 생명들의 탄생도 불가능할 것이 없다는 점을 강조하고 있다. 남녀 간의 만남과 사랑은 생명의 원천이다. 그가 초기시에서부터 '나'와 '너'라는 인칭어를 많이 사용하는 것도 사랑에 대한 집요한 의미 탐색의 결과이다. 그 결과, 전봉건의 시에서 성(性)은 생명의 기호만을 띠게 된다. 이것은 초기시부터 후기시까지 예외없이 모든 시에 적용되고 있다.

> 다음에 나는 뜨뜻한 액체가 질척이는 아랫도리를 틀면서 천천히 넘어져 갔다./ (…중략…) /나는 꽃잎 하나를 헤져 내 가슴을 무릎을 등허리를 넣었다. 오로지 꽃 속에서 나도 또한 꽃의 향기, 꽃의 소리 꽃의 빛이었다. ……그때였다. 갑자기 꽃의 등허리가 활처럼 휘면서 눈부신 머리칼은 사납게 흩어지고 내 등허리엔 때리며 박혀드는 충격이 왔다. 틀리는 아랫도리에 질펀한 액체. 질척이는 액체. 질척이는 下降
>
> — 「꽃과 下降」 중에서

총에 맞아 죽음이 임박한 상황에서 시적 자아는 여자나 여자의 비유

---

11) 신현숙, 『초현실주의』, 동아출판사, 1992, 128~129면.

인 꽃을 죽음과 병치시키거나 중첩시킨다. 그래서 죽음에 임박한 순간에 남성 자아의 시선이 포착하는 대상은 꽃에 비유되어 있는 관능적이며 원색적인 여자이다. 그러나 이 시에서 성적 묘사는 생명의 의미에 압도되고 있다. 요컨대, 생명의 근원지인 '아랫도리'가 흘리는 '액체'는 시의 문맥상 피와 정액의 중의적 의미로 해석될 여지가 다분하다. 남자의 죽음과 여성의 관능성이 반복적으로 중첩되고 있기 때문이다. 이렇게 사타구니의 액체가 지닌 양가적 의미에 기대어서, 에로스는 죽음에서 생명을 다시 회복시키는 동력이 되는 것이다.

전쟁이 죽음의 위협적 상황이라면, 전쟁 세대는 에로스의 본능을 그 어느 때보다 강하게 드러낼 수밖에 없다. 그런데 그의 시에서 에로스는 죽음과의 역학적인 관계 속에서 보다 깊은 의미를 형성하게 된다는 점을 놓쳐서는 안 된다. 이러한 특질을 통해 전봉건의 시가 보편적인 정신세계에 편입될 수 있는 것이다. 이렇게 에로스가 죽음과 깊이 연루함으로써 반어적으로 생명욕을 더 고무시키는 보편적인 정신세계가 바로 에로티시즘이다.

그는 에로티시즘을 생명욕의 한 양태로 수용하고 있으며, 이러한 에로티시즘의 이론을 토대로 시 작업을 수행해 왔음은 시인이 직접 밝힌 바 있다.[12] 그에게 에로티시즘은 생의 찬가이다. 그의 시에서 에로스

---

12) "생명을 축으로 하여 양극에 성과 죽음이 놓여있는 것이다. 그러니까 생명은 성과 죽음이 인식되는 자리에서 빠질 수 없는 의미론적 요소이다. 죽음 속에서 광채를 발하는 생명성은 바로 이러한 맥락으로 이해해야 할 것이다…… 불란서의 어떤 사람은 에로티시즘이란 죽음에 이르기까지 지속되는 생의 찬가라고 했는데요. 간단히 말해서 그건 생명의 리듬인 것입니다. 다른 사람의 경우는 몰라도 적어도 내게 있어서는 그렇습니다(전봉건, 「시와 에로스」, 『현대시학』, 1973년 9

의 본능이 살기의 본능과 착종되어 나타나는 것도 생명욕의 반어적 표현이다. 살기를 드러내는 이미지는 생명을 더 강렬하게 환기시키고 있기 때문이다. 살기는 죽음을 불러오기보다는 오히려 생명의 에너지로서 기능하고 있다.

> 그리고 豪華로운 네 허리. 神의 눈도 太陽의 눈도 눈부신 비길 데 없
> 이 豪華로운 네 허리.
> 그리고 내 이빨과 잇몸도.
> 즉 연한 분홍빛 또는 젖빛 살찐 꽃잎 씹기 신들린 이빨.
> 즉 갖가지 꽃들 무지개처럼 일제히 만발하는 잇몸.
>
> — 「사랑을 위한 되풀이」 중에서

이 시에서 살기는 관능화의 기제로 작용하고 있다. 꽃잎을 향한 내 '이빨'에 내포된 살기는 타나토스보다는 에로스를 더 극대화시키게 된다. 살기가 증폭되면 될수록, 호화로운 허리, 연한 분홍빛의 꽃잎, 젖빛으로 살찐 꽃잎, 무지개 같은 꽃들로 묘사된 여성은 매혹성과 관능성의 극치를 이루게 된다. 그의 시에서 에로스와 타나토스는 양가적이면서도 철저하게 상보적 관계로 엮어져 있음을 보여주는 좋은 예이다.

죽음의 관능적인 승화나 살기를 동반하는 에로스의 분출은 죽음과 생명이 동일한 속성이라는 전제에서 성립한 인식이다. 이러한 인식 태도는 죽음 앞에서 유한한 인간이 취할 수 있는 필멸성, 불멸성에 대한 욕망의 산물로서, 종교적 속성을 은근히 함축하게 된다.

월호),"

이러한 의식을 기반으로 에로스의 상상력은 자연스럽게 재생을 의미하기도 한다. 재생 제의의 극치를 이루는 작품이라 할 수 있는 「속의 바다 13」을 보자. 이 시에서 총이 노리는 장소가 생명의 근원지라 할 수 있는 남성의 사타구니를 겨냥하고 있다. 이것은 남성이 전쟁의 상징적 인물이라는 발상에서 비롯된 것이다. 그러한 관점에서 볼 때, 남성의 죽음은 곧 생명의 밑거름이 된다. 이러한 독창적인 발상법으로 인해 시 해석도 만만치가 않다.

흠뻑 빗물 젖은
내 사타구니에서도 銃소리였다

(…중략…)

그 女子를 안고 구르고 펄럭이고 잦히고 솟구치는
나였다
그리고 갑자기 銃소리가 나더니
공중에 못박힌 구멍 뚫린 새였다
그 새가 된 나였다
그 새의 처진 두 다리 사이로 떨어지는 精液이었다.
그리고 저만치 내려다보이는 축축한 풀숲에
自動小銃을 들고 서 있는 女子였다.
꽃가루 묻은 알몸 꽃잎처럼 펄럭이는 女子였다

－「속의 바다 13」 중에서

이 시에서 '내 사타구니'는 총에 의해 거세된다. 그런데 두 번째의 총소리에 의해 구멍 난 새의 두 다리 사이에는 정액이 떨어진다. 그런데 그 새는 나의 분신이다. 그렇다면, 총에 맞은 '나'는 죽는 것이 아니다. 따라서 총이 겨누는 것은 단지 남자가 아니다. 죽음의 상징적 존재로서의 남자 '나'를 죽이는 것이다.

따라서 총은 생명을 살리는 매개체이면서, 동시에 성적 행위를 상징하는 생식기를 함축하게 된다. 따라서 정액은 생명성이 있는 정액이다. 그 정액이 아래쪽을 향해 떨어지는 곳에 꽃잎처럼 펄럭이는 알몸의 여자가 서있기 때문이다. 정액이 '알몸 꽃잎처럼 펄럭이는' 여자를 향해 있다는 것은 생명 잉태를 암시하게 된다. 관능적이고 원색적인 이미지는 생명을 환기하는 속성을 띠고 있다.

그리고 소총을 들고 있는 사람은 여자이다. 그렇다면, 나는 그 여자가 쏜 소총에 맞아 구멍 뚫린 새이다. 자동 소총을 들고 있는 여자는 '꽃잎'에 비유되고 있다. 결국 생명을 상징하는 여자가 죽음을 상징하는 새를 향해 총을 겨누는 것이다. 그로 인해서 생명을 상징하는 정액을 생성하게 된다. 이 시에서 정액은 죽음에 직면한 마지막 순간에 등장하지만, 결정적으로는 생명을 생성시키는 기능을 하게 되는 것도 이 때문이다. 이처럼 겉보기에는 남자의 죽음만을 다루고 있는 듯하지만, 여성의 위치를 통해서 드러난 대로 재생을 함축하는 죽음인 것이다. 그 결과, 거세된 페니스와 정액의 결합은 관능적인 효과를 배가시키게 된다. 이러한 시적 발상법의 이면에 관능성을 통하여 생명에의 욕망을 고조시키려는 상상력의 의도를 읽어낼 수 있다.

죽음의 관능적 승화는 죽음과 생명을 다른 차원에 속한 것으로 보지 않으려는 종교적 의식에 속한다. 이것은 생에 대한 집요한 관심과 애정이 없이는 도저히 도달할 수 없는 세계이다. 이러한 에로스의 상상

력은 한국 전쟁을 컨텍스트로 하여 형성된 현실 대응의 시적 방식이라
는 점만으로도 시사적 가치를 지닌다고 할 수 있다.

4. 연금술의 수사법과 창조의 의지

연금술[13]의 수사법도 생명을 탐구하려는 시적 의식의 연장선상에서
살펴보아야 한다. 수사법의 장식성은 허식이나 잉여의 의미가 아니라,
표현하고자 하는 사상을 적합하게 드러내는 것이다. 똑같은 관념이 어
휘나 통사의 선택에 따라 다양한 감정의 편차를 드러내기 때문이다.[14]
물과 불이라는 이질적 물질을 통해 구사되는 그의 대표적인 모순어
법을 연금술의 시도로 보는 이유는 그 수사법에 세계 변혁에의 의지가
내포되어 있기 때문이다. 물과 불의 이미지 결합이 궁극적으로 생명의
질료로 작용하고 있다는 점에서 그렇다. 이 생명의 질료를 생성해 내
는 물과 불은 남녀의 성적 결합을 상징한다. 연금술에서 변형에의 갈
망이 흔히 성적 갈망을 통해 구현되고 있다는[15] 점은 이에 좋은 근거

---

13) 초현실주의의 대표적인 수사법은 연금술적 특징을 지니는 것으로 알려져 있다
　　(김열규, 『한국문학사』, 탐구당, 1986, 309~310면 ; 신현숙, 『초현실주의』, 동아
　　출판사, 1992, 56면, 82면 참조). 이러한 맥락 속에서, 본고는 연금술의 수사법
　　을 단순히 모순어법과 동일한 것으로 사용하지 않는다. 모순어법이 궁극적으로
　　창조적인 물질을 생성해 내기 위한 수사적 도구가 될 때만 그것은 연금술의 수
　　사법이 되는 것이다. 연금술은 이질적인 것들끼리의 통합을 통해 새로운 물질의
　　생성을 꿈꾸는 창조적 욕망에 뿌리내려진 세계이다. 전봉건의 시에서 물과 불을
　　통합해내는 모순어법은 생명 회복을 이루는 시적 원리라는 점에서 연금술에 속
　　하는 것이다.
14) 박성창, 『수사학』, 문학과 지성사, 2000, 88면, 187면 참조.

가 될 것이다. 그렇다면 세계 변혁에의 꿈을 남녀의 상징인 물과 불의 결합에 투사하여 새로운 생명의 창조를 구가하고 있는 시적 방식은 충분히 연금술의 수사법이라고 할 만한 것이다.

女子의 /乳房이 불꽃으로 이글거리고

— 「속의 바다 6」 중에서

모래의 記憶, 그래도 太陽은 女子의 등허리에서 젖고. /모래의 記憶, 벌린 두 다리 사이에서 이글거리고 /뒤차기고… 바다는.

— 「속의 바다 11」 중에서

햇빛과 젖이 있으면 /빛나는 젖이라는 게 있을까 /여자는 젖을 마시고 있었다 /젖빛과 햇빛의 모습으로

— 「속의 바다 13」 중에서

바다의 물결 새의 太陽처럼 빛나는 /바다의 물결 새의 달처럼 빛나는

— 「사랑을 위한 되풀이」 중에서

그의 시에서 여성의 젖가슴은 물의 질료화이다. 따라서 '불꽃으로 이글거리는 유방'에서도 물과 불의 융합이 확연히 나타나고 있다. '태양은 여자의 등허리에서 젖고'에서도 태양이 물의 질료와 결합하고 있고, 바다는 불의 질료와 결합하여 이글거리고 있다. 그리고 '빛나는

---

15) 연금술사들이 사용하는 화덕과 증류기는 남여의 생식기 모양을 본뜬 것이라고 한다. 변형이 성적 양상을 띨 수 있는 근거는 연금술의 용기 모양이 지닌 이치에서 찾을 수 있다(신현숙, 『초현실주의』, 동아출판사, 1992, 38면 ; 가스통 바슐라르, 정영란 옮김, 『공기와 꿈』, 민음사, 1993, 77면).

젖'이나 바다의 물결을 태양처럼 빛나게 형상화하고 있는 구절에서도 물과 불의 결합은 두드러진다.

이처럼, 그의 시에서 물은 불의 질료와 동질적인 상태로, 불은 물의 질료와 동질적인 상태로 흡수되거나 융해되고 있다. 따라서 물과 불의 융합 과정에서 한쪽이 다른 한쪽을 편입하는 방식은 극히 드물다. 그들은 대등한 관계로 상호 융해되면서 생명의 질료를 만들어 내는 에너지를 발산하게 된다.

> 빛나는 바람 속에서 태양을 바라 /꽃 피고 익은 젖가슴을 주십시오.
>
> —「願」 중에서

> 옥수수 씨알마다/ 太陽은 하나씩 /빛나고 있었다./ 옥수수가 자란 자리에/ 남은 것은 밤길이었다./ 한 사람의 女子가/ 한 사람의 男子에게/ 말했다./ <비가 내렸으면 자고 갈 건데……>/ 검은 밤길에 잠시 젖빛 같은 것이 번졌다.
>
> —「옥수수 幻想歌」 중에서

여성을 환유하는 '젖가슴'은 생명의 상징인 꽃을 피우기 위해 남성의 상징인 태양을 바라본다. 「옥수수 환상가」에서 태양이 사라진 밤길 위에서 여성은 남성에게 성적 결합을 유도하고 있다. 그때 여성적 질료로 쓰이고 있는 물질은 물이다. 물의 질료인 여성이 남성과의 성적 결합을 갈망하는 순간 밤길의 어둠은 젖빛에 잠식당하게 된다. '젖빛'은 물과 불의 질료적 융합의 결과이다.

물을 여성의 은유로 그리고 불을 남성의 은유로 대칭시키고 있는 구조도 궁극적으로는 성적 결합을 환기하려는 시적 의도이다. 모든 상상력 속에서 두 가지 물질의 결합은 결혼과 같은 의미를 부여받는다. 물과 불은 4원소 중 이질성의 기호를 가장 뚜렷하게 담보하고 있는 물질이다. 그렇기에 모든 양가적 가치를 지니는 힘 중에서도 물과 불의 결합만큼 생식적 행위를 강하게 드러내는[16] 예도 없을 것이다.

> 女子만이 있는 곳이 있었건만
> 한없이 부드럽고 매끄러운 물기 따뜻한 곳이 있었건만
> 깊디깊은 뜨거운 곳이 있었건만
> 지금은 없네 아무것도 없네.
> (…중략…)
> 나는 다시 꽃이 되어야 해
> 나는 다시 꽃잎 속에서 뽑아 낸 꽃술이 되어야 해
> 뽑아 낸 꽃술 같은 벌거숭이 알몸이 되어야 해
> 그 알몸 다시 방 안 가득히 밤새도록 일렁이는
> 불춤의 바다가 되어야 해
>
> — 「춘향연가」 중에서

'일렁이는 불춤의 바다'로 묘사된 물과 불의 결합은 남녀의 성행위에 대한 환유이다. 그러나 물과 불의 이질적 이미지의 결합은 남성과 여성을 육체적으로 결합시키는 의미 이상의 것을 함유하게 된다. 물과 불의 두 원소가 융해되면서 남녀의 몸이 일으키는 파동은 그래서 단선적이지 않다.

---

16) 가스통 바슐라르, 이가림 옮김, 『물과 꿈』, 문예출판사, 1992, 137면, 141면, 158면.

물과 불이 결합하면 건조한 속성의 뜨거움이 아니라 습한 속성의 뜨거움을 창출하게 된다. 이렇게 물과 불의 결합은 불의 속성만으로 획득할 수 없는 습기를 동반하게 된다. 습기를 동반하는 뜨거움은 불의 질료만으로도, 물의 질료만으로도 이루어질 수 없다. 그러므로 여자의 정체성을 상징하는 공간인 자궁이 '물기 따뜻한 곳', 즉 뜨거운 습기로 묘사되어 있는 데 주시해야 한다. 자궁은 꽃잎 즉 생명을 잉태하는 장소이다. 뜨거운 습기만이 자궁의 제 기능을 발휘할 수 있게 하는 질료인 것이다. 습기가 활기 없는 대지에 생기를 불어 넣어 대지로 하여금 살아 있는 모든 형태를 출현시키도록 하는 데 효과적이라는[17] 견해는 전봉건의 시에서 상당히 유효하다. 전봉건의 시에서 물과 불의 결합으로 생성되고 있는 습한 열기는 생명에 대한 환유적 실현이 되는 것이다.

> 내가 본 것은 무엇이었던가. 그것은 항아리였다. 항아리 하나가 거기서 어슴푸레한 어둠 속에서 희고 맑은 젖빛 스스로의 살빛을 풀어내고 있었다. 나는 그것을 똑똑히 確認하기 위하여 두 눈을 지긋이 감았다가 다시 떠 보았다. 그런데 모를 일이었다. 내가 다시 눈 떠 본 것은 항아리가 아니라 한 女子였다. 가느다란 모가지 고운 젖무덤 늘신한 허리 豊滿한 엉덩이 한 젊은 女子가 거기서 어슴푸레한 어둠 속에서 희고 맑은 젖빛 스스로의 살빛을 풀어내고 있었다. 풀어내는 스스로의 살빛으로 피 냄새 절은 어슴푸레한 어둠을 조금씩 조금씩 밀어내고 있었다.
>
> — 「暗黑을 지탱하는」 중에서

또한 항아리는 그의 여러 시편들에서 여자의 몸에 대한 대표적인 상

---

17) 가스통 바슐라르, 이가림 옮김, 『물과 꿈』, 문예출판사, 1992, 143~144면.

징으로 쓰이고 있다. 이 시에서도 항아리는 여성의 몸을 특징짓는 '고운 젖무덤 늘신한 허리 豊滿한 엉덩이'로 묘사되고 있다. 그리고 그 항아리는 생명을 잉태하는 자궁에 그 의미가 집중되어 있다. 어둠이 약화되는 양에 비례하여 항아리는 젖빛의 질료로 차오르게 된다. 젖이나 자궁은 여성의 신체에서 물의 질료성을 강하게 환기하는 대상이다. 따라서 불과 물이 결합하고 있는 젖빛을 통해 항아리는 생명의 원동력을 얻게 된다. 어둠을 밀어낸다는 의미는 생명이 잉태된다는 의미와 등가를 이루게 되면서, 물과 불은 여기서도 그 연금술의 수사적 힘을 발휘하게 된다.

이렇게 이질적인 두 물질의 혼합에 대한 집요한 천착 속에는 현실을 변혁하고자 하는 시적 의지가 뚜렷하게 내포되어 있음을 쉽게 간파할 수 있다. 그것은 곧 창조의 의지이며, 생명을 파괴한 전쟁의 현실에 대한 독특한 시적 응전의 방식을 이루게 된다. 이러한 시에서 성적 결합은 생명의 환유로서 작용하고 있으며, 생명의 질료를 창출한다는 점에서 연금술의 원리라고 할 수 있다.

그런데 생명의 창조는 신의 영역이다. 따라서 생명의 질료를 생성하는 데 집중되어 있는 모순어법은 신의 창조 능력에 대한 일종의 모방이 되는 셈이다. 창조 의지에 내포되어 있는 신에 대한 모방 심리를 잘 보여주고 있는 시가 「儀式 2」이다.

> 나는 하느님 안으로
> 하느님은 나의 안으로 기어들면서
> 우리는 알몸으로 놀았다.

시계 바늘은 춤을 추면서 거꾸로 돌아갔지.
조그만 하느님의 여린 젖꽃의 중심에서
열중한 우리 벌거숭이 장난은 하늘의 끝과
땅의 끝을 분질러다 훨훨 불을 질렀지.
그 때다 겹쳐서 펄떡이는 불의 알몸둥이 돛, 조그만 나의 하느님과
우유빛 바다가
밀려 오고
또 밀려 오고
밀려 온 것은.
그 날 밤
먼 억천만 개의 별은
아 억천만 개로 자욱한
우유 방울이었다.

―「儀式 2」 중에서

이 시에서 하느님은 우유 냄새가 나는 신생아로 그려져 있다. 우유는 신생아의 환유물이고, 신생아는 싱싱한 생명력을 과시하는 존재이다. 신생아는 창조의 하느님과 동일시되고 있다. 그 신생아와 시적 자아는 서로 상대의 '안으로' 기어들면서 연합되고 있다. 알몸으로 놀고 있는 이유는 새생명의 창조에 있다. 여기서 안으로 들어가고 있다는 방향성은 창조의 하느님과 합일되고자 하는 시적 욕망을 잘 보여 주고 있다.

한편, 거꾸로 돌아가는 시계바늘은 원초적 시간을, 불에 타고 있는 하늘과 땅의 끝은 원초적 공간을 각각 환기하게 된다. 알몸으로 노는 행위는 결국 원초적 시공간으로 회귀하려는 욕망이 내포된 것이다. 그

리고 그 원초적 시공간은 '불의 알몸등이 돛'을 통한 불의 질료와 '우유빛 바다'를 통한 물의 질료를 동시에 생성하게 된다. 하느님의 젖꽃에서 시작된 알몸 놀이는 생명의 질료를 생성하게 된 것이다. 전봉건의 시에서 꽃이 주로 불로 형상화되고 있다는 점에서, '젖꽃'도 엄밀히 말해 물과 불의 결합이다.

알몸 놀이는 이미 존재하고 있는 세계에 대한 변혁에의 의지를 강하게 투사한 것이다. 알몸 놀이가 시도하고 있는, 하느님과 나의 육체적 결합은 물과 불의 동시적 생성을 통한 생명 창조의 놀이로 환원되고 있다. 그리고 그 창조의 규모는 마지막 '먼 억천만 개의 별'에서처럼 우주 창조로까지 이어지고 있다.

5. 맺음말

지금까지 전봉건 시를 대상으로 생명 회복을 주제화하는 세 가지 시적 원리가 어떻게 주제를 기여하는지를 구체적인 작품 분석을 통해 살펴보았다. 이 글은 이 세 가지 원리의 고찰을 통하여 다음과 같은 세 가지 결론에 이르게 되었다.

첫째, 생명 회복의 첫 번째 원리로 시적 자아의 아니마적 기질을 살펴보았다. 김소월이나 한용운의 경우에서처럼 전봉건의 시에서도 아니마 기질은 현실이라는 컨텍스트를 결코 배제하고 얘기할 수 없는 요소임을 알 수 있었다. 아니마는 시적 자아의 성향과 시인의 내면적 기질을 반영하는 심리적인 요소로 현실과 결코 무관하지 않다. 전봉건 시의 시적 자아가 강하게 지향하는 아니마적 기질은 시인이 현실을 아니무스적인 것으로 이해하고 있다는 반증이 된다는 점에서 시사적 가치를·지니게 된다.

둘째, 생명 회복의 두 번째 원리는 에로티시즘의 원리이다. 에로스의 상상력을 통해서 형성되는 에로티시즘의 원리는 타나토스와 에로스라는 양가적 이미지 운동에 기초하고 있다. 그래서 에로스의 상상력은 죽음과 생명의 순환 원리에 기반하고 있다. 그의 시에서는 생명 그 자체보다는, 죽음 속에서 빛을 발하는 생명의 역설적 의미가 더 중요하다. 에로티시즘은 전봉건 시인에게 불멸하는 생명에 대한 일종의 찬가가 되는 셈이다.

이렇게 몸을 중요한 시적 소재로 삼고 있는 생명 탐구의 시에서, 여성의 몸은 생명의 기호로 작용할 때에만 의미가 있다. 이때 여성의 몸은 생명력의 상징이다. 이렇게 여성의 몸이 단순한 관능의 의미를 넘어서서 생명의 근원적 의미를 회복하는 상징이 될 때 에로스의 상상력은 에로티시즘의 정신세계에 이를 수 있게 된다. 이러한 세계는 전쟁이라는 특수한 창작 배경과 생명에 대한 집요한 탐구 정신이 있었기에 가능했다는 점에서 의의를 지닌다.

셋째, 생명 회복의 세 번째 원리는 연금술의 수사법이다. 이질적 물질인 물과 불의 결합을 통한 모순어법이 생명을 창조해 내는 시적 원리가 될 때 연금술의 수사법이 되는 것이다. 전봉건의 시에서 불의 이미지가 지배적이라는 사실은 논자들의 공통된 논지이며 틀리지 않다. 그런데 이 글은 불의 이미지가 물의 이미지와의 연합 속에서 오히려 그 효과를 배가시키고 있는 경우가 의외로 많다는 점에 주목하였다.

물과 불의 모순어법 속에는 창조에 대한 시인의 의지가 강하게 환기되어 있기 때문이다. 그 결과, 물과 불의 이미지 결합은 생명의 질료를 생성하는 시적 원리로 작용하게 된다. 이러한 연금술적 수사법을 통해, 전봉건의 시에서 물의 이미지가 불의 이미지만큼이나 중요함을 새롭게 파악할 수 있었다.

全鳳健 詩 研究
－주요 이미지를 중심으로

1. 서론

1950년 「문예(文藝)」지에 「원(願)」, 「사월(四月)」, 「축도(祝禱)」를 발표함으로써 본격적인 작품 활동을 시작한 전봉건은 1988년 타계하기까지 꾸준한 창작활동을 전개하였다. 그가 남긴 문학유산으로는 1957년 김종삼, 김광림과 함께 간행한 3인 연대시집 「전쟁과 음악과 희망과」[1]를 시작으로 6권의 시집[2]과 7권의 선시집[3]을 간행하였으며 1권의 시론

* 강경희 / 숭실대학교 국어국문학과 강사
1) 김종삼·김광림·전봉건, 「戰爭과 音樂과 希望과」, 자유세계사, 1957.
2) 「사랑을 위한 되풀이」, 춘조사, 1959.
  「春香戀歌」, 성문각, 1967.

집[4]과 산문 및 평론을 발표하는 등 활발한 문학 활동을 전개하였다. 그가 남긴 많은 시들은 언어미에 대한 끊임없는 천착과 실험정신으로 한국현대시사에 있어 서정시의 폭을 넓히는데 크게 기여하였다.

이 글에서는 한 시인의 총체적 의식구조를 밝히는 방법으로 현상학적 비평 방법으로 시를 분석하고자 한다. '모든 존재하는 사물은 의미를 지니고 있으나 그 의미는 인간에 의해 부여되며, 의미를 획득함으로써 존재하게 된다.'[5] 현상학적 비평방법은 대상자체를 인식하는 주체자의 인식위에 자리 잡는다. 이 인식 행위는 시인의 상상력과 깊은 관련을 맺는다.

'상상력을 수반하지 않는 현행하는 의식은 존재할 수 없다. 그리고 또한 이 역의 이야기도 성립된다. 그러므로 상상력은 의식의 현실적 특성으로서 나타나는 것이 아니라 의식의 본질적이며 초월적인 조건인 것이다.'[6] 상상력과 대상과 이미지에 있어서 이미지의 생성은 상상

「속의 바다」, 문원각, 1970.
「피리」, 문학예술사, 1979.
「北의 故鄕」, 명지사, 1980.
「돌」, 현대문학사, 1984.
3) 「꿈속의 뼈」, 근역서제, 1980.
「새들에게」, 고려원, 1983.
「全鳳建 詩選」, 탐구당, 1985.
「사랑을 위한 되풀이」, 혜진서관, 1985.
「트럼펫 천사」, 어문각, 1986.
「아지랭이 그리고 아픔」, 혜원출판사, 1987.
「기다리기」, 문학사상사, 1987.
4) 「시를 찾아서」, 문명사. 1968.
5) 버논 W, 그라스, 『문학 현상학 서설』, 「문학현상학」, 김진국 역, 대아출판사, 1982, 85~86면.
6) 장 폴 싸르트르, 『의식과 상상력』, 「문학 현상학」, 김진국 역, 대아출판사, 1982.

력을 통해 하나의 가치체계를 이루게 된다. '상상력은 대상의 형태를 강조할 때 형태적이고, 대상의 물질을 강조할 때 물질적이며, 그 형태와 물질성에 의해 촉발될 때 역동적이고, 자신의 목표로 대상을 변화시켜 갈 때 원형적이다. 그러나 대상에 대한 이와 같은 상상력의 여러 가지 사용을 가능케 하는 것이 문학 이미지의 차원에서는 언어적 상상력인 것이다. 바로 언어적 상상력이 상상력의 활동을 외부로 나타나게, 즉 그의 의지를 실현시키게 하는 것이다.'7) 바슐라르는 「몽상의 시학」8)을 통해서 구체적으로 상상력을 분석하고 그 상상력이 언어와 만나서 이미지를 표출하는 과정을 정확히 밝혔다. 그에 따르면 언어와 상상력은 변증법적인 상호 교류를 거친다. 이 때 언어의 개체성은 독단적인 교감을 결정하고, 이미지의 주관성이 독자의 상상력과 이어진다고 보았다. 그렇다면 작가의 전 작품에 흐르고 있는 주요 이미지들을 추출해 내고 시세계의 변모과정을 살피는 일은 작가의 상상력의 원형이 어디에 근거하는지 밝히는데 적절한 방법일 것이다.

이에 이 글에서는 전봉건의 모든 작품을 분석의 대상으로 하되 특히 1950~70년대의 작품은 선시집 「꿈속의 뼈」(1980)와 「새들에게」(1983)에 재수록 된 작품을 중심으로 살펴보았으며, 장시 <사랑을 위한 되풀이>(1959), <춘향연가>(1967) 연작시 <속의 바다>(1970)는 1985년에 개작하여 한 권의 책으로 묶은 「사랑을 위한 되풀이」(1985)를 텍스트로 하였다. 나머지 1980년대 작품들은 시집(詩集)을 중심으로 하고 시집에

85~86면.
7) 곽광수·김현『바슐라르와 상상력의 미학』, 「바슐라르 연구」, 민음사, 1976. 73면.
8) 바슐라르, 「몽상의 시학」, 김현 역, 홍성사, 1987.

실리지 않은 작품은 선시집에서 선정해 분석하였다.

2. 본론

1) 새 이미지

새는 지상과 천상의 공간을 마음껏 날아다니며 인간의 삶과 밀접하게 연관된 자연적 표상물의 하나이다. 예로부터 인간의 감정과 정서를 효율적으로 대변해주는 매개물로서 새는 시인들의 작품에 흔한 소재로 쓰여 왔다. '새는 확실히 살아있는 생명체들 가운데 가장 숭고하고 신성한 존재이다.'[9] 또한 새는 입체적인 원형이며 둥근 생명체이고 새는 존재의 원형[10]이다.

전봉건 초기시의 원형적 단초를 잡는데 있어서 새의 이미지는 그 자체의 수직상승이라는 초월적 힘으로 인해 어린 시절 비상을 꿈꾸는 새와 천상의 공간으로의 초월의 의미를 지닌 새의 이미지로 확장되고 있다.

(1) 향토공간과 비상의 꿈

그의 향토경험(1928~1940)이 형성한 세계관은 그 자신의 초보적인 삶에 대한 눈뜸으로 볼 수 있다.

문득

---

9) 바슐라르, 『圓環의 현상학』, 「문학현상학」, 김진국 역, 대방출판사, 1982, 233면.
10) Jules Mihelet, L. OISEAU, p.291.

어릴적 평안남도 산골 양덕읍
조그만 목조 보통학교의 참새들이
떠올랐다.

교정 가장자리에
줄지어선 미류나무 가지에서
맞은 편 이층 교실 꼭대기까지
단숨에 날아다니던
그 참새들

나는 그 시절
내게도 날개가 있어
어디로 맘대로 날아다니는게
꿈이었다.

—「이른봄 한 저녁에」

다소 감상적인 측면이 남아 있으나 '문득 /어릴 적'에 대한 회상적 어조로 씌여진 인용의 시편에서 지나칠 수 없는 것은 '참새'와 '날개'의 이미지가 대신하는 삶의 상승운동 지향성이다.

유년시절 속에 남아있는 그의 기억들은 또래들과의 어울림이라든지 놀이에 대한 기억이 아니라 교정을 이리저리 날아다니던 참새의 움직임에 대한 기억들로 이루어져 있다. '내게도 /날개가 있어 /어디로 맘대로 날아다니는 게 /꿈'이 유년시절의 꿈인 것이다. 삶에 대한 그의 초보적인 인식은 이 날아오름의 기대에서 찾아볼 수 있다. 삶의 상승운동 지향성은 삶의 연대성이나 공동체적인 인식에서 오는 상상이라기보다는 자아의 삶에 대한 눈뜸, 생명있음에 대한 초월과 구원 등과 의미적 연관을 가진다. 이것은 사회적 자아로서의 삶이 아니라 개인적 삶의 존재양식에 대한 믿음으로 볼 수 있다.[11] 즉, 그의 시에 나타난 새의 이미지는 한 개인이 날고자 하는 '비상의 의지'로 출발하는 것이다.

1950년 「문예」에 당성된 작품보다 먼저 썼으나 발표되지 않았던 「한 소절」이라는 작품은 향토적 색채와 섬세한 언어적 세련미를 추구하여 상승 이미지를 더욱 확장시키고 있다.

새
랑 나비
랑 새
랑 너
랑 나비
랑 새
랑

– 「한 소절」

이 작품은 거의 말의 소리가 지닌 아름다움을 일부러 보여주려는 의도에서 만들어지고 수록된 것이라 생각된다. 이 작품의 화자는 '새', '나비', '너'를 포함하는 사물의 이름들을 나열하였고 그 대상들과 어떠한 관련이 있다거나 어떻게 있다거나 하는 표현의 서술 또는 묘사를 생략하고 있는데, 이 생략은 충분한 암시를 내포하고 있는 것으로 보인다. 즉 자연의 순수한 상태와 융화되어 있는 서정적 자아의 한 경지

---

11) 민병욱, 『전봉건 서사정신과 서사갈래』, 「현대시학」 1985. 2, 123면.

를 보이고 있으며 또 너와 나의 화합적 관계도 자연의 순수한 상태에서 조명되고 있다.

운율의 형태도 1박율을 6번으로 완성하고 있으며, 부드럽고 밝은 유음을 이용하여 밝은 행복감을 보여 주고 있다. '랑'의 음성효과는 단순한 반복을 통하여 간결과 부드러움을 드러낸다.

나열의 뜻을 지닌 조사 '랑'의 음성효과는 자연과 인간의 공존을 동화적 의미로 나타냈고, 실제로 새와 나비는 자유혼의 상징적 의미를 스스로 지니는 상승지향적 자연의 한 모습인 것이다. 여기에 '너'라는 대상의 화합을 통해 자연과 인간의 공존을 동화적 의미로 나타내고 있다.

위 작품이 지니는 보편성은 우리의 유년시절의 어느 행복한 순간들의 기억과 일체된다는 뜻에서 잠든 경험을 환기하고 있다.

(2) 천상과 초월의 꿈

전봉건의 시에서 나타난 새 이미지 중 자주 등장하는 새는 '종다리'이다. 이는 그의 유년기의 체험 속에서 우러나오는 측면과 함께 바슐라르가 지적했듯이 종다리는 문학적 재료로서 시인의 상상력의 섬세하고 다양한 변용으로 나타나기 때문일 것이다.

바슐라르는 『공기와 꿈』에서 종다리를 순순한 문학적 이미지로 보고 있다. 그에 따르면 종다리는 화가의 눈에는 너무 작아서 보이지 않지만 작가가 그리는 풍경에 중요한 역할을 맡고 있는 새로 의미화 된다. 말하자면 '밝은 안보임의 색'을 의미하는 바, 보이지 않는 신비로운 형상과 신비한 울음소리를 가진 낭만주의의 한 모델이라고 생각하였다.

　전봉건의 시에 나타난 종다리는 우리의 눈에 보이지 않는 밝음, '밝은 안보임'의 한 전형이며, 천상의 공간에서 초월하는 작가의 몽상의 의지를 밝히는 상징물이다.

　　보리밭
　　한 정오가
　　떠오른다

　　하늘은
　　눈물빛이다

　　아무도 본 사람이 없다 그 종다리

ー 「종다리」

　위의 시 「종다리」의 공간은 보리밭이며 시간적 배경으로는 정오다. 그런데 이 시에서는 그 시공간 모두가 천상으로 비상하고 있다. '보리밭/ 한 정오가/ 떠오른다'는 것이다. 그리고 떠오른 보리밭 속에 열려져 보이는 하늘의 빛깔은 '눈물빛'이다. 하늘에 떠있는 보리밭 한 정오는 아른아른한 투명한 푸름, 혹은 투명하게 하얀 푸름이다. 그것은 더러움이 승화된 빛이며 그런 의미에서 상승의 빛이다. 승화란 '공중에 떠 맑아짐'이라는 뜻이며 3연을 읽으면, 그 푸름이 종다리라는 것이 드러난다. 3연은 아무도 종다리를 본 사람이 없다고 말하고 있으나 그것은 모순이다. 종다리는 눈물 빛 하늘에 떠 있는 푸른 보리밭 한 정오이기 때문이다.

보이지 않을 높이로 날아오르는 종다리는 색깔은 '눈물빛', '보리밭'의 빛, 혹은 '푸른 빛'이다. 푸른색은 하늘의 색깔이다. 그것은 지상의 어둠이 제거된 맑음의 빛깔이며 가벼움의 빛깔이다. 이러한 푸른색은 심화되면 될수록, 그 만큼 더 인간을 무한의 세계로 이끌어 들이고, 순수에 대한 동경을 일깨워준다.[12] 시「종다리」에서 푸름은 떠오르는 푸름이어서 즐거움, 포근함, 나른함, 편안함 등의 모성적인 울림을 갖는다. 그 모성적 울림 때문에 눈물빛 하늘이라는 묘사가 가능해진 것이다. 보이지 않는 부드러움은 언제나 모성적 울림을 갖는다.[13] 이 모성적 울림은 비상하는 종다리의 동적인 생명력을 부여받아 더러움이 승화된 상승의 빛깔인 것이다.

하늘 속
깊이 뜬
종다리는
검은 한 점으로
보인다.

그러나
기실 그 검은 한 점은
종다리가 아니다.

하늘 속

---

12) Kandinsky, W. 「예술에 있어서 정신적인 것에 대하여」, 권영필 역, 열화당, 1979. 79면.
13) 김현, 「전봉건에 대한 두개의 글」, 「책읽기의 괴로움」, 민음사, 1984, 35면.

깊이 뜬
검은 그 한 점 속에서
타는 불

보이지 않는 그 불이 종다리다.

— 「불」

「불」이라는 제목이 붙은 이 시는 종다리의 이미지가 하나의 '검은 한 점'으로 치환되고 있다. 이 시는 1~2연으로 볼 수 있는 전반부와 3~4연인 후반부가 대립되고 있다. 1연에서 '종다리'는 '검은 한 점'으로 보인다. 2연에서 '검은 점'은 '종다리가 아니다' 라고 말한다. '종다리'는 '검은 한 점'이며 '검은 한 점'은 '종다리'가 아니라는 대립되는 구조를 갖고 있다. 또한 1연에서 '종다리는/ 보인다', 2연에서 '종다리가/ 아니다', 4연에서 '보이지 않는 그 불이/ 종다리다'라고 말한다. '종다리', '검은 한 점', '타는 불'은 모두 종다리가 변용되는 모습을 드러내주고 있다. '하늘 속/ 깊이 뜬/ 검은 한 점'은 실상 종다리의 모습이다. 그러나 화자는 종다리를 종다리 자체로 인식하려 하지 않는다.

시인에게 있어서 '종다리'란 자연 속에서 융화된 존재로서의 '종다리'라기보다는 천상의 공간에서 타고 있는 하나의 '불'인 것이다. '타는 불'을 간직한 불의 점, 즉 초점이다. 초점은 확산된 빛을 한 점에 모은 것으로 내부에 무한한 타오름의 가능성을 지니고 있는 것이다. 종다리를 하늘 높이 비상시킨 힘은 종다리를 검은 한 점으로, 불꽃에 날개를 주어 보이지 않는 초월적인 꿈을 드러내고자 한 것이다.

2) 피 이미지

전봉건의 세계관을 가장 중요한 위치에 자리하고 있는 것은 6·25 전쟁의 직접적 체험으로 여겨진다. 1950년 12월 군에 징집되어 중동부 전선에서 부상으로 제대하기 직전까지의 전쟁체험은 그에게 전쟁시를 가능하게 했다. 그의 시에서 전쟁이란 한계상황 속에서의 자기 생존의 지를 형성한 것으로 여겨진다.

전봉건의 6·25체험은 그의 시세계에 또 다른 공간에의 이동을 의미한다. 이전의 맑고 따뜻한 이미지는 어둠과 차가운 금속성의 이미지로 나타나며 상승의 공간이었던 천상의 공간은 어둠의 공간으로 떨어지는 석양의 공간으로 하강하고 있음을 볼 수 있다. 이는 항상 전쟁 속에서 보았던 '검은피'의 붉은 색채로 드러난다.

(1) 어둠과 금속성

전봉건이 전쟁에 참여한 후 이를 소재로 하여 쓴 시들은 그 직접적인 체험을 형상화한 것들로서 전쟁의 비리나 공포를 고발한 것들이 그 주를 이룬다. 이러한 암흑과 절망속의 전쟁공간에서 일어나는 비인간적인 실상과 비참을 드러내는데 있어 그는 어둠속에 빛나는 날카롭고 차가운 금속성의 이미지를 제시한다.

나는 본다
깜깜한 먹장 어둠 속에
살아서 움직이는 것은 가끔 줄지어 내닫는
秒速 GMC의 헤드라이트

그 光網 속에 떠오르는 것은
엄청난 崩壞의 連續 集積

　　　　　　　　　　　　　　　　　　－「어느 土曜日」

포탄은 쏟아지고
나는 검둥이 필립하사와 껌을 씹으면서 장난도 치면서
산산히 부서진 파편을 헤치면서 인간을 사냥하고

　　　　　　　　　　　　　－「은하를 주제로 한 봐리아시옹」

　여기서 시인은 직접적인 피의 이미지를 떠올리지는 않는다. 그러나 피의 이미지를 충분히 예고 할 수 있는 전 단계에 놓인 상황을 시인은 '어둠 속에', '깜깜한 먹장 어둠'으로 구체화한다. 자신의 현재의 상황을 '어둠'으로 규정짓는 것이다. 이 어둠은 어둠 자체로 머무는 것이 아니라 차가운 '금속성'의 언어들과 결합하여 한층 시인의 의식을 차가운 현실세계로 돌리게 한다.

　'포탄은 쏟아지고', '봄의 파편'처럼 어둠과 금속성의 언어들이 시 전체를 감싸고 있다. 이 어둠 속에서 그가 볼 수 있는 유일한 밝음은 자연의 밝음이 아니라 인간이 인위적으로 만들어낸 'GMC의 헤드라이트'인 금속성의 차가운 빛인 것이다. '어둠'과 '금속성'의 결합은 모든 만물이 생성을 시작하려는 '봄'의 공간을 '산산이 부서지는' 공간, 해체된 현실로 변화시킨다. 이 해체는 생성을 파괴와 소멸로 변모시키는 것이다.

　이러한 비자연적 공간에서 시인은 이 어둠에 친화되지 못하는 자신의 모습을 전쟁의 상황 속에서 '껌을 씹으며 장난치면서' '인간을 사냥하고'로 표현한다. 극단적인 비인간화를 통해서 전쟁의 모습을 매우 아이러니컬하게 제시한다.

> 5시나는호속에있다수통수류탄철모봉대압박붕대대검그리고MI나는내
> 가호속에서틀림없이만족하고있다는사실을다시한번생각해보려고한다
> BISCUITS를씹는다오늘은이상하게5시30분에또피리소리다9시방향13시방
> 향나는BISCUITS를다먹어버린다6시밝아지는적능선으로JET기가쉽게급상
> 승한다나는잠자지않은것과BISCUITS를남겨두지않은것을후회한다……6
> 시23분해가떠오른다나는야전삽으로호의가장자리에흙을더쌓아올린다나
> 는한뼘만큼깊이호밑으로가라앉는다야전삽에가득히담겨지는흙은뜯지않
> 는BISCUITS봉지같다

— 「BISCUITS」

이는 그가 지향했던 밝음의 세계가 인위적으로 거세되고 그의 주위
를 둘러싼 어둠 속에서 일어나는 의식의 분열에서 생겨나는 것이다.
시인의 의식이 날카로워지고 촉각이 곤두서 있다는 것이 시어 곳곳에
서 배어난다. 유년시절의 회상을 통해 드러나 있는 자연과의 친화를
통한 그의 상승 의지는 넓고 광대한 자연의 비상으로 드러나는 것이
아니라 자기 자신의 내부로 응축되어 나타나게 된다. 즉 그가 암흑 속
에서 발견하는 것은 천상으로 날아오르는 새의 자유로움 속에 섞인 자
아가 아니라 호 속에 깊이 묻혀있고 더욱 낮은 땅속으로 자신의 몸을
숨기는 자아인 것이다.

이렇게 현실의 낮은 공간에 움츠리고 있는 화자는 모든 신경을 자기
자신에게로 돌린다. 자신에 대한 몰두는 그의 긴장된 시간의식과 기호
화된 사물인식을 통해 그의 시 곳곳에 드러나 있다. 이전의 자유로운

공간에서의 시간이란 쫓기거나 구속된 시간이 아니며 그곳에 놓인 자아 또한 무한한 밝음을 지향하는 자아이다. 그러나 전쟁의 현장 속에 놓인 자아의 시간이란 조금씩 자신의 존재를 위협해 오는 상황에 대한 긴장감의 연속으로 다가오는 시간이다. '5시…… 5시 30분…… 6시…… 6시 20분' 등 시간의 이동을 통해 화자의 긴박감은 한층 고조되고 있으며 땅 밑을 깊게 판 호 속에 놓인 화자는 자신의 상황 속에서 자신을 보호할 수 있는 모든 것을 동원하여 자신을 보호하고자 한다. 이러한 처절한 생존의 위협은 'BISCUITS'이라는 구호음식을 씹어 먹는 화자의 행위는 '깨어있고', '살아남고자' 하는 생리적인 화자의 의지와 서로 맞물려 있다.

점점 동이 터 밝아 오는 것은 자연의 모든 생명체가 고개를 들고 일어나는 시각이다. 그러나 화자의 시간의식은 자연의 시간과는 달리 자신의 존재를 더욱 깊은 곳으로 은닉하는 시간이며 이는 자신의 존재상황에 대한 불안의식에 기초한다고 볼 수 있다. 이러한 불안 의식은 그의 시간의식뿐 아니라 그의 거리 의식에서도 살펴 볼 수 있다.

시간은 변화와 지속의 양면으로 체험되는 데도 불구하고 왜곡된 시간의식은 시간의 공간화를 가져온다.[14] 시 「015784」는 긴박한 시간의식과 함께 그의 거리의식을 엿볼 수 있는 작품이다. '100야드…… 90야드……80야드…… 60야드…… '로 화자는 자신의 목표물에 조금씩 포복하여 간다. 목표물에 대한 포복은 자신과 대상에 대한 극단적인 대척점 속에서 이루어지고 있다. 이는 자신과 마찬가지로 조금씩 자신을

---

14) 김준오, 「시제」, 『詩論』, 三志院, 1982, 242면.

향해 포복해 오는 또 다른 대상이 숨겨져 있음을 통해 드러난다. 그것은 어떤 꿈이나 사랑과도 단절된 냉혹한 실존적 상황의 긴박감을 암시한다. 세계는 암흑으로 가득 찰뿐이다.

이러한 전쟁 인식이 단순한 산문의 논리로 떨어지지 않는 것은 전쟁에 대한 고발이 평화에의 갈망을 밑에 깔고 있으며, 또한 그것이 단순한 진술이 아니라 시적 이미지의 세계로 형상화되고 있기 때문이다.[15]

(2) '검은 피'와 소멸의식

석양의 시간은 대낮에서 밤으로 가는 길의 중간지점으로, 하루의 시간 중에서 가장 빛나는 시간이며 동시에 소멸하여갈 운명에 있기에 더욱 아름다운 것이다.[16] 천상의 공간을 꿈꾸어온 그의 상상력은 전쟁 경험을 통해 어두운 현실의 검은 피의 공간을 발견하게 되며 이 공간은 하강하여 석양이라는 소멸의식을 낳는다. 이 석양의 공간에서 시인은 죽음을 직면하게 된다.

> 누가
> 하모니카를 부는데
> 두레박줄은 끊어지기 위해 있고
> 손은 짓이겨지기 위해서 있고
> 눈은 감겨지기 위해서 있다
> ……
> 피를 뒤집어쓰고 죽은 저녁 노을이
> 까마귀도 가지 않는 서쪽 낮은 하늘에

---

15) 이승훈, 「추락과 상승의 시학」, 『현대시학』, 1988. 8, 41면.
16) 김현자, 「時와 想像力의 構造」, 문학과 지성사, 1982, 93면.

팽개쳐져 있다.

— 「다시 마카로니 웨스턴」

「마카로니 웨스턴」 제목의 시 중에서 두 번째 시인 「다시 마카로니 웨스턴」은 서부 영화의 어느 한 장면을 연상시키면서 전쟁의 잔혹함을 은유적으로 드러내고 있다. 모든 사물들은 비정상적인 위치로 놓이게 된다. '두레박은 끊어지기 위해 있고/ 손은 짓이겨지기 위해서 있고 /눈은 감겨지기 위해서 있다.' 전쟁체험을 화자는 서부 영화의 황량한 어느 한 장면과 오버랩 시키면서 참혹함을 우회적으로 드러내고 있다. 직접적인 전쟁 상황을 묘사하지는 않지만 그의 시 곳곳에는 원초적 생명의지와 대립된 죽음 의식이 그늘져 나타나고 있다.

'서쪽 낮은 하늘에'는 '피를 뒤집어쓰고 죽은 저녁노을이' 팽개쳐져 있다. 그의 이상의 공간이었던 천상의 공간, 상승공간인 푸른 하늘은 서쪽 낮은 하늘로, 석양으로서의 노을은 죽은 노을로 변모된 것이다. 또한 밝음을 지향했던 새의 이미지는 죽음을 암시하는 까마귀로 변용되어 이 시인의 상승 지향적은 몽상의 의지는 죽음 의식으로 추락한다. 「가을」, 「가을에」, 「속의 바다 17」, 「그림」 등의 시편에서 그의 죽음 의식은 더욱 확장되어 나타난다.

자연의 소멸을 알리는 '서쪽하늘'에서는 '해'가 있고 이 해는 '피'를 흘리고 있다. 즉, 밝음의 가장 원형적인 대상인 '해'마저도 '가로누워 탄내나는 마른 피를 흘리고' 있으며 천상의 표상인 '하늘'마저도 '내려와 피를 토하고 죽어'있다. 시인의 이러한 죽음 인식은 밝음을 밝음으로 보지 못하는 현실, '밝음이 아니고 어둠에 있으려면 해는 피를 흘려야만 하는가'에서처럼 어둠에 굴복해버린 현실을 은유한다. 그 어둠은 '썩은 피걸레처럼 깜깜한 어둠'[17]이다. 이렇게 끊임없는 상승을 지향했던 그의 공간 의식은 하강하기 시작하고 이는 어둠을 예고하는 석양이라는 공간 의식으로 검게 침잠한다.

'서쪽', '까마귀', '탄내나는 마른피', '피를 토하고 죽은 하늘' 모두는 검은색의 죽음과 연결되어 있다. 검은색의 죽음 의식은 살아있는 자연의 죽음을 통해 시인의 의식의 죽음으로까지 확대되는 것이다.

3) 식물 이미지

식물이 문학작품의 주요소재로 다루어지고 있는 것은, 우리 주변에서 흔히 발견되는 자연적 소재일 뿐 아니라 그 형상이나 생태가 인간과 밀접한 연관성을 지니기 때문이다. 식물은 미의 상징이며 동시에 자연의 질서를 통해 인간의 삶을 새롭게 들여다 볼 수 있는 매개물로서 역할을 한다.

전봉건의 6·25체험은 피냄새를 정화시키려는 노력으로, 「고전적인 속삭임속의 꽃 11」에 이르면 이 피의 이미지는 식물의 이미지로 변용됨을 볼 수 있다. 대지에 뿌리를 내리고 생성해나가는 식물의 이미지는 젊음의 상흔을 생성의 힘으로 전환시켜 주면서 밝음을 지향하는 그의 의식의 근저를 다시금 보여준다. 식물의 이미지는 상실되고 상처투성이인 폐허 속에서의 잃었던 존재의 확인으로 나타나며 삶의 힘을 식물의 생성을 통해 드러냄으로써 밝음에 대한 비상의 의지가 대지에 뿌

---

17) 전봉건, 「사랑을 위한 되풀이」.

리박고 있음을 드러내고 있다.

(1) 꽃과 열매의 생명성

피의 이미지를 꽃의 이미지로 변용시킨 것은 6·25의 피냄새가 있었기 때문에 가능한 것이다. 즉 시인이 꽃이라는 새로운 대상에 대한 몰입은 폐허의 상처를 치유하기 위한 방편으로서의 도피가 아니라 그 상처를 통해 새로운 재생의 의미를 발견했기 때문이다. 즉 그는 꽃을 통해 현실의 어두운 공간에서 피어난 새로운 생명의지를 보는 것이다.

> 1950년
> 6월의 어느날
> 동틀때 날아온 총알맞아 죽은
> 한 어린아기
> 나는 이름없는 그 아기의
> 썩은 살
> 썩은 피
> 먹고
> 핀
> 꽃인 것이다.

―「고전적인 속삭임의 꽃 11」

이 시의 시간적인 배경은 전쟁이 일어나는 '1950년/ 6월의 어느날/ 동틀때'이다. 공간적 배경은 전쟁의 한복판이다. 그러나 이러한 시공간적 배경 속에서도 전쟁에 대한 비인간적이거나 어두운 금속성의 이미지는 나타나지 않는다. 피의 기억이 점철되어 있는 석양의 공간은 '동틀 때'라는 밝음을 지향하기 위해 막 발돋움하려는 새벽 미명의 공간이다. 이는 어두운 시인의 인식이 차츰 밝음을 지향한다고 볼 수 있겠다. 이 시간은 하루를 시작하는 처음으로서의 시간인 것이다. 여기서 '총알맞아 죽은/ 한 어린 아기'가 놓여있지만 이는 '썩은 살/ 썩은 피'를 먹고 피어난 꽃으로 다시금 재생된다. 전쟁의 상흔은 검은 피의 어두움을 뚫고 통일 지양되는 것이다.

이는 암흑을 통과함으로써 새롭게 인식되는 빛의 세계, 피냄새를 체험함으로써 새롭게 인식되는 아름다운 꽃의 세계, 재생의 세계로 지향되는 것이다. 새로운 생명으로 화한 꽃의 이미지는 생명의식에 대한 역동적인 상상력의 결과인 것이다. 어린 아이의 썩은 살과 피를 자양으로 한 꽃의 개화는 '죽음 위에 핀 생성의 아름다움'으로서 부재와 존재의 모순된 대립이 통합된[18] 모습이다. 전봉건의 꽃의 이미지는 재생의 의미로서의 생명확인으로 머물지 않고 끊임없는 자신의 존재 해명을 위한 실존적인 물음을 통해 자기 인식의 확장으로 간다. 이는 꽃의 존재론적 의미를 파악하려는 시도로 나타난다.

당신을 꽃이게 하는
치마저고리

나의 꽃은 당신의
발톱 속에 있었을까

---

18) 김현자, 「시와 상상력의 구조」, 문학과 지성사, 1982, 57면.

보듬고
당신을 꽃으로 피어나게하는
당신의 치마저고리무늬

내가 다 보지 못한 노래여
새도 다 하지 못하는 노래여
그럼 나는
어디에 있었을까

- 「다시 없는 이야기」

'고운 치마 저리고의 무늬'속에 있는 당신은 꽃이다. 당신은 곧 꽃이고, 꽃은 또 당신이다. 그리하여 당신은 꽃에게 나타나 응답을 강요한다. 이 물음은 '나의 꽃은 당신의/ 발톱 속에 있었을까' 라고 말한다. 그러나 곧 '새도 다 하지 못한 노래'라며 자신의 응답이 틀렸음을 인식한다. 이 인식은 또 다른 물음 '그럼 나는/ 어디에 있었을까' 라는 존재의 물음으로 이어진다. 이 존재의 물음은 그 자체의 해명을 요구한다기보다는 물음자체에서 답을 구한다. 즉, 꽃은 당신에게 말을 받고 거기에 다시 응답하는 것이 인간의 의미가 사는 유일한 길이라고 본다.[19]

전봉건의 시 「옥수수 환상가」는 식물의 개화의지를 넘어서 생성적 심상이 돋보이고 있다. 전쟁이라는 거대한 부정적 힘이 벌이는 상황에 말려든 서정적 주체가 그 상황에 빠져 있는 것만을 말하는 것이 아니라 서정적 주체의 내면적 삶의 질을 보여주는데 시적 천분이 돋보인다

---

19) 김현, 「꽃과 이미지의 분석」, 『상상력과 인간』, 일지사, 72면.

고 하겠다.[20] 「옥수수 환상가」는 생산성과 본질에 대한 시적 파악을 기초로 한 연작시로 보이는데 이는 땅이 삶을 생성하는 힘을 태양과 물과 함께 지님을 보여주면서 그 본질은 생산력의 정욕적 특질을 기초로 한 것임을 일깨운다.

> 내가 먹는 옥수수도
> 번개불과 장미와 아침달이 만들었다.
> 돌부스러기, 벌레, 대낮의 해가 만들었다.
> 썩은 개뼈다귀와 저녁별.
> 그리고 모든 종류의 바람이 그랬다.
> 한량없는 꿈과 어둠을 먹고 살찌는
> 한량없는 욕정의 흙이 만들었다.
> 내가 먹는 옥수수는.
>
> — 「옥수수 환상가」

이와 같이 땅의 속성은 다산성에 있다. '한량없는 욕정의 흙'에서 시인은 자연과 인간을 동화된 통합체로 이해하고 있다. 그러한 다산성의 원리는 태양의 의미제시에서도 같은 테두리를 이루고 있다. 화자는 하나의 열매가 만들어지는 원리를 땅의 힘뿐 아니라 온갖 가지의 만물의 힘에 있음을 확인한다. 옥수수 한대는 '번개불'과 '꽃'과 미물인 '벌레'와 밤을 지키는 '달'뿐 아니라 아무런 가치조차 없어 보이는 '개뼈다귀'로 익어간다. 화자는 실로 다양한 만물의 힘으로 하나의 열매가 맺어지고 있음을 말하는 것이다.

---

20) 신동욱, 「전봉건의 시세계」, 『우리의 삶과 문학』, 고려원, 1985, 235면.

즉 자아와 대상이 서로 화합함으로써 하나의 새로운 존재가 생성되는 힘을 화자는 이 시에서 말하고 있는 것이다. 흙의 한량없는 욕정은 생성을 바라는 식물의 의지이며 이 욕정은 열매를 맺고 이 열매는 또한 계속적인 생성의 원리인 것이다.

연작 7에서 '태양은 몇 개나 있어서/ 매일 아침 새것이 뜨는 것이었을까./ 어떻든 옥수수 한 대의 옥수수 씨알마다/ 태양은 하나씩/ 빛나고 있었다'와 같이 다산성의 의미를 보여주고 있다. 이러한 다산성의 원리는 이 연작시를 넘어 이 시인의 시 전편을 통틀어 창조적 의욕을 불러일으키는 근본원리로 작동한다. 이러한 다산성의 의미는 대지의 풍성함 속에서 나타난 생성의 힘이 작가의 의식 깊이 침투해 있음을 보여주는 것이다. 이러한 생성에 대한 열망의 통로는 '꽃가루 빛', '꽃빛' 등, 빛으로 변용되면서 확대 심화되고 있다.

4) 불 이미지 : 에로스와 모성 회귀로서의 불

불은 바슐라르에 의하면 물질적 상상력의 기본을 이루는 4원소 중의 하나이며 인간의 꿈과 몽상의 매개물이다.[21] 또한 불은 그 원초적이며 감각적인 특성에 의해 생명과 사랑의 상징이 되기도 한다.[22] 그리고 불은 그 자체가 하나의 꽃의 형상을 이루고 있기 때문에 꽃으로 유추되기도 하고, 그 수직성에 의해 초월을 나타내기도 한다. 개별 심상으로서의 빛은 사물을 밝혀서 드러내는 역할을 할 뿐 아니라, 인간

---

21) 바슐라르, 『불의 정신분석』, 민회식 역, 삼성출판사 1982, 42~46면.
22) 위의 책, 61~90면.

의 정신적이며 영적인 성격을 상징하기도 한다.[23] 열은 만물을 생성시키기도 하고 생성된 존재를 태워서 소멸시키기도 한다. 이와 같이 불은 인간과 밀접하게 관련된 원형심상의 하나이다.

바슐라르는 불꽃을 하나의 생명체(새나 꽃, 또는 분수)에 견주어 몽상한다. '생명체로서의 새의 비약과 꽃의 직립행위 등 모두는 '불'의 수직성과 연관을 맺는다.'[24] '인간을 수직화 시키는 몽상은 수많은 몽상 가운데서도 가장 인간을 해방시키는 것이다. 모든 생명계가 그곳에서는 특수한 전형이 된다'[25] '불꽃'은 생명이 깃들인 수직을 의미한다. 불꽃은 인생을 숭고하게 만들고 질료의 소모에도 불구하고 생을 초월하여 생을 연장하는 하나의 초생명적 비약으로 이해된다.

시인의 대지에 풍요로움과 다산성에 대한 노래는 궁극적으로 여성의 다산성과 연결된다. 인간의 궁극적인 모태회귀 본능은 여성의 부드럽고 따뜻함 속에서 진정한 의미를 발한다. 전봉건 시학이 갖는 이 미학은 여성상징을 통해 훼손되고 상처투성인 시인의 의식을 자연의 생성원리에서뿐 아니라 보다 궁극적인 인간애로 승화시키려는 것이다.

전봉건의 불 이미지는 여성의 관능적 이미지와 결합하여 에로스 즉 생명력의 상징으로 비유된다. 시 「속의 바다 7」에서 여성이 지니고 있는 불은 '둥글게', '눈부시게', '뜨겁게' 타오르고 있다. 여성이 지니고 있는 불은 '꽃피고 잘 익은 불', '원'이며 죽음의 계절인 겨울에서 봄을 이끌어내는 생명의 힘이기도 하다. 그것은 둥글게 빛나며 농염하게 타

---

23) 바슐라르, 『초의 불꽃』, 민회식 역, 삼성출판사, 1982, 160면.
24) 바슐라르, 『초의 불꽃』, 삼성출판공사, 1980, 135면.
25) 바슐라르, 『초의 불꽃』, 민회식 역, 세계사상전집 10권, 삼성출판사, 1980. 135면.

오른다. 여성의 내부에 있는 이 불은 생명의 불이며 즐거운 화합의 불이며 원초적인 힘을 표상한다.[26] 또한 전봉건은 불의 근원성인 햇빛을 통해 에로스 의식을 보이고 있다.

> 해가 있읍니다. 구름이 있읍니다. 하늘이 있읍니다.
> 강이 있읍니다. 강기슭에는 모래밭이 있읍니다.
> 모래밭에는 여자의 팬티가 있읍니다.
> 여자는 없읍니다.
>
> 뜨거운 햇살에 짓눌린 강이 흰 거품을 물고 크게
> 잘게 흔들리는 뒤틀리는 외 모둥어리에
> 짙푸른 땀을 흘리고 있읍니다.
>
> 이윽고 황새 긴 모가지가 그 땀방울 하나를 물고
> 구름 해 지나더니
> 하늘 아득히 곤두박혔읍니다.

- 「여름」

이 시의 1연의 이미지는 '해', '구름', '하늘', '강', '모래밭', '여자의 팬티' 등의 심상이 나열되어 있다. 2연은 '뜨거운 햇살'은 남성의 상징으로 '짓눌린 강'은 여성의 상징으로 볼 수 있는데 이 양자는 '흰 거품을 물고', '짙푸른 땀을 흘리고'에서 볼 수 있듯이 성적 결합을 보여준다. 3연에 '황새의 긴 모가지'도 다름 아는 남근의 상징이며, 황새의 비상 즉 '하늘에 곤두박힘'은 성적 쾌락의 상태를 의미한다. 이 성적인 쾌락

---

26) 김현, 「전봉건에 대한 두개의 글」, 『책읽기의 괴로움』, 민음사, 1982, 36면.

의 상태는 여름 해변이라는 공간의 설정을 통해 한층 농후해진다. 그
것을 프로이드는 꿈속의 비상은 성적 유희가 될 수 있다[27]고 말한다.
결국 이 시는 불의 천상적 원형으로서의 태양과 그러한 생식력의 근원
인 태양의 강렬한 에로스 의식을 드러낸 것으로 볼 수 있다. 그것은
태양의 광채는 남근의 생식력과 관계하며 그것의 수태자인 '대지', '강'
은 여성의 생산력을 상징한다고 볼 수 있을 때 더욱 분명해진다.

여성의 생산성은 그 창조의 힘에 있다. 이를 그는 모성애에서 찾으
려 한다. 그것은 연작시 『춘향연가』와 시집 「북의 고향」에서 구체적으
로 드러난다. 전봉건의 시 전편에 흐르고 있는 6·25의 상흔과 그에
따른 고향 상실의식은 북에 두고 온 고향에 대한 추억과 '어머니'에
대한 그리움으로 시화된다.

어머니에 대한 모순은 '쫓겨 헤매인 이남 땅 찬바람에 시달려 모질
게 깊이 아프게 삭은 칠십의 고개에서 팔 다리 오그린 채 눈 감으셨
던' 현실의 모습과 대조되는 '고향 잃기 전' 과거의 모습이다. 꿈이란
유년 현실의 경험에서 비롯된 것이다. 즉 시인의 무의식 속에는 고향
집이 시 공간을 초월한 '어릴 적' 모습으로 존재하고 있는 것이다.

> 어릴적 그때와 다름없이
> 밝은 고향집에 이남에서 돌아가신
> 부모님이 살고 계십니다
>
> —「찬 바람」

---

27) 에리히 프롬, 「잊어버린 언어」, 『현대 사상사』, 이경식 역, 1976, 75면.

그들은 전쟁 속에 던져져 겪은 '어둠 보다 짙고 깊은 한 맺힌 죽음의 칠십 고개'를 지워버리고 고향을 잃기 전의 나이로 국화 향내 풍기며 살고 있다. 시인은 이러한 고향집에 내리쬐는 가을 햇살에 온기를 느낀다. 이남의 타향, 이북의 고향의 대립되는 현실의 두 공간을 시인은 고향에 대한 몽상을 통하여 '꿈속의 고향'이라는 초월적 공간을 만든다. 이 공간에서 시인은 '고향 잃기 전' 긍정적인 과거의 시간을 지향함으로써 시간의 일방적 흐름을 초월한다. 고향집에 대한 몽상은 전봉건의 시에 있어서 '밤의 시간'에 시작된다.

열시	흐릿하다
열한시	가물가물 보인다
열두시	하루가 다 하고
	하루가 시작되는 어둠은
	더욱 짙은 어둠이다
	그러나 그때 성큼 한 발자국
	내게로 다가서는 너를 본다
한시	마침내 너는 어둠을 밀어낸다
	산이여 강이여 하늘이여
두시	밭이여 언덕이여 샘이여
	홰나무여 대문이여 안뜰이여
	큰 부엌의 큰 솥이여 작은 솥이여
	마른 나무 활활 불타는 눈부신 아궁이여
세시	할아버님 할머님
	아버님 어머님이시여
네시	(네 번 치는 괘종소리)
다섯시	머리 위에 떠오르는 희끄무레한 창

여섯시   다시 네가 없는 밝음이다

— 「여섯시」

고향집은 방마다 휠한 빛으로 가득하였습니다.
고향집은 구석마다 휜한 빛으로 가득하였습니다.

— 「꿈길」

내 먼 북녘의 고향은
그 어둠 속에 있습니다.
아프게 저리도록 휜한 밝음으로 있읍니다

— 「내 어둠」

고향의 공간은 자신의 삶의 원형공간이며 이는 현실의 공간 속에 부재하므로 꿈의 공간 속에서만 가능하다. 고향은 꿈의 공간이 아니면 현실의 어둠속에서만 간신히 보인다. 화자는 밤의 공간 속에서 자신의 고향의 빛을 발견하고자 밤을 새우며 고향의 모든 정경들을 그려보고 있는 것이다. 어둠 속의 고향의 정경들은 '아프게 저리게 환한 밝음'으로 존재한다. 또한 아궁이라는 내밀한 공간에 불을 지닌 고향집의 불은 자신의 내면속에 타오르는 갈망의 불이다.

바슐라르는 '모든 내면성의 이미지들의 기원에는 동일한 몽환적 뿌리가 있는데 그 뿌리는 곧 모성이며 이들 이미지들은 어머니에게로 회귀한다'고 하였다. 즉 고향이 지니고 있는 불의 이미지는 집안 가장 깊은 곳에 존재하는 내밀함의 불이며 죽음과 삶의 순환이 이루어지는 재생의 불인 것이다. 따라서 전봉건의 시에 있어서 내부에 모성적인 불을 지니고 있는 고향은 곧 모태와 동일시되며 고향으로서의 회귀는 이 모성적 불에로의 지향성을 의미한다고 볼 수 있다.

5) 돌 이미지

전봉건 시에 나타난 돌의 이미지는 56편의 시가 실려있는 시집『돌』
(1985)을 통해 가장 잘 드러난다. 돌의 이미지는 그의 전체 삶이 용해되
어 있는 집적물로서 유년의 체험, 6·25전쟁체험, 실험시에 입각한 시편,
에로티시즘과 존재탐구에 이르는 일련의 작업의 집적물이라 할 수 있다.

전봉건의 '돌'은 전형적인 수석(水石)의 개념이 아니다. 돌은 돌 그 자
체의 형상이나 색채나 인상이 작중화자와 맺는 관계 속에서 시인의 존
재론 혹은 인식론을 암시하는 방식을 취한다. 이 존재는 돌을 캐는 시
인의 행위 그 자체에서 돌을 통해 회상되는 기억의 구상화를 통해, 그
행위를 하는데 있어서의 심리상태, 이 행위의 심미적 체험을 기대하는
순수하고 비공리적인 노동의 경지 등으로 다양하게 드러나고 있다.

(1) 돌과 천상의 새

밤새 비는 내리고
나는 잠을 이루지 못한다
저녁 늦게 마신 커피 탓이거나
잇뿌리가 흔들리는 나이 탓이다
혹은 밤새 빗방울에 묻어서
지붕 가득히 떨어져 스미는 어둠 탓이다
그 자욱한 소리 탓이다
또 혹은 한개의 돌 탓이다
밤새 내리는 빗물 머금어

　　자욱한 어둠보다 더 짙은 검정 빛
　　한 마리 작은 새가 되는 돌 탓이다

–「돌 7」

이 시에서 돌은 시인의 내면에 움직일 수 없는 것으로 '어둠보다 더 짙은 검정 빛/ 한 마리 작은 새가 되는 돌'로 치환되는 것이다. 즉 밤새 비 내리고 그 빗속에서 잠 이루지 못하게 되는 것은 돌인데, 그 색채는 어둠보다 더 짙은 검정빛이고 형상은 새가 된다. 이 어둠이나 검정색의 색채감과 새 이미지는 연작시 「돌」에 주조를 이루는 감정적 바탕이다. 자주 등장하는 검정빛 먹돌, 까마귀처럼 검은 빛깔의 돌, 어둠의 먹빛 돌들은 연작시 3, 7, 8 등으로 부터 시작하여 40, 47, 48, 49, 50, 51 등에서 집중적으로 이야기 된다.

검은 색의 먹돌은 부정과 공포 혹은 어둠과 갇힘 등의 이미지를 환기시키면서 동시에 견고성과 불멸성 혹은 신비스러운 침묵의 세계를 포용하고 있기도 하다. 이 어둠의 내용은 '깊은 어둠에 맞뚫린 구멍(돌 50)'을 통하여 밝음과 탈출의 희구를, 숨겨진 에너지의 잠재력을 은연중에 드러내준다.

이때 시인은 내면의 억제 할 길 없는 충동으로 솟구치는 탈출에의 욕망, 비상에의 갈망에 붙잡혀 새가 된다.

(2) 돌과 피리

'돌'의 단단함은 이전의 '꿈속의 뼈'에서 흰 뼈의 이미지와 견고한 소리를 만들어 내는 '피리'의 이미지로 전환된다.

모래
가득한
모래밭에서는
보이지 않는
피리 소리가
눈에 보인다

-「돌 33」

대나무로 만든
피리의 구멍은 전부 아홉 개다
사람의 몸에도 아니 뼈에도
아홉 개의 구멍은 날 수가 있다.
아홉 개의 구멍 난 돌도 있다.
그제는 30년 전 한 이등병이 피 흘린
강원도 깊은 산골짜기에서 떠도는 피리소리를 들었고
어제는 충청북도 후미진 돌밭을 적시는
강물속에 떠도는 피리소리를 들었다.
오늘 내가 부는 대나무 피리소리는
그제의 피리소리와 어제의 피리소리가
하나로 섞인 소리로 떠돈다.

-「돌 31」

이등병이 아흔 아홉 개의 총알을 맞고 피 흘린 땅에서 그 죽음으로 만들어진 상흔을 아홉 개의 구멍에 지니고 있다. 그러나 돌이 대나무 피리가 되면서 30년 동안 유지해 왔던 돌의 무거운 침묵은 가볍게 떠도는 피리소리가 된다. 돌은 피리가 되어 아무에게도 말하지 못했던 죽음을 알리며 산골짜기 돌밭, 강물 곳곳에 퍼지는 것이다. 뼈·돌·피리의 변용은 초기의 유동적이며 자유로웠던 상승공간으로서의 운동이 개인적 체험을 통해 더욱 내면화되어 나타나는 과정이며 이는 보다 단단해지고 고체화되는 과정으로 변모하는 것이다

‘그렇다 그 뒤// 물빛 보다 맑은 피리소리가 땅끝에 선다// 곧 바로 선다’(피리, 4연) 단단함의 이미지는 가장 투명한 ‘물빛’이며 ‘땅끝에서’는 소리가 된다. 그 직립의 의미는 모든 사물의 바로섬을 의미하며 대지와 천상을 잇는 피리소리인 것이다.

돌과 피리가 지난 단단함은 비상하려는 의지의 결정체이며 살아 움직이고 빛을 발하는 생명체로써의 돌이다. 이 돌이 바로 소리로 변모하는 것이다.

돌은 피리가 되어 아무에게도 알려지지 않았던 ‘30년 전 한 이등병의’ 죽음을 산골짜기 돌밭, 강물에 울려 퍼뜨린다. 즉, 피리소리로 형상화됨으로써 돌이 지닌 한(恨)을 소리로 풀어주는 것이다. 이 한풀이의 소리는 『트럼펫 天使』에 이르면 피리에서 트럼펫 소리로 변용되어 하늘의 가장 높은 곳인 ‘태양의 머리 위’에서 울려 퍼진다. 이 태양은 아침의 시간에 지난밤의 죽음을 극복하고 모태인 바다에서 태어나 새롭게 재생되어 떠오르는 신생의 빛이다. 이 생명의 빛과 함께 태어나 내부에 지니고 있는 것이 바로 소리인 것이다.

전봉건의 돌은 피리소리와 트럼펫 소리로 각각 변용되면서 천사의 공간을 소리로 가득 메우고 있는 것이다. 하늘과 땅에 가득한 소리로 시인은 다시금 비상하는 것이다.

3. 결론

이 글에서는 전봉건의 삶과 전체 시작품을 대상으로 주요 이미지를 분석해 보았다. 전봉건의 시작품은 '새 이미지', '피 이미지', '식물 이미지', '불 이미지', '돌 이미지'로 대략 5가지의 이미지로 나누어진다. 각각의 이미지들이 담고 있는 의미체계는 서로 맞물려 작용하면서 때로는 상승 지향적으로 때로는 하강 지향적으로 변용된다.

먼저 '새의 이미지'는 초기 유년시절 향토 공간에서의 동화적인 비상의 의지가 싹트고 있다. 다소 여성적이면서 섬세한 언어적 배려를 통해 우리말에 대한 인식이 싹트고 있다. 이후 천상의 공간에서 빛나는 '종다리'를 통하여 시인은 몽상의 세계를 열어 보이고 있다.

'피의 이미지'는 어둠과 금속성의 빛깔을 띠며 긴박한 시간의식과 공간의식을 낳는다. 자유롭게 열려진 공간과는 대조적인 억압된 현실은 천상의 공간으로의 꿈을 좌절시키며 어두운 현실의 낮은 공간으로 하강한다. 이 낮의 공간속에 구속된 시인은 자기 자신의 존재에 대한 불안과 고통스러운 현실을 만나게 되는 것이다.

자연의 생성과 화합을 드러내는 '식물의 성장'과 '꽃의 이미지', '열매와 생성'이 바로 그것이다. '식물의 이미지'는 전후의 폐허에서 다시금 피어나는 대지의 생명력을 통하여 작가의 잃어버린 생명의지를 다시금 불러일으킨다. 이 생명의지는 자연의 생성과 화합을 여성적 이미지와 결합하면서 자연의 생성과 화합을 인간의 생성과 화합으로 이끌어낸다. 인간의 생성과 화합은 자연의 다산성과 풍요로움과 함께 그의 내밀의 공간에 자리한 여성성에 대한 천착으로 이끌어진다.

‘불의 이미지’는 ‘여성성’으로의 관심이 에로스 천착으로 집중되어 나타난다. 이는 ‘생산성의 불’, ‘즐거운 화합의 불’은 내밀의 공간에 자리한 궁극적인 여성성과 결합된다. 그의 실향의 아픔을 더욱 구체화시킨 ‘고향시편’에 이르면 이러한 경향은 모성회귀로 이어진다. 북에 두고 온 자신의 가족과 그곳의 풍경은 결국 어머니에 대한 그리움이며 어머니란 그의 원초적인 내면의식에 자리한 꿈의 공간인 것이다. 고향상실은 모태회귀로의 본능으로 시인의 의식 깊이 작용하고 있는 것이다.

이러한 전쟁의 상흔과 고향상실에 대한 그리움, 현실과 이상과 괴리 현상은 이후 그의 존재 탐구의 대상물이 되고 있는 ‘돌의 이미지’를 통해 극복되어 나타난다.

돌은 작가의식의 결정체이며 내면화된 작가 의식의 산물로 등장한다. 이 돌은 현실의 고통의 결과물일 뿐 아니라 자신의 존재를 반추하는 대상물이며 모든 사물을 응축하고 있는 결과물로 존재한다.

돌은 자신의 ‘존재를 확인하는 대상물’이며 유년시절 천상으로의 비상의 꿈이 응축되고 내면화된 표상물이다. 존재의 깊이를 드러내 자신의 존재를 비상시키는 원동력으로 돌은 작용한다. 여기서 돌은 단순한 고체로 머무는 것이 아니라 천상으로 떠오르는, 상승하는 새로 변모되는 것이다.

이 ‘돌은 천상의 새’로 변모하고 이 새는 천상을 울리는 소리로 변모한다. 소리는 지상과 천상을 이어주는 매개체이며 이 보이지 않는 소리는 보이는 현상계의 어떠한 사물보다도 더 분명한 울림을 주는 것이다.

유년시절의 천상공간으로의 비상의 꿈은 작가의 어두운 현실적 체험 속에서도 밝음을 지향하려는 작가의 건강한 의식 속에서 끊임없는 상승의지로 귀결된다.

제 3 부

작가론 ; 전봉건 시의 내면과 외연

전봉건 시의 고향 콤플렉스 극복과정

—『북의 고향』을 중심으로

1. 서론

전봉건(1928~1988)은 시력 40여 년 동안 6권의 시집[1]을 상재한 바 있다. 이 시집들은 대체로 특정 시기의 시적 의도에 따라 색채를 달리하며 단계별 변모양상을 보이고 있다. 이러한 변모양상은 외적으로는 그

---

* 김성조 / 한양대학교 국어국문학과 강사

[1] 전봉건은 1950년 『문예』지에 서정주의 추천으로 「願」(1월), 「四月」(3월)이, 김영랑의 추천으로 「祝禱」(5월)가 당선되어 등단한다. 그는 김종삼·김광림·전봉건 3인 연대시집 『전쟁과 음악과 희망과』(자유세계사, 1957)를 시작으로 『사랑을 위한 되풀이』(춘조사, 1959) ;『춘향연가』(성문각, 1967) ;『속의 바다』(문원사, 1970) ;『피리』(문학예술사, 1979) ;『북의 고향』(명지사, 1982) ;『돌』(현대문학사, 1984)을 출간한다. 이외에 7권의 선시집과 1권의 시론집, 2권의 산문집이 있다.

의 다양한 실험적 시의식과 새로운 기법적 특징의 변화 혹은 발전단계를 보여준다. 한편, 내적으로는 그의 전쟁체험의 상처와 실향의식의 시적극복 과정이 형상화되고 있다.

전봉건은 같은 월남 시인인 김종삼·김광림과 함께 3인 연대시집 『전쟁과 음악과 희망과』(1957)를 시작으로, 1959년에는 첫 시집 『사랑을 위한 되풀이』를 발간하게 된다. 초기시에 해당하는 이 시들에는 주로 '피'와 '먹장 어둠'으로 상징되는 6·25체험의 비극성이 고발, 비판적 색채를 띠며 형상화되고 있다. 이 시기의 시들은 대체로 모더니즘적 특징을 강하게 드러내며 그의 독특한 시세계를 열어간다. 중기시에 해당하는 『춘향연가』와 『속의 바다』, 『피리』의 시기는 초기시의 바탕 위에서 언어실험과 언어상징이 보다 심화되고 있다. 이 시기의 시편들은 장시(長詩)의 시도와 에로스, 그리고 다양한 이미지의 변용 등 활달하고 탄력 있는 언어미학을 주도한다.

『북의 고향』은 전봉건의 마지막 시집인 『돌』과 함께 이른바 그의 후기시에 속하는 시집이다. 『북의 고향』의 시편들이 보여주는 가장 큰 특징은 그 이전의 시들과는 달리 개인적·주관적 감정표출이 많아졌다는 것이다. 이전의 시들이 주로 전쟁의 모순과 피의 상흔을 보편적 차원에서 형상화하고 있었다면, 『북의 고향』의 시편들은 보다 개인사적인 색채를 띠고 있다. 이는 전봉건 자신도 우려했듯, 개인적 공간체험을 주제로 한 '고향시'[2]라는 한계 때문일 것이다. 그러나 이 시들은

---

2) 전봉건은 시집 『북의 고향』의 머리말에서 '고향시'에 대해 다음과 같이 말하고 있다. "아무튼 고향을 두고 지은 시는 그 시인의 극히 개인적인 체험이 바탕을 이루게 마련입니다. 해서 고향시는 한 시인의 사적인 넋두리로 떨어질 가능성을

이승훈도 지적[3]했듯, 단순히 고향 그리움을 표방한 '고향시'가 아니라, 분단 모순에 대한 시적 비판이라는 점에서 그 시적 의의를 찾을 수 있다.

전봉건이 10여 년간 써온 고향 그리움의 시들을 이 한 권의 시집으로 한정해서 출간한 데는 나름의 고충과 결단이 작용했으리라 본다. 이는 '그렇다 해도 번번이 써내는 시가 고향시 일색이라는 것은 좀 지나친 일이 아니겠는가' 라는 그의 시집 머리말을 통해서도 짐작된다. 이 시편들에는 일생 전봉건의 콤플렉스로 작용했던 '실향민'이라는 존재의식과 고향회귀에의 열망 그리고 시적극복 과정이 형상화되고 있다. 끊임없이 그의 자의식을 자극하며 그로 하여금 일생 방랑자의 길을 걷게 했던 이른바 '고향 콤플렉스'는 그가 극복해야 할 가장 큰 시적과제이기 때문이다.

전봉건 시세계의 핵심은 그가 6·25체험과 분단 이데올로기를 어떻게 인식하고, 또 어떤 현실인식을 토대로 시적극복을 유도하는 지에 그 초점이 달려있다. 따라서 이 글은 그의 시적 상상력과 시의식의 내면적 흐름을 주도하는 전쟁체험 특히, 분단의식에 중심을 두고 그의 '고향 콤플렉스'의 시적 극복과정을 검토하고자 한다. 그의 내면의식에

많이 지니게 되겠읍니다. 물론 내 경우에도 예외는 아니겠읍니다. 그러나 그렇다고 해서 생각에도 없는 시를 쓴다는 것은 나이 50에 이른 시인이 할 짓이 절대로 못됩니다. ……나는 이제 나이 들어 고향 그리움의 시를 씀으로써 저 시 쓰기에 있어서의 매우 기본적인 요체 하나와 새삼스런 씨름을 하게 된 것입니다."

3) 이승훈, 「6·25체험의 시적극복」, 「문학사상」, 1988. 8, 265면. 이승훈은 이 글에서 『북의 고향』의 시들에 대해 다음과 같이 말하고 있다. "시집 『북의 고향』에서 시인이 노래하는 것은, 표면적으로는 북의 고향을 그리워하는, 다소 감상적인 세계일 것 같지만, 그러한 감상의 심층에서 읽을 수 있는 것은 분단 이데올로기에 대한 시적 비판이라고 할 수 있다."

깊이 뿌리내린 고향 콤플렉스와 그 극복과정을 면밀히 검토하는 것은, 전봉건 시세계를 이해하는 또 하나의 중요한 계기가 될 것이다. 또한 그간 다소 논의가 미흡했던 시집 『북의 고향』을 연구함으로써, 이 시집이 함축하고 있는 시인의 시적 의도와 의미를 해명할 수 있는 새로운 기회가 되리라 본다.

2. 실향 의식의 시

시집 『북의 고향』에 실린 시편들의 발표연대를 보면, 60년대에 쓴 몇 편을 빼고는 대부분 1970년대 초부터 1982년까지 쓴 시들이다. 이는 그 동안 닫혀있던 남북 대화의 문이 열리게 된 즉, 70~80년대 '남북적십자회담'과 '이산가족찾기' 운동이 벌어졌던 시대적 상황과 맞물려 있다. 전봉건이 70년대에 들어서면서 본격적으로 '고향시'를 쓸 수 있었던 것은 이러한 외부적 현실과 연계성을 가진다고 할 수 있다.

따라서 이 시편들은 단순히 시인의 고향 그리움의 심회만을 형상화하고 있는 것이 아니라, 그 이면에 역사와 시대에 대한 비판적 현실인식을 내포하고 있다. 전봉건은 이러한 분단 모순의 실체를 '실향민'의 한사람으로서 보다 사실적으로 조명, 형상화하고 있다. 시집 『북의 고향』의 머리말에는 시인의 고향 그리움의 심회와 현실적 고뇌 그리고 이후 시적여정이 암시되어 있다.

찾아온 벗들과 얘기를 하다가도 문득 고향을 떠올립니다. 뿐만 아니라 고향하고는 아무 관계도 없이 시작된 이야기인데, 그 이야기의 꼬투리를 잡아 나는 어느덧 이북에 두고 온 고향에 잇대어 나만 아는 이야기를 꾸며내고 맙니다. 그렇게 해서 나와 애기를 주고받던 사람을 어리둥절하게 합니다.

또 이럴 때도 있읍니다. 별다른 생각없이 앉았는 그럴때의 일입니다. 사람들은 그러한 때를 "멍청하니 앉았을 때" 라고 말합니다만 아무튼 이렇다 할 생각없이 앉았는 그러한 때면 영락없이 내 "멍청"한 마음 한가운데 들어와서 자리하고 앉는 것이 있읍니다. 그것은 30여년 전에 헤어진 고향집 대문 앞 넓은 마당끝에 선 커다란 홰나무거나 거기서부터 한 300미터 떨어진 밭두렁길 끝난 곳에 홍건히 괴어 있는 맑은 샘물입니다.

— 시집 『북의 고향』의 머리말에서

전봉건은 1928년 평안남도 안주군 동면 명학리 10번지에서 부친 김순형(金亨淳)과 어머니 최성준(崔成俊)의 사이에 7형제 중 막내로 태어난다. 어린 시절에는 관리인 아버지를 따라 도내의 이곳저곳을 전전하며 보내기도 한다. 그는 해방이 되던 1945년 숭인상업고등학교를 졸업하고, 이듬해 1946년 여름 형과 함께 바다를 통해 월남한다. 월남 후 그는 잠시 경기도 양주군 갈매국민학교에서 교편을 잡기도 한다. 그러다 6·25가 발발하자 징집되어 참전했다가 중동부 전선에서 부상을 입고 제대를 하게 된다.

이 때 입은 부상은 '지난봄/ 중동부전선에서/ 총맞은/ 검붉은 탄흔 감싸쥐고/ 일그러진 채 단단히 굳어/ 움직일 줄 모르는/ 내 오른손' (「1954년의 4월은 왔다」) 등으로 형상화된다. 이후 그는 전생애에 걸쳐 전쟁체험의 시적 형상화와 상처의 극복에 주력하게 된다. 이는 6·25라는 민족상잔의 비극적 현실인식에서 일어나는 불안과 절망, 그리고 상실을 통한 비관적 현실인식이 그의 내면에 잠재[4]하고 있기 때문이다. 아래 시는 전봉건이 형과 함께 월남할 때의 상황과 이후 실향민으로서의 삶의 비극성이 형상화되고 있다.

> 淸川江에서 탄 배가
> 어두운 黃海를 숨어내려 仁川항에 닻을 내린
> 1946년 무더운 여름날 새벽
> 바로 그 날 새벽부터 십년을 하루같이
> 다시 십년을 하루같이 또 다시 십년을 하루같이
> 삼십년을 하루같이 오직 한 가지 생각.
>
> ―「가서 보고 섞고 죽어 그리고 다시 태어나리」 부분

전봉건이 월남할 때의 상황을 이처럼 구체적인 지명과 년도, 시간까지 상세히 묘사하는 것은 실향민으로서의 현실인식의 명징성을 보여주기 위해서이다. 그는 사선을 넘어 월남했지만, 정신적·현실적 터를 잡지 못하고 '십년을 하루같이, 이십년을 하루같이, 삼십년을 하루같이' 오직 한 가지 생각만을 하며 살게 된다. '오직 한 가지 생각'이란 곧 북의 고향을 이르는 말인데, 그가 '30년을 하루같이 오직 한 가지 생각'에만 집착하게 되는 것은, 그의 실향민으로서의 현실적 부재와 정신적 훼손의 일면을 암시하는 것이다.

'어두운 황해', '숨어내린 인천항' 등에서 알 수 있듯, 그는 고향을 떠나옴으로써 이미 당당한 주체로서의 삶을 상실한다. 이 시의 후반부에

---

4) 차한수, 「상실의식과 탐구정신―전봉건의 6·25 연작시를 중심으로」, 「현대시학」, 1989. 6, 42면.

서 시인은 두 가지의 소망을 형상화하고 있다. 하나는 두 눈에 흙이 들어가기 전에 '맨발로 고향 땅을 밟는 것'이고, 또 하나는 '죽어도 관속에 드는 그런 죽음이 아니라 /마치 날기라도 하는 것처럼 사지를 쫙 펴고 죽는 죽음'이 그것이다. '맨발'과 '사지를 쫙 펴고 죽는 죽음'이 암시하는 것은, 분단이 주는 인위적인 속박에서 벗어나 정신적·신체적 자유를 획득함을 의미한다.

피난민들의 월남할 때의 급박한 상황과 비극적인 현장은 '숨죽이고 숨죽이고 떠나오던 그날 밤에 /형과 누이는 살아남게 하기 위하여 /울음 우는 철없는 것의 목졸라 죽이었던'(「그렇습니다」) 등에서도 사실적으로 묘사된다. 이러한 사실적이고 구체적인 시적 묘사 속에는 모순되고 부조리한 전쟁과 분단 상황에 대한 시인의 비판적 현실인식이 숨어있다.

<blockquote>

열시　　　　흐릿하다
열한시　　　가물가물 보인다
열두시　　　하루가 다 하고
　　　　　　하루가 시작되는 어둠은
　　　　　　더욱 짙은 어둠이다
　　　　　　그러나 그때 성큼 한 발자국
　　　　　　내게로 다가서는 너를 본다
한시　　　　마침내 너는 어둠을 밀어낸다
　　　　　　산이여 강이여 하늘이여
두시　　　　밭이여 언덕이여 샘이여
　　　　　　홰나무여 대문이여 안뜰이여
　　　　　　큰 부엌의 큰 솥이여 작은 솥이여
　　　　　　마른 나무 활활 불타는 눈부신 아궁이여

</blockquote>

<pre>
세시   할아버님 할머님
           아버님 어머님이시여
네시   (네 번 치는 괘종소리)
다섯시   머리 위에 떠오르는 희끄무레한 창
여섯시   다시 네가 없는 밝음이다
</pre>

― 「여섯시」 전문

위 시의 시간적 배경은 밤 열시부터 새벽 여섯시까지로 설정되어 있다. 시인은 모든 것이 잠드는 어두운 밤에 오히려 그 만의 공간과 의식세계를 만든다. 이러한 역설적 세계는 '눈을 감아야 /보이는 길'(「봄이 오는 4월에」), '내 먼 북녘의 고향은 /어둠속에 /훤한 밝음으로 있읍니다'(「내 어둠」) 등에서도 드러난다.

어둠 속에서 오히려 밝음의 세계를 찾으려는 시적 의도는 시인이 가 닿고자 하는 지향세계가 손닿을 수 없는 먼 곳에 있거나, 그러한 현실적 한계를 지니고 있음을 암시한다. 전봉건이 가장 깊은 어둠이 시작되는 밤 열두시에 '너'와의 만남을 시도하는 것도 바로 이 때문이다. 여기서 '너'라는 대상은 시적 문맥상 '북의 고향'을 의미한다. '북의 고향'은 밤의 '어둠' 속에서 비로소 성큼 내게로 다가와 그 본래의 모습을 드러낸다. 그 모습은 '산, 강, 하늘'의 먼 풍경에서부터 '밭, 언덕, 샘'이 있는 일상적 공간, 그리고 '홰나무, 대문, 안뜰'의 순서로 다가온다.

시인의 시선은 먼 곳으로부터 점점 가까운 풍경으로 즉, 외부공간에서 내부공간으로 이동하고 있다. 이는 시인의 지향공간이 확대된 넓은 공간에서 축소된 좁은 공간으로 집중됨을 의미한다. 이 축소된 공간은 곧 전봉건의 옛 '고향집'으로 드러난다. 고향집은 그가 가장 안착하고 싶어하는 공간으로 모성지향적 의미를 담고 있다. 위 시에서 시인의 시선이 마지막으로 부엌, 특히 아궁이로 압축되는 것은 이 때문이다. 아궁이는 생명의 원천인 여성의 자궁을 의미한다. 그는 큰솥 작은솥의 아궁이에 마른나무를 활활 태움으로써 죽어있는 탯줄에 생명의 불길을 일으키고자 한다. 이는 다름 아닌 실향과 이산으로 인해 오랫동안 암흑에 쌓여있던 고향집과 상실한 뿌리를 재생하고자 하는 시적 의도이다. 이러한 시도는 곧 할아버님과 할머님 그리고 아버님 어머님으로 이어지는 핏줄의 재생을 통해 실현된다. 그러나 어둠속에서 이루어진 고향과의 만남은 '여섯시'로 상징되는 밝음의 공간에서는 모두 사라진다. 이것이 이 시의 비극적인 의미축이고, 시인의 현실인식의 본질이다.

① 바라보기 30년 /오직 바라만 보기 30년은 /눈 짓물고 /간 짓물고 / 쓸개 짓물고 /넋이마저 짓물은 /그러한 세월입니다

—「오래도록」 부분

② 우리 집에는 /아무도 알지 못하는 /창문 하나가 /있습니다 /20년을 함께 산 자식들이 알지 못하고 /30년 가까이나 /함께 산 집사람도 알지를 못합니다

—「창문」 부분

③ 아무도 보지 못한 그 사나이 /땅바닥에서 한치쯤 떠서 고향길 가고 온 그 사나이 /한반도처럼 허리 꺾인 사나이를 나는 보았다 /나만이 본 그 사나이 /갈기갈기 헤어진 바지가랭이를 보았다

—「한치쯤 떠서」 부분

위 세 편의 시를 내용별로 정리하면, 시인은 실향 후 30년 동안 한 스러운 고향 그리움의 세월을 보내다가①, 아무도 모르는 창문 하나를 만들기에 이른다②. 그리고 급기야 땅바닥에서 한치쯤 떠서 고향 길 가고 오는 사나이의 환상을 보게 된다③. 이 세 편의 시에는 전봉건의 고향상실의 아픔이 상징적으로 함축되어 있다. 실향민으로 살아온 그의 30년은 '눈, 간, 쓸개, 넋'까지 짓무르게 하는 고통의 시간이었다. 이 시간들은 그에게 신체 훼손 뿐 아니라, 정신적 훼손까지 안겨주는 상처의 시간들로 드러난다. 그가 아무도 몰래 북의 고향을 바라볼 수 있는 '창문' 하나를 만든 것은 그의 이러한 정신적, 신체적 상처의 깊이를 반영한다. 그러나 이러한 시적대응은 어쩔 수 없이 현실적 단절을 내포하게 된다. '창문'은 개폐에 따라 소통과 단절을 공유하게 되는데, 시인은 스스로 창문 하나를 만듦으로써 세상과의 소통과 단절을 반복하기 때문이다. '나만이 만질 수가 있고', '나만이 여닫을 수가 있는' 이 창문은 '어두운 새벽, 어두운 밤중' 혹은 '봄이 오는 한식날, 가을 깊은 추석날'에만 열리는 제한적, 폐쇄적 의미를 담고 있다.

'바라보기 30년' 그리고 아무도 모르는 '창문' 하나를 만들기에 이어 시인은 또 다른 시적대응을 모색한다. 이는 현실 속에서는 갈 수 없는 고향을 상상을 통해 가고자 하는 것이다. '아무도 보지 못한', '땅바닥에서 한치쯤 떠서' 등은 이 시의 시적공간이 상상세계임을 암시한다. '한반도처럼 허리 꺾인 사나이', '갈기갈기 헤어진 바지가랭이'는 분단 비극과 철조망의 폭력적인 힘을 상징적으로 보여준다. 위 세 편의 시는 전쟁과 분단이 남긴 씻을 수 없는 실향민들의 상처와 간절한 고향 그리움의 심회가 시인의 눈을 통해 함축적으로 그려지고 있다.

6·25전쟁은 전봉건의 일생을 가름하는 결정적인 체험이며, 이후 시의식의 밑바탕을 이루게 된다.5) 그는 민족의 분열이 가지고 있는 고통과 비극의 실체를 그의 내면세계에 통합적으로 지니고 있으며,6) 이는 실향의식의 시적 형상화를 통해 보다 선명하게 드러난다. 전봉건의 실향의식의 시적배경은 살펴본 바와 같이 6·25전쟁과 분단에 있다. 그의 실향의식이 가장 강렬하게 함축하고 있는 것은 뿌리의식이다. 그에게 고향상실은 곧 조상 대대로 내려오던 뿌리를 상실하는 것이며, 뿌리상실은 다시 정신의 상실로 이어진다. 다시 말해, 그에게 고향상실은 근원적 존재상실을 의미하는 것으로 그가 극복해야 할 가장 본질적인 요소에 해당한다. 여기서 전봉건의 고향회귀에 대한 필연성과 시적극복의 의미가 부여된다.

3. 현실인식과 욕망의 시적극복

1) 꿈과 현실의 재인식

전봉건은 1988년 6월 13일 60세의 일기로 타계하기까지 일생 무엇인가를 찾아 헤매었다. 이 '찾아헤맴'의 과정은 정신적으로는 그의 오랜 시적극복의 여정이기도 하고, 현실적으로는 이방인으로 살아갈 수밖에 없는 실향민의 삶을 반영하기도 한다. 그는 1952년 대구 피난민 수용소에서 서울로 올라온 뒤 출판사 희망사(希望社)에 취직을 함으로써

---

5) 박민영, 「6·25와 北의 고향, 상실의 시적 극복」, 「현대시학」, 1993. 6, 202면.
6) 신동욱, 「전봉건론」, 「현대문학」, 1980. 9, 235면.

처음으로 출판계에 몸담게 된다. 이후 출판사나 잡지사 등 여러 곳에 잠깐씩 머물기도 했지만 일생 고정된 직장을 갖지 못했다. 그가 유일하게 타계하기까지 열정을 바쳐 몸담았던 월간 시 전문지 「현대시학」은 그에게 문학적 열정과 또 문학발전에 기여한다는 자부심을 심어주었을지 모르지만, 생계를 위한 직장이 되지는 못했을 것이다. 그는 고향을 상실함으로써 정신적으로나 현실적으로 영원한 방랑자가 되어버렸는지 모른다.

전봉건이 끊임없이 극복의 문제에 천착하는 것은 바로 이러한 그의 전기적 삶과 연계성을 가진다. 그의 극복의 문제는 단순히 현실적 문제를 넘어 보다 근원적인 문제 즉, 상실한 존재회복과 자기구원에 토대를 두고 있기 때문이다. 전봉건이 현실인식을 통해 자각하는 자기존재는 전쟁체험을 한 비극적 존재이며, 북에 고향을 둔 실향민이며, 고향회복을 열망하는 근원적 존재이다. 전봉건이 이러한 자기존재를 극복할 수 있는 길은 현실적으로는 불가능하다. 그가 꿈, 환상, 상상세계를 통해 시적극복을 유도하는 것은 이 때문이다. 그의 시형상화 과정은 대체로 명징한 현실인식을 바탕으로 비극적 체험의 재현, 체험에 대한 비판과 수용 그리고 시적극복이라는 구도를 고수하고 있다. 『북의 고향』의 시편들도 대체로 이러한 시적구도를 보이며 극복의 길을 모색하게 된다.

　내 고향은 이북이지만
　꿈속엔 길이 있어서 갈 수가 있읍니다

— 「찬 바람」 부분

아아 이십육년
뼈저린 꿈에서만 뵈시는 어머님이시여

- 「뼈저린 꿈에서만」 부분

꿈은 마음의 영원한 근원이며 내부세계와 외부세계의 이음새이다.[7] 꿈은 현실적 한계를 초월하는 환상공간으로, 현실에서는 이루지 못할 어떤 것을 '꿈으로라도' 이루겠다는 욕망에 의해 도입된다. 전봉건은 북의 고향을 바라보기 위해 아무도 모르는 '창문' 하나를 만들었듯, 다시 '꿈'을 통해 '꿈속의 길'이라는 하나의 초월적 공간을 만든다. '꿈길'은 시인이 북의 고향을 가기 위해 만든 매개물이다. 이는 '꿈속엔 길이 있어 갈 수가 있읍니다', '뼈저린 꿈에서만 뵈시는 어머님이시여' 등에서 그의 시적 의도가 구체화된다.

전봉건에게 고향회귀는 본래적 자신을 찾는 것, 훼손되지 않은 맑은 영혼의 자리로 되돌아가는 과정이다. 그러나 꿈을 매개로 욕망을 실현하고자 하는 시적 의도에는 그 꿈이 현실적으로 실현 불가능한 한계를 지니고 있음을 암시한다.

나는 죽을 수가 없읍니다. /꿈마다 찾아가는 고향집은 썰렁하니 비어서 어두컴컴하였읍니다. 그래도 날마다 꾸는 꿈마다 나는 이북의 고향집을 찾아갔읍니다. /그러한 어느 날 밤의 꿈이었읍니다. /나는 드디어 아버님과 어머님 또 두 형님을 뵐 수가 있었읍니다. 죽어서 재가 되었던 어머님과 두 형님 그리고 죽어서 흙이 되었던 아버님은 고향으로 돌아와 다시 사람으로 현신하여 함께 살고들 계셨읍니다. /나는 죽을 수가

---

7) 장 피에르 리샤르, 윤영애 역, 『시와 깊이』, 민음사, 1984, 206면.

없읍니다. /고향집은 방마다 훤한 빛이 가득하였읍니다. /고향집은 구석
마다 훤한 빛이 가득하였읍니다.

—「꿈길」부분

꿈이란 현실을 반영하는 가장 강력한 매개물이다. 그것이 꿈꾼 자가
간절하게 소망하는 어떤 것이든, 그 반대의 것이든 현실속의 여러 이
미지들이 무의식의 형태로 투영되어 나타난다. 전봉건의 경우 전자의
의미 즉, 고향 그리움의 간절한 소망이 꿈이라는 매개물을 통해 실현
된다. 이는 '꿈은 하나의 소망충족'8)이라는 프로이트의 말로 설명할
수 있겠는데, 전봉건이 꿈이라는 매개를 통해 고향회귀를 유도하는 것
도 이러한 꿈의 특성을 반영한 것이다.

위 시에서 전봉건이 '꿈마다 찾아가는 고향집은 썰렁하니 비어서 어
두컴컴'한 공간으로 드러난다. 썰렁하게 비고 어두컴컴한 고향집의 풍
경은 가족들의 부재를 암시한다. 고향집에서 안락하고 편안하게 살고
있어야 할 이 가족들은 이남에서 비극적인 삶을 살다가 생을 마감한
것으로 형상화되고 있다. 그의 부모님과 두 형님은 이미 죽어 '흙'이
되었거나 '재'가 된 죽음 이미지로 드러난다. 이러한 죽음 이미지는 '어
머님의 재와 큰 형님의 재는 한강물에, 작은 형님의 재는 부산 바닷물
에 뿌렸읍니다'와, '아버님은 이북으로 가는 길목 산중턱에 무덤을 써

---

8) S. 프로이트 /김기태(옮김), 『꿈의 해석』, 선영사, 2005, 143면. 프로이트는 이 책
   의 제3장 「꿈은 소망 충족」에서 다음과 같이 말한다. "꿈은 무의미한 것도 부조
   리한 것도 아니기 때문에, 우리들의 수면 중에 일련의 표상은 잠들어 있는데, 다
   른 일부가 깨기 시작한다는 것을 전제로 해야 한다. <u>꿈은 완전한 심적 현상이며,
   어떠한 것의 소망 충족이다.</u> 꿈은 우리가 각성시의 심적 행위의 관련 속에 넣을
   수 있는 것이므로 매우 복잡한 정신활동에 의해 형성된다."

서 모셨습니다' 등에서 극대화된다.

그러나 어느 날 밤 꿈에 시인은 이들이 다시 고향집으로 돌아와 현신해 살고 있는 것을 보게 된다. 이들의 현신은 그동안 썰렁하니 비어서 어두컴컴하던 고향집을 '방마다 훤한 빛이 가득'한 공간으로 살아나게 한다. 시인은 전쟁과 분단으로 인해 뿔뿔이 흩어져 비극적인 죽음을 맞았던 가족들을 다시 현신시킴으로써 죽어있던 고향집을 밝고 건강한 생명의 공간으로 부활시킨다. 이러한 생명 이미지는 전봉건의 의식, 무의식적 소망충족을 의미한다. 그는 부모님과 두 형님을 현신시키고 또 죽음 이미지로 드러나던 고향집을 빛이 가득한 집으로 전환시킴으로써 상실한 자기존재 회복을 유도하고 있다.

이처럼 그의 시적 극복세계는 과거의 단란했던 어느 한 순간의 시적 재현에 놓여있다. 그의 현실 부재의식과 고향 콤플렉스는 잃어버린 고향의 회복 즉, 비어있던 고향집의 재생과 죽었던 가족들의 현신을 통해 극복된다. '어둠 /훤한 빛', '죽음 /현신' 등 하강 /상승의 대립적 구도는 이러한 전봉건의 시적 극복과정의 특징을 상징적으로 보여준다.

> 이따금 꿈길에 가는 고향집 가을 햇살은 등어리에 따사롭습니다. 안방에서 사랑채로 혹은 대문으로 넉넉한 걸음걸이 옮기시는 아버님과 어머님께서는 들국화의 향내가 납니다. 그런데 모를 것은 아무리 보고 다시 보아도 아버님과 어머님의 모습이 삼십 안팎으로 밖에는 안 보이는 사실입니다. 쫓겨 헤매인 이남땅 찬 비바람에 시달려 모질게 깊이 아프게 삭은 칠십의 고개에서 팔 다리 오그린 채 눈 감으셨던 아버님과 어머님.

― 「죽어서야」 부분

전봉건이 어둡고 썰렁하게 비어있던 고향집을 방마다 훤한 빛으로 가득 채우고, 그 곳에 죽은 부모님과 형님들을 현신시키기까지는 오랜 시적극복 시간이 소요된다. 그리고 이러한 시적노력은 여기에서 끝나지 않고 다시 고향집의 풍경을 과거의 행복했던 어느 한 순간으로 돌려놓는다. 아무리 보아도 '삼십 안팎으로 밖에 안 보이는 아버님과 어머님'의 모습은 시인의 유년을 유추하게 한다. 유년의 공간은 전봉건이 이르고자 하는 가장 근원적인 공간이라 할 수 있다. 유년의 공간이야말로 훼손된 신체와 정신을 회복시켜 줄 수 있는 가장 이상적 공간으로 상정된다. 그가 꿈길을 통해 고향→고향집→가족들의 현신→젊은 부모님을 차례로 형상화하며 유년의 공간에 이르고자 하는 것은 이 때문이다.

위 시에서 유년의 고향집은 '등어리에 따사로운 가을 햇살', 아버님과 어머님의 '넉넉한 걸음걸이', '들국화 향내'가 나는 부모님의 모습 등으로 묘사된다. 이러한 풍경은 죽음과 대립되는 빛의 세계 즉, 평화로움과 자유로움 그리고 생명의 세계를 표방한다. 그러나 들국화 향내가 나는 젊은 부모님은 북의 고향과 꿈속 혹은 과거의 기억을 통해서만 그 존재가 감지된다. 여기서 전봉건의 지향세계의 비극성이 드러난다. 또한 들국화 향내가 나는 젊은 부모님과 이남에서 고통스럽게 죽어간 현실속의 부모님의 모습이 대비되면서 분단 이데올로기의 비극성이 극대화된다. 이는 전봉건의 고향시편들이 내재하고 있는 시적비판의 일면이라 할 수 있다.

이승훈은 전봉건의 시선집 『전봉건 시선』(탐구당, 1985)의 서평에서, 전봉건이 빛 이미지로 상징되는 '연분홍빛의 세계'(「아침 진달래」)와 만나게 되는 것은, 30년이 넘게 지속되어온 그의 시적 모험이 성취한 가장 눈물겨운 부분이자, 그의 시적 승리에 해당한다9)라고 말한 바 있다. 여기서 '연분홍빛의 세계'란 다름 아닌 그의 시적 극복세계를 말하는 것이다. '연분홍빛 세계'와의 만남에 이어 『북의 고향』에서의 '꿈길'이라는 새 초월적 극복공간의 창조는 전봉건의 또 다른 시적탐구의 결과라고 할 수 있다. 이는 '꿈의 구조를 통한 과거 지향적 상상의 미학'10)을 극복의 형태로 형상화하고 있기 때문이다.

2) 정화와 통합의 세계

전봉건이 '꿈길'을 통해서나마 잃어버린 고향을 회복하고 정신적 극복토대를 마련할 수 있었던 것은, 그의 치열한 시의식의 결과라고 할 수 있다. 그의 또 다른 시적극복을 보여주는 정화의 세계는 '꿈길'의 연장선상에서 그 시적의미를 찾을 수 있다. 정화의 세계는 전봉건을 결빙시키던 현실적·정신적 단절과 고독 그리고 어둠과 절망을 벗어나 새로운 인식의 세계로 접어들고자 하는 시적 의도이기 때문이다. 그가 의도하는 새로운 인식의 세계란 '혼자'라는 단절된 세계에서 '우리'라는 통합의 세계로 나아감을 의미한다. 정화 이후 이러한 인식의 전환은 그의 마지막 시집인 『돌』의 존재초월로 가는 중요한 계기를 마련한다.

먼저, 이 절에서 다루게 될 정화의 세계는 '눈'과 '눈물' 이미지를 통해 그 시적 의도를 찾아볼 수 있다. 전봉건 시의 중요한 특징 중의 하

---

9) 이승훈, 「전봉건의 상처」, 「현대문학」, 1986. 6, 403면.
10) 하현식, 「말과 孤節」, 「현대시학」, 1988. 6, 70면.

나는 다양한 이미지의 시적변용에 있다. 전봉건은 시론집 『詩를 찾아서』11)에서 '이미지는 강력한 희망, 탐욕스런 생명력이 넘쳐나는 꿈'이라고 말한 바 있다. 그는 '뭔가 나타내 보이고 싶은 것, 떠올리려고 하는 것, 그런 것을 가장 정확하게 그리고 구체적으로 또 생생하게 해주는 것이 이미지인 것 같다'12) 라고 설명하고 있다.

전봉건 시에서의 이미지들은 주로 대립적 위치에서 상승지향의 구조를 띠고 있다. 상승 이미지들은 대체로 꽃, 불, 나무, 소리, 새, 피, 돌 등의 이미지를 통해 드러나는데, 이는 곧 전봉건의 극복세계인 생명성을 상징한다. '눈'과 '눈물'은 하강 이미지이지만, 물의 속성상 다시 수증기가 되어 상승한다는 점에서 상승 이미지를 내포한다. 무엇보다 이 절에 등장하는 '눈'과 '눈물'은 정화 이미지로서의 상승의 의미를 지닌다. '눈'과 '눈물'은 전봉건의 고향회상 장면에서 떠오르는 고향 이미지로, 오래 응어리진 상처를 덮어주고 풀어주는 상처치유의 의미를 담고 있기 때문이다.

> ① 가슴에 묻어 온
> 　그 많은 이야기
> 　한뼘 남짓한 가슴에 묻어 온 이야기
> 　크고 높고 깊은 많은 이야기
> 　다 하면서 노래처럼 다 하면서
> 　함박눈으로 내립니다
>
> 　　　　　　　　　　　　　　　　－「함박눈」 부분

---

11) 전봉건 시론집, 『詩를 찾아서』, 청운출판사, 1961, 148면.
12) 전봉건·박정만 대담, 「나의 文學, 나의 詩作法」, 「현대문학」, 1983. 4, 278면.

② 윗풍 찬 방에
  움츠리고 앉은 지나간 날들의 생각
  낡은 사진첩 들치는데
  돌아가지 못하는 길
  먼 고향길에
  함박눈이더군요

– 「저무는 날의」 부분

전봉건 시에 드러나는 눈은 단순한 자연 현상이 아니라, 고향의 강·산·들처럼 시인의 무의식속에 각인된 고향 이미지이다. 눈은 현재와 과거를 이어주는 기억의 끈인 동시에 고향회상의 통로이다. 시인의 기억 속에서 재현되는 고향의 눈은 대부분 '함박눈' 이미지로 드러난다. 이 함박눈은 시인으로 하여금 '눈 많은/ 이북/ 고향꿈'(「발자국」)을 꾸게 하는 매개물인 동시에, '가슴에 묻어 온 많은 이야기'(①)들을 풀어주는 정화의 역할을 한다.

시인에게 북의 고향은 이미 '돌아가지 못하는 길/ 먼 고향길'(②)이 되어버렸지만, '낡은 사진첩' 속에는 아직도 '함박눈'의 풍경으로 살아 있다. '낡은 사진첩'은 시인의 고향 떠남이 오래 되었음을 말해준다. 그 시간들은 '위풍 찬 방에/ 움츠리고 앉'아서 보낸 상처의 시간들이다. 그러나 눈의 정화력은 '못다 본 눈/ 다 보는 눈, 못다 푼 한/ 다 푸는 한, 못다 준 정/ 다 주는 정, 못다 한 말/ 다 하는 말, 못다 꾼 꿈/ 다 꾸는 꿈'(「내리라 가득하라」)이 되어 실향의 상처를 정화시킨다.

전봉건의 '눈'은 오랜 마음의 결핍을 채워주고 응결된 상처를 풀어주는 따뜻한 정서를 내재하고 있다는 점에서 대단히 중요하다. 이러한

'풀림'의 세계가 바로 그의 상처를 정화시키는 강력한 힘으로 작용하기 때문이다. '꿈길'이 상상의 세계라면 '눈'은 현실세계이고, 꿈이 어둠을 동반한다면 눈은 오히려 그 어둠을 밝혀주는 등불 역할을 한다. 또한 꿈속의 고향길이 전봉건 혼자만의 아픈 행위였다면, 눈길은 모두가 공유할 수 있는 보편적 정서에 가닿아 있다. 전봉건이 눈을 통해 따뜻한 인간애를 회복하게 되는 원인이 여기에 있다. 눈은 다시 눈물로 녹아내리면서 상처를 정화시킨다.

> 눈물은 만질 수가 있읍니다
> 마음은 만질 수가 없읍니다
> 하지만 눈물은 마음을 만질 수가 있읍니다
> 눈물 날 때 마음이 척척하니 젖는 것은 그 때문입니다
> 먼 고향은 마음 안에 있읍니다
> 그래서 내가 만지지 못하는 마음이나 먼 고향을
> 눈물은 이따금씩 만질 수가 있읍니다
> 봄 어느 날 가을 어느 날
> 내 먼 고향은
> 척척하니 젖은 마음안에서 다시 척척하니 젖어 있읍니다
> 그런 날이면 늘 비가 내려서
> 젖은 진달래나 단풍이 흐린 천지간에 번지는
> 불꽃입니다

— 「눈물」 전문

위 시에서 시인은 눈물을 매개로 고향을 만난다. 시의 구조는 '눈물→만질 수가 있다', '마음→만질 수가 없다', '눈물→마음을 만질 수 있

다', '먼 고향→마음속에 있다', '눈물→마음을 만질 수 있다'로 되어 있다. 결국 '눈물'은 마음을 만질 수 있기 때문에 마음속에 있는 고향을 만나게 된다는 것이다. '눈물'과 '먼 고향'의 만남은 시인의 간절한 고향 그리움의 시적 표상이다. 시인의 고향 그리움은 '봄 어느 날 가을 어느 날'이 되면 더욱 더 간절해진다. 여기서 '봄 어느 날'과 '가을 어느 날'은 전봉건의 시편들을 통해 유추해 볼 때, 한식날과 추석날을 의미하고 있는 것 같다. 시인은 한식날과 추석날이 되어도 고향에 가지 못하는 슬픔을 '젖은 진달래'와 '젖은 단풍'에 비유하고 있다. 그러나 그는 이를 다시 '불꽃'으로 피워 올림으로써 하강의 심상에서 상승의 심상 즉, 시적승화를 유도한다. '불꽃'은 눈물이 지나간 자리에 피어난 생명의 꽃이다. 전봉건의 극복세계가 대개 그렇듯 위 시 역시 '눈물 / 불꽃'의 대립구조를 통해 시적극복을 획득한다.

전봉건의 '눈물'은 시 「새길」에서는 다시 '한 핏줄/ 서로 그리는/ 그리움의 눈물'로 형상화된다. 이 '눈물'은 '한 핏줄' 서로 그리는 그리움의 눈물이기도 하고, 한 핏줄 서로 부르며 찾는 피의 눈물이기도 하다. 전봉건에게 '눈물'은 이제 정화의 의미 뿐 아니라 화해와 수용의 의미까지 내포한다. 그는 '새길'을 내기 위해서는 전쟁이나 폭력적 힘이 아니라, '눈물'로 열어야 한다는 인식을 보인다. 그의 시적극복의 범주는 이제 '고향, 고향집, 가족'의 테두리에서 '한 핏줄'로 상징되는 민족적 의미로 확대되고 있다. 전봉건의 눈물은 이제 전봉건 개인의 눈물이면서 월남인 전체의 눈물이기도 하고, 한국인의 눈물로 확장된다. 이러한 전봉건의 '눈물'이 의도하는 내적 의미는 화해와 수용을 바탕으로 한 '한핏줄'의 반성과 염원이다.

① 오오 처음으로 꽃닢에서
꽃닢으로 이는 바람결인데
…어찌 사랑을 우리들 사랑을
시작하지 않으리

─ 「처음으로 열리는」 부분

② 오늘 /아침에 /보는 산 개울의 물은 /조금은 더 /맑아 보입니다… /
그러나 /눈 덮인 길 /저 /얼어붙은 길 /북으로 가는 /저 길을 /정말
로 어제보다는 /조금은 더 넓은 것이게 하는 것이 /오늘 아침 /새
아침의 /우리들 간절한 /소망입니다

─ 「길」 부분

'눈'과 '눈물'을 통한 전봉건의 정화의 세계는 이제 '나' 혹은 '혼자'라
는 단절된 세계에서 '우리'라는 통합적 세계로의 전환을 유도한다. 이
는 곧 이제까지 단절적, 폐쇄적 위치에 있던 세상과의 내적 화해를 암
시한다. 이러한 전환의 바탕에는 '사랑'이라는 시적의미가 매개되어 있
다(①). '사랑'은 '눈물'이 보여주던 정화의 세계 그리고 화해와 수용의
세계에서 좀 더 심화된 세계와 의미층을 부여한다. 이러한 '사랑'은 '꽃
닢에서 꽃닢으로 이는 바람결'에서 시작되어 '하늘속 눈부시게 밝히며
/솟는 큰 산의 사랑'으로 승화하기 때문이다. 이 시에 형상화되고 있는
'처음'과 '시작'이라는 시적표현은 '사랑'을 매개로 한 새로운 세계 즉,
화해와 열림의 세계에 대한 시인의 희망과 기대가 암시되어 있다.

전봉건은 '북으로 가는 길'도 이제 혼자만의 길이 아니라, '우리들 간
절한 소망'(②)이라는 인식을 드러낸다. 이제까지 '북의 고향'은 전봉건
개인이 극복해야 할 시적대상으로 형상화되고 있었지만, 이제는 함께

극복해야 할 민족적·현실적 과제로 대두된다. 그리고 이러한 극복에는 전쟁 등 폭력적 힘의 원리가 아니라, 사랑과 화해의 정서가 매개되어 있다. '오늘/ 아침에/ 보는 산 개울의 물은/ 조금은 더/ 맑아 보입니다'에서도 시인의 이러한 인식을 엿볼 수 있다. '맑은 산개울의 물'은 정화되고 순화된 자아와의 만남을 의미한다. 이러한 자아와의 만남의 세계가 전봉건이 의도하는 정화와 통합의 세계이고, 그가 종국에 이르고자 하는 시적 극복의 세계이다.

전봉건의 40여 년의 시작과정은 내적, 외적으로 상실한 고향과 그 고향의 회복에 초점이 맞춰져 있다 해도 과언이 아니다. 고향회귀는 곧 상실한 자기존재를 회복하는 길이며 진정한 자아와의 만남을 의미한다. 전봉건에게 고향 / 자기존재는 동일시되고 따라서 고향회귀는 곧 그의 오랜 고향 콤플렉스의 시적극복을 의미한다. 이로부터 전봉건의 시 의식은 그의 시세계의 결집이라고 할 수 있는 마지막 시집 『돌』의 존재탐구, 예술적 성취, 존재초월의 세계로 전환된다.

4. 결론

전봉건은 초기 서정시를 제외하고는 대체로 모더니즘적 특성을 바탕으로 그의 독특한 시세계를 열어왔다. 그의 실험적 시 의식에 바탕한 미학적 시세계는 그를 50년대 대표적 모더니즘 시인으로, 또 시사적으로도 큰 족적을 남긴 시인으로 평가받게 한다. 시집 『북의 고향』의 시편들은 초기, 중기시에서 보이던 전봉건의 시적 특성과는 다소 거리를 보인다. 이는 개인적·주관적 감정 유입이 많은 '고향시'의 특색이 주는 한계라고 할 수 있다.

그러나 전봉건의 '고향시'는 단순히 전쟁체험과 실향의식의 객관적 진술에만 의존하는 것이 아니라, 시형상화를 통해 미학적인 극복형태를 띠고 있다는 데 그의 문학적 가치가 놓여있다. 또한 이 시편들이 내포하는 시적 의도가 역사와 현실, 분단 모순에 대한 고발과 비판의식을 견지하고 있다는 점에서도 그 시적의의를 찾을 수 있다.

전봉건의 전 시세계를 지배하는 시적 상상력은 전쟁체험과 분단의식이다. 무엇보다 그의 시 의식을 사로잡은 것은 분단으로 인한 고향상실에 놓여있다. 전봉건에게 6·25전쟁은 곧 고향상실로 연계되고 실향의 상처는 일생 씻을 수 없는 그의 내적 콤플렉스로 자리 잡는다. 그에게 주어진 '실향민'이라는 상흔은 그가 지고가야 할 가장 큰 현실적 극복과제이면서 이후 그의 시적여정을 암시하는 중심 기제가 된다.

전봉건이 고향회귀를 통해 그의 내면의식의 중심을 흐르는 '고향 콤플렉스'의 극복을 유도하는 것은, 근원적 존재로서의 자기존재 회복의지에서 비롯된다. 고향회귀는 곧 전봉건의 상실한 존재회복을 의미하고, 따라서 진정한 의미에서의 정신적 자유를 내포하기 때문이다. '꿈길'은 갈 수 없는 북의 고향을 가기 위해 만든 매개물로서, 시인의 고향회귀에의 열망을 실현시켜 준다. '눈'과 '눈물'은 상처치유와 자기정화 이미지로 등장한다. '꿈길'이나 '눈' 그리고 '눈물' 이미지를 통해 변주되는 전봉건의 극복의지는 가장 적극적인 극복형태를 띠고 있다. 또한 극복과 정화 이후 그의 통합적 인식의 세계는 그의 오랜 시적 성과 혹은 시적승화의 세계라고 할 수 있다.

전봉건의『북의 고향』의 시편들은 그 동안 마음껏 고향 그리움의 시를 쓸 수 없었던 현실적 제약과, 개인적 체험인 '고향시'를 쓰는 것에 대한 시인으로서의 시적 고민이 함께 녹아있다. 한편, 밖으로 드러내고 싶지 않은 시인의 내면의식의 저변, 즉 콤플렉스적 사안들을 시적 형상화하고 있다는 점에서 그의 시적 의도와 의미의 중요성이 드러난다. 이는 응결된 마음의 상처를 스스로 풀어내냄으로써 상처치유의 길을 모색하려는 시인의 시적 의도로서, 그의 시세계에 새로운 전환을 가져오는 중요한 시적단계라고 할 수 있다.

원형적 이미지를 통한 구체성과 보편성의 통합

— 전봉건론

1. 전후시의 독특한 한 모델

전봉건(全鳳健, 1928~1988) 시인은 해방된 이듬해에 월남하여, 한국전쟁이 나기 얼마 전인 1950년 초, 『문예(文藝)』지에 「원(願)」, 「사월(四月)」, 「축도(祝禱)」 등이 서정주와 김영랑에 의해 추천을 받아 등단하였다. 경기도 양주에서 잠시 초등학교 교사로 지내다가 한국전쟁이 나자 군에 징집되어 중동부 전선에서 부상을 입고 제대를 하는데, 다른 어떤 1950년대 시인들보다 전봉건의 시적 작업에 전쟁의 이미지가 깊이 매개되는 것은 바로 이 같은 경험적 직접성 때문일 것이다. 이후 대구

---

* 유성호 / 한양대학교 국어국문학과 교수

피난민 수용소에서 시인 김종삼, 비평가 이철범 등과 사귀었으며, 음악 다실 르네상스에서 고전음악에 심취하면서 상당 기간을 지냈다.

1953년 환도와 더불어 서울에 온 그는 본격적으로 시 창작에 매진하였고, 1957년 김광림, 김종삼 등과 함께 3인 연대시집『전쟁과 음악과 희망과』를 펴냈으며, 첫 시집『사랑을 위한 되풀이』(1959) 이후『춘향연가』(1967),『속의 바다』(1970),『꿈 속의 뼈』(1980),『피리』(1980),『새들에게』(1983),『북의 고향』(1983),『돌』(1984) 등을 상재하였다. 1988년 타계할 때까지 40년 가까운 시간을 시작과 시전문지(『현대시학』) 발간에 헌신한 그는, 우리 시문학사에 한국전쟁 경험의 사실적 재현과 그것의 내면화 그리고 그것의 서정적 극복과 치유라는 독자적 세계를 남긴 시인으로 기록될 만한 시인이다.

전후에 발표된 전봉건 시편에는, 자신의 군번을 표제로 한「0157584」나 군대 용어를 그대로 빌려 쓴「JET · DDT」등에서 보이듯이, 전쟁의 비정성과 냉혹성에 대한 증언의 성격과 평화를 갈구하는 기원의 성격을 결속한 경우가 많다. 그 과정에서 그는 1950년대 시인 가운데 가장 일급의 심미성과 서정성을 보여주었다. 그만큼 그의 시는 넓은 의미에서는 1950년대 모더니즘의 영역 안에 있었지만, 그렇게만 규정될 수 없는 강한 개성 곧 서정성과 상징적 이미지들의 견고한 결합을 띠고 있었다고 할 수 있다. 또한 그는 가장 원초적인 생명의 이미지들을 통해 불모와 폐허의 세계를 치유하고, 전쟁 경험으로 유린당한 세계의 질서를 상상적으로 재구축하려 한 시인이었다고 할 수 있다.

그래서 그의 시는 '꽃'과 '새'를 노래하는 가운데서도 전쟁의 핏자국을 보이지 않게 의식하고 있으며, 전쟁의 구체성을 재현하면서도 그것들의 한시성을 넘어서려는 초월적 열망을 잊지 않는다. 그것은 '탄흔에 아롱지는 이슬'이나 '군화자국을 헤치며 녹색을 키우는 흙'처럼 상호 모순되는 사물들 사이에서 피어나는 어떤 힘으로 나타나게 되는데, 이는 모순된 의미의 사물들('탄흔'/'이슬', '군화'/녹색을 키우는 '흙')이 이루는 긴장이 이 시인이 타계할 때까지의 시세계를 결정적으로 규율하도록 하는 원초적 힘으로 작용하게 된다. 따라서 그의 시는 우리 전후시의 독특한 한 모델로 평가될 만한 고유한 속성과 표상을 풍부하게 지니고 있다고 할 수 있다.

2. 전쟁의 원체험과 상징적 이미지의 원용

앞에서도 암시했지만, 전봉건 전후시의 특성은 전장(戰場)의 현장성과 치열함을 재현하면서도 그것을 선무적인 반공 의식으로 채색하지 않는 데 있다. 그리고 그는 막연한 후의(厚意)적 감상을 토대로 하는 추상적 휴머니즘으로 내달리지도 않는다. 이는 전쟁이 자신의 처절한 주관적 경험이면서도 그것을 일정하게 객관적 현실로 바라보는 그의 놀라운 균형 감각에서 생성된 어떤 경지라고 할 수 있다.

물론 전봉건에게 한국전쟁은 객관적 '인식' 이전에 주관적 '경험'으로 깊이 각인된 것이지만, 그는 그것을 인간의 가장 비극적인 생의 형식으로 인지하면서, 경험의 한계로부터 벗어나는 보편성과 상징성을 구축하고 있는 것이다.

나는 나무를 겨누어 본다
꼭대기의 잎사귀를 겨누어 본다
그리고 돌멩이를 겨누어 본다
그러다 싫어지면 쑥 총구를 높여서
개머리판에 뺨을 부비면
하늘이 가늠쇠 구멍 속에 들어온다
M1 가늠쇠구멍 속에 하늘이 벌어진다
M1 가늠쇠구멍 속에 하늘이 있다
그 하늘 밑에 내가 있다
나는 하늘을 본다
작은 하늘은 눈에 해롭다
가늠쇠구멍이 흐려진다
나는 장난을 고만둔다

– 「장난」 전문

살의에 가득 찬 금속성의 전장을 배경으로 하고 있는 이 작품에서, 화자인 병사가 행하고 있는 '장난'은 말 그대로 어떤 상황을 근본적으로 해체하고 희화화하는 '작란(作亂)'의 형식으로 나타나고 있다. 여기서 화자는 소총의 '가늠쇠 구멍'이라는 가장 작은 공간을 통해, '하늘'이라는 가장 커다란 공간을 바라보는 시각상의 착란(錯亂)을 시적 장치로 끌어들인다. 당연히 소총이 향해야 할 적들은 온데간데없고, '나무'와 '잎사귀'와 '돌멩이'와 '하늘'이 상징적인 과녁이 되고 있다. 이를 산문적으로 풀면, 전쟁중의 망중한(忙中閑) 같은 한가로움으로 해석될 수도 있겠지만, 더 깊은 문맥으로 보면 시인이 전쟁 자체를 하나의 작은 '장난'으로 위축시키고 있다는 것을 알 수 있다. '가늠쇠 구멍' 속에 있는 담겨 있는 '하늘'을 조준하고 있는 시인은 궁극적으로 '전란(戰亂)'을 '작란(作亂)'의 한 국면으로 대체하는 상상적 기능을 행하고 있는 것이다.

그러나 이 작품은 곧 '작은 하늘은 눈에 해롭다/ 가늠쇠구멍이 흐려진다'는 회귀적 과정을 통해 현실로 돌아오는 장난의 중지, 곧 화자 스스로 다시 전쟁의 맥락으로 귀속될 것을 암시한다는 데 사실적 강점이 있다. 상상의 무료함과 현실의 공포가 엇갈리는 이러한 교차적 구조가 바로 전쟁의 아이러니와 더없는 폭력성을 강렬하게 증언하고 있는 것이다.

이처럼 전봉건은 자신의 시에서 전쟁을 순수하고 장난기 어린 동화적 세계로 극복해보려는 기획을 줄곧 우리에게 선보이고 있다. 이는 '나는野戰삽으로壕가장자리에흙을더쌓아올린다나는한뼘만큼더깊이壕밑으로가라앉는다野戰삽에가득담겨지는흙은뜯지않은BISCUITS봉지같다'(「BISCUITS」)처럼 비스킷과 전장의 국면을 등치시키는 데서도 나타나고, 심미적 감각으로 삶의 아름다운 풍경을 순간적으로 포착하는(「무제(無題)」, 「한 소절(小節)」, 「사월(四月)」) 데서도 입증된다.

그래서 시인은 '산허리에 반사하는 일광/ BAR의 連射/ 비둘기의 똥냄새 중동부전선/ 나는 유효사거리권내에 있다./ 나는 0157584이다.'(「0157584」)처럼 자신을 군번으로 치환하는 비인칭화 작업과 금속성의 상황 의식을 동시에 보여주고 있으며, '5월에……나는 보았다. 탄흔에/ 이슬이 아롱지었다.'(「장미의 의미(意味)」)에서처럼 '이슬'이라는 다소 낭만적인 이미지와 금속성의 이미지를 교차하면서 특유의 아이러니적 상상력을 드러내고 있기도 하다. 이 같은 작업을 통해 시인은 전쟁의 냉혹함과 일방성을 넘어서는 보편적이며 항존적인 가치를 찾아나서는 것이다. 말하자면, 그는 전쟁에 대한 경험의 사실적 재현과 그것을 대상으로 하는 서늘한 인식의 양면적 작업을 동시에 행하고 있는 것이다.

전봉건이 전쟁이라는 절멸과 훼손의 세계를 상상적으로 회복하고 탈환하는 상징적 이미지는 '꽃'과 '돌'과 '새'이다. 이들은 전쟁을 경험했으면서도 그 경험으로부터 초월하고자 하는 시인의 이중적 욕망을 담고 있는 상징적 매체들이다. 또한 이들은 시인이 전쟁으로 하여 받은 내상(內傷)을 치유하고 궁극적으로 깃들이고 싶어 하는 귀의처이기도 하다. 시인은 그 같은 자신의 미학적 의지를 다음과 같이 밝힌 바 있다.

> 전쟁의 마당에도 꽃은 핀다. 그런데 어떤 시인은 말하기를, 그 꽃 색깔은 불에 탄 살 색깔이나 땅을 적신 핏빛이라고 한다. 나는 그러한 입장과 많이 다르다. 전쟁의 마당에 피는 꽃의 색깔도 내게는 그것들이 생래로 지닌 분홍빛이거나 노랑빛이거나 흰빛이거나 그러하다. 내 경우는 그렇게 말하는 것이 정직함이요, 그것이 진정한 시인인 것이다.
>
> ―「서문」(『새들에게』, 1983)

전장에서 피어난 '꽃'은 전쟁의 영웅을 상징하는 이미지도 아니고, 생의 허무함과 잔인함을 은유하는 상관물도 아니다. 그것은 오히려 시인의 상처 어린 원체험을 응결하고 치유하는 어떤 근원적이고 궁극적인 힘을 갖는다. 그래서 그것들은 경험의 구체성에서 발원하고 있기는 하지만, 최종적으로는 시인의 미학적 완성을 꾀하는 상관물로 현현하게 된다. 이처럼 '창이 무너져 내리는 전쟁의 거리에서도./ 그때마다, 돌멩이가 꽃을 낳았을 것이다./ 모래밭은/ 꽃밭을 낳았을 것이다.'(「꽃 천상(天上)의 악기 표범」)라든가, '꽃들은// 피어서// 피어서/지금 /사살된 비

둘기의 폐허/ 무지개의 폐허에 피어서'(「지금 아름다운 꽃들의 의미」)라든
가, '영락없는 새 모양이던 그 돌무더기는/ 한 마리 큰 새가 되어 날개
쳐 공중으로/ 훨훨 훨훨 훨훨 날아올랐던 것입니다'(「다시 동화(童話)」) 같
은 '꽃'과 '돌'과 '새'의 순환적 결속은 이 시인의 상상적 영역을 심미적
이면서 초시간적이면서 상징적인 치유와 극복의 공간으로 이끌고 있
는 것이다.

이와 함께 전봉건 시를 수놓는 또 하나의 자질은, 그가 갖는 언어에
대한 철저한 미학적 의식이다. 그는 많은 시편에서, 자신의 구체적 경
험은 물론 어떤 구심적인 주제 의식마저 철저히 배제한 채, 순수한 이
미지만 남는 작품을 시화하는 데 주력하고 있다. 가령 '옥수수의 잎사
귀가 날린다/ 多産型 公主님을 지키는 늙은 武士의/ 큰 칼날이다'(「옥
수수 환상가(幻想歌)」)로 옥수수와 그 잎사귀를 이미지화하는 것은, 이 같
은 사실을 증빙할 수 있는 가장 대표적인 심미적 사례이다. 다음 작품
또한 전봉건 시가 가지는 이미지의 선명함과 순수성을 입증한다.

　　피아노에 앉은
　　여자의 두 손에서는
　　끊임없이
　　열 마리씩
　　스무 마리씩
　　신선한 물고기가
　　튀는 빛의 꼬리를 물고
　　쏟아진다.

　　나는 바다로 가서

가장 신나게 시퍼런
파도의 칼날 하나를
집어 들었다.

─「피아노」 전문

피아노 소리에서 받은 감동을 생기 있는 물고기와 파도의 이미지로 표현한 작품이다. 시인은 피아노 건반을 두드리는 손에서 연상된 이미지를 통해 상상의 유희를 즐기고 있다. 피아노를 두드리는 손의 리드미컬한 움직임과 피아노 소리에서 '신선한 물고기'를 연상하고, 열 마리씩 스무 마리씩 쏟아지는 물고기의 빛나는 꼬리(피아노 건반의 움직임 혹은 음악을 만들어내는 음표들)에서 다시 파도를 연상하고, 그 시퍼런 파도로부터 다시 생선을 잡는 칼날을 연상하고 있다. 음악의 바다 속에서 '신나게' 집어든 칼날과 물고기는 피아노 소리로부터 받은 감동과 피아노 소리의 생생한 리듬을 하나로 연결해주는 이미지들이다.

이러한 이미지의 연쇄적 구축은 전봉건 시의 주인(主因)이 주제보다는 형식, 곧 자신의 경험에 갇히는 것보다는 그것을 넘어서는 형식화에 있을 것임을 암시한다. 실로 그의 후기 시편들은 이 같은 형식화의 사례들로 집중화되어 나타난다. 이처럼 상징적 이미지를 통해 특정한 주제에 얽매이지 않는 자유로운 연상의 힘을 구축하는 것이야말로, 그의 시를 전쟁의 경험적 구체성보다는 보편적인 원형적 이미지로 이끈 가장 강력한 원동력이었다고 할 수 있다.

3. 원형적 이미지를 통한 경험의 간접화

요컨대 전봉건 시의 가장 중요한 핵심은, 그 스스로 경험한 전쟁의 구체성과 그로 인한 내상의 깊이를 원형적인 이미지들로 풍요롭게 바꾸면서 그것을 하나하나씩 치유하고 풀어가는 과정에 있다. 이는 선과 악 혹은 어둠과 빛의 안이한 대위(對位)로 꾸려가는 단선적 알레고리와는 근본적으로 다른 층위의 것으로, 전봉건 시를 상투적인 증언 시편이나 적의에 찬 경험적 반공 시편으로부터 건져내는 구원의 촉수이기도 하다.

그는 그 같은 원형적 이미지들을 꿈속에서 바라본다. 이 '꿈 속'이란 말을 바꾸면 '가늠쇠구멍'이고 또한 '무지개의 폐허'일 것이다. 그 상상적 공간을 통해 시인은 자신이 겪은 경험을 간접화하고 있다.

나는 보았습니다
나는 전장을 보았습니다
나는 전장에서 죽는 죽음을 보았습니다
전장에서 죽는 죽음은 죽어서도 죽지 못하여 터진 살에서 불거져 나
온하얀 뼈를 들어 밤새껏 검은 바람을 할퀴는 시체 곁에 쭈그리고 앉
았는것을 보았습니다
쭈그리고 앉아서 꿈을 꾸는 것을 보았습니다
나는 그 꿈을 보았습니다
나는 그 꿈 속을 보았습니다
꿈 속의 뼈를 보았습니다.

꽃의 목뼈를 물살의 정갱이뼈를 햇살의 손가락뼈 소나기의 발가락뼈

바다의 등뼈와 갈비뼈를 또 불의 엉덩이뼈를 보았습니다.
쭈그리고 앉았는 죽음의 사타구니에 한 점 먼 별빛처럼 젖은 희끄므
레한 것을 보았습니다.

-「꿈 속의 뼈」 전문

이 시에서 줄곧 시인이 바라보고 또 바라보고 있는 '뼈'는, 전장에서
죽어간 많은 무명의 전사들의 이미지이자 죽음의 극한에서도 끝내 죽
지 못하고 자신들의 죽음을 스스로 조상(弔喪)하고 있는 영매적 이미지
이기도 하다. 이 같은 '꽃'과 '물살'과 '햇살'과 '소나기'와 '바다'와 '불'의
뼈들을 시인은 시종 '꿈 속'에서 바라보고 있는데, 그 꿈의 공간에서
'죽음의 사타구니에 한 점 먼 별빛으로 젖은' 뼈들은, 전쟁에서 비극적
으로 죽어간 시신들을 증언하면서도, 오랜 시간 그들의 죽음이 시인의
삶의 보편적 규정력이 될 것임을 강하게 암시하고 있다.

이러한 '뼈'의 그로테스크하면서도 원초적인 이미지는 시인의 후기
시편에 와서 '돌'의 이미지로 집중화되어 변용된다. 전봉건이 후기에
들어서 강렬하게 주목하고 소재화했던 '돌'은, 그 응결성과 침묵 그리
고 오랜 흔적을 담고 있는 정태성(quietism) 때문에 시인의 오랜 사유와
경험과 감각을 은유하는 가장 좋은 소재로 작용한다. 이때 '돌'은 어둠
이나 빛이라는 원형적인 이미지와 결합하여 시인의 사유와 상상력을
더욱 보편적이고 상징적인 것들로 이끌어간다.

충주에서
목벌리돌밭으로 가자면
작은 산길을 더듬어야 한다.

좀 가노라면
이윽고 제법 가파로운
고개 하나를 넘게 된다.
그 이름이 마지막 고개이다.
옛날에 고개 너머 형장으로 끌려간 사람들은
다시 돌아오는 법이 없어
그렇게 붙여진 이름이라고 한다.
아마도 고개 너머 굽이치는 남한강 돌밭에
쑥대강이처럼 흩어져 피 흘리는 머리마다 떨어져 묻히고
처형의 칼은 강물에 헹구어 씻었던 것이던가.
아무튼 지금은 하루에 두어 번씩
완행버스가 이 고개를 넘어 다니고
돌꾼들은 수시 영업택시로 넘나든다.

지난 여름 어느 날의 일이다.
마지막고개 너머 목벌리돌밭에서
한 돌꾼이 캔 것은 상당한 크기의 먹돌이었다.
강물에 담갔더니 검은 어둠이 우러나왔다.
오래 묵은 어둠은 다시 우러나오고 다시 우러나오고
다시 우러나왔다.
한여름 휘황한 날빛 아래
짙푸른 강물을 깜깜하게 물들이었다.
이윽고 속 깊이 검은 먹돌
땅 속에 묻히었던 면에는
목탁 든 검정 장삼 한 스님이
오래 삭은 양각으로 떠올랐다.

— 「돌 3」 전문

　　이 작품은 남한강변에서 우연히 마주친 수석의 한 풍경을 통하여 역사 속에서 사라져간 무명의 넋들을 위무(慰撫)하는 과정을 담고 있다. 이 같은 제의적 상상력은 앞에서 보인 「꿈 속의 뼈」에서도 나타난 바 있지만, 이 작품에서는 '검은 어둠'을 우려내는 과정을 통해 강물을 '깜깜하게 물들이'고 나아가 '오래 삭은 양각'을 떠올리는 상징적 제의 과정을 보여줌으로써 상처를 치유하고 넘어서려는 시인의 의지를 한층 더 분명하게 나타내고 있다. 그것이 '한'이든 '상처'이든 그것을 얽매거나 붙잡아두지 않고 올올이 하나하나 정성 들여 풀어내고 있는 이 해한(解恨)의 과정은, 돌의 어둠이 하나하나 풀리는 과정으로 은유되고 있다.

　　10년 남짓 동안 남한강 물줄기를 쉬임없이 누비면서 전봉건 시인이 구축한 이 상징적 제의 과정의 완성은 시인의 후기를 장식하는 핵심적인 시적 범주이다. '물건다운 돌 하나라도 더 건져내기 위해서지만 천년 만년 물에 씻기고 닦인 돌밭 언저리마다 앉아 있는 맑고 깨끗한 풍경을 기억 속에 진하게 인화해두기 위해서다'(「주저앉기」, 『플루트와 갈매기』, 고려원, 1986)라고 말한 시인의 의지는, 이처럼 오랜 역사의 어둠과 내상을 돌의 오랜 시간성으로 집약하여 그 어둠과 상처들을 객관화하려는 욕망과 깊이 연관된다.

　　「돌」 연작시들을 통해 전봉건은 오랜 시간 축적된 역사성을 하나하나 풀어서 견고한 이미지로 응결시키는 작업을 행하고 있다. 이는 물론 역사성을 이어가려는 서사적 상상력이라기보다는 역사의 특수성을 넘어서 본연의 것들을 보존하려는 가치 의식이 반영된 결과일 것이다. 뜨거운 피와 차가운 금속성의 이미지를 수없이 교차시키면서 전쟁의 냉엄함과 비정성을 증언하던 그의 언어는, 이처럼 '돌'이나 '꽃'이나

'새'의 이미지로 중심을 옮기면서, 전쟁의 직접성에서 벗어나 더욱 폭넓은 보편성을 획득하고 있는 것이다.

이때 주목할 것은 '새'의 이미지인데, "방으로 돌아와/ 미닫이를 닫고 아랫목에 앉았는데/ 문득 등어리께가 손바닥 크기만큼/ 축축하니 섬찍하니 아려드는 것을 느꼈다./ 알고 보니 그것은 찬비 오는 이른 봄 한 저녁/ 불현듯 아득히 먼 곳으로부터 찾아온 저 어릴 적 꿈이/ 어처구니없이도 내 늙고 시린 등어리를/ 발가락 언 알몸으로 무등타고 앉은 때문이었다.// 내게도 날개가 있었으면 했던 저 옛날 옛적의 꿈이."(「이른 봄 한 저녁」)에서 보이듯이, 꿈의 내질(內質)을 형성하는 가장 구체적인 이미지가 '새'의 모습을 띠고 있기 때문이기도 하고, 시인이 궁극적으로 추구하고 있는 가치 중의 하나가 마치 '돌' 속에서 날아오르는 금빛 환상의 '새'(「다시 동화(童話)」)처럼 생래적인 '자유'의 이미지를 띠고 있기 때문이기도 하다.

이는 '돌'의 안정적 이미지와 '새'의 비상 이미지를 교차시킴으로써, 생의 두 가지 형식 이를테면 사랑과 자유 혹은 구심력과 원심력을 동시에 반영하려는 시인의 의지가 낳은 의장이 아닐 수 없다. 이처럼 전봉건 시인은 후기로 갈수록 원형적 이미지들을 통해 생의 형식이 갖는 중요한 모순의 힘을 형상화한 시인이라고 할 수 있다.

4. 당대적 구체성과 초시대적 보편성의 통합

잘 알려진 이야기이지만, 전봉건은 시의 방법론과 기술에 뜨거운 관심을 보인 시인이다. 그것은 한편으로 그가 1950년대 시인으로서 가지고 있었던 '모국어 콤플렉스'에서 기인한 것이기도 하다. 유년 시절에 일본어 교육을 받고 자라났던 그들 세대는 일본어로 시를 구상했으며 '아직도 나의 모국어 실력은 내가 나의 한 편의 시를 쓰는 데 충분한 힘이 못 되었던 것'(「시작 노트」, 『한국전후문제시집』, 신구문화사, 1961)이라는 자의식을 항상 가지고 있었는데, 이로 인해 1950년대 모더니즘은 기법과 주제의 불균형이라는 문제를 드러내기도 하였다. 그럼에도 불구하고 전봉건은 그 특유의 균형 의지와 남다른 경험의 객관화를 통해 이 같은 불균형을 상당히 높은 수준에서 극복하고 새로운 세계를 선보인 전후의 중요한 시인이라고 할 수 있다.

우리가 잘 알듯이, 시인은 시를 통하여 자신의 세계내적 존재로서의 위상과 본질을 확인하고 성찰한다. 그리고 그 확인과 성찰의 결과를 무수한 타자들과 공유하면서 자신의 사회적 실천을 도모한다. 전봉건은 후기로 갈수록 말수를 줄이고 감정을 노출하지 않으면서도 자신의 경험적 구체성과 원형적 이미지를 결합시키는 독특한 언어를 구사하면서 이 같은 실천을 구체화하였다. 바로 이것이 그가 자신의 시적 전언 전체를 형식화하는 방식이라고 할 수 있을 것이다.

크로노스(Chronos)의 형식으로 존재하는 모든 역사적인 시간적 계기들을 초월적이며 항구적인 카이로스(Kairos)의 형식으로 바꾸는 상상력을 깊이 개입시키면서, 전봉건의 시적 실천은 당대적 구체성과 초시대적 보편성을 동시에 표상하는 세계로 우리 앞에 남아 있다. 이제 우리가 그 세계를 하나하나씩 미학적으로 실증하고 해석해야 할 차례이다.

제 4 부
부　록

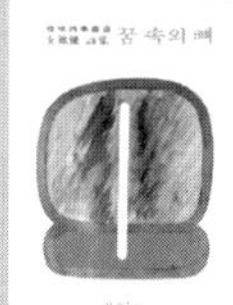

생애 연보

1928   10월 3일 평안남도 안주군 동면 명학리 10번지에서 부친 전형순과 모친 최성준의 막내(7남)로 태어남. 이후 식민지 관리생활을 하던 부친을 따라 도내의 여러 군을 전전하면서 유년기와 소년기를 보냄. 당시 심상소학교를 졸업할 무렵에는 소년소설 등을 탐독하다가 중학교 입학시험에 낙방하기도 함.

1945   평양 숭인중학 졸업. 중학교 재학 시 형인 전봉래를 통해 문학적 세례를 받음. 암파문고(岩波文庫)로 『젊은 베르테르의 죽음』을 권고받은 후에 형의 책을 읽어치움.

1946   바다로 38선을 넘어 월남.

1950   12월 징집 영장을 받고 입대함. 입대하기 이전에 『문예』지에 시를 투고, 1950년 1월호에 「원(願)」이, 3월호에는 「사월」이 서정주의 추천으로 발표되고, 5월호에는 영랑의 추천으로 「추도」가 발표되어 등단한다. 중동부전선에서 위생병으로 배치. 경기도 양주군 갈매국민학교에서 준교사를 지냄.

1951   1월 부산에서 피난생활을 하던 형 전봉래가 다량의 수면제를 먹고 숨진 채 발견됨. 입대했던 전봉건은 중공군의 총공격 때 부상을 입고 제대함. 이후 대구의 피난민 수용소에서 지냄. 이 무렵 김종삼, 이철범, 최계락 등과 사귐, 전쟁 중에 대구의 음악다방 '르네상스'에서 황운헌씨와 레코드를 정리하면서 살아감. 종

군 경험을 바탕으로 한 전쟁시 등을 발표.

1953 환도와 더불어 서울에 옴. 출판사 희망사에 취직함으로써 출판계에 발을 들여놓음.

1955 출판사 '희망사'에 취직함. 그 후 '삼중당'과 '태평양화장품주식회사'에서 일함.

1957 김광림, 김종삼과 함께 3인 시집 『전쟁과 음악과 희망과』(자유세계사)를 발간함. 김광림이 '전쟁과'를, 김종삼이 '음악과'를, 전봉건이 '희망과'를 각각의 소제목으로 삼음. 한국시인협회 창립에 참여, 시인협회 기관지 『현대시』창간호의 편집 실무를 담당.

1959 시집 『사랑을 위한 되풀이』(춘조사)를 상재하고 제 3회 한국시인협회상을 받음.

1961 시론집 『시를 찾아서』(청운출판사)를 상재, 『한국 전후문제 시집』에 「신연애시집」 상재.

1962 동인회 『현대시』에 참가하여 同名의 동인지 편집을 맡음.

1964 『문학춘추』(삼중당)의 책임편집을 맡아 박재삼과 함께 일함. 라디오드라마 『꽃소라』 등을 집필.

1965 김수영과 「사기론」 논쟁(『세대』).

1967 『춘향연가』(성문각)을 상재함.

1969 『현대시학』 창간. 주간직을 맡음.

1970 시집 『속의 바다』(문원사)를 상재함, 한국 시인협회 심의위원, 현대시학사 주간 역임.

1979 시집 『피리』(문학예술사)를 상재함.

1980 시선집 『꿈속의 뼈』(근역서제) 발간. 『피리』로 대한민국문학상 수상.

1982 시집 『북의 고향』(명지사) 발간.

1983 시선집 『새들에게』(고려원) 발간.

1985 시선집 『전봉건 시선』(탐구당) 장시집 『사랑을 위한 되풀이』(혜진서관) 발간.

1986 시화집 『트럼펫 천사』(어문각), 수필집 『플루트와 갈매기』(어문각) 발간.

1987 시선집 『아지랭이 그리고 아픔』(혜원출판사), 『기다리기』(문학사상사), 수필집 『뱃길 끊긴 나루에서』(고려원) 발간. 12월 31일 지병인 당뇨가 악화되어 입원.

1988 6월 13일 작고.

342   전봉건

작품 목록

▌시집 ▌

전봉건, 『사랑을 위한 되풀이』, 춘조사, 1959.
김광림·김종삼·전봉건, 『전쟁과 음악과 희망과』, 자유세계사, 1957.
전봉건, 『춘향연가』, 성문각, 1967.
전봉건, 『속의 바다』, 문원사, 1970.
전봉건, 『피리』, 문학예술사, 1979.
전봉건, 『꿈속의 뼈』, 근역서제, 1980.
전봉건, 『北의 고향』, 명지사, 1982.
전봉건, 『새들에게』, 고려원, 1983.
전봉건, 『돌』, 현대문학사, 1984.
전봉건, 『전봉건 시선』, 탐구당, 1984.
전봉건, 『사랑을 위한 되풀이』, 혜진서관, 1984.
전봉건, 『트럼펫 천사』, 어문각, 1986.
남진우 편·전봉건 저, 『전봉건시전집』, 문학동네, 2008.

▌수필집▌

전봉건, 『플루트와 갈매기』, 어문각, 1986.
전봉건, 『아지랭이 그리고 아픔』, 혜원출판사, 1987.
전봉건, 『기다리기』, 문학사상사, 1987.
전봉건, 『뱃길 끊긴 나루에서』, 고려원, 1987.

▌비평 및 산문▌

전봉건, 『시를 찾아서』, 청운출판사, 1961.
전봉건, 「음악의 의미」, 『신천지』, 1954. 7.
전봉건 「시인과 독자의 광장」, 『자유문학』, 1957. 9.
전봉건, 「시의 비평에 대하여-시와 비평의 위기」, 『문예』, 문예사, 1953. 11.
전봉건, 「오늘과 시인의 모습-J.S. 「밧하」의 교훈」, 『예술집단』, 1955. 2.
전봉건, 「현대의 그 인식과 문학」, 조선일보, 1955. 5. 5.
전봉건, 「현대시의 의상-시인의 손」, 『현대문학』, 1955. 5.
전봉건, 「시, 예술, 사랑」, 『문학예술』, 1955. 8.
전봉건, 「오늘과 시인의 모습」, 『예술집단』, 1955. 12.
전봉건, 「문학적 미양식-김동리씨의 선민의식과 학생문제」, 『신세계』, 1956. 5.
전봉건, 「문학계분열의 양상-이념·사조·민족성에 있어서의 필연성」, 『자유세계』, 자
        유세계사, 1956. 11.
전봉건, 「현대시와 노래의 출처」, 『자유세계』, 자유세계사, 1957. 5.
전봉건, 「시인과 식자의 광장-시의 이해와 감상의 제일조건」, 『자유문학』, 자유문학자
        협회, 1957. 9.
전봉건, 「2월의 시평」, 세계일보, 1959. 2. 14.
전봉건, 「시와 거짓말」, 『문예』, 1960. 6.
전봉건, 「오는 고운 말·가는 고운 말」, 『신사조』, 신사조사, 1964. 1.
전봉건, 「카멜레온의 소묘-박목월의 시세계」, 『세대』. 1964. 5.
전봉건, 「환상과 상처」, 『세대』, 1964. 11.
전봉건, 「사기론-김수영 시인에 부쳐」, 『세대』 1965. 2.
전봉건, 「시론 없는 새로운 시인-나의 처녀작을 말한다」, 『세대』, 1965. 9.

전봉건, 「시의 재미를 찾아서-시단 월평」, 『현대시학』, 1967. 7 / 9-9.
전봉건, 「현실이라는 것-이달의 화제」, 『현대문학』, 1966. 10.
「참여라는 것-이달의 화제」, 『현대문학』, 1966. 11.
「꿈이라는 것-이달의 화제」, 『현대문학』, 1966. 12.
전봉건, 「토대 없는 참여의 시-시단월평」, 『세대』, 1967. 8.
전봉건, 「그 무렵의 선배-나의 데뷔시절」, 『풀과 별』 3, 풀과 별사, 1972. 9.
전봉건, 「대작들과 일품들」, 『월간문학』, 1973. 12.
전봉건, 「요즈음의 시」, 『한국문학』, 1976. 7.
전봉건, 「생것과 바다와 소녀의 연상」, 『차 한 잔의 시상』, 태창출판부, 1978.
전봉건, 「메모-나의 시, 나의 시론」, 『문학정신』, 1987. 3.
전봉건, 「전봉건의 아포리즘」, 『현대시학』, 1988. 8.
전봉건, 「꿈의 말, 아픔의 말」, 『피리-서문』, 문학예술사, 1979.
전봉건 외 대담, 「전통의식과 시작의 실제」, 『현대시』 1권, 자유문화사, 1962.

▍이승훈 · 전봉건 대담 ▍

「72년의 시」, 『현대시학』, 1973. 1.
「시의 현대성과 비평」, 『현대시학』, 1973. 2.
「시의 인식, 존재」, 『현대시학』 1973. 3.
「신경증과 시인」, 『현대시학』, 1973. 4.
「영상언어 그 주변」, 『현대시학』, 1973. 5.
「시에 이르러는 기원」, 『현대시학』, 1973. 6.
「김종삼과 밧하와 이상」, 『현대시학』, 1973. 7.
「쓰여지는 일이 없는 시」, 『현대시학』 1973. 8.
「속・시와 에로스」, 『현대시학』, 1973. 9.
「김춘수의 허무 또는 영원」, 『현대시학』, 1973. 11.
「시와 산문성과 지성」, 『현대시학』, 1973. 12.

연구 목록

▌학위논문 ▌

강경희, 「전봉건 시 연구」, 숭실대학교 석사학위논문, 1994.

강민희, 「현대시의 『춘향전』공간 수용 연구」, 단국대학교 대학원 국어국문학과 석사학위논문, 2008.

김새나리, 「전봉건 시 연구」, 제주대학교 교육대학원 석사학위논문.

김성조, 「전봉건 시 연구—실향의식을 중심으로」. 한양대학교 대학원 국어국문학과 석사학위논문, 2005.

김영희, 「시적 전략으로서의 여성편향성 연구」, 건국대학교 교육대학원 석사학위논문, 2009.

김원태, 「전봉건 시 연구—화자를 중심으로」, 제주대학교 교육대학원 석사학위논문, 2008.

류경동, 「전봉건 시 연구—상승 이미지를 중심으로」, 고려대학교 석사학위논문, 1995.

박민영, 「전봉건 시에 나타난 불 이미지의 변용 연구」, 이화여자대학교 석사학위논문, 1989.

박슬기, 「한국 전후시의 그로테스크 시학 연구—박인환, 고석규, 전봉건을 중심으로」, 서울대학교 대학원 국어국문학과 석사학위논문, 2004.

박주현, 「전봉건 시의 역동적 상상력 연구」, 서울대학교 석사학위논문, 1997.

부소정, 「전봉건 시세계 연구-생명의식을 중심으로」, 중앙대학교 대학원 문예창작학과
　　　석사학위논문, 2002.
서동인, 「한국 현대시에 나타난 '생명성' 연구」, 성균관대학교 대학원 국어국문학과 박
　　　사학위논문, 2005.
유명신, 「전봉건 시집 <돌>의 지수적 상징 연구」, 동아대학교 석사학위논문, 1995.
유정이, 「한국 전후 모더니즘시 연구-신동문, 전봉건, 김구용 시를 중심으로」, 동국대
　　　학교 대학원 국어국문학과 박사학위논문, 2008.
이소영, 「1950년대 모더니즘시 연구-박인환, 전봉건, 김수영의 시를 중심으로」, 명지대
　　　학교 대학원 국어국문학과 박사학위논문, 2004.
이현희, 「전봉건 시 연구-시적 화자와 상흔(trauma)의 변이과정」, 서강대학교 대학원
　　　국어국문학과 석사학위논문, 2001.
정문선, 「한국 모더니즘시 화자의 시각체제 연구-보는 주체로서의 화자와 보이는 대상
　　　으로서의 공간을 중심으로」, 서강대학교 대학원 국어국문학과 박사학위논문,
　　　2003.
정수연, 「전봉건 시 연구-전쟁 체험과 관능성을 중심으로」, 고려대학교 대학원 석사학
　　　위논문, 2004.
차영주, 「한국 현대시에 나타난 '춘향' 모티프 연구」, 순천대학교 교육대학원.
최문환, 「전봉건 시 연구」, 충남대학교 대학원 석사학위논문, 2004.
최재희, 「전봉건 시의 모더니즘 특성 연구」, 단국대학교 대학원 석사학위논문, 2002.
홍승희, 「전봉건 시 연구-환유와 은유를 통한 시적 주체의 세계 인식」, 서강대학교 대
　　　학원 석사학위논문, 2008.

▌소논문 및 단행본 ▌

강경희, 「전봉건 시 연구-주요 이미지를 중심으로」, 『숭실어문』, 1998.
강연호, 「1950년대 전봉건 시 연구」, 『현대문학이론학회』, 1988.
권영진, 「전봉건 시에 나타난 '돌'의 시적 변용」, 『숭실어문』, 2001.
김광림, 「절대 평화주의자 전봉건 시인」, 『현대시학』, 1988. 8.
김성조, 「전봉건 시에 나타난 존재 상실과 극복 세계」, 『현대문학의 연구』 제35집,
　　　2008. 6.
김성조, 「전봉건 시의 고향 콤플렉스 극복 과정-『北의 고향』을 중심으로」, 『정신문화연

구』제31권, 2008.

김수영, 「난해의 장막―1964년의 시」, 『김수영 전집 2』, 민음사, 1981.

김수영, 「문맥을 모르는 시인들」, 『김수영 전집 2』, 민음사, 1981.

김수이, 「전봉건에 대한 뒤늦은 예우를 위하여―『전봉건 시전집』 출간과 앞으로의 연구
　　　과제들」, 『문학동네』, 제15권 4호 통권 제57호(2008년 겨울).

김여정 「전봉건의 「북. 6」, 『심상』, 1975. 1.

김윤식, 「전쟁과 삶의 방식」, 『한국현대문학사』, 일지사, 1985.

김윤정, 「전봉건 시의 환상성 연구」, 『한국문학이론과 비평』, 2005.

김지연, 「전봉건의 시론과 시에 관한 연구」, 『어문연구』, 1998.

김흥규, 「춘향, 干의 얼굴」, 『현대시학』, 1971. 4.

김현, 「전봉건에 관한 두 개의 글」, 『책읽기의 괴로움』, 민음사, 1984.

김현, 「전봉건을 찾아서」, 『시인을 찾아서』, 김현문학전집 3, 문학과 지성사, 1995.

김현, 「종다리의 시학」, 『현대시학』 1980. 6.

김현, 「테러리즘의 문학」, 『사회와 윤리』, 일지사, 1974.

문해경, 「전봉건의 시연구」, 경희대학교 석사학위논문, 1995.

문혜원, 「전봉건―전쟁 속에 핀 희망과 타자에 대한 사랑」, 『시인세계』 통권 제14호
　　　(2005. 겨울), 문학세계사.

문혜원, 「전봉건의 쾌락주의 시론 연구」, 『비교문학』 49권, 2009.

박민영, 「6·25와 北의 고향, 상실의 시적 극복」, 『현대시학』, 1993년 6월호.

박민영, 「행복하게 타오르는 불의 상상력」, 『동서문학』, 2003, 여름호.

박슬기, 「전봉건 시론에 있어 시의 현대성」, 『관악어문연구』 30권, 2005.

박슬기, 「춘향의 사랑, 향유의 노래―전봉건의 <춘향연가> 연구」, 『한국현대문학연구』
　　　제24집, 2008.

박윤우, 「전봉건의 전쟁체험시와 회상 형식의 미학」, 『한국시문학』, 2004.

서동인, 「전봉건 시의 생명 인식 연구」, 『반교어문연구』 통권 제21호, 2006. 8.

오세영, 「장시의 다양성과 가능성」, 『현대시학』, 2002, 7월호.

오채운, 「전봉건 시의 신체 훼손 이미지 연구」, 『한국언어문학학회』, 2003.

유정이, 「전봉건 시의 환상성」, 『문학·선』 통권18호, 2008, 겨울호.

윤재근, 「황홀한 체험」, 『돌』, 현대문학사.

이건청, 「비극적 현실과 긴장의 언어―전봉건 시」, 『현대시학』, 2001, 9월호.

이건청, 「전봉건 시 연구」, 『한국학논집』 35호, 2001.

이명연, 「1950년대 전봉건 시에 나타난 도시의 두 모습―전쟁 체험의 과부하와 그 극복
　　　의 양상을 중심으로」, 『수행인문학』 제35집, 2005.

이성모, 「전봉건 시, 「춘향연가」 연구」, 『문학·선』 통권18호, 2008년 겨울호(2008. 12).
이성모, 『전봉건 시 연구』, 월인, 2009.
이소영, 「1950년대 전봉건 시에 나타난 서정성의 의미」, 『한중인문학연구』 제12집, 2004.
이연승, 「전봉건 시집 『돌』에 나타난 은유 구조 연구」, 『한국시학연구』 27집, 2010.
전미정, 「전봉건 시와 생명회복의 원리」, 『국제어문』 제30권, 2004. 4.
조영복, 「전봉건 시의 유희의식과 반복구조」, 『어문연구』, 1999.

필 자(가나다순)

강경희　숭실대학교 국어국문학과 강사

김성조　한양대학교 국어국문학과 강사

김양희　한양대학교 국어국문학과 강사

김윤정　충북대학교 국어국문학과 강사

박슬기　서울대학교 국어국문학과 강사

박윤우　서경대학교 국어국문학과 교수

서동인　성균관대학교 국어국문학과 강사

오채운　한양대학교 국어국문학과 강사

유성호　한양대학교 국어국문학과 교수.

유정이　홍익대학교 교양학부 겸임교수

이연승　이화여자대학교 국어국문학과 강사

전미정　인천대학교 기초교육원 초빙교수

편 자

김양희

한양대학교 박사과정 졸업(현대시 전공)

대표논문으로는 「김구용 시 연구」, 「후반기 동인의 언어탐구와 시의 실험」 등이 있다.

글누림 작가총서

전봉건

초판1쇄 인쇄 2010년 11월 2일 | 초판1쇄 발행 2010년 11월 12일
엮은이 김양희
펴낸이 최종숙 | 책임편집 임애정 | 편집 이태곤 · 오수경 | 디자인 안혜진 | 마케팅 문택주
펴낸곳 글누림출판사
등록 제303-2005-000038호(등록일 2005년 10월 5일)
주소 서울 서초구 반포4동 577-25 문창빌딩 2층(우137-807)
전화 02-3409-2055 | FAX 02-3409-2059 | 이메일 nurim3888@hanmail.net
홈페이지 http://www.geulnurim.co.kr
ISBN 978-89-6327-088-3 93810
     978-89-6327-084-5(세트)

정가 : 18,000원

* 잘못된 책은 교환해 드립니다.